»Sein Ton als Erzähler umfasst das Poetische ebenso wie das Zupackende, und zum Weihevollen kommt der Humor hinzu.«
FAZ

Als John Lewis-Stempel mit seiner Familie nach Herefordshire am äußersten Rand Englands zieht, ist er überwältigt von der Vielfalt der Flora und Fauna. Er beschließt ein Experiment zu wagen, das ihn verändern wird. Kann er es schaffen, ein Jahr lang nur von dem zu leben, was ihm die Speisekammer der Natur bietet, und nur noch zu essen, was er auf den Wiesen, in den Hecken und Bächen seines sechzehn Hektar großen Anwesens Trelandon fischt, sammelt oder jagt?
Der preisgekrönte Autor erzählt spannend und poetisch von den Herausforderungen und Entbehrungen, die Kälte und Schnee mit sich bringen, aber auch vom Glück, sich ohne jede Zutat aus dem Supermarkt zu ernähren. Er berichtet von seinem widerwilligen Jagdhund Edith und den neuen Rezepten, die er kreiert. Am Ende hat sich sein Bewusstsein für die Natur und für seinen Körper ebenso grundlegend gewandelt wie sein Verhältnis zu unserem achtlosen Umgang mit Nahrungsmitteln.

John Lewis-Stempel ist Farmer und Autor zahlreicher in England mehrfach preisgekrönter und hochgelobter Bücher, die regelmäßig auf den Bestsellerlisten stehen. Bei DuMont sind außerdem ›Ein Stück Land‹ (2017) und ›Im Wald‹ (2020) erschienen. Mit seiner Frau und seinen zwei Kindern lebt er in England und Frankreich.

John
Lewis-Stempel

MEIN JAHR ALS JÄGER UND SAMMLER

WAS ES WIRKLICH HEISST,
VON DER NATUR ZU LEBEN

Aus dem Englischen von
Sofia Blind

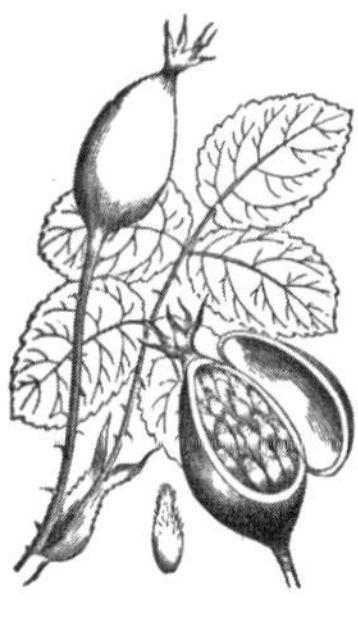

DUMONT

Von John Lewis-Stempel sind bei DuMont außerdem erschienen:

Ein Stück Land. Mein Leben mit Pflanzen und Tieren
Im Wald. Mein Jahr im Cockshutt Wood
Das geheime Leben der Eule

FSC
www.fsc.org
MIX
Papier | Fördert gute Waldnutzung
FSC® C083411

Dieses Buch wurde klimaneutral produziert.

Klimaneutral
Druckprodukt
ClimatePartner.com/17531-2110-1001

Zweite Auflage 2022
DuMont Buchverlag, Köln

Die englische Originalausgabe erschien 2009 unter dem Titel ›The Wild Life. A Year of Living on Wild Food‹ bei Doubleday, einem Imprint von Transworld Publishers, London, und 2010/2016 bei Black Swan, einem Imprint der Penguin Random House Group, London.

Übersetzung: Sofia Blind
Umschlaggestaltung nach der Vorlage der englischen Originalausgabe von Micaela Alcaino: Birgit Haermeyer
Umschlagillustration: © Micaela Alcaino
Satz: Fagott, Ffm
Gesetzt aus der Minion
Druck und Verarbeitung: CPI books GmbH, Leck
Gedruckt auf säurefreiem und chlorfrei gebleichtem Papier
Printed in Germany
ISBN 978-3-8321-6587-1

www.dumont-buchverlag.de

Für Penny, Tristram und Freda. Natürlich.

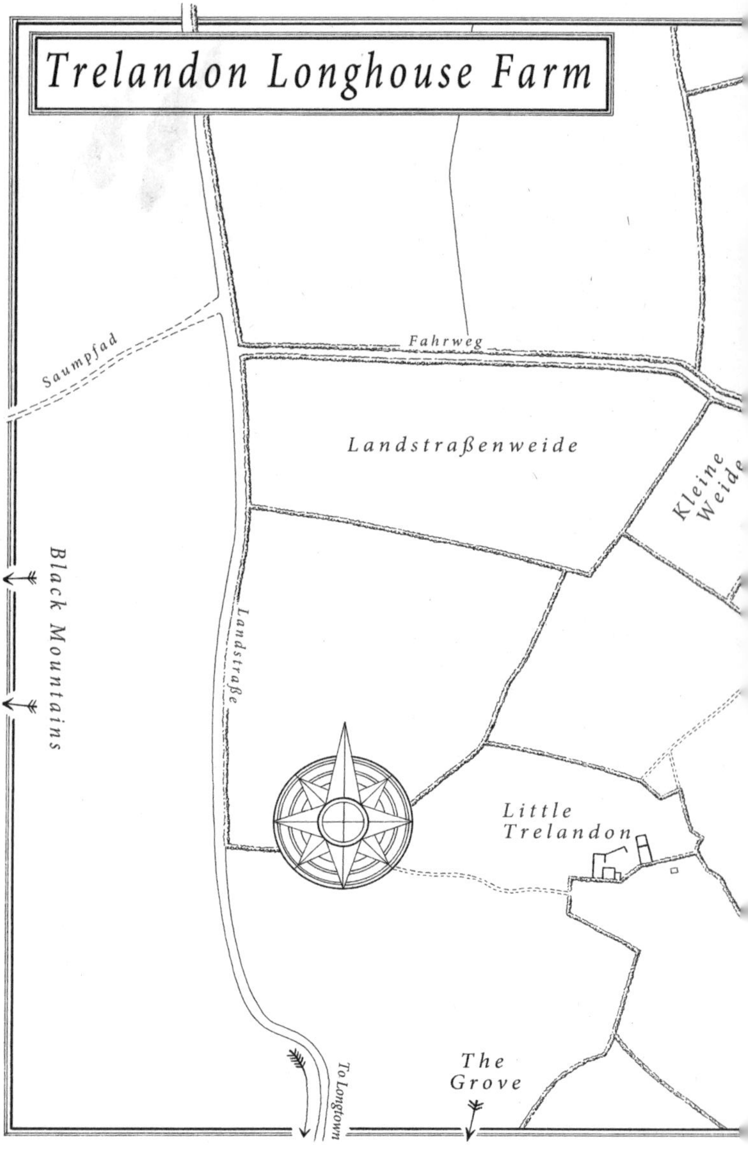

Trelandon Longhouse Farm
Saumpfad
Fahrweg
Landstraßenweide
Kleine Weide
Black Mountains
Landstraße
Little Trelandon
The Grove
To Longtown

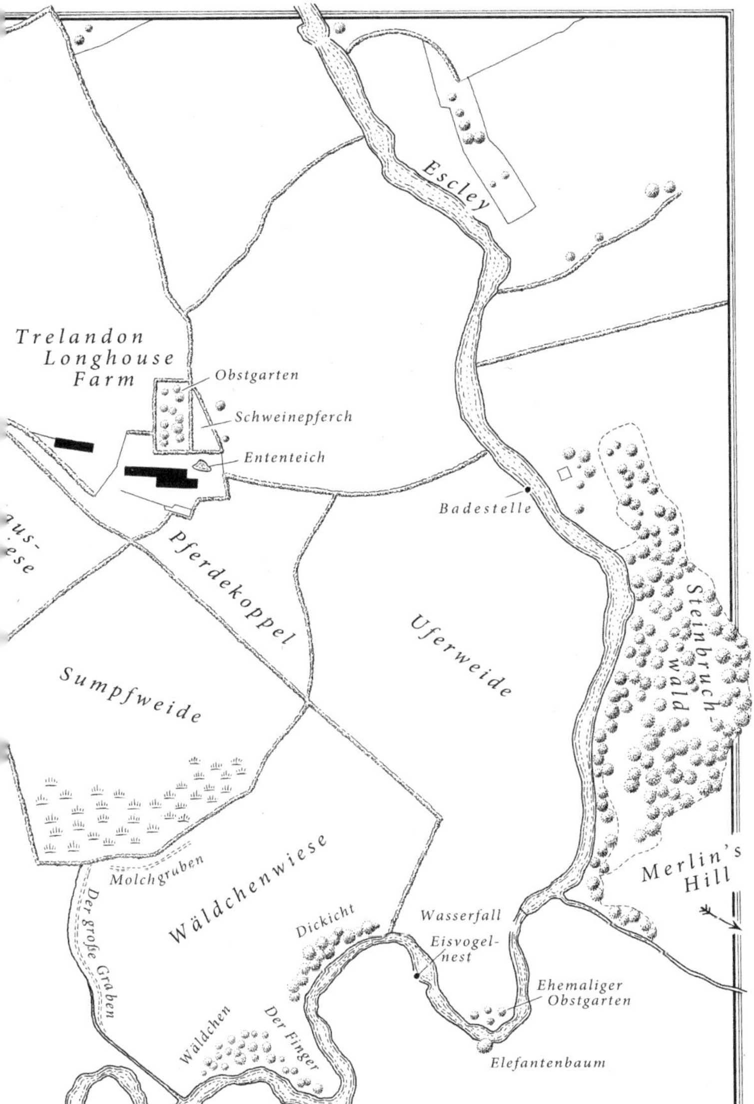

Trelandon
Longhouse
Farm
Obstgarten
Schweinepferch
Ententeich
Escley
Badestelle
Pferdekoppel
Uferweide
Sumpfweide
Steinbruch-
wald
Merlin's
Hill
Molchgruben
Wäldchenwiese
Der große Graben
Dickicht
Wasserfall
Eisvogel-
nest
Ehemaliger
Obstgarten
Elefantenbaum
Wäldchen
Der Finger

Dies ist die Geschichte eines Jahres, in dem ich von der Erde lebte, im letzten Tal Englands. Um Schuldige zu schützen, habe ich ein paar Namen geändert. Bitte denken Sie beim Lesen daran, dass bestimmte Wildpflanzen und Pilze bei manchen Menschen allergische Reaktionen oder Krankheitssymptome auslösen können; aus diesem Grund sollte vor dem Konsum der genannten Nahrungsmittel ein zuverlässiges Bestimmungshandbuch zurate gezogen werden.

Anmerkung zur deutschen Ausgabe: Die Jagd- und Naturschutzbestimmungen im deutschen Sprachraum unterscheiden sich stark von den britischen. Einige der in diesem Buch genannten Arten stehen in Deutschland, Österreich und/oder der Schweiz unter Naturschutz und dürfen nicht oder nur eingeschränkt gejagt oder gesammelt werden, z. B. die Bekassine, die Weinbergschnecke, die Elritze und die Erdprimel. Generell ist das Jagdrecht in diesen drei Ländern deutlich strenger als das britische; so ist etwa das Jagen mit künstlicher Lichtquelle bei uns nur in einigen Bundesländern und dort mit gewissen Auflagen erlaubt.

VORWORT

Der Oktober hat das Tal fest im Griff. Am Boden der Hecke produzieren modernde Eichen- und Haselblätter ein erstickend intensives Aroma von brennendem Weihrauch. Mein Zeigefinger ist von der Kälte blass wie Kiefernholz; um ihn wieder zu lockern, strecke und biege ich ihn hektisch. Gleichzeitig suche ich die Wiese ab, die vor mir liegt. Nichts.

Eine Amsel schrillt los wie eine Autoalarmanlage. Einen Augenblick lang fühle ich mich entdeckt, aber der Schuldige, ein Fuchsrüde, schnürt im Zwielicht über die schmale Landzunge ins Bachbett des Escley Brook und verschwindet im Wäldchen.

Das Tal fällt zurück in seine Mausoleumsstille.

Ich bin nur aus Hoffnung hier, nicht mehr. Vor zwei Tagen habe ich sie zufällig gesehen, als sie aus dem bewaldeten alten Steinbruch am anderen Ufer des Escley kamen, aber es ist nicht sicher, dass sie wiederkommen.

Ich warte weiter, bis zum Zwielicht. Als ich gerade aufgeben will, kommen sie; sie segeln über meinen Kopf hinweg, still wie Geister.

Scolopax rusticola. Waldschnepfen. Drei Stück. Wenn ich Sportschütze wäre, würde ich sie im Flug abschießen, mich vielleicht sogar an einer gloriosen Dublette versuchen. Aber ich bin kein Sportschütze, ich bin ein Mensch, der hungrig ist, sich bis zur Brust in einem Entwässerungsgraben versteckt und auf einen todsicheren Schuss hofft. Ich lasse die Schnepfen landen – ein Fehler, wie sich bald zeigt.

Einen Moment lang stochern sie mit ihren nadelspitzen Schnäbeln herum – dann verschwindet eine. Und noch eine. Zwischen aufsteigender Dunkelheit, Laubhaufen und Grasbüscheln funktioniert die marmorierte Tarnzeichnung der Schnepfen in darwinistischer Perfektion. Nur weil er sich bewegt, kann ich den dritten Vogel sehen. Ich entsichere meine Baikal-Flinte Kaliber 12 und hebe sie an die Schulter. Und schieße.

Dreißig Meter vor mir schlägt die Schnepfe ein verkrüppeltes Rad. Die anderen beiden, vom Echo des Schusses hervorgespült, flattern eilig in den Äther davon.

Dass ich endlich aus meinem feuchten Versteck aufstehen kann, macht mich ebenso glücklich, wie Beute zu haben. Auf kribbelnden Beinen humpelnd, sammle ich den zertrümmerten Vogel auf.

Es gibt nur wenige Lebewesen, die von so schlichter Schönheit sind wie eine Waldschnepfe. Ich töte sie nicht gerne. Aber ich töte überhaupt nicht gern. Die Indianer pflegten ein Tier um Erlaubnis zu bitten, bevor sie ihm das Leben nahmen. Ich tue das ständig.

Ich stülpe eine Schlinge aus rosa Ballenschnur um den Hals der Schnepfe, lasse den Vogel an der flintenlosen Hand baumeln und stapfe über die durchweichten dunklen Wiesen zum Hof hinauf, der flach und lang aus dem Wetter ragt. Weiter im Westen, auf der anderen Talseite, lässt eine letzte Schliere Tageslicht die Silhouette der drohend emporragenden Wand der Black Mountains hervortreten, der allerletzten Grenze Englands. Beim Gehen denke ich über die heutige Mahlzeit nach, während schnöder Speichel in meinen Mund steigt. Schnepfe mit Brombeersoße? Schnepfe mit Wildapfelmus? Was auch immer, es wird eine gottseidankbare Abwechslung von Kaninchen bieten – dem Tages- (und Nacht-)Gericht der gesamten letzten Woche.

Als ich die Tür zur Küche aufmache, explodiert Licht in den Kuhstall, den wir als Dreckschleuse nutzen. Und Hunde, um genau zu sein: vier Hunde, allen voran Edith, mein einjähriger Labrador. Sie schnuppert zitternd an der baumelnden Waldschnepfe. Irgendwo in ihrem Kopf flackert das archaische Bewusstsein, dass das Bündel Federn ihr auf irgendeine Weise etwas bedeuten müsste. Mit diesem schwelenden Wissen muss ich arbeiten, wenn ich sie zum besten Freund des Jägers abrichten möchte, zu einem Hund, der Wild aufstöbert und apportiert; allerdings habe ich leider noch nie zuvor einen Jagdhund erzogen. »Keine Sorge, Edith, wir schaffen das schon«, sage ich, ebenso zu meiner wie zu ihrer Beruhigung, und kitzle sie in der Drosselgrube unter ihrem Kinn.

Nur die Hunde sind zu Hause. Penny und die Kinder sind noch nicht wieder zurück. Ich lege die Schnepfe auf den Holztisch, lehne mich an den AGA-Herd und betrachte die Küche. Sie sieht aus wie eine Apotheke in Charles Dickens' Zeitalter, vollgestopft mit Einmachgläsern voller seltsamer Formen und blubbernden Ballonflaschen und erdgefüllten Kisten, aus denen verdrehte Wurzeln ragen. Aber die Tränke und Präparate sind nicht für Apothekerkünste gedacht; es sind die wilden Nahrungsmittel, die ich esse. Ich mustere die Küche nicht umsonst; ich suche nach Inspiration, nach Beilagen für die Schnepfe. Die Brombeersoße soll es sein, knallviolett und frisch gekocht. Und gebackene Klettenwurzeln und gedämpfter Sauerampfer.

Aber ich drücke mich vor meiner Arbeit; eine Waldschnepfe zu rupfen, ist mühselig und fummelig. Ich greife über die Arbeitsplatte und schenke mir ein verzögerndes, stärkendes Glas Holunderwein ein. Eine kleine Freude vor der Fron des Rupfens. Allerdings darf ich nicht zu lange herumtrödeln, weil ich die Schnepfe rupfen muss, solange sie noch warm ist; das ist einfacher, als an Federn zu zerren, die durch die Totenstarre festsitzen. Außerdem bin ich so hungrig, dass mir der Bauch wehtut.

Am Tisch zupfe ich die kastanienbraunen Federn der Waldschnepfe in eine Plastiktüte, bevor ich mich an die speziellen Vorbereitungen für diese Geflügelart mache; sobald die Schnepfe geköpft ist, wird der Magen durch den Hals herausgezogen. Die restlichen

Innereien bleiben drin. Der picklige, plebejisch ausgemergelte Körper der Schnepfe trocknet im Backofen schnell aus, deshalb reibe ich ihn mit Wildentenfett ein und klebe einen Schild aus Wildapfelscheiben darauf, der wirken soll wie die Hitzeschutzkacheln auf einer Raumfähre.

Sobald ich Schnepfe und Klettenwurzeln dem Ofen anvertraut habe, mache ich mich daran, die grünen Sauerampferblätter durchzusehen, Stiele abzuschneiden und die alterszähen auszusortieren. Draußen im Dunkel jault ein Fuchs, ganz in der Nähe. Die Hunde im Hof geben ein lustloses Bellen von sich, aber sie interessieren sich eher für die Wärme der Küche und den wabernden Duft der garenden Schnepfe. Sie kratzen an der Tür, und ich lasse sie herein. Ich allerdings kann nicht widerstehen und gehe einen Augenblick lang hinaus in die schwarze Nacht. Jetzt, wo der Fuchs davon- und die Hunde hereingeschlichen sind, ist im Tal kein Laut mehr zu hören außer dem Flüstern des Escley in der Tiefe der Talsohle. Ich stehe allein auf dem Hof; ringsum und über mir erstreckt sich ein unendliches, vollkommenes Dunkel, nur durch ein einziges orangefarbenes Licht von dem zwei Kilometer entfernten Bauernhof drüben am Berg besudelt. Dies ist die Nacht, wie die Natur sie erdacht hat; riesig und ehrfurchteinflößend. Und dennoch so tröstlich und friedvoll wie Samt.

Der Duft der Schnepfe treibt heraus und lockt mich nach drinnen.

Bevor ich ins Haus gehe, werfe ich noch einen Blick zurück, nach Osten, jenseits des Merlin's Hill, dorthin, woher wir gekommen sind. Es ist ein Blick zurück zum Land der aufgehenden Sonne, zurück zu einer Zeit, in der das Leben eine andere Zukunft versprach. Wir sind an diesen Ort gekommen, die Trelandon Longhouse Farm auf einem Landrücken über dem Flüsschen Escley im Schatten der Black Mountains, um Rinder, Schafe und Schweine zu halten, nicht um dort von wilden Tieren und Pflanzen zu leben. Ich möchte kein neuzeitlicher Jäger und Sammler werden.

ANFÄNGE

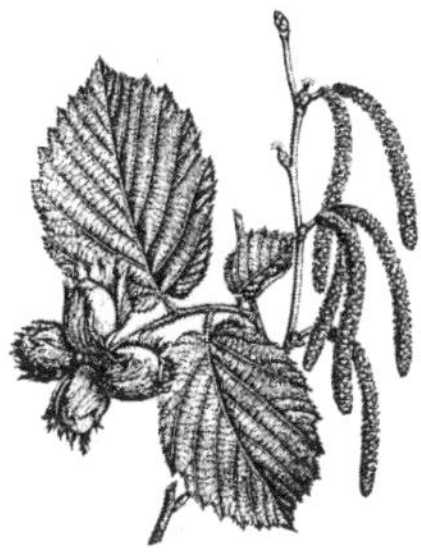

Ein Februartag vor zwei Jahren. Eine Nebeldecke hängt knapp über dem Dach des Landrovers. Penny, meine Frau, hat den Verkaufsprospekt für Trelandon in der Hand, auf dessen Rückseite eine praktische Landkarte aufgedruckt ist. Wie sich zeigt, ist das Grundstück leicht zu finden: Ein Schild, »Trelandon«, hängt an einem Telegrafenmast an der Landstraße.

»So ein Schild habe ich das letzte Mal in einem Spaghettiwestern gesehen«, sagt Penny. Über den unebenen Beton-Fahrweg hinunter zum Bauernhof strömt Wasser.

Der Hof wird in zwei Teilen verkauft. Parzelle 1, Great Trelandon, ein karges viktorianisches Bauernhaus aus Stein, ist bereits an eine gewisse Ms Janet Rees und einen Mr Gerry Musson verkauft. Wir fahren weiter, hinunter zur Trelandon Longhouse Farm.

Im Exposé des Maklers ist Parzelle 2 »das ursprüngliche, halb verfallene Naturstein-Bauernhaus mit angrenzender Scheune in traditioneller Longhouse Bauweise aus Holz und Stein, vermutlich aus dem 18. Jahrhundert«. Als wir in den Hof einbiegen, sehen wir, dass mindestens die Hälfte der Maklerbeschreibung ein Irrtum ist. Das Haus ist nicht halb, sondern ganz verfallen, und es gibt nicht nur eine angrenzende Scheune, sondern mindestens zwei.

Weil die meisten Gebäude eingestürzt sind und winterkahle Holunderbüsche herauswachsen, ist es unmöglich, genau festzustellen, was wir vor uns haben.

Dem Makler gelang es vielleicht nicht, Trelandon Longhouse Farm präzise zu beschreiben, einem Dichter einstmals schon. Mir gehen die Worte eines sächsischen Barden durch den Kopf, der die Ruinen eines römischen Bades gesehen hatte:

Gut gefügte Wand:
Das Schicksal zerschlug sie.
Das Bollwerk zerborsten. [...]
Gebrochne Firstbalken, Türme gestürzt,
Das Werk der Riesen, der Steinschmiede,
zerfällt.

Feierlich steigen wir aus dem Landrover und schreiten über den Hof. Irgendwo über uns im verschleierten Weiß klagt ein Bussard.

»Moment«, sagt Penny und schaut eines der Fotos im Exposé an, das ein insgesamt aufrechteres Gebäude zeigt, »von wo aus ist das aufgenommen? Wahrscheinlich von hinten.« Unsere Laune bessert sich einen Moment lang, und ich folge ihr durch die Überreste der Scheunentore ins Innere des verwüsteten Gebäudes und in einen überwucherten Garten, der vor Nebel tropft. Der Bussard klagt wieder. Kein anderes Geräusch ist zu hören. Der Nebel schließt sich um uns. Wir könnten die letzten Menschen auf Erden sein.

Tatsächlich sieht das Gebäude, aus der richtigen Entfernung und einem besonders engen Blickwinkel betrachtet, bemerkenswert stabil aus. Wir gehen wieder hinein, um uns das westliche, noch aufrechte Ende anzuschauen. Eichenfachwerk, noch mit den Füllungen aus Flechtwerk und Lehm, trennt die ehemaligen Wohnräume der Bauern von denen der Tiere. Das Flechtwerk fasziniert mich. Ich berühre es vorsichtig mit den Fingern und sage: »Ich bin kein Archäologe, aber das ist auf gar keinen Fall aus dem 18. Jahrhundert.«

Penny kann mich nicht hören, sie ist durch die Tür in der Zwischenwand verschwunden. »Wow«, ruft sie, »komm und schau dir das an, das ist unglaublich.« Ich folge ihrer Stimme durch die Tür. Durch die zwei kleinen Fenster zu beiden Seiten fällt ein wenig Licht, und wir können erkennen, dass dieser Raum, ursprünglich Wohnraum mit Küche, weitgehend intakt ist, bis auf die Decke, die sich zwischen den geschwärzten Balken zum Dach hin öffnet. Auf der anderen Seite des Steinbodens ist eine Kaminnische mit eingebautem Brotbackofen.

Aber das Verblüffende sind nicht die »historischen Bauelemente«: Es sind die Größenverhältnisse. Ich bin 1,80 Meter groß, und die Balken fangen in der Nähe meines Kinns an. (Später messe ich vom Boden zur Balkenunterseite: 170 Zentimeter.)

Dieser Raum ist für Bauern des Mittelalters erbaut worden. Oder für Hobbits.

Wer sie auch gewesen sein mögen, in diesem einen Raum und den beiden darüber lebte ein Bauer mit seiner Familie. Die harte, kahle Einfachheit des Raums hat etwas Fürchterliches; er ist ein steinernes Zeugnis dafür, wie schwer das Leben war, das die Bauern auf diesem ausgesetzten Hügel am hoch gelegenen Westende Englands führten, kurz vor Wales.

Der Raum ist so feucht und bedrückend, dass ich hinausgehen muss, weil der Nebel im Vergleich erfrischend und aufheiternd wirkt. Wir machen uns nicht einmal die Mühe, die sechzehn Hektar Land anzuschauen, die zu dem Bauernhof gehören.

Die Fahrt nach Hause dauert nicht lang. Wir leben nur acht Kilometer weiter, auch wenn es genauso gut achtzig sein könnten. Das Golden Valley, in dem wir wohnen, ist so schön wie sein Name andeutet: ein Ort goldgelber Kornfelder und Parklandschaften, ein Ort, der friedlich ist, aber trotzdem ein klares Gefühl der Verbindung zur Zivilisation vermittelt. Das namenlose Tal, in dem wir gerade waren, in der Nähe des Dorfs Longtown, ist ein abgelegener Ort mit kleinen familiengeführten Berghöfen, dessen Gipfel, der Black Hill (oder *Cat's Back*, wie ihn die Einheimischen nennen), die höchste

Erhebung Südenglands ist; seine Grundschule in Michaelchurch Escley ist offiziell die zweitabgelegenste Schule des ganzen Landes.

Wir kennen dieses verlorene Tal ein wenig, von Pub-Mahlzeiten im Bull's Head in Craswall, vom Schafekaufen für unseren Bauernhof bei einem Züchter auf dem Berg und vom Weihnachtsmarkt, wo meine Frau ihre selbstgemachten Filztaschen und Pantoffeln verkauft. Wir wissen also, warum wir gerne hierher ziehen würden. Dieses stille, unverdorbene Tal ist buchstäblich wie metaphorisch das letzte Tal Englands.

Das Tal hat noch etwas, das jeden bezaubert, der sich hierher verirrt: die Aussicht auf die lange, grandios dräuende Wand der Black Mountains.

Es heißt, von schöner Aussicht könne man nicht leben. Aber wir glauben das. Wir möchten einen größeren, malerischeren Bauernhof kaufen als unseren jetzigen kleinen und Ferienwohnungen anbieten und die Gäste mit unseren eigenen Bio-Produkten, mit Schinken, Rind- und Hühnerfleisch von alten Haustierrassen sowie Eiern, versorgen. Die uns ›ausgelieferte‹ Kundschaft soll außerdem dazu verleitet werden, Pennys erlesene Filzarbeiten zu kaufen.

»Gibt es da überhaupt eine Aussicht?«, fragt Penny, als wir nach Hause brummen, und starrt mit zusammengekniffenen Augen die passbildgroßen Fotos auf der Maklerbroschüre an, die einen Bach und die durchs falsche Ende eines Fernrohres geknipste Distanzaufnahme eines grauen Klumpens zeigen. »Für mich hat es sich klaustrophobisch angefühlt, weil es so am Hang liegt.«

»Nichts für uns, Darling«, fügt sie dann hinzu und steckt das Exposé gefaltet in die Tasche am Armaturenbrett des Landrovers.

Eine Woche später sind wir wieder in Trelandon. Schließlich ist der Hof sechzehn Hektar groß. Wir suchen schon seit einem Jahr eine Immobilie in diesem Tal, und das ist erst die zweite mit Ländereien für weniger als eine Million Pfund, die wir gefunden haben. (Die erste haben wir ignoriert, weil der geschiedene Verkäufer ein einziges Buch zurückgelassen hatte, sorgfältig auf einem Couchtisch in der Mitte eines leeren Raumes platziert: *50 wahre Mordgeschichten.* Feng-Shui, die uralte chinesische Kunst des Sofaverrückens, betreibe ich zwar nicht, aber da war eine deutlich negative Energie.)

Als wir diesmal auf dem Vorplatz des Bauernhofs ankommen, glotzen wir nicht wie zwei Dorftrottel das verfallene Haus an, sondern starren mit offenem Mund in die andere Richtung. Die Luft ist knackig und klar, und der 180-Grad-Blick auf die Wand der Black Mountains wird perfekt eingerahmt von einem Hügel mit Schachbrettwiesen zur Linken (wie wir später entdecken, heißt er Merlin's Hill) und dem Hang des Hügelchens, auf dem Trelandon liegt.

»Das ist unglaublich«, sagt Penny.

»Das ist die beste Aussicht von ganz England«, sage ich.

Diesmal wandern wir tatsächlich herum und begutachten das Land, das sich in einer Reihe heckenumfriedeter Wiesen von der Landstraße bis zum Escley Brook hinunterzieht, geformt wie Italien, das seinen Stiefel ins Mittelmeer streckt. Sämtliche Wiesen sind Dauerweiden; am Bach steht ein kleines Wäldchen. »Das Grünland ist überraschenderweise als benachteiligt eingestuft«, berichtet die Maklerbroschüre, was sicherlich ironisch gemeint ist – oder wenigstens Hoffnung wecken soll. Ein einigermaßen ebenes Stück Land ganz oben trägt eine gute Grasnarbe, mit reichlich Klee, und ist wahrscheinlich die Heuwiese; der Rest sind grobe Gräser auf schwerem, kaltem Lehm, ohne richtige Drainage, und das Wasser steigt um unsere Füße nach oben, während wir gehen. Eine Wiese ist so nass, dass sie halb Sumpf ist, inklusive Schlickgras, während ein Zweieinhalb-Hektar-Landstück ganz unten, zu dem eine Schleife des Escley Brook gehört, von Drahtwürmern verwüstet und an der Uferseite von einem mindestens sechs Meter breiten Dickicht besetzt ist. Dies ist nicht das wildblumenreiche Grünland, das unsere Schafe und Kühe gewohnt sind; stattdessen tragen die Wiesen Aknepickel aus großen Brennnessel- und Distelhorsten.

Aber das ist uns egal. Wir haben die Aussicht auf die Berge gesehen. Außerdem haben wir am Ufer des Escley gestanden, der die Ostgrenze des Grundstücks bildet, haben zugesehen, wie er sich ruhig auf dem flachen Sandstein sammelt und dann über Felsen ergießt, um unter überhängenden Bäumen hindurchzugleiten, während die blasse Februarsonne ihn aufblitzen lässt.

»Escley Brook«, Escley-Bach, ist ein unzutreffender Name, denn der Escley ist hier sechs Meter breit. Vielleicht schon ein Fluss.

Wir sehen unsere Kinder vor uns, Tris und Freda, wie sie im Escley paddeln und schwimmen. Ein paar Sachen können wir nicht sehen. Am Ufer des Escley, im Kessel eines privaten Tals mit Blick hinauf zu den zwei Kilometer entfernten Black Mountains, sehen wir kein einziges Haus außer Trelandon Longhouse.

Inzwischen weiß ich nicht mehr, wer von uns beiden es sagte, aber derjenige kam dem anderen nur um Haaresbreite zuvor.

»Wir müssen es haben«, sagte einer von uns.

Irgendwie treiben wir den Kaufpreis für Trelandon auf, etwa indem wir unseren kleinen Hof im Golden Valley verkaufen und bei einer kommerziellen Kreditagentur Geld leihen (normale Hypothekenbanken mögen weder Agrarland noch Renovierungsprojekte; beides zusammen ist absolut tabu), und das sogar, bevor jemand »von außerhalb« uns überbieten kann. Denn das ist die große Angst der Einheimischen: dass irgendwelche streunenden Klugschwätzer, die das Literaturfestival in Hay-on-Wye in diese Gegend gelockt hat, ihr Reihenhaus in London gerade für eine Million verkauft und deshalb genügend Bargeld für höhere Gebote haben. Zu unserem Glück wird das Anwesen von einem kleinen lokalen Maklerbüro angeboten, das bei einer Google-Suche nach »Herefordshire + Immobilie + Ackerland« nicht auf den ersten Plätzen auftaucht; außerdem hegen die Verkäufer, denen wir direkt geschrieben haben, eine Spur Sympathie für uns, weil wir Landwirtschaft betreiben wollen und aus der Gegend sind. Zumindest ich bin waschechter Hereforder – meine

Frau musste ich an ihren rabenschwarzen langen Haaren aus London hierher zerren.

Am 6. Juni ziehen wir nach Trelandon Longhouse, unser ganz persönlicher D-Day. Wir haben nichts zum Wohnen außer einem Zelt. Es gibt kaltes fließendes Wasser aus einem Wasserhahn draußen im Hof, aber damit ist die Liste leiblicher Labsale auch schon zu Ende. Es gibt kein Telefon, keinen Strom. Ich bereite unsere erste Mahlzeit auf einem Grill zu, der durch die Sauerstoffzufuhr des Windes rot glühend heiß wird. Ah, der Wind. Er hört an jenem Tag nicht auf zu wehen, auch nicht an den folgenden. Der Longtown-Wind ist ein Phänomen. Janet, unsere Nachbarin weiter oben am Fahrweg in Great Trelandon, schaut vorbei, um Hallo zu sagen. Und um sich über den Wind zu beklagen. »Vor ein paar Wochen«, erzählt sie, »hat mich der verdammte Wind fast umgeblasen.« Das finde ich ebenso verblüffend wie Janet selbst, denn sie ist das, was ihr Vater, Bauer im Ruhestand, fröhlich »ein großes Mädchen« nennt. Janet und ihr Partner Gerry sind auch aus der Gegend. Anscheinend mehr als wir; Janet beklagt sich, John komme aus Herefordshire, sei aber nicht »echt Herefordshire«. Als dieses Urteil auch auf mich übertragen wird, möchte ich absurderweise protestieren. Ich möchte klarstellen, dass ich, wenn ich auf den Merlin's Hill stiege, auf Zehenspitzen stehend den Weiler Marlas sehen könnte, in dem die Familie meiner Mutter vor dreihundert Jahren Landwirtschaft betrieb. Und ich möchte erwähnen, dass meine Eltern beide in Herefordshire geboren wurden, genau wie ihre Eltern, und dass ich, klar, mit achtzehn weggezogen, aber zurückgekommen bin. Aber wenn ich ehrlich bin, weiß ich, was sie meint: Ich habe nicht den lokalen, die H's verschluckenden Akzent, sondern spreche neutrales Englisch. Auch arbeite ich nachts in einem Beruf, der ganz eindeutig zu der Sorte Beschäftigung gehört, die Neuankömmlinge treiben: Ich schreibe Bücher. Außerdem hat der Versuch, den Einheimischsten aller Einheimischen zu spielen, eindeutig einen Hauch von Dorf-Sitcom.

In den Ferien kann Zelten Spaß machen, aber es gibt nichts, was es als Lebensform empfehlenswert macht, selbst nachdem wir einen gasflaschenbetriebenen Campingherd gekauft haben: Das ständige Flattern der Nylonplane, die unaufhörliche Feuchtigkeit, die unsere Kleidung durchdringt, das Fehlen richtiger Beleuchtung … Wir hätten gern einen gebrauchten Wohnwagen, aber ein Obsthof in der Nähe von Leominster hat im Umkreis von hundert Kilometern alle aufgekauft, um polnische Arbeiter darin unterzubringen. Schließlich finden wir in Blaenavon einen Zweibett-Caravan, den ich mit dem Jeep nach Trelandon ziehe und neben dem einzigen Teil der linearen Ruinenlandschaft aus Gebäuden parke, der intakt und sicher ist: einem Kuhstall aus den Dreißigerjahren. Auf der anderen Seite des Hofs steht ein Beton-Schweinestall von 1962. Wir kennen das Jahr so genau, weil der Bauer, der ihn erbaut hat, Mr Jones, seine Initialen und das Datum in die feuchte Betonwand geritzt hat: »LJ 1962«. Die Fläche zwischen Kuh- und Schweinestall ist so gut vor dem Nordwind geschützt, wie es in Trelandon Longhouse eben geht; er durchharkt die schmale Furche des Escley in beide Richtungen.

Für die Kinder, die zehn und sieben sind, ist dieses Zelt- und Wohnwagenleben ein ununterbrochenes Enid-Blyton-Abenteuer; die Erwachsenen der Familie mögen allerdings richtige Klos, im Gegensatz zu einem mit Zeltplane umbauten, von Himmel überdachten Loch in der Erde, und finden es wirklich ziemlich angenehm, sich zu waschen – insbesondere mit heißem Wasser. Ich rieche ranzig, weil ich unsere Schafe schere und ihr Geruch unter meine Haut dringt. Eine Schlauchdusche auf dem Hof mit kaltem Wasser und Duschgel schafft es nicht, das fettige Schaf-Lanolin zu durchdringen, das meine Arme und Beine überzieht, und ich besuche die Jahresabschlussfeier an Tristrams Schule mit einem Odeur, das die frisch frisierte Dame an meiner Seite dazu veranlasst, im feuchten Festzelt zwei Plätze weiter zu rücken.

Dennoch – wie Penny und ich einander zu sagen pflegen: »Es ist eine Erfahrung, oder nicht?« Wenigstens die Landwirtschaft läuft gut. Außer den sechzehn Hektar in Trelandon haben wir weiterhin zwölf Hektar drüben im Golden Valley gepachtet. Insgesamt sind es etwa zwanzig Hektar weniger, als wir brauchen, aber wir haben das Gefühl, auf dem richtigen Weg zu sein. Im märchenhaften Leuchten des Mittsommerabends liegen wir bei offenen Fenstern im Wohnwagen und lauschen der wiegenliedleisen Stille des Escley fünfhundert Meter weiter unten im Talgrund. »Es ist zauberhaft hier«, flüstert Penny mir zu, über die beiden Kinder hinweg, die sich schlafend zwischen uns quetschen.

Wir erwachen aus unserem Mittsommernachtstraum, weil der Elefant namens Bauernhof erwacht. Wir haben versucht, das zerfallene, fünfzig Meter lange Gebäude zu ignorieren, aber wir haben für seine Renovierung einen 150 000-Pfund-Kredit aufgenommen. Der Kredit läuft nur für ein Jahr. Dieses Jahr beginnt am ersten Juli. Ein örtlicher Bauunternehmer schwört, er wolle den Auftrag, arbeitet einen Tag lang und erklärt dann, es seien »zu schwierige Ebenen«, bevor er sich in Bergluft auflöst. Penny treibt einen anderen auf, der sich aus Mitleid mit einer im Wohnwagen lebenden Familie bereit erklärt, seine Arbeitsplanung umzustellen und die Renovierung für uns zu übernehmen.

Bob Higgs ist, natürlich, überall als »Bob der Baumeister« bekannt, ein Scherz, den er mit dem Spielzeugbob würdigt, der hinter der Windschutzscheibe seines baustellen-obligatorischen weißen Ford Transit sitzt. Kann er es richten? Ja, kann er. Leider zeigt sich, dass Bob es nur langsam richten kann. Bob ist Handwerker. Wo Bob auch hingeht, es zieht eine Lobeswolke aus »Bob macht wunderbare Maurerarbeiten, wirklich« hinter ihm her. Wir brauchen keinen Kunsthandwerker, wir brauchen einen Arbeiter. Außerdem brauchen wir eine Armee von Leuten.

Ein wunderbarer Mensch allerdings, dieser Bob, genau wie sein Sohn Martin, der einst im Sold des Fußballclubs Cheltenham Town stand, bis Pfeiffersches Drüsenfieber dazwischenkam. »Das ist echt ein Jammer, oder?«, sagt Bob in regelmäßigen Abständen, wozu Mart wortlos das Gesicht verzieht. Neben Bob und Mart ist da noch Mike. Mike ist kein Bauarbeiter. Mike ist ein ehemaliger Heizungsmonteur und Marts Freund. Mike wird während der Arbeit ausgebildet.

Es gibt einen Noir-Roman von Jim Thompson, einem amerikanischen Trash-Schriftsteller der 1950er-Jahre, der ungefähr mit folgenden Worten beginnt: »Der Tag fing gut an, ich hätte also wissen müssen, dass er böse enden würde.« Schon vor langer Zeit habe ich das zu meinem persönlichen Motto erkoren, aber aus irgendeinem unerfindlichen Grund hatte ich vergessen, es auf die Renovierung des Hauses anzuwenden.

Zwei Monate lang lief die Arbeit wie geschmiert, während Bob, Mart und Mike schufteten wie mittelalterliche Kohleschürfer; sie hoben einen Unterbau für den alten Wohnraum aus und errichteten Wände aus Betonschalsteinen um die Grundfläche der unteren Scheune und der beiden angrenzenden Schafställe. Mit dem Aufblühen der Astern in dem überwucherten Garten hinter dem Haus keimten auch die ersten Knospen der Katastrophe. »Ich glaube, ich mache mich an die Maurerarbeiten für den Kaminsims«, sagte Bob eines Tages. »Gute Idee, Bob«, sagten wir, denn wir wussten wenig über Bob und nichts über das Bauen, und so verbrachte Bob Tage damit, den Kaminsims im Innenraum zu verfugen, bis er tatsächlich wunderbar aussah. »Wunderbare Maurerarbeit, Bob«, sagten wir.

»Wunderbare Maurerarbeit«, sagt David Morris, der von der Bank für die Bauaufsicht eingesetzte Architekt, ein paar Tage später. Schlicht gesagt ist es David Morris' Rolle, dafür zu sorgen, dass die Bank für die beträchtlichen Geldbeträge, die sie in unsere Richtung schaufelt, einen Gegenwert bekommt. Die Faustregel ist, dass X (die in einem Monat geleistete Menge an Arbeit) plus Y (das im fraglichen Monat verwendete Material) den Wert der Immobilie um Z erhöht. Wenn alles gut geht, zahlt die Bank X + Y.

David Morris steht dünn und blond in der Düsternis des Wohnraums, hält einen Stapel Zeitpläne und Rechnungen in der Hand und sieht verwirrenderweise aus wie König Eduard der Bekenner. »Aber«, sagt er und schaut auf zu der wunderbaren Maurerarbeit, »was haben sie außerdem gemacht?« Penny und ich treten von einem Bein aufs andere, während ich etwas über viel unsichtbare Arbeit murmle, wie das Umlagern von Baustoffen an praktischere Plätze. David Morris ist eindeutig nicht überzeugt, zeichnet die Arbeit aber trotzdem ab. Die Preise für Häuser schießen so prachtvoll in die Höhe, dass die Freigiebigkeit der Kreditgeber durch den Wert der Immobilie mehr als abgesichert ist. Bevor er in sein BMW-Z3-Coupé steigt, fühlt sich David Morris verpflichtet, uns zu warnen: »Die arbeiten zu langsam, und Mauerarbeit ist in diesem Stadium allenfalls kosmetisch.«

»Was sollen wir machen?«, frage ich. »Neue Bauarbeiter engagieren?«

»Sie sollten nicht mitten im Rennen die Pferde wechseln. Sie müssen Bob dazu bringen, effizienter zu arbeiten.«

Das ist leichter gesagt als getan, vor allem, als Desmond Buckley, der Schreiner, auf der Baustelle eintrifft. Wir haben schon einen anderen Schreiner ausprobiert, Simon Roberts, gegen den ich nur deshalb eine irrationale Abneigung entwickelte, weil er eine Künstlermappe über der Schulter trug. Bob mochte ihn auch nicht besonders. Seine Gefühle wurde erwidert. Als Bob und Simon auf dem Hof eine Schlägerei anfingen, musste Simon gehen.

Bob war nicht sonderlich erfreut, als er hörte, dass Desmond Buckley der einzige Ersatzschreiner sei, den Penny beim Durchkämmen der *Gelben Seiten* habe auftreiben können. »Ich habe schon einmal mit ihm zusammengearbeitet, und er hielt sich für den verdammten Chef«, sagte Bob, bevor er sich wieder irgendwelchen Maurerarbeiten widmete.

Eine giftige Schlingpflanze aus Schwierigkeiten hatte gerade den ersten Trieb aus der Erde geschoben. Schon zwei Tage später erklärte ich Penny, dass Desmond gehen müsse. Ich hatte ihn gebeten, einen Balken anzuschrägen. Er weigerte sich, über Kopf zu arbeiten: »Dieses ganze Sich-Hochstrecken und der Staub, das wäre ein verdammter Albtraum.«

Penny war weniger überzeugt von meiner Finger-am-Abzug-Strategie, Leute zu feuern. »Wenn wir jetzt keinen Schreiner haben, steht die ganze Baustelle still.«

Also blieb Desmond und erweiterte sein Team sogar. Ein Hippie mit Pferdeschwanz, Dick, wurde Desmonds Stellvertreter. Ihr einziger Untergebener war Kurt. Kurt der Rotgesichtige war Desmonds Neffe. Außerdem war er der Sohn eines Schweinezüchters, ohne irgendeine Erfahrung im Schreinern.

Mehr Helfer machten die Arbeit nicht leichter oder schneller. Sie verdreifachten nur die Lohnrechnung.

Innerhalb von einer Woche war Desmond aufrichtig davon überzeugt, dass wir ihn als Projektmanager angeheuert hätten. Durch seine schiere hyperaktive Allgegenwart überzeugte er auch alle anderen davon. Als ich eines Nachmittags nach Hause komme, bemerke ich, dass eine Giebelseite mit Blech verkleidet worden ist. Ich spüre Bob anhand seiner Spur aus feuchtem Mörtel auf und frage ihn: »Bob, warum um Himmels willen hast du die Giebelwand mit Blech verkleidet?«

»Desmond hat gesagt, ich soll es so machen«, sagt er, bevor er sich wieder seinen Maurerarbeiten zuwendet.

Ich spüre Desmond anhand seines manischen Lachens auf dem Dach auf und frage ihn: »Desmond, warum um Himmels willen hast du Bob gesagt, er solle die Giebelwand mit Blech verkleiden?«

»Ich dachte, das würde gut aussehen«, antwortet Desmond, sichtlich beleidigt angesichts meiner Kühnheit, seine Entscheidung infrage zu stellen.

»Die verdammte Baugenehmigung sagt eindeutig, sie soll mit Holz verschalt werden! Genau wie die verdammten Pläne!«, schreie ich.

»Pff! Baugenehmigung. Ich finde, darum sollte man sich echt keine Gedanken machen …«, sagt Desmond und geht schmollend hinüber zu seinen Freunden. Ich steige die Gerüstleiter hinunter, zornentbrannt. Bob kommt herüber, um zu sehen, was der Krach zu bedeuten hat. Ich erkläre es ihm. Bob sagt kopfschüttelnd: »Ich weiß nicht, wie Desmonds Frau es mit ihm aushält.«

Wie sich zeigen sollte, hielt sie es nicht aus. Eine Woche später verließ sie ihn.

Desmond fängt an, seinen Schäferhund mit auf die Baustelle zu bringen. Wir bitten ihn, das nicht zu tun, weil er unsere Hunde anknurrt – Hatty, einen altersschwachen Golden Labrador, und Sniffy, Fredas Mini-Jack-Russell mit dem perfekt herzförmigen braunen Fleck. »Bodger könnte keiner Fliege etwas zuleide tun«, sagt Desmond mit lächelnder Überzeugung.

An einem Tag im März sitzen Bob, Mart und Mike in ihrem Lieferwagen beim Mittagessen. Sniffy gesellt sich zu ihnen, wie es seine Gewohnheit ist, setzt sich ins Gras und nagt an einem Kaninchen. Bodger trabt herbei, fällt über Sniffy her und nimmt sich das Kaninchen. Der Angriff ist so ernst, dass die Rechnung des Tierarztes, der Sniffy zusammenflickt, über tausend Pfund beträgt. Ein paar Tage später bringe ich das Thema bei Desmond zur Sprache. »Kann nicht Bodger gewesen sein«, sagt Desmond, »er würde keiner Fliege etwas zuleide tun. Muss ein anderer Hund gewesen sein, der aussah wie Bodger …«

Schließlich einigen wir uns darauf, dass der schuldlose Bodger durchgehend in Desmonds Lieferwagen eingesperrt bleibt.

Ich schlage Penny noch einmal vor, Desmond zu entlassen. Sie antwortet: »Wir werden keinen anderen Schreiner finden, und die Baustelle wird stillstehen.«

»Es geht so langsam voran, dass sie fast stillsteht.«

»Wenn die Bauarbeiten aufhören, gibt David Morris kein Geld mehr frei.«

Und das ist der Haken. Wenn die Arbeit endet, endet auch das Geld. Es gibt eine weitere bittere Wahrheit, die wir bisher niemandem zu offenbaren gewagt haben, nämlich, dass wir selbst Liquiditätsprobleme haben. Ich kann kaum arbeiten, weil mich die Bauarbeiten und die Entbehrungen des Wohnwagenlebens auf einem Berghang so überwältigen. Zum Teufel, ich kann kaum schlafen.

In diesem Stadium, Ende März, hole ich mir Erfrierungen. Nachdem ich einen trostlosen Nachmittag in Regen und Wind damit verbracht habe, zwei Schafen beim Lammen beizustehen, lasse ich das Gummistiefel-Ausziehen weg und zwinge mich dazu, acht Stunden im ungeheizten »Bürowohnwagen« am Computer zu verbringen, dem kaputten Zwei-Kojen-Gehäuse, das wir gerade gekauft haben, weil es als zu schlecht für sporadische Obstpflücker ausgemustert wurde. Am nächsten Tag spüre ich vage eine Taubheit in meinen Zehen. Eine Woche später ist mein rechter kleiner Zeh schwarz angelaufen, und mein Fuß ist so stark geschwollen, dass ich keinen Schuh anziehen kann. Penny sagt, ich solle zum Arzt gehen; ich sage ihr, das Problem werde vorübergehen. Durch reinen, unverfälschten Zufall lese ich in der *Times* – nicht meine übliche Zeitung – von jemandem, der sich über eine Wunde am Fuß eine Blutvergiftung holte. Die beschriebenen Symptome entsprechen meinen in alarmierendem Ausmaß, inklusive der schaudernden Schmerzen. Meine Hausärztin, Annette Wissler in Ewyas Harold, verschreibt mir die üblichen Antibiotika. Eine Stunde nachdem ich wieder zu Hause bin, ruft Annette Wissler – Gott segne sie – an und sagt: »Bei näherem Nachdenken glaube ich, ich sollte Sie ins Bezirkskrankenhaus überweisen.«

Am nächsten Tag wirft der diensthabende Arzt, ein Mr Tippin, einen Blick auf meinen Fuß, formt ein lautloses »O« mit seinen Lippen und sagt ausdruckslos: »Wir müssen ein Bett für Sie finden.«

»Sind Sie sicher?«, frage ich.

»Nun, sagen wir es mal so«, antwortet er, »wenn wir nicht sofort anfangen, an Ihrem Fuß zu arbeiten, werden einzelne Stücke davon abfallen.« Soweit Mr Tippin feststellen kann, hatte die kleine Stelle, an der die Erfrierung eiterte, irgendeinem schrecklichen Organismus – auf einem Bauernhof mit Nutztieren nichts Ungewöhnliches – erlaubt, in meinen Blutkreislauf einzudringen. Er zeichnet eine gestrichelte Linie auf meinen Fuß. »Wenn die Infektion über diese Grenze hinaus fortschreitet, werden wir tatsächlich amputieren müssen.«

Meine Reaktion darauf ist äußerliche Heiterkeit, das rührende Markenzeichen der englischen Mittelschicht in Notsituationen: »Oh prima, das könnte Schuhe sparen«, sage ich.

Glücklicherweise macht eine Spritze von der Größe einer Fahrradpumpe, die mich alle vier Stunden mit Antibiotika vollpumpt, die Amputation unnötig. Nach vier Tagen Behandlung ist die Gefahr vorüber, aber ich soll noch »zur Beobachtung« bleiben. Wie Penny sofort anmerkt, ist dies ein ziemlich bequemes Nest; sämtliche Mahlzeiten werden serviert, man hat nichts zu tun, außer zu lesen, Radio zu hören und Filme auf Sky TV anzusehen. »Ich möchte auch versorgt werden«, sagt Penny, als sie mich eines Nachmittags besucht. »Ich möchte auch eine Runde in einem warmen Krankenhausbett.«

Ehrlich gesagt bin ich überhaupt nicht erpicht darauf, zur Mühsal der Bauarbeiten zurückzukehren, aber nach einer Woche wirft mich das Krankenhaus hinaus. In meiner Abwesenheit hat sich nichts gebessert. Alles ist immer noch im freien Fall. David Morris gibt weiterhin das Geld frei, aber er schickt der Bank auch Warnmeldungen, was die Baufortschritte angeht. Oder genauer: deren Nichtexistenz.

Bodger, der in Desmonds Lieferwagen sein sollte, hat sich bei den Schreinern auf dem Gerüst eingerichtet. »Lieber den Spatz in der Hand als die Handwerker auf dem Dach«, murmele ich säuerlich.

Mart fragt jeden Tag: »Wünschen Sie sich nicht, Sie hätten das hier niemals angefangen?« Dann weist er hilfsbereit darauf hin, dass in unser Haus acht andere hineinpassen würden. Ich kenne sein

Haus, eine niegelnagelneue, zugluftfreie, voll ausgestattete Doppelhaushälfte. Mart der Glückliche.

»Aber schöner Ort hier«, fügt Mart hinzu.

Und das ist es, was alle sagen, vom Paketboten bis zu dem Statiker, den wir per Notruf herbeizitieren, damit er die Dicke der Doppel-T-Träger für das Obergeschoss berechnet, als klar wird, dass die alten Eichenbalken das moderne Gewicht von Bett, Bad und Kleiderschrank nicht tragen können. Außerdem leiten alle ihre Bemerkungen zur Schönheit der Umgebung mit hochgezogenen Augenbrauen und einem ironischen Blick auf das Haus ein – und mit den Worten: »Haben Sie schon mal diese Sendung über Bauprojekte gesehen, *Grand Designs*?« Nein, erklären wir fröhlich, wir hätten keinen Fernseher. Wir seien verrückt genug, dies hier ohne äußere Einflüsse zu tun.

Haben Sie schon mal *Grand Designs* gesehen?
Aber schöner Ort hier.
Haben Sie schon mal *Grand Designs* gesehen?
Aber schöner Ort hier.
Haben Sie schon mal *Grand Designs* gesehen?
Aber schöner Ort hier.
H-h-h-i-i-i-l-l-l-f-f-f-e-e-e!

Im Juli ertrage ich es nicht mehr. Ich habe Selbstmordfantasien, in denen ich mich in den Escley stürze, in perfekter Kreuzigungspose. Der Hauch von lächerlichem Märtyrertum ist mir bewusst, aber die zäh an mir klebende Depression ist ganz real. Genau wie die Mattigkeit, die mich umfängt. Ein Besuch von Jimmy, dem Altmetallhändler, erweist sich als Katalysator für einen seltenen Moment der Energie und Entschlusskraft. Sechs Monate zuvor hatte ich mit Jimmy abgemacht, er könne die Wellblechplatten von den Scheunendächern kaufen. Er ist gekommen, um sie zu holen. Jimmy steht auf dem Hof und schüttelt den Kopf. »Verdammte Scheiße, ich hatte gedacht, Sie wären inzwischen mit dem ganzen Ding fertig.« Das meiste Wellblech ist immer noch auf den Dächern.

Ich rufe zwei Makler an und bitte sie, Bewertungen abzugeben. Unabhängig voneinander schätzen sie die Immobilie auf 600 000 Pfund, in ihrem aktuellen jämmerlichen, zu einem Drittel fertigen Zustand. »Wir könnten aussteigen«, sage ich zu Penny, »und hätten keinen Verlust gemacht.«

Aus Gründen, die mir selbst heute noch nicht vollkommen klar sind, stiegen wir nicht aus. Wahrscheinlich waren wir zu entnervt und es war einfacher, alles weiterlaufen zu lassen. Außerdem ist es ein schöner Ort.

Ende Juli wird es ernst, als die Baugenehmigung wegen der schlecht entworfenen Pläne des Architekten verfällt und die Kreditgeber, die keine Korrelation zwischen dem vorgestreckten Geld und den geleisteten Bauarbeiten sehen, sich weigern, weiteres Geld freizugeben. Wir weinen uns an der Schulter unseres Freundes Niall Robertson aus, zu dessen beschämend vielfältigen Talenten es gehört, dass er Projektentwickler ist. »Auf Biegen und Brechen, und wahrscheinlich vor allem Letzteres«, sagt Niall mit einem deutlichen Lächeln hinter seinem Bart, »wir werden das regeln.«

Das tun wir. Um die Pläne »aufzubauschen«, fügt Niall noch ein Schlafzimmer mit Bad hinzu. Der Bank gefällt das so gut, dass sie weitere 50 000 Pfund freigibt. Außerdem entwirft Niall die problematischen Fenster im Obergeschoss neu, als Schleppdachgauben, und besorgt eine rückwirkende Baugenehmigung dafür. Obwohl die Bauarbeiten nicht innerhalb eines Jahres fertig werden, ist genug geschehen, um einen Kredit zu besorgen, mit dem sich das Baudarlehen ablösen lässt. Und wir haben schon acht Räume fertig: verglichen mit einem Wohnwagen ein Palast.

Selbst wenn wir mehr Geld besorgen könnten, damit mehr gearbeitet würde, brauchen wir eine Pause, ohne Bauarbeiter und Schreiner. Wir zahlen sie aus, und als die Schreiner den Fahrweg hinauf entschwinden, merke ich, dass ihre teuren handgefertigten Fenster Wasser durchlassen. Soll ich sie damit konfrontieren? Einen Anwalt einschalten? Ich tue keins von beidem. Mir fehlt die Energie dafür.

Obwohl die Bauarbeiten stillstanden, schlitterten wir weiter in Richtung finanziellen Ruin. Ich hatte seit zwei Jahren nur halb gearbeitet und den Bauernhof vollkommen verlottern lassen. Meine Kreditkarte war am Limit. Den Dispokredit bei der Bank hatten wir ausgeschöpft. (Jeder von uns.) Ich hatte mir angewöhnt, den Kindern Schuldscheine auszustellen, weil sie in ihren Spardosen mehr Geld hatten als ich. Das Einkaufen beschränkte sich auf Supermärkte, die noch Schecks annahmen. »Ja klar«, sagte ich zu Penny, »ein geplatzter Scheck kostet fünfundzwanzig Pfund, aber wir brauchen trotzdem jetzt etwas zu essen, oder nicht?« Dass wir den absoluten Tiefpunkt erreicht hatten, wurde mir an dem Tag bewusst, an dem ich erst das Haus nach Kleingeld durchsucht hatte und dann im Supermarkt hinter jugendlichen polnischen Obstpflückern Schlange stand, um den Münzwechselautomaten zu benutzen. Ich warf mein gesammeltes Kleingeld hinein, und ein Gutschein über 5,51 Pfund kam heraus, einlösbar am Kundendienstschalter.

Cheryl, die Kundenberaterin, versuchte, mich nicht zu bemitleiden, als sie mir das Bargeld reichte. Aber ihr Lächeln verriet sie: Es war zu breit.

Wir mussten Geld auftreiben, und wir mussten unsere Ausgaben senken. Unsere Kreditraten würden Brasilien zum Heulen bringen.

Über diese Probleme grübele ich Mitte September 2006 nach, während ich auf unserem Land herumlaufe. Am waldigen Ufer des Escley erreiche ich eine Lichtung und schaue ins Wasser, wo eine Forelle in Deckung schießt. Champignons wachsen im Gras und in der Hecke der Uferwiese, wo sie am Escley endet, Grauhörnchen fressen Haselnüsse, Weißdornbeeren glänzen lippenstiftrot vor dem blauen Himmel, und Brombeerranken hängen herab. Eine Ringeltaube gurrt im

Steinbruch jenseits des Flusses *Ku-kuu*. Wäre es nicht wunderbar, dachte ich, wenn ich einfach von dem leben könnte, was die Natur kostenlos liefert?

Wäre das nicht wunderbar?

Der Gedanke wird zur fixen Idee. Nach ungefähr einer Woche erzähle ich Penny davon, während sie Teppichboden für den langen Flur zuschneidet. Sie hört auf, den weißen Teppich mit dem Teppichmesser durchzuritzen, und sagt apodiktisch: »Das bist so sehr du.«

»Das heißt?«

»Das bist so sehr du. Du weißt schon: Weil du bei den jungen Ornithologen mitgemacht hast, weil du jagst, weil du ungern drinnen bist, weil du dich gerne herausforderst – und das tust du auch. Nur weil ich damals mit Scheidung gedroht habe, bist du nicht abgereist, um Kriegsberichterstatter zu werden.« Sie ritzt wieder an dem widerspenstigen Gewebe herum. »Aber du wirst die Kinder nie dazu bekommen, mitzumachen, und ich habe nicht deinen gusseisernen Magen. Außerdem bin ich Vegetarierin. Da draußen gibt es nicht genug Gemüse für mich. Aber für dich – für dich könnte es gut sein.«

»Ich denke noch ein bisschen darüber nach«, sage ich.

Das tue ich. Ein primitiver Jäger und Sammler brauchte vierzig Hektar, um eine Familie zu ernähren. Dann könnte ich doch sicher von sechzehn Hektar leben? Außerdem fange ich an, die Beweggründe zu zerlegen, aus denen ich das Ganze machen möchte, denn es geht nicht nur um Geld. Da ist noch etwas anderes. Etwas, das mit meiner Erschöpfung zu tun hat; sie ist so groß, dass sich jede Faser meines Wesens anfühlt wie eine der Luft ausgesetzte Zahnwurzel. Könnte ich mich wieder zusammenfügen, indem ich mich und die Erde zusammenfüge? Insbesondere diese rote Erde, diese frisch erworbenen sechzehn Hektar am hintersten Ende Englands?

Der Gedanke, von der Wildnis zu leben, verfestigt sich bei einem Besuch im Londoner Restaurant Rules, wo wir Tris' großartige Leistung feiern: Er hat ein Stipendium für die Oberschule erhalten.

Vor langer Zeit, in den schultergepolsterten, Perrier trinkenden 1990ern, als freier Mitarbeiter einer schicken Zeitschriftenredaktion in Covent Garden, wurde ich bei seltenen Gelegenheiten von der Literaturredakteurin zum Mittagessen eingeladen; ihr Lunchkompass zeigte unweigerlich in gerader Linie auf ein unterirdisches Bistro, das Nouvelle Cuisine servierte. Die Kargheit des Essens – ein Ein-Ton-Akkord aus kalter Roulade mit einer exotischen Fruchtscheibe –, die Grässlichkeit des Weins (außereuropäischer Pinot Grigio, immer), die Schwierigkeit, jene Art witziger intellektueller Konversation zu betreiben, die weitere Aufträge nach sich ziehen würde, gepaart mit der furchteinflößenden Gegenwart der berühmten Journalistin Lynn Barber (die, jedenfalls in meiner Erinnerung, permanent in der rauchdurchwölkten Dunkelheit Hof hielt), machten diese Anlässe trübselig hoch x. Sie wurden noch durch die Tatsache verschlimmert, dass wir auf unserem Weg vom Büro zum Bistro am Restaurant Rules in der Maiden Lane vorbeikamen, durch dessen Fenster ich luxuriöse rot gepolsterte Bänke, große Flaschen Clairet und herzhafte Typen beim Genießen von herzhaftem Essen sehen konnte. Vor meinem geistigen Auge begann das Rules für jenes sinnenfreudige, fleischessende, bequeme Leben zu stehen, das ich wollte – im Gegensatz zu der schalen, Filofax-schwingenden, politisch korrekten Existenz, die ich führte. Obwohl ich die Schwelle des Rules niemals überschritten hatte, muss ich ein Jahrzehnt lang wie besessen von dem Lokal geschwärmt haben, weil Tris auf die Frage »Wo möchtest du zur Feier des Tages essen gehen?« antwortete: »Ins Rules.«

Glücklicherweise fiel Tris' Wunsch nach einer feudalen Mahlzeit in Londons ältestem Restaurant (es wurde 1798 von Thomas Rule gegründet) zeitlich mit einem unerwartet guten, inhaltlich passenden Honorar für die amerikanische Ausgabe einer Anthologie über Vaterschaft zusammen, die ich herausgegeben hatte. Rules in Fleisch und Blut war so gut wie Rules in meinen Träumen. Die Innendekoration ist das, was der Dichter John Betjeman die »graduelle Akkumulation«

von Jahrhunderten genannt hat. Sämtliche Wände sind dicht mit Porträts, Gemälden, Büsten, ausgestopften Tieren und sanftem Lampenlicht bedeckt, auf dem Boden ein Teppich mit geschwungenen Mustern in Gold auf Rot. Weiße Tischdecken schwappen schwer gegen die Oberschenkel, die Kellner und Kellnerinnen schreiten leichtfüßig vorbei. Der ganze Ort hat eine sinnliche, angenehm schuldbewusste Atmosphäre. Kein Wunder, dass Edward VII. Lillie Langtry hierher ausführte.

Dann ist da noch das Essen. Das Rules kocht nicht nur herzhaft-englisch, es ist auf heißblütiges Wild spezialisiert. Während ich in dem Dunst aus Clairet-verklärtem Luxus und Familienglück sitze, gesättigt von einer Vorspeisensuppe aus Wildpilzen und einem Hauptgericht aus Stockente, lese ich einen Hinweis, der besagt, dass ein Großteil des servierten Wilds aus dem eigenen Jagdgut des Restaurants stamme, Lartington in den High Pennines, »der letzten Wildnis Englands«.

»Ähem«, sage ich zu Penny, »mit Sicherheit ist unser Tal die letzte Wildnis Englands.« Dann setzt irgendeine Form von Kirchturm-Lokalpatriotismus ein, denn als Nächstes sage ich: »Schließlich ist es der abgelegenste Ort Englands, oder nicht?« Bald stelle ich im Kopf eine Gleichung auf, die besagt: In einer abgelegenen Gegend leben + von Wild und Pflanzen auf dem eigenen Land leben = Rules.

Gegen Ende der Mahlzeit habe ich dem Besuch im Rules die Rolle einer schicksalhaften Initiation für meinen Wunsch, wild auf dem Land zu leben, zugeschrieben.

»Ihr kennt meine Idee, von der Natur zu leben?«, verkünde ich dem Tisch in angemessen feierlichem Ton. »Ich werde es tun. Nur für ein Jahr.«

Tris und Freda ziehen die Augenbrauen hoch. »Klar, okay, Dad«, verkünden sie in unheilvollem Gleichklang.

Penny hält kurz inne, dann schaut sie mir in die Augen und sagt: »Das *bist* so sehr du.«

Warum habe ich das Gefühl, dass sie besser versteht als ich, warum ich das tun muss?

»Du darfst aber nicht den Tiefkühlschrank benutzen«, fügt sie hinzu.

»Warum nicht?«

»Na ja, das Essen entspricht nicht mehr der Jahreszeit, wenn du es einfrierst. Es ist nicht natürlich. Sauer einmachen wäre natürlich, weil es einen natürlichen Vorgang nutzt. Vom Tiefkühlen kann man das nicht behaupten.«

»Stimmt.«

Als wir zum Bonington Hotel in Bloomsbury zurückgehen, steht ein gestrandeter Landrover Serie III auf dem orangefarbenen Gehweg, mit offener Tür, während sein Besitzer eilig einen Koffer auf den Beifahrersitz lädt. An der Heckscheibe des Landrovers klebt die Plakette einer Jagdvereinigung, der *British Association for Shooting und Conservation*, mit dem Bild eines Fasanenkopfs. Nur auf dieses Vorzeichen hin beschließe ich, mein Jahr des wilden Essens am ersten Oktober zu beginnen, dem Start der Fasanensaison.

HERBST

Eine Schwalbe macht vielleicht noch keinen Sommer, aber die Abreise der Mehlschwalben bedeutet mit Sicherheit, dass der Sommer zu Ende ist. Im ersten Morgenlicht sehe ich eine letzte umherschweifende Mehlschwalbe auf dem Weg nach Süden, durch den Netzvorhang aus Nebel im Tal. Unsere Mehlschwalben haben sich schon vor einer Woche aufgemacht, die Rauchschwalben, die ihre Lehmnester im zerfallenen Nebengebäude gebaut haben, noch eine Woche früher. Die Mauersegler sind schon lange weg. Die Natur ist in Bewegung; Gruppen von Finken und Ammern fliegen plappernd über uns hinweg, ihre Flugrouten spiegeln die eines Passagierflugzeuges über ihnen im Weiß.

Außer dem Tinnitus hoch fliegender Maschinen ist nichts außer Vogelgesang zu hören. Ein Rabe krächzt geistesabwesend unten in der Tanne am Fluss, wo er nistet. Ich höre Amseln und Dohlen, Singdrosseln auch, aber nicht den einen Vogel, den ich am dringendsten hören möchte. Den ganzen Sommer lang hat mich ein alter Fasanenhahn mit seinen *Kock-kock*-Rufen verhöhnt. Jetzt, am ersten Oktober, ist er Freiwild. Edith, mein schwarzer Labrador, trabt zu meiner Linken. Allerdings ist sie nicht ganz mein Hund: Seit ihrer Teenager-Schwangerschaft im Frühling ist Edith ihr eigener Hund, mehr um ihre Welpen besorgt als um ihre Dienste für mich. Der ganze mühselige Prozess, sie zu einem Jagdhund zu machen, muss von Neuem beginnen. Während wir hinunter zum Wäldchen gehen, vorbei an den flammenden Herbsthecken der Pferdekoppel und der Sumpfweide, finde ich ein wenig Trost in ihrer überschwänglichen Schleck-schleck-Persönlichkeit, denn eine alte Redensart sagt, langweilige Leute haben langweilige Hunde. Ich muss sehr amüsant sein, wenn ich einen so interessanten Hund habe.

Als wir die Wäldchenwiese erreichen, teilt sich der Nebel plötzlich, die Sonne fängt sich in den Tautropfen an den langen Grasbüscheln, und einen Moment lang, bis sich der Nebel wieder um uns schließt, stehe ich in einem strahlenden Diamantenfeld. Dieser wunderbare Anblick gleicht beinahe die Tatsache aus, dass von dem Fasan kein Fitzelchen und keine Feder zu finden ist, obwohl wir jeden bewaldeten Winkel absuchen. Vielleicht hat der Fasan durch irgendeinen fantastischen inneren Kalender erkannt, dass die Jagdsaison begonnen hat, und sich aus dem Staub gemacht. Oder, etwas wahrscheinlicher, ein glücklicher Fuchs war schneller als ich. Warum auch immer – der alte Fasanenhahn mit seinem auffallenden kragenlosen Hals taucht nie wieder bei uns auf. Sämtliche Fasane, die ich in den nächsten Monaten sehe, sind viel jünger. Manche könnten seine Kinder sein, aber die meisten sind Zuwanderer aus Fasanenjagden in anderen Tälern. Von Hand aufgezogen und dann zu Jagdzwecken ausgesetzt, sind diese Vögel so zahm, dass sie stillhalten, um sich erschießen zu lassen.

Und genau das geschieht heute Nachmittag, als der Nebel sich verzogen hat und die Sonne heiß genug ist für Hemdsärmel und Schmeißfliegen. Ich stehe auf dem Hof und schaue nach den Hunden hinunter zu den unteren Wiesen, als eine blasse Fasanenhenne langsam über meinen Kopf hinweg zur Hauswiese gleitet und vor meinen Augen leise in die Hecke trippelt. Normalerweise nimmt man für die Fasanenjagd eine Schrotflinte, aber da ich mein 5,5-mm-Weihrauch-Luftgewehr in der Hand halte und der Vogel eindeutig keine Angst vor Menschen hat, wage ich es, so nahe heranzugehen, dass ich ihm in den Kopf schießen kann. Anschleichen ist eigentlich unnötig. Ich gehe die Hecke entlang bis zu der Stelle, an der die Henne hin- und herhuscht; sie sieht mich und duckt sich, ich stecke den Gewehrlauf durch das dunkle Gewirr aus Weißdornstämmen, bis sein Ende neben ihrem gelben Auge liegt, dann drücke ich ab. Während sie im Todesflattern zuckt, wird mir plötzlich der intensive Duft säuerlicher Herbstbeeren bewusst, der in der Luft hängt.

Das Töten macht mir zwar keinen Spaß, aber ich weiß, dass es sich – wenn man die Rührseligkeit des 21. Jahrhunderts hinter sich lässt – richtig anfühlt, eine Waffe in der Hand und totes Fleisch vor den Füßen zu haben. Eine atavistische männliche Aufgabe ist erfüllt: Der Höhlenmensch hat ein Mammut für den Stamm erlegt. Und ich weiß noch etwas: Ein Wildtier zu töten hat etwas befreiend Ehrliches, weil man die Verantwortung für den Tod nicht an anonyme Arbeiter im Schlachthof delegiert. Wenn man eine Schusswaffe in der Hand hält, sind all die ethischen Aspekte des Fleischessens präsent, in einem einzigen, intimen, puren Moment, und lassen sich nicht ignorieren.

Seit heute Morgen lebe ich von einem Nahrungsmittel, von dem ich Vorräte angelegt habe. Weil ich abergläubisch dem alten ländlichen Brauch folge, Brombeeren niemals nach Michaeli (29. September) zu pflücken, weil man sonst den gestürzten Luzifer in den Brombeerbüschen findet, habe ich in einem leeren Wäscheschrank in der Diele Töpfe und Tüten, Schüsseln und Schachteln voller Brombeeren gestapelt. Ein paar habe ich zu Sirup verkocht, ein paar habe ich roh gegessen und ein paar habe ich in Brombeergelee verwandelt, mithilfe des gusseisernen Marmeladenkessels meiner Mutter, der sein Leben sicherlich als Requisite für die Hexen aus *Macbeth* begonnen hat. Beim Geleekochen habe ich Honig statt Zucker verwendet; weil in der Scheunenwand keine wilden Honigbienen mehr nisten, habe ich einen Vorrat eingekauft. Außerdem habe ich mir eine weitere Zutat von außerhalb erlaubt. Salz.

Mein Bauch tut zu weh für eine raffinierte Zubereitung des Fasans; ich zwicke Beine und Flügel mit einer Gartenschere ab, nehme den noch gefiederten Vogel aus, mache dann einen kleinen Einschnitt unterhalb des Kropfs, stecke die Finger hinein und ziehe die Haut über die Schultern und das Hinterteil hinweg ab, bis das Fleisch mit seinen gelblichen Fettstreifen freiliegt. Dann schneide ich den Hals durch.

Der Vogel wird gebraten, vollgestopft mit Wildäpfeln von Bäumen aus der verwucherten Hecke an der Grenze zur Grove Farm; ehrlich gesagt ist es noch zu früh für Wildäpfel, und ich stecke sie nur hinein, damit der Vogel im Ofen nicht austrocknet. Serviert mit Brombeergelee und Behaartem Schaumkraut, als Büschel in dem Drainagegraben gepflückt, der den roten Sandsteinmergel der Wäldchenwiese durchzieht, erinnert mich der Fasan daran, warum er einst dem Adel vorbehalten war. Er ist ein Gericht, das eines Lords würdig wäre. Allerdings ein winziges Gericht. Am Boden der Bratform sieht der Rumpf des Fasans, in einer flachen Pfütze seines eigenen Fetts schwimmend, armselig aus. Mit den Manieren und dem Appetit von Obelix esse ich einen Großteil des Vogels sofort auf.

Um am Abend den Hunger zu vertreiben, zupfe ich an dem Fasanengerippe herum und esse Massen von Brombeeren.

Später, als ich das Luftgewehr vor dem Schlafengehen reinige, sehe ich, dass ich den Fasan aus so geringer Entfernung erschossen habe, dass ein Blutstropfen und eine winzige, daunenweiche Feder an seiner Mündung kleben.

Es gibt eine Speisekammer mit Essen, die sogar noch leichter erreichbar ist als der Fasan auf der Hauswiese. Am hinteren Ende des Hofes liegt ein Brombeerdickicht, das einen Kaninchenbau birgt. Die älteren Kaninchen sind vorsichtiger – man wird kein älteres Kaninchen, wenn man nicht vorsichtig ist –, aber die jungen und unbesonnenen haben die bezaubernde Angewohnheit, auf dem betonierten Innenhof Fangen zu spielen. Oder auf dem Haufen aus weggeschüttetem Bausand zu sitzen und sich in den Schleiern aus Morgennebel die Pfoten zu lecken. Genau das tut ein Kaninchen gerade.

Der evolutionäre Fehler des Kaninchens besteht darin, dass es bei einem beunruhigenden Geräusch erstarrt oder sich auf den Hinterbeinen aufrichtet, um sich besser umschauen zu können; dabei zeigt es seine helle Brust, auf die ein Schütze zielen kann. Die Natur muss einen hinterlistigen Sinn für Humor haben, wenn sie einem Häschen eine Zielscheibe auf die Brust malt.

Wenn ich in der Morgen- oder Abenddämmerung am offenen Küchenfenster sitze, kommt es nur selten vor, dass ich mit meiner Weihrauch-5,5mm-Druckluftbüchse kein Kaninchen erwische. Dieses deutsche Fabrikat ist vielleicht nicht so renommiert wie das britische Webley, aber es ist zuverlässig und hat die gesetzlich maximal erlaubte Geschossenergie. Es durchschlägt dreilagiges Bootsbau-Sperrholz.

Ich pfeife laut. Das Kaninchen unterbricht seine Waschungen. Seine helle Brust erscheint im Zielfernrohr des Luftgewehrs. *Rumms*, macht es. Das Kaninchen vollführt einen kleinen Todestanz in der Luft. *Vorsprung durch Technik.* Es gibt noch drei andere Baue auf unserem Land; der größte, mit dreißig Gängen, ist in dem Entwässerungsgraben an der Grenze zu The Grove. Wenn man den Kaninchenbestand reduziert, holt er, genau wie der Unkrautbestand, bis zu einem gewissen Punkt umso stärker auf, um die Zahlen auf das ursprüngliche Niveau zu bringen. Ein weibliches Kaninchen kann in einem Jahr bis zu acht Junge bekommen. Der Winter verlangsamt den karnickeligen Produktionsprozess allenfalls, unterbricht ihn aber nicht.

Allerdings habe ich die Absicht, beim Reduzieren des Kaninchenbestands vorsichtig zu sein, verschiedene Altersgruppen zu wählen und den Finger vom Abzug zu nehmen, wenn ich merke, dass sie stark von Bussard, Fuchs, Hermelin, Eule und all den anderen Lebewesen gejagt werden, die auf sie herabblicken. Ich will keinen Kaninchen-Holocaust. Ich will eine nachhaltige Zukunft. Die Baue sollen auch nächstes Jahr noch da sein. Und im Jahr darauf.

Unsere Kaninchen könnten eine nachhaltige Zukunft vor sich haben. Ich bezweifle aber, dass sie wirklich nachhaltig zu meiner Ernährung beitragen werden; sie müssen das am wenigsten nahrhafte aller Tiere sein. Warum, fragt man sich, züchteten die Römer sie? »Kaninchenhunger« nannten die Athabasken-Ureinwohner am Großen Bärensee das Phänomen, Hunger zu leiden, obwohl man große Mengen an Kaninchen isst. Kaninchen sind zu mager, um für Menschen von großem Nutzen zu sein; Engländer über achtzig sprechen nur deshalb so begeistert von ihnen, weil sie während Hitlers Krieg zahlreich (damals gab es in Großbritannien etwa hundert Millionen Kaninchen) und billig waren. Oder gar kostenlos.

Der Geschmack von Kaninchen hat mehr für sich; er ist leicht und hühnchenartig. Man kann nicht viel falsch machen, wenn man es brät, die Haut mit Salz eingerieben, wie ich es heute Morgen mache; wenn ich ehrlich bin, ist Kaninchen zum Frühstück allerdings nicht direkt verlockend.

Wie das Kaninchen wurde auch der Giersch von den Römern in Großbritannien eingeführt, die ihn als Küchenkraut verwendeten. Die Engländer des Mittelalters schätzten Giersch als Gemüse, aber er kam paradoxerweise aus der Mode, weil er zu gut wuchs: Wenn er die Gelegenheit bekam (und die kleinste Chance reichte), eroberte er den ganzen Garten. Schon im 16. Jahrhundert klagte der Kräuterkundler John Gerard: »Wenn er einmal Wurzeln geschlagen hat, bekommt man ihn kaum noch heraus, er gewinnt und verdirbt jedes Jahr mehr Boden.« Vom Garten aus mussten sich die eroberungslustigen Giersch-Rhizome nur ein kurzes Stück voranwühlen, um die Wegränder und andere schattige Stellen zu erreichen. Dazu gehört die Hecke um den Obstgarten am Haus, wo er den Boden praktisch das ganze Jahr über verseucht. Ich pflücke eine große Handvoll seiner hellgrünen Blätter, um sie als Beilage für Kaninchen zu probieren. Vielleicht, überlege ich, werden die beiden römischen Neuankömmlinge einander in der Küche ergänzen? Das tun sie nicht. Der auf der Zunge explodierende Mentholgeschmack des wie Spinat gedämpften Gierschs ist zu kräftig für das gebratene Kaninchen.

Für Keats war der Oktober die »neblige Zeit, die weiche Früchte häuft«. Mir ist nicht klar, wie er Nebel und Weichheit so irrtümlich vereinen konnte. Die Früchte des Herbstes, insbesondere die Hagebutten, Wildäpfel und Schlehen an unseren drei Kilometer langen Hecken, brauchen blauen Himmel und Frost, um reif und süß zu werden. Vor dem Küchenfenster wird die Welt von einem Kissen aus Nebel erstickt. Für eine Tasse Tee oder Kaffee würde ich einen Mord begehen. Ich hatte vorgehabt, Ersatzkaffee aus Eicheln zu machen, nach der bewährten Methode der deutschen Zivilbevölkerung im Zweiten Weltkrieg, aber die Natur war mir nicht gewogen: Obwohl wir drei mächtige tausendjährige Eichen haben, die sich ans Ufer des Escley klammern, haben sie zu dritt keine einzige Eichel getragen. Als Ausweg gäbe es noch den Liebling der Bioläden, Hagebuttentee. Aber die Hagebutten sind noch nicht so weit.

In meiner Verzweiflung blättere ich Richard Mabeys Klassiker *Essbar* durch. Und mein Blick bleibt am Löwenzahn hängen.

Löwenzahn, gelb wie Gold, was machst du am Tage viel?
»Ich warte und warte im hohen grünen Gras,
bis die Kinder kommen zum Spiel.«

Oder bis ein Wildpflanzensammler mich ausgräbt. Löwenzahnwurzeln können geröstet und zu Kaffee zermahlen werden. Das ist es, was mich dazu veranlasst, einen nassen Nachmittag mit dem Spaten auf der Hauswiese zu verbringen. Mit seiner Hilfe grabe ich dreißig Löwenzahnpflanzen aus, manche mit unterarmlangen Pfahlwurzeln, aber ich brauche einen Großteil der Tageslichtstunden dafür, das verwilderte Gras zu durchkämmen, das dick mit Herbstlaub übersät ist. Und dann steht mir noch das ganze Bohei des Röstens und Mahlens bevor. Die Suche nach wilder Nahrung, das erkenne ich allmählich, wird meine gesamte wache Zeit beanspruchen.

Löwenzahnkaffee

Einen reichlichen Vorrat an Löwenzahnwurzeln sammeln (suchen Sie ältere Pflanzen mit eher großen Blattrosetten) und dabei einrechnen, dass 4,5 Liter Wurzeln 9 Liter Kaffee ergeben. Löwenzahnwurzeln sind im Herbst und frühen Winter am prallsten und nahrhaftesten. Die Wurzeln waschen, trockentupfen und in 5 Zentimeter lange Stücke schneiden. Auf einem Backblech verteilen, in die Mitte des Ofens schieben und bei 200° C etwa zwei Stunden lang rösten, dabei ein oder zwei Mal wenden, damit sie gleichmäßig garen. Die Ofentür einen Spalt weit offen lassen, damit die Feuchtigkeit entweichen kann. Abkühlen lassen und in einer Mühle zerkleinern. Ganz generell hat Löwenzahnkaffee die gleiche Stärke wie Bohnenkaffee, aber nicht dessen Koffein. Der Geschmack ist schön nussig, aber ein wenig bitter. Honig zum Süßen zugeben.

Gott muss meine Klage über den Nebel gehört haben, denn nun folgt ein Tag mit strahlend blauem Himmel auf den anderen, ein farblich perfekter Hintergrund für das üppige Rot der herabhängenden Weißdornbeeren.

Gegen Ende eines solchen Tages, als mein Gesicht anfängt, vor Kälte zu schmerzen und ich an einem windgebeugten Busch im Garten Beeren pflücke, kommen drei Stockenten pfeifend das Tal entlang und flattern herab, um auf dem Fluss zu landen. »*Johnny, get your gun*«, sage ich mir.

In Minutenschnelle habe ich die Baikal-Flinte mit bleifreien Patronen geladen und mache mich auf den Weg hinunter zum Ufer, an den Kühen vorbei, auf deren Rücken sich Raureif absetzt. Entweder gefällt den Stockenten ihr abendlicher Fressplatz nicht oder etwas hat sie erschreckt, denn sie schwirren zum Himmel empor, bevor ich die Hälfte des Weges zum Fluss hinter mir habe. Zwei kurven nach Osten davon, aber eine reißt in Panik nach Westen aus und kommt im Halbkreis wieder auf mich zu, um auch die richtige Flugroute zu nehmen. Die Sonne ist hinter den Walrücken der Black Mountains untergegangen und hat ein fluoreszierendes Lichtband hinterlassen, vor dem sich die Silhouette der Stockente abzeichnet. Ich schieße mit dem ersten Lauf daneben, aber weil sie eine Kurve fliegt, bleibt die Ente im gleichen Abstand vor mir. Der zweite Schuss zerknautscht sie, und sie fällt auf die Erde.

Manche Lebewesen sind leichter zu töten als andere. Ich finde es schwer, Stockenten zu schießen, und ich weiß, warum: Es ist die Erinnerung an das Kindheitsvergnügen, mit einer rot-weißen Packung Mother's-Pride-Toastbrot zum Ententeich von Hereford zu spazieren, und an die Aufregung, wenn ein Vogel sich ein Stück Brot holte, das ich ihm (wenn ich mutig war) auf der flachen Hand hinhielt. Eine der größten Freuden im Leben ist eine der einfachsten und frühesten: mit den Eltern quakende Enten zu füttern.

Als ich das schilfige Gras auf der Sumpfweide nach der herabgestürzten Ente durchsuche, hoffe ich insofern beinahe, dass ich allen Indizien zum Trotz danebengeschossen habe. Aber das habe ich nicht, denn ich finde sie in einer frostig weißen Mulde, den grünen Kopf und Hals grotesk unter die Brust verdreht. Ein Männchen in prächtigem Gefieder; die glanzlose Zeit der Mauser, in der es nicht von seiner Partnerin zu unterscheiden war, ist seit einem Monat vorüber.

Gebraten versorgt mich die Ente mit einer Vierteltasse Fett – einer Zutat, die ich dringend zum Kochen und Einmachen brauche, denn Kaninchen ergeben gar keines und ein Fasan nur einen Löffel voll.

Weißdorngelee

Abwandlung des Rezepts aus Jason Hills Buch *Wild Foods of Britain* von 1944.

Weißdornbeeren pflücken und entstielen. Eine Handvoll Wildäpfel dazugeben und mit 300 ml Wasser pro 450 g Früchte in einem Edelstahltopf weich köcheln. Das dauert eine gute halbe Stunde. Pürieren und die Flüssigkeit durch ein Mulltuch abgießen. Pro 600 ml Wasser 225 g flüssigen Honig zugeben. Umrühren, bis sich der Honig aufgelöst hat, dann aufkochen lassen. In eine Puddingform gießen.

Das so entstandene rostrote Gelee erinnert im Geschmack stark an Avocado. Wie Hill schreibt: »Die Ausbeute an Saft ist gering, aber dafür gibt es reichlich Beeren.« Die Bauernregel *Many haws, many snaws* – »viele Weißdornbeeren, viel Schnee« – ist mit der Tatsache unvereinbar, dass es jedes Jahr viele Weißdornbeeren gibt. Falls sie unerklärlicherweise von den durchziehenden Mitgliedern der Drosselfamilie übersehen worden sein sollten, die diese Beeren lieben, kann man sie noch im Dezember sammeln.

Schon bevor ich die Küche betrete, kann ich die Spannung spüren. Als ich mich durch die alte Kuhstalltür bücke, sehe ich Penny, die am Herd steht und Kartoffeln in einen Topf schneidet. Der Dampf steigt ins fahle Halblicht der Energiesparleuchten empor.

Sie schaut demonstrativ auf die beiden Ringeltauben, die zwischen meinen Fingern baumeln, erschossen auf ihrer ewig, ewig gleichen Flugroute von den Eichen am Fahrweg zur Esche auf der Hauswiese. »Weißt du, ich glaube, ich kann es einfach nicht mehr ertragen, dass noch weitere Tiere in meiner Küche zerlegt werden.«

Ich will gerade anfangen, ihre Sicht auf die Besitzverhältnisse unserer Küche infrage zu stellen, aber stattdessen quengele ich wie ein Schuljunge. »Schau her, ich war stundenlang draußen, ich bin durchgefroren und kaputt, und es ist zu kalt und windig, um es draußen zu machen, okay?«

»Ich will einfach diesen Dreck nicht.«

»Ich mache keinen Dreck.«

»Machst du immer …«

»Wann zum Beispiel?«

»Gestern zum Beispiel, als ich das tote Kaninchen unter dem Tisch gefunden habe, nachdem du angeblich sauber gemacht hattest.« Penny richtet das Sabatier-Küchenmesser auf mich wie Lord Kitchener seinen Zeigefinger auf die britische Nation.

»Ich nehme an«, sage ich scherzhaft, ein unterlegener Rückzug zur Herzlichkeit, »wir nähern uns einer Bobbitt-Situation?«

»Nenn mich Lorena.«

»Also, wo soll ich hingehen?«

Sie zeigt auf das anderthalb Meter hohe Hobbitschlupfloch, durch das ich mich eben gebückt habe.

Ich möchte einwenden, dass der Kuhstall voller Möbel ist, bis auf die Ecke neben der Hoftür, die Penny sich für ihre Filzarbeit geschnappt hat, außerdem zugig wie ein Windkanal, aber scheiß drauf. Ich räume schweigend die Baikal in den Waffenschrank, stecke mein Metzgermesser in die Jackentasche, nehme mir das Schneidebrett und gehe gebückt wieder durch die alte eichene Türöffnung und die drei Stufen zum Kuhstall hinunter.

Der Kuhstall, ein Ziegelanbau am unteren Ende des Hauptgebäudes, wird von einer einzelnen baumelnden Glühbirne erhellt, deren einziger Zweck darin besteht, expressionistische Schatten unserer Möbelstapel an die Wände zu werfen. Der alte Stall, ein übler Fall – ich fange an, im Kopf Nonsens-Reime zu dichten, stets ein Zeichen von Müdigkeit –, ist so vollgestopft mit Möbeln, dass ich eine Fläche freiräumen muss, bevor ich mit der Schlachterei beginnen kann. Schlimmer noch: Der Wind pfeift unter den Faserzementplatten auf dem Dach, durch das Hoftor und durch die zerbrochenen Fenster herein. Ein Kaninchen, das ich heute schon geschossen hatte, hängt an einem Eisenträger und schaukelt im Gleichtakt mit der Glühbirne.

Edith, die auf den Säcken mit Wolle vor der Treppe liegt, schaut mich aus einem braunen Auge fragend an.

Ja, ehrlich, Edith, ich habe wirklich eine Idee. Ich werfe die Tauben in ein Bücherregal und fange an, Kisten aus der hintersten Box zu räumen, bis die Box und der Futtertrog an ihrem Kopfende frei liegen bis zum blanken Beton. Ich befehle Edith, die Tauben vor unseren anderen drei Hunden zu beschützen, und gehe mit der Taschenlampe zum Schuppen. Als ich zehn Minuten später zurückkomme, liegt Edith noch genau da, wo ich sie zurückgelassen habe, so bewegungslos, als würde sie gerade porträtiert. Die Tauben auch. Sie gestattet sich ein Schwanzwedeln, ist aber eher an dem interessiert, was ich schrammend hinter mir herzerre: eine große Dämmplatte aus Hartschaum mit Silberpapierbeschichtung.

Ich hasse Heimwerken. Insofern bin ich stolzer Meister der schnellen Lösungen. Mit einem Fuchsschwanz säge ich die Dämmplatte in zwei Hälften, mache mit einem Hammer und einem Fünfzehn-Zentimeter-Nagel Löcher in die Ecken und binde mit der unvermeidlichen Ballenschnur eine Hälfte der Platte an die Metallstäbe der Boxenabtrennung und dann die andere Hälfte an die andere Seite.

In weniger als fünf Minuten habe ich einen behaglichen Sitzplatz. Ich hänge die alte Baustellenlampe über den oberen Träger, stecke sie ein und – siehe da! – es gibt auch Licht. Der Trog erweist sich als praktischer Ort, um Federn hineinzuwerfen. Drei Eimer Desinfektionsmittel in der Box ausgeschüttet, und sie ist sogar hygienisch.

Ich sitze in meiner kahlen Box auf einem Stuhl und fange an, die erste Ringeltaube zu rupfen. Zupf, zupf, zupf … Schon von einem kleinen Vogel können einem die Fingerspitzen wehtun. Ich habe erwachsene Frauen gesehen, denen der Schmerz beim Rupfen die Tränen in die Augen trieb. Um das Abhängen von Wild wird viel Aufhebens gemacht, ausnahmslos von Menschen, die es nie selbst vorbereiten, nie selbst totenstarre Federn herauszerren müssen. Sicher, manche Arten von Wildbret müssen ein paar Tage lang abhängen, damit Milchsäure das Fleisch zarter machen kann, aber Tauben und Kaninchen sind perfekt genießbar, ohne aufgeknüpft zu werden.

Ich spare mir das Rupfen des Halses und enthaupte den pickligen Kadaver stattdessen brutal auf dem Brett, mit dem schweren Metzgermesser. Dann amputiere ich Beine und Flügel. Anschließend schneide ich quer unter der Brust eine Kerbe, stecke die Finger hinein und ziehe die Innereien heraus in einen Eimer.

Nach dem zweiten Vogel beschließe ich, dass es gehupft wie gerupft ist; wo ich schon dabei bin, mache ich das Kaninchen auch noch.

Das ist der Teil, den die kunstvoll arrangierten Hochglanzfotos in Hugh Fearnley-Whittingstalls Kochbüchern aussparen. Mit dem schweren Tranchiermesser hacke ich Pfoten und Kopf des Kaninchens ab, dann schneide ich es mit einem kleinen, scharfen Küchenmesser vom Hals bis zum Hintern auf. Mit den Fingern ziehe ich den Pelzmantel des Kaninchens von diesem Schlitz aus nach außen und reiße ihn mit einem Ruck ab, bis der blasse, marmorierte Körper nackt daliegt. Nach einem seitlichen Schnitt am Bauch purzeln die Eingeweide zu Boden wie eine Würstchenkette. Zuletzt bohre ich meine Finger in den schmalen Brustkorb, um Lunge, Herz und Leber herauszuziehen.

An meinem rechten Arm klebt mehr Blut als am Arm Macbeths, nachdem er Duncan ermordet hat.

Außerdem weiß ich, wie Macbeth, dass selbst »des großen Meergotts Ozean dies Blut von meiner Hand [nicht] wegwaschen« kann; eine ganze Lastwagenladung Crabtree-and-Evelyn-Seife könnte den erdigen Eisengeruch von Tauben- und Kaninchenblut nicht entfernen. Die Tür zur Küche geht auf, und Penny kommt mit einem Arm voll Schmutzwäsche die Stufen herunter. »Auf gar keinen Fall«, sagt sie im Vorübergehen, »wirst du mich in der kommenden Woche mit irgendeinem Teil dieses Arms berühren, von der Schulter bis zu den Fingerspitzen.«

Ich kann nur vermuten, dass Frau Neandertal nicht ganz so heikel war wie die moderne Frau Homo sapiens. Es ist allerdings bekannt, dass die Frauen von Schafzüchtern diese in der Zeit des Lammens nicht an sich heranlassen; die Vorstellung von Männerhänden, die den ganzen Tag lang im Inneren eines Schafs stecken, ist ein überaus verhütungswirksamer Gedanke. Wie Wyn von der White Hall Farm immer im Februar sagt: »Im Herbst gibt es bei den Schafzüchtern nicht viele Kinder.«

Im Schmutzraum mache ich die Dusche an und brause meine Hände und Arme ab, bevor ich sie mit einem Luffa-Schwamm schrubbe. Dann mit einer Nagelbürste, bis die Haut rot anläuft. Eine Nagelfeile pult das geronnene Blut unter meinen Fingernägeln heraus, und im Duschbecken wirbelt es rot wie in der Duschszene aus *Psycho*.

Aber nein. Jedes Mal, wenn ich meinen rechten Arm zur Nase hebe, kann ich immer noch Hämoglobin und Scheiße riechen.

Um kurz vor sieben Uhr morgens steigt die Sonne über den Merlin's Hill, und ihre Strahlen erreichen das Heidekraut auf den Black Mountains, die als bescheidene englische Version von Ayers Rock rot anlaufen. Ein Perlmuttknopfmond ist am Himmel festgesteckt, und der Geist des Raureifs spukt über der stillen, dunklen Erde. In weiter Ferne bellt ein Hofhund. Drei Enten, zu klein für Stockenten, kommen von Süden heran und sehen auf eigenartige Weise aus wie Ornamente auf der Wand eines Vorortwohnzimmers.

Es sind Mandarinenten, eine geschützte Art, deshalb bleibt die Flinte in ihrer Hülle an einen Baum gelehnt, und ich fange an, die letzten Kronleuchter aus violetten Holunderbeeren zu pflücken, die noch an den Sträuchern hängen. Sie haben nicht nur mich angelockt. Vier Elstern picken an dem Holunder hinter dem Schweinestall, bevor meine Ankunft sie verscheucht. Ich pflücke ohne Handschuhe, und die kleinen violetten Alveolen schwärzen beim Aufplatzen meine Finger. Als Färbemittel ist Holundersaft so wirksam, dass römische Frauen ihn für ihre Locken verwendeten. Für die Engländer lag der Zauber von Holunderbeeren eher in ihrer Fähigkeit, Hexen und Krankheiten fernzuhalten. Wissenschaftliche Belege sind für die erste Aussage dünn gesät, nicht aber für die zweite, denn Holunderbeeren enthalten offenbar große Mengen Vitamin A und Vitamin C. Roh gegessen erinnern Holunderbeeren an etwas fade Schwarze Johannisbeeren und sind herrlich durstlöschend. Man sagt, in diesem Zustand seien sie grässlich harntreibend, aber ich habe keinerlei unerfreuliche Wirkungen bemerkt, solange ich sie in Maßen zu mir nahm. So oder so habe ich die Absicht, sie zu verdünnen und zu Holundersirup zu verarbeiten, dem Gesundheitstonikum der englischen Natur.

Insbesondere Amseln finden Holunderbeeren unwiderstehlich. In der ersten Oktoberwoche haben unsere Amseln, zahlenmäßig durch Winterankömmlinge verstärkt, mehr als dreißig Holunderbüsche kahlgefressen, die auf dem Hofgelände verstreut sind; die Dolden ließen sie hängen wie lauter weggeworfene Modelle der Luftwege in der menschlichen Lunge.

Holunderbeerensirup

Dieses Rezept ist die Einfachheit selbst:

225 g Honig
600 ml Wasser
25 Dolden Holunderbeeren

Die Beeren mit einer Gabel von den Stielen streifen und in einen Topf geben. Das Wasser zugießen, zum Kochen bringen und den Honig zugeben. Umrühren, bis der Honig sich aufgelöst hat. Die Temperatur herunterschalten und zehn Minuten lang köcheln lassen. Mit einem Geschirrtuch abgedeckt über Nacht ziehen lassen. Durchsieben und in Flaschen abfüllen.

Dieser Sirup hält sich an einem kühlen, dunklen Ort drei Monate lang, kann aber auch sofort getrunken werden. Ein Schlückchen Holundersirup ist die ideale Aufmunterung an einem Herbst- oder Wintermorgen.

Eine längerfristige Lagermöglichkeit ist natürlich, die Holunderbeeren in Wein zu verwandeln. Das mache ich auch. (Die nötigen Mengenverhältnisse sind 1,8 kg Holunderbeeren ohne Stiele auf 4,5 l Wasser und 900 g Honig; der Preis für guten Holunderwein ist unablässige Wachsamkeit, was das Entfernen sämtlicher Spuren bitterer Stiele von den Früchten angeht. Auf den Beerenhäuten dürfte so viel wilde Hefe sein, dass an einem warmen Ort ein natürlicher Gärprozess einsetzt.

Wie bei allen Rezepten, in denen Honig als Ersatz für Zucker verwendet wird, ist die nötige Honigmenge wegen seiner unzähligen Variationen von Zuckergehalt und Geschmack nur eine Schätzung.) Holunderwein braucht zum Reifen mindestens sechs Monate, schmeckt aber nach zwölf noch besser. Glücklicherweise hat der Kalender dann eine volle Umdrehung gemacht, und der Wein kann zu Wild getrunken werden, das gut zu seiner schweren Fruchtigkeit passt. Vor nicht allzu langer Zeit war Holunderwein noch ein Kommerzthema, und Holunderbeeren wurden in richtigen Obstplantagen angebaut wie Äpfel.

Wie man einen Jagdhund trainiert, erlerne ich nach der gleichen Methode wie Manuel aus der Fernsehserie *Fawlty Towers* sein Englisch: Ich aus Buch lernen.

Vor ein paar Monaten vertrödelte Penny fünf Minuten, indem sie in einem Wohltätigkeitsladen in Ross-on-Wye herumstöberte, und fand ein eselsohriges Exemplar des 1976 erschienenen Buches *Gundog Training* von Keith Erlandson. »Es ist in hundsmiserablem Zustand«, sagte Penny, die zu versehentlichen Kalauern neigt, »sieht aber ziemlich nützlich aus.«

Wie sich zeigen sollte, gehört Erlandsons Buch über die Ausbildung von Jagdhunden zu jenen seltenen Exemplaren von Lehrbüchern, die gleichzeitig guter Lesestoff sind. Bald schwöre ich darauf, obwohl ich ein wenig moderne Hundepsychologie untermische; genau wie die Ausbildung von Menschen hat sich die Hundeerziehung von der Peitsche zum Zuckerbrot bewegt (oder genauer gesagt: zu kleinen Würfeln aus reifem Käse). Die andere Zutat, die ich der modernisierten Erlandson-Mischung hinzufüge, habe ich von einer Bäuerin gelernt, die ich auf einem Hügel in Pembrokeshire beobachtete, als sie Unterricht in der Ausbildung von Hütehunden gab. »Wenn ihr Hunden befehlen wollt«, brüllte sie mit einer Stimme, bei der ein Feldwebel zusammengezuckt wäre, »versucht verdammt noch mal auch auszusehen wie jemand, der Befehle erteilen kann! Steht AUFRECHT!« Ihre Schüler, von einem Bein aufs andere tretende Feriengäste, die einen windigen Tag mit der Besichtigung eines Erlebnisbauernhofs füllten, sahen aus, als würden sie am liebsten verschwinden, trauten sich aber nicht.

Ihr Ratschlag war allerdings ganz richtig: Hunde können Körpersprache deuten. Wenn Sie Ihren Hund beherrschen wollen – und das wollen Sie, weil Sie der Rudelführer sind –, müssen Sie eine gebieterische Haltung einnehmen. Deshalb verbringe ich jeden Tag, die Schultern nach hinten gezogen, zwei Viertelstunden mit Edith und wiederhole die Grundlagen: das Bei-Fuß-Gehen, Aus, Komm, die beiden Letzteren auf gesprochene Kommandos, Handzeichen und Pfeifsignale hin. Als Pfeife benutze ich eine Acme Thunderer, den Liebling der Fußballschiedsrichter, was wenig zur Stille der Umgebung beiträgt, aber dafür sorgt, dass Edith nicht so tun kann, als hätte sie mich nicht gehört.

Ob ich wiederum Edith sehe, ist eine ganz andere Frage. Wenn man die Übungseinheit ans dunkle Ende eines Herbsttages packt, kann einen die Ausbildung eines schwarzen Hundes manchmal zur Verzweiflung bringen. Der heutige Abend ist ein Beispiel dafür. Edith neigt dazu, zu weit von meinem Bein entfernt bei Fuß zu gehen (dem linken – ein Jagdhund geht immer auf der Seite bei Fuß, auf der keine Waffe hängt), eine Angewohnheit, die ich korrigiere, indem ich ein Stück Käse in die linke Hand nehme und an dem langen Maschendrahtzaun entlanggehe, der parallel zum Fahrweg läuft. Vom Zaun beengt (Erlandsons Tipp) und von einem Leckerbissen angelockt (ein Tipp von Bruce Fogle), hält sich Edith eine Fingerbreite neben meinem Bein. Außer, wenn sie ihrer Geschäfte halber stehen bleibt und ich ohne sie weitergehe ins Dunkel.

Zurück im Haus, streckt sich Edith vor dem Kaminfeuer aus, und ich rechne ihre guten und schlechten Seiten auf, zur Vorbereitung der nächsten Ausbildungsphase: dem Apportieren. Dafür, dass sie nicht vom Züchter stammt und ungeplant gezeugt wurde, hat Edith das Zeug zu einem brauchbaren Apportierhund, finde ich. Sie trägt gern Sachen herum (nun ja, zurzeit unsere Socken, aber das ist das Frühstadium), und sie hat den entscheidenden Erlandson-Test bestanden: Schaut der Hund im Sitzen den Hundeführer an oder in der Gegend herum? Edith schaut in neunzig Prozent der Zeit mich an. Außerdem bleibt sie bei Gewehrschüssen ruhig; das weiß ich, weil ich Erlandson übersprungen und vorzeitig getestet habe, ob Edith schussscheu ist, indem ich ein uraltes chinesisches 4,5-mm-Luftgewehr über ihrem Kopf abfeuerte. Das machte gigantischen Krach, noch einige Dezibel über Thor, wenn er in die Hände klatscht. Sie blinzelte nicht einmal, obwohl ich die Waffe fallen ließ, weil ich dachte, sie wäre mir in der Hand explodiert.

Auf der Negativseite steht, dass Edith, wenn ich zu liebevoll mit ihr umgehe – und es ist schwierig, einen Hund mit derart seelenvollen braunen Augen nicht liebevoll zu behandeln –, ihre Selbstbeherrschung vollkommen verliert und spielen möchte. Stundenlang. Außerdem jagt sie Kaninchen und lässt sich nicht davon abbringen. Mein Fehler, ich hätte früher eingreifen müssen, aber dennoch ein Problem.

Ich will gerade lesen, was Erlandson über »Apportieren und Umgang mit Dummys» schreibt, als Tris hereinkommt und fragt: »Kann ich jetzt Schluss …« Sofort springt Edith auf, wedelt so heftig mit dem Schwanz, dass sich ihr Körper zu einer schlackernden Serie von S-Formen verkrümmt, und jagt hinaus in die Diele zum Spielen.

»Ups«, sagt Tris. Das ist das andere Problem mit Edith. Ihr Abbruchkommando – das Stichwort, das ihre Lektionen beendet – lautet »Schluss«. Schon wieder mein Fehler. Ich hätte etwas aussuchen sollen, das wahrscheinlich niemand je sagen würde, zum Beispiel »Chumbawamba«. Aber so, wie die Dinge liegen, können wir das Sch-Wort nicht in Ediths Gegenwart benutzen.

Es hat, wie ich inzwischen merke, echte Vorteile, auf einer ehemaligen Baustelle zu leben. Ein paar Wildpflanzen lieben Brachflächen geradezu. Der Sommer hat eine gute, stetige Erne an Knoblauchsrauke auf der roten Erde geliefert, die beim Ausheben des Wohnzimmers aufgeschüttet wurde, und jetzt, Mitte Oktober, trägt die grasbewachsene Fläche, auf der Bob seinen Lieferwagen geparkt hatte, weiße Pickel aus Schopf-Tintlingen. An Tagen voller Lethargie und Dauerregen sind diese Pilze, zehn Meter Fußweg vom Haus entfernt, praktisch ein Fertiggericht.

Aus der Nähe haben die Schopf-Tintlinge Ähnlichkeit mit Apollo-Raketen, zumindest bevor sie sich in fantastischer Weise zu schwarzen Schirmen entfalten. Dann verwesen sie schon und sind unbrauchbar. Der Segen des Schopf-Tintlings liegt nicht in seinem Geschmack – er hat keinen –, sondern in seiner schleimigen, sinnlichen Konsistenz, die vollkommen anders ist als die der rauen Blätter, die dieser Tage als mein Gemüse durchgehen. Leider ist der Schopf-Tintling so zart, dass er sich nicht gut trocknen oder einmachen lässt. Wenn man einen sieht, isst man ihn auf.

Manche Leute pulen die Schuppen auf dem Hut ab, nach denen der Pilz bei uns seinen Spitznamen *lawyer's wig*, »Anwaltsperücke«, trägt. Ich mache mir diese Mühe nicht. Alles, was er braucht, ist eine kurze Dusche unter dem kalten Wasserhahn, Trockentupfen und fünf Minuten Anbraten in Entenschmalz, mit einer zerdrückten Bärlauchzwiebel. Wer zum ersten Mal Schopf-Tintlinge brät, sollte sich auf eine Überraschung gefasst machen: Für einen Pilz, der so prachtvoll groß ist, manchmal fast dreißig Zentimeter hoch, fällt er beim Kochen irrsinnig zusammen.

Ende Oktober sind die Schopf-Tintlinge auf dem Parkplatz verschwunden. Dass ihre Saison hier so kurz ist, hat etwas mit der besonderen Höhe zu tun, in der Trelandon liegt. In weniger unwirtlichen Gegenden Großbritanniens ist der Schopf-Tintling sechs oder mehr Monate lang zu finden; L. C. R. Cameron, der im Ersten Weltkrieg essbare Wildpflanzen sammelte, fand sie in Buckinghamshire noch im Januar. Die Schopf-Tintlinge ergeben eine ausgezeichnete Beilage zu Huhn, notierte Cameron in seinem Buch *The Wild Foods of Great Britain*; allerdings sei die Mahlzeit dadurch etwas beeinträchtigt worden, dass die Köchin ständig im Raum herumgestrichen sei, in Erwartung seines Ablebens nach dem Essen »dieses schrecklichen Giftes«. Cameron, der das Anbraten von Pilzen (außer bei kräftig schmeckenden Sorten wie dem Leberpilz) für ein Verbrechen hielt, bestand darauf, die beste Zubereitungsmethode für Schopf-Tintlinge sei die, sie mit einem Stück Butter, einer Prise Salz und ein wenig Pfeffer im Topf zu garen, mit gerade so viel Milch, dass der Topfboden bedeckt sei und die Pilze nicht anbrennen könnten.

Selbst jetzt, wo die Schopf-Tintlinge weg sind, bleibt der Parkplatz eine nützliche wilde Speisekammer. Wegerich und Löwenzahn wachsen dort in üppigen Mengen, stark zum Missfallen meiner Eltern, wenn sie zu Besuch kommen. »John«, fragt mein Vater dann, »kannst du nicht etwas gegen dieses Unkraut tun?«

»Das«, sage ich dann und zeige auf den Parkplatz, »ist mein Garten.«

Die puderblauen Himmel halten sich eine weitere Woche. Ernte das Heu, solange die Sonne scheint, lautet die Maxime der Bauern; pflücke die Beeren an den Hecken, wenn Väterchen Frost zu Besuch kommt, die der Sammler. Wer von einer klatschnassen Hecke pflückt, wird nicht nur von außen klamm, sondern auch im Geist. Außerdem brauchen Hagebutten und Schlehen Väterchen Frost, damit ihre Häute durchlässig werden.

Hier im Hochland haben wir noch immer Frost, der den Boden in Eisen verwandelt und das Wasser der Viehtränke in eine zolldicke Glasplatte. Ich mag Frost. Mir gefällt die Vorstellung, dass er den Boden reinigt, ich mag das Gefühl von Übermut, das er weckt.

Insofern muss ich mir keinen allzu großen Ruck geben, wenn ich morgens hinausgehe, um Hagebutten zu pflücken, die scharlachroten Früchte der Hundsrose.

In Hecken weht zerzaust und lose
eine ungezähmte englische Rose

Als Rupert Brooke diese wehmütigen Verse schrieb, muss er so etwas wie die Hecken von Trelandon im Kopf gehabt haben. Nach drei

Jahren wohlwollender Vernachlässigung sind sie mit Hundsrosen durchsetzt, von denen einige drei Meter hoch in den Himmel ragen.

Der Legende nach kann die Wurzel der Hundsrose Tollwut heilen. Eine prosaischere Erklärung für den Namen dieses Gehölzes ist, dass der erste Teil, »Hund-«, für etwas Niederes steht, es sich also um eine »gewöhnliche« Rose handelt.

Als Kind pflückte ich die länglichen Hagebutten wegen der dicht gepackten haarigen Samen in ihrem Inneren, die ein ländliches Juckpulver ergeben. Heute bin ich hinter dem hohen Vitamin-C-Gehalt der Beeren her. Die Hagebutte enthält zwanzigmal mehr Vitamin C als eine Orange, weshalb das britische Gesundheitsministerium im Zweiten Weltkrieg, als importierte Zitrusfrüchte knapp waren, Hagebuttensammlungen organisierte. Im Jahr 1943 wurden ungefähr 450 Tonnen Hagebutten gepflückt.

Nach einer Stunde Pflücken bin ich der glühenden Überzeugung, dass sämtliche Hagebuttensammler aus dem Krieg einen Orden bekommen sollten, falls sie noch greifbar sind. Die Hagebutten weigern sich entweder abzugehen oder zerplatzen zu einer klebrigen Sauerei. Die schützenden Dornenwälle verwandeln meine rechte Hand in ein Wirrwarr aus Striemen. Ein Dorn ist in die Spitze meines kleinen Fingers eingedrungen und hat einen Tropfen Blut hinterlassen, der nicht gerinnen will. Ich versuche es mit ledernen Gartenhandschuhen, aber sie erweisen sich als unpraktisch. Mein Pullover verfängt sich ständig in den Widerhaken, und wenn ich ihn ausziehe, dringen die Stacheln durch mein Hemd. In der Sonne ist es zu heiß, um eine Wachsjacke zu tragen. Nach all diesen Schmerzen und Mühen liegt etwa ein halbes Pfund Hagebutten am Boden meines Beutels. Mir wird das Herz schwer. Nach meiner eigenen Schätzung brauche ich allermindestens neun Kilogramm Hagebutten. Vierzig Stunden Pflücken.

Heute schaffe ich sechs Stunden, und der Himmel über den Black Mountains hat sich schon in einen ersterbenden Matsch aus turneresken Violett- und Grautönen verwandelt, als ich mit meinen Beuteln am Ufer entlang nach Hause stapfe. Ein Schwarm Wacholderdrosseln, der Weißdornbeeren verschlingt, verspottet mich.

Immerhin habe ich genug, um Sirup zu kochen.

Hagebuttensirup

In der Küche teste ich die Anleitung für Hagebuttensirup aus dem 1943 vom Ernährungsministerium veröffentlichten Heftchen »Heckenernte«, in der Vermutung, dass Tausende von Menschen es ausprobiert haben.

Für das Rezept braucht man 900 g Hagebutten; den Zucker habe ich durch 335 g Honig ersetzt. Ich gebe es vollständig wieder.

»1,7 l kochendes Wasser bereithalten. Die Hagebutten in einem groben Fleischwolf zerkleinern und sofort in das kochende Wasser geben oder, wenn möglich, direkt aus dem Fleischwolf ins heiße Wasser fallen lassen und wieder zum Kochen bringen. Vom Herd nehmen und 15 Minuten beiseitestellen. Durch ein Flanell- oder Leinentuch abseihen, bis der größte Teil der Flüssigkeit abgetropft ist. Den Rest der Masse wieder in den Topf geben, 900 ml kochendes Wasser hinzufügen, umrühren und 10 Minuten ziehen lassen. Wieder in das Tuch schütten und abtropfen lassen. Um sicherzugehen, dass alle spitzen Haare entfernt sind, die erste halbe Tasse Flüssigkeit auffangen und noch einmal durchtropfen lassen. Den gemischten Saft in einen sauberen Topf geben und auf ungefähr 900 ml einkochen, dann 650 g Zucker zugeben und weitere fünf Minuten kochen. In heiße, sterilisierte Flaschen abfüllen und sofort verschließen. Wenn Sie Korken verwenden, sollten

> diese unmittelbar zuvor eine halbe Stunde lang abgekocht worden sein und nach dem Aufstecken mit zerlassenem Paraffinwachs überzogen werden. Es ist ratsam, kleine Flaschen zu verwenden, da der Sirup sich nicht länger als eine oder zwei Wochen hält, sobald die Flasche geöffnet ist. In einem dunklen Schrank aufbewahren.«

Hagebuttensirup sieht aus wie Tomatensuppe. Sein Geschmack erinnert an Saurer-Apfel-Fruchtgummis.

Während der Sirup im Kessel blubbert und brodelt, nehme ich noch ein Pfund Hagebutten, schlitze sie sorgfältig mit dem Daumennagel auf und schabe die borstigen beigen Kerne heraus, von denen jede Frucht ungefähr fünfundzwanzig enthält. Es ist eine klebrige und für zerkratzte Finger buchstäblich aufreizende Arbeit. Endlich sind die Hagebutten entkernt, und ich lege die aufgeschlitzten Häute bei 110° C und angelehnter Tür über Nacht in den Ofen. Sie werden grob zermahlen, für Hagebuttentee.

Als ich die Kinder am nächsten Morgen zur Schule fahre, fällt mein Blick auf meine verkratzten, vereiterten Hände am Steuer. Sie sehen aus wie die eines Mörders in einem Film noir aus den 1950ern.

John Lewis-Stempel in *Die Nacht des Jägers.*

Kaum bin ich wieder zu Hause, klatsche ich Germolene darauf; für diese antiseptische Salbe hege ich einen nahezu religiösen Glauben, den ich von meiner Großmutter geerbt habe. Selbst die rosa Salbe kann allerdings nicht verhindern, dass meine rechte Hand anschwillt und steif wird. Wenn ich meinen Zeigefinger bewege, platzen die Risse auf und sondern Eiter ab. Heute findet eindeutig kein Hagebuttenpflücken statt. Ebenso eindeutig ist mein Plan einer längeren Phase der Hagebuttenernte schon im Ansatz gescheitert, was mich beunruhigt, weil sich alle Wildpflanzensammler darüber einig sind, dass Hagebutten ab Ende Oktober nichts mehr taugen.

Meine Ängste erweisen sich als grundlos. Bis zur Wintersonnenwende pflücke ich fast jeden Tag ein halbes Pfund Hagebutten, die meisten davon so strahlend und fest wie ihre Oktoberkollegen. Ermutigt von einer Beobachtung John Gerards, des Kräuterkundlers der Stuart-Zeit, dass Hagebutten »die angenehmsten […] Tartes und dergleichen« ergäben, verwandle ich die Früchte in einen selbst erfundenen Hagebuttenpudding aus entkernten Hagebutten, die mit Honig aufgekocht, zu Mus eingeköchelt und zuletzt abgekühlt werden. Ausgerollt und wieder aufgewärmt, ergibt das Mus ein praktisches Fruchtgummi, das sich in Streifen schneiden lässt.

In Schweden ist süße Hagebuttensuppe beliebt.

Hagebuttensuppe oder Nyponsoppa

Im schwedischen Standardrezept wird Nyponsoppa mit Kartoffel- oder Maisstärke angedickt und mit Mandeln bestreut. Dies ist eine wildere, freie Version für sechs Personen.

600 ml Hagebutten
60 g fein gemahlene Haselnüsse
60 g flüssiger Honig
2,8 l Wasser

Die Hagebutten waschen, mit dem Wasser in einen schweren Topf geben und zum Kochen bringen. Unter gelegentlichem Rühren köcheln lassen, bis die Hagebutten weich sind. Durch ein feines Sieb streichen, Honig und Haselnüsse unterrühren und dabei einen gehäuften Teelöffel Haselnüsse beiseitestellen. Noch einmal zum Kochen bringen, dabei ständig umrühren. Mit den restlichen gemahlenen Haselnüssen bestreut servieren.

Nach Ansicht des Ernährungswissenschaftlers Walter L. Voegtlin, Autor eines Buches über Steinzeiternährung, ist der menschliche Magen für Fleisch geschaffen. Obst, Gemüse und Nüsse sollten allenfalls schmückendes Beiwerk in der Ernährung des Homo sapiens sein, dessen Gebiss, Kiefer und Magen in Funktion und Aufbau beinahe identisch mit denen des fleischfressenden Hundes seien.

Eines sei zu Voegtlins Weltanschauung angemerkt: Der menschliche Magen profitiert am meisten von Wild, weil das Fleisch wild lebender Tiere generell nährstoffreicher ist als das ihrer gezähmten Pendants. Wild hat mehr Bewegung (was zu besserem Muskeltonus und einem geringeren Anteil gesättigter Fettsäuren führt) und eine vielfältigere, natürlichere Ernährung (was einen höheren Gehalt an Mineralstoffen und Vitaminen bewirkt). Ein Vergleich ist erhellend: Ein Haushuhn liefert üblicherweise pro 100 g Fleisch 443 kJ Nährwert, 20,1 g Eiweiß und 0,2 mg Eisen; die entsprechenden Zahlen für Fasan lauten 505 kJ Nährwert, 27,1 g Eiweiß und 1,0 mg Eisen. Gleichzeitig ist der Cholesteringehalt von Hühnerfleisch deutlich höher als der von Fasanenfleisch – 3 030 mg pro 100 g im Gegensatz zu 2 710 mg pro 100 g. Wild ist gut für uns. Wildtiere haben ein besseres Leben und einen besseren Tod als ihre gezüchteten Verwandten. Und Jagdwild bedeutet, zumindest in Großbritannien, dass ganze Landstriche erhalten bleiben, inklusive der chemiefreien, ein wenig zugewucherten und verwilderten Wiesen, Hecken, Dickichte und Flussufer der Trelandon Longhouse Farm. Deshalb schieße ich Tiere zum Essen.

Voegtlins Fleischfresser-Ansichten mögen ihre Vorzüge haben, aber es hat einen Nachteil, wenn moderne Menschen prähistorische Essgewohnheiten übernehmen: Neandertaler müssen gusseiserne Mägen gehabt haben, genau wie Hunde und Schweine. (Einzelheiten dazu werden hier weder benötigt noch geliefert.) Ein weiteres Problem, das auftritt, wenn man heute eine Höhlenmenschenernährung praktiziert, ist die Tatsache, dass das Gehirn westlicher Männer und Frauen nach 3000 Jahren des Anbauens von Kohlenhydraten absolut süchtig ist nach weichem, stärkehaltigem Essen. Je stärker verarbeitet die Lebensmittel sind, desto besser schmecken sie uns. Deshalb träume ich nachts wie tags von sesambestreuten McDonalds-Burgerbrötchen, Scott's-Porridge mit Sirup, Vanillepudding mit starkem chinesischem Tee, Crackern mit Cheddar-Käse und natürlich von Farley's-Rusks-Zwieback, dem ultimativen Trostessen und einstigen Nationalgericht britischer Babys.

Wenn ich ehrlich bin, hängen noch weitere psychische Wolken über dem Leben als Jäger und Sammler. Angesichts der Launenhaftigkeit der Natur fühle ich mich wie ein Drachen am Ende einer ausgefransten Schnur: eine kalte Bö, und ich stürze in Ungnade. Planen ist unmöglich – »Ich weiß, am Dienstag gehe ich auf die Jagd« –, weil es am Dienstag in Strömen regnen und stürmen könnte. Es gibt keine Sicherheit, weil das Wetter die pflückreifen Schlehen verfaulen oder die Apfelblüten erfrieren lassen könnte oder weil irgendwelche botanischen Umstände verhindern, dass dieses Jahr Eicheln reifen (wie gerade geschehen). Krankheiten können die Tiere töten; vor zwei Jahren bekamen unsere Kaninchen Myxomatose, woraufhin sie mit blutenden Augen herumtaumelten. Das könnte wieder passieren. Wer weiß?

Dabei habe ich die geistige Pandora-Büchse der Einsamkeit noch nicht einmal geöffnet. Es stimmt zwar, dass ich meine eigene Gesellschaft ganz gerne mag; ich erinnere mich daran, dass mein Vater, als ich noch ein Kind war, zu mir sagte: »Du gehörst zu den einsamen Wölfen des Lebens«; das sollte sich als unbeabsichtigtes, aber nützliches Lob für einen angehenden Jäger und Sammler erweisen. Ich liebe tatsächlich die Einsamkeit der Talsenke am Escley, in der wir leben. Aber es vergehen die Tage, einer nach dem anderen, an denen ich von dem Moment an, wo Penny und die Kinder morgens weggehen, keine Menschenseele sehe, bis sie abends nach Hause kommen. Dreihundertfünfundsechzig Tage Einsamkeit.

Jammere ich herum? Vielleicht. Das sollte ich nicht. Ich verbringe die meisten meiner Tage unter einem weiten Himmel, in reiner, knackiger Luft, in einem englischen Paradies damit, an schimmernden, klimtgoldenen Herbsthecken entlangzupflücken, aus denen vor mir Schwärme durchziehender Wacholder- und Rotdrosseln in silbernen Blitzen explodieren. Oder damit, durch die Felder zu stapfen, Eichenlaub in Kinderschritten vor mir herkickend, auf der Suche nach Fasanen und Kaninchen. Den erwarteten lähmenden Hunger habe ich bisher noch nicht gelitten, wobei ich offen zugebe, dass ich das den Kaninchen zu verdanken habe, die ich als Sättigungsbeilage verwende. Meine Essgewohnheiten sind vielleicht unorthodox und kaninchenlastig (mindestens eines jeden zweiten Tag), aber bisher bin ich noch nicht an Skorbut gestorben, dank einer stetigen Zufuhr an Sauerampfer, Behaartem Schaumkraut, Wegerich, Gutem Heinrich und einem schwindenden Vorrat an Brennnesseln, die inzwischen vom Frost geschädigt sind. Ein oder zwei Momente der Benommenheit – durch Unterzuckerung verursacht, vermute ich – wurden kuriert, indem ich einen Löffel Honig aß.

Beim Abendessen sagt Penny zu mir: »Du brauchst einen Plan.« Sie und die Kinder stürzen sich auf Supermarkt-Lachs, Kartoffelpüree und Brokkoli. Ich esse ein weiteres Kaninchen, diesmal geschmort mit Pfifferlingen und streng schmeckendem Bärlauch, den ich in unserem 1300-Quadratmeter-Wäldchen am Ufer des Escley ausgegraben habe. Gedämpfte Brennnesseln bilden die Gemüsebeilage.

»Mein Plan ist, von wilden Nahrungsmitteln zu leben.«

»Das ist kein Plan. Das ist ein Ziel. Du solltest dich hinsetzen und berechnen, wie viele Kohlenhydrate du pro Tag brauchst ...«

»Boah. Da bekomme ich die Panik. Wenn ich anfange, rational und wissenschaftlich darüber nachzudenken, wie man von Essen aus der Wildnis lebt, falle ich in Schockstarre. Ich glaube, ich sollte einfach auf die Gelüste in meinem Hirn hören.«

»Du meinst ›Gespinste‹?«

»Ha, ha, ha.«

»Vielleicht wäre es ja hilfreich, sich an ein paar Rezepte zu halten?«

»Weißt du, was das Problem an sogenannten Wildpflanzenrezepten ist? Die Hälfte ihrer Zutaten stammt aus dem Feinkostgeschäft. Ich meine, wann hast du zum letzten Mal wild wachsende Gnocchi gesehen? Die meisten Rezepte muss ich improvisieren, wie es kommt. Und dieses«, sage ich und zeige auf die Kaninchenstücke, »ist ziemlich gut.«

»Aber du könntest ältere Rezepte ausprobieren. Etwas Mittelalterliches zum Beispiel.«

Ich gebe zu, dass das eine gute Idee sei, woraufhin Penny aus dem Esszimmer verschwindet und mit einer Tragetasche zurückkommt, die sie mir reicht. »Ein Geschenk für dich.« Die Plastiktüte ist voller grüner Sputniks. Maronen. Ich will gerade protestieren, dass das meiner »Nur-vom-Grundstück«-Politik widerspricht, als sie sagt: »Geschenkter Tüte schaut man nicht ins Maul. Ich habe sie in Clodock vor der Kirche aufgesammelt, verflixt noch mal.« Clodock liegt zweieinhalb Kilometer weiter unten im Tal. Also praktisch vor der Haustür.

Weil ich in die Bibliothek von Hereford gefahren bin, um nach alten Rezepten zu forschen, verpasse ich den Überraschungsbesuch zweier Amerikaner auf dem »Trip ihres Lebens« nach England. Es sind Henry Landon senior und Henry Landon junior, die vorbeigekommen sind, um das Gehöft ihrer Vorfahren zu sehen, von dem aus ihre Familie Mitte des 18. Jahrhunderts nach Amerika auswanderte. Törichterweise habe ich noch nie über den Namen des Hauses nachgedacht: *Trelandon*, was »Haus der Landons« bedeutet, weil *Tre* das walisische Wort für »Haus« ist. Penny möchte sie nicht enttäuschen und erwähnt deshalb nicht, dass ihre Familie auch aus einem anderen Trelandon stammen könnte, drei Kilometer talabwärts.

Das Tal gehörte nie wirklich zu England, bis Heinrich VIII. im Jahr 1534 die Grenze zwischen England und Wales unbekümmert auf die Höhen der Black Mountains verlegte. In einer Meisterleistung touristischer Geschichtsverleugnung taufte man den Wanderweg, der heute auf dieser Demarkationslinie liegt, nach dem Grenzwall des angelsächsischen Königs *»Offa's Dyke Footpath«*, obwohl König Offa es nicht schaffte, die englische Siedlungsgrenze über das zehn Kilometer weiter östlich liegende Dore Valley hinauszuschieben. Von der Römerzeit bis zur normannischen Eroberung lag das Longtown Valley im Herzen eines walisischen »Commote«-Bezirks namens Ewyas (was vermutlich »Schafgebiet« bedeutet). Wilhelm der Eroberer entsandte Walter de Lacy, einen seiner Krieger für schwierige Fälle, nach Ewyas, um das Gebiet abzusichern. Dessen Familie erbaute im Dorf die (heute noch erkennbare) perfekt kreisrunde Festung und gab dem Gebiet einen neuen Namen, Ewyas Lacy. Normannische *Marcher Lords* wie Walter de Lacy waren kleine Könige; es hieß, auf ihrem Territorium hätten die Erlasse des Königs keine Geltung. De Lacys Erlasse allerdings auch nicht immer: Um die wilden westlichen Ländereien von Ewyas Lacy zu unterwerfen, wo Überfälle und Unruhen der Waliser an der Tagesordnung waren, sahen sich die normannischen Lehnsherren gezwungen, außer der Burg in Longtown noch vier weitere Turmhügelburgen im südlichen Tal zu bauen, in Pont-Hendre, Rowlestone, Walterstone und Llanvihangel. Im 13. Jahrhundert hatten die normannischen Grundherren das Tal erfolgreich in die politische Sphäre Englands eingegliedert, auch wenn es kulturell noch jahrhundertelang eine starke walisische Identität behielt. Dieses Tal war das letzte, das England einverleibt wurde. Heute ist es das letzte Tal Englands. Als ich in der ersterbenden Sonne eines Oktobernachmittags das Tal hinunter zur Kirche von Clodock schaue, am Wiesenschachbrett des Merlin's Hill und der großen Mauer der Black Mountains vorbei, höre ich keinen einzigen menschlichen Laut.

In Trelandon ist das nichts Ungewöhnliches. Solche Wirbel aus Stille kommen den ganzen Tag über vor, und wenn sie von Menschen unterbrochen werden, ist es im Allgemeinen ein weit entfernter Traktor auf der Landstraße oder ein Transatlantikflugzeug hoch oben an der Himmelskuppel, wie Flüstern in einer Kathedrale. Wenn überhaupt, ist das Land heute stiller als vor hundert Jahren; damals wären auf den Feldern ständig Landarbeiter mit ihren Pflichten beschäftigt gewesen. Die Mechanisierung hat die Schaf- und Rinderzüchter in diesem Tal auf einen Menschen, seinen Hund, seinen Geländewagen und seine Traktoren reduziert.

Eine Landschaft braucht eine Geräuschkulisse. Der Klang der Stille passt zu Trelandon. Zu mir auch.

In Wirklichkeit ist die Landschaft niemals vollkommen still, weil ich immer den Escley hören kann, im Sommer, wenn er langsam und kriechend fließt, im Winter, wenn er tobt wie das ständige Krachen der Brandung am Meer, und in all den vielen Zwischenstadien. Der Escley liefert die Tonspur zu meinem Leben.

In einer Nacht, in der ein Vollmond über den Merlin's Hill emporsteigt in einen Himmel voller dahinjagender Wolken, einer Nacht für Füchse und die französische Résistance, ernte ich immer noch Haselnüsse, Taschenlampe in der Linken, Eimer zu meinen Füßen. Seit zwei Wochen pflücke ich mit Unterbrechungen Haselnüsse. Mit Unterbrechungen ist die einzige Möglichkeit; die Haselnussernte bereitet mir buchstäblich Kopfschmerzen, weil man dabei ständig nach oben schauen muss.

Nach meiner groben Schätzung haben wir auf unserem Land zweihundert Haselsträucher, von denen ich spärliche fünfzehn Kilogramm Nüsse gesammelt habe. Die Haselnuss ist eines der beliebtesten Nahrungsmittel der Natur. Eichhörnchen mögen sie, Spechte mögen sie, Kleiber mögen sie, Eichelhäher mögen sie, Ringeltauben mögen sie, Waldmäuse mögen sie. Ich mag sie auch, bin aber der ungeschickteste in der langen Reihe der Konkurrenten in dieser letzten Oktoberwoche, in der die Nüsse schon lange von blass-grün zu goldbraunreif gewechselt haben. Meine Knappheit an Haselnüssen ist allerdings nicht nur vorausgegangenen Plünderungen durch Nager und Vögel geschuldet. Es war ein trockenes Jahr für Trockenfrüchte vom Baum.

Es gibt keinen vernünftigen Grund dafür, dass ich um elf Uhr nachts draußen bin, mit einer Taschenlampe hinauf in die Blätter und die gerade entstehenden Kätzchen leuchte und Haselnüsse sammle. Was auch immer an diesen letzten paar Büschen übrig ist, wird auch im ersten Morgenlicht noch da sein, wenn ich sowieso mit dem Schäferstab zurückkommen muss, um die hohen Äste herunterzubiegen, eine Übung, die mit dem Halten einer Taschenlampe unvereinbar ist. Ich pflücke nur, um *irgendetwas* zu tun, das meinen eichhörnchenhaften Trieb zum Anlegen von Vorräten für den nahenden Winter befriedigt.

Die Haselnuss ist ein uraltes Nahrungsmittel, sie war schon den Jägern und Sammlern der mittleren Steinzeit bekannt. Ihr Name kommt vom angelsächsischen *haesel*, »Hut«, und bezieht sich auf das gerüschte Hütchen, in dem die Nuss sitzt. Die Haselnuss ist auf allen britischen Inseln verbreitet, aber nicht immer so wild, wie man annehmen könnte.

An unserer Biegung des Escley stehen die raschelnden Haselbüsche in so regelmäßigen Abständen, dass sie offensichtlich gezielt gepflanzt wurden; mit Sicherheit wurden sie früher immer wieder gekappt, wodurch eine Vielzahl glänzender Stämme stramm wie Soldaten im Mondlicht steht. Hasel liefert ideale Bohnenstangen, und dünnere Haselstecken können zu Zäunen und als Füllungen für Lehmwände verflochten werden. Haselblätter wurden früher an das Vieh verfüttert und sind für Menschen essbar.

Der bei Weitem nahrhafteste Teil des Haselstrauchs ist allerdings die Nuss, in der 15 g Eiweiß pro 100 g stecken. Mehr als in einem Hühnerei.

Die Haselnuss mag Superfood sein, aber es ist nicht ihr Nährstoffgehalt, der sie zur Basis meines Frühstücks macht, sondern ihr Geschmack. Ich bin süchtig nach ihrer milchigen Süße. Selbst die Kieferschmerzen, die einsetzen, wenn man Mengen roher Haselnüsse isst, können mich an freudlosen Herbstmorgen nicht von ihnen fernhalten; ich vermahle sie zu einer groben Annäherung an Müsli, indem ich Honig und gehackte getrocknete Hagebutten dazugebe.

Haselnüsse sind kieferfreundlicher, wenn man sie röstet; dann schmecken sie stärkehaltiger, wie Grieß. Geröstete Haselnüsse kann man auch zu Öl pressen. Das ist ein mühseliger Prozess, und die Menge bernsteingelben Öls, die man aus einem Pfund Nüsse gewinnt, lässt sich in Bruchteilen eines Teelöffels messen.

Haselnussöl ist kostbar. Neben Entenschmalz ist es das einzige Kochfett, das ich aus der Natur gewinnen kann. Ich brauche dieses Öl, weil ich seit mehr als einer Woche keine Ente geschossen habe.

Ein typischer Herbsttag im Leben eines Jägers und Sammlers des 21. Jahrhunderts. Aufstehen um sechs Uhr morgens, bevor das Licht über den Merlin's Hill kriecht, weil der frühe Vogel den Wurm fängt. Vögel müssen morgens zuallererst fressen, um nach dem Schlaf ihr Körpergewicht auszugleichen. Insofern erwischt der früh aufstehende Jäger den Vogel, der den Wurm erwischt. Eine heiße Tasse Löwenzahnkaffee (oder Hagebuttentee oder heißen Früchtesirup), dazu ein Müsli aus gemahlenen Haselnüssen und Honig, dann mit Edith für ein, zwei Stunden hinaus auf die Jagd, immer mit glänzender, wasserabweisend gewachster Jacke, immer wie die Pfadfinder »allzeit bereit« mit einer Jackentasche voller kleiner blauer Gefrierbeutel zum Einsammeln unerwarteter Leckerbissen wie zum Beispiel Hexenring-Pilze. Der Rest des Vormittags ist dem Sammeln gewidmet. Mittagessen. Nachmittags sammeln, sammeln, sammeln bis 15.30 Uhr, dann mit Edith hinaus zum Jagen bis zum letzten Tageslicht. Essensvorbereitung und Haltbarmachen – Rupfen, Abfüllen, Einkochen, Häuten, Entkernen, Schuften, Schuften in der Küche – bis zum Abendessen um 19.30 Uhr. Abendessen. Weiter Nahrungsmittel vorbereiten bis 21 Uhr. Oder, wenn ich nichts für den Topf gefunden habe, Kaninchen schießen mit Taschenlampe. Ich dachte, Bauern würden hart arbeiten, aber als Bauer darf man in der warmen Traktorkabine sitzen, auf und ab gondeln, Radio hören und dabei Kaffee aus der Thermoskanne trinken.

Wo bleibt die Labsal des Schlafs? Angst hindert mich daran, mehr als fünf Stunden pro Nacht zu schlafen. Ich kann den Wecker ticken hören, selbst wenn ich ihn aus dem Schlafzimmer wegstelle, weit hinten ins Haus. Der schreckliche, sich schließende Schraubstock der herbstlichen Dunkelheit bedeutet, dass ich immer weniger Zeit zum Jagen und Sammeln habe. Und jedes Ticken der Uhr heißt, dass der Winter mit seinem Mangel an Pflanzen noch näher rückt. Habe ich genug Konserven eingelagert? Genug Bärenklauwurzeln? Werden sie verschimmeln? Was passiert, wenn ich tagelang nichts schieße? Was, wenn ich krank werde? Ohne Kühlschrank isst man stärker saisonal, so viel ist sicher, man isst aber auch mehr von der Hand in den Mund. Es gibt keine Rückversicherung, keine Seelenruhe, keine wunderbaren Gedanken à la »Macht nichts, der Kühlschrank ist voll«, wenn es regnet oder der Schnee sich bis zum Türsturz auftürmt.

Natürlich weiß ich, dass ich aufgeben und zum Supermarkt fahren könnte, wenn eine Hungersnot über das Land hereinbricht. Aber darum geht es nicht.

Tick macht die Uhr, während sie unerbittlich die Sekunden bis zum Winter herunterzählt. *Tick. Tick. Tick.*

An diesem weichen, feuchten Oktobermorgen kann ich sogar vom Fenster aus sehen, dass Pilze weiß aus der Pferdekoppel emporsprießen. Sie sollten gepflückt werden, solange sie noch taufeucht sind, aber mein Rücken tut mir vom Nüssepflücken weh, und Pilzesammeln ist das Vorletzte, was ich jetzt tun möchte; schlimmer wäre nur, noch einmal Haselnüsse zu ernten.

Aber es heißt »Pflück oder stirb«. Poppy, das Pony, ist schon wach und frisst, und Poppy wird die Pilze zertrampeln. Oder draufscheißen.

Also bin ich um sieben Uhr morgens mit meinem Korb draußen, benebelt und zerschlagen; Löwenzahnkaffee kurbelt das System nicht an wie brasilianische Bohnen.

Es gibt jede Menge Riesenboviste. In kaum einer Viertelstunde habe ich den Korb gefüllt, Poppys Futtereimer ausgeliehen und diesen ebenfalls vollgemacht. So schnell ich mich auch drehe und Pilze pflücke – ich sehe immer neue ungepflückte. Eine Goldader aus Pilzen. Der Große Pilzrausch. Es gibt mehr Pilze, als ich sammeln kann. Außer den Bovisten gibt es Hexenringe aus gelben Pilzen, die ich nicht identifizieren kann, und Grüppchen von »Zauberpilzen«, *Psilocybes*. Der Hippiehimmel auf Erden. Gandalfs Pilzgarten.

Ich schlurfe wieder zum Hof, hole einen alten Zuckerrübensack, der im Kuhstall auf dem Boden liegt, und gehe hinunter zum Wäldchen. Auch dort gibt es Pilze. Am Waldrand ist ein Teppich aus prachtvollen goldenen Pfifferlingen ausgebreitet, jenem Pilz, von dem die Menschen einst dachten, er könne die Toten wieder zum Leben erwecken. Abends muss ich ausnahmsweise nicht selbst für mich kochen. Während ich Pilze in Scheiben schneide, um sie im Heizungsraum zu trocknen, nimmt sich Penny einen Eimer mit gemischten wilden Pilzen, um daraus eine große Schüssel Suppe zu kochen. Außerdem spielt sie mit dem Gedanken, die *magic mushrooms* zu ernten und sie in den Pubs von Hereford zu verhökern. Möglicherweise eine nette kleine Geldquelle, aber nicht unbedingt eine kluge Geschäftsidee, gebe ich zu bedenken.

In einer Nacht der Millionen Sterne, in der die Milchstraße das Firmament umgürtet, füttere ich die Hunde auf dem Hof, als eine Sternschnuppe feurig funkelt und im schwarzen Nichts erstirbt. Eine weitere Sternschnuppe blitzt auf. Bezaubert starre ich gen Himmel und werde mit dem Anblick einer dritten belohnt.

Der Oktober ist – aus Gründen, die ich nicht verstehe – für Sternschnuppen ein Monat ohnegleichen. Oktober ist auch der Monat, in dem die Fledermäuse aus- und die Ratten einziehen. Die kleine Fledermauskolonie, die in dem alten Schornstein am unrenovierten Ende des Hauses zu schlafen pflegt, ist zum Überwintern ausgezogen, wahrscheinlich in die hohle Eiche unten am Fluss. Gleichzeitig sind die Ratten von den Wiesen, wo sie gern alte Kaninchenbaue als Sommerwohnung nutzen, hereingekommen und haben ihr Winterquartier im Kuhstall bezogen. Während ich draußen auf dem Hof den Himmel bewundere, höre ich eine Ratte vom Kuhstall in den Schweinestall wuseln. Die Hunde hören sie auch und heulen los in die Dunkelheit. Ich weiß, dass ihre Jagd erfolglos war, weil sie keine Beute zurückbringen. Mit einer herbeigeholten Taschenlampe stochere ich an der Außenseite des aus Beton erbauten Schweinestalls herum, wo der Lichtstrahl längliche, glänzend schwarze Rattenköttel unter einer hochkant stehenden Schubkarre erhellt: der Unterschlupf der Ratten. In dieser Nacht erkenne ich, dass wir ein Rattenproblem haben. Im Bett liegend, höre ich eine an der Eichenholztür zwischen Kuhstall und Küche nagen.

Ratten lassen den Redneck in mir erwachen. Es gibt keine Grauzonen oder Zweifel in meiner Einstellung zu Ratten. Ich benutze keine Lebendfallen – wohin sollte man die Ratten denn umsiedeln? Wer würde sie haben wollen? Sie vielleicht? Ich praktiziere Massenvernichtung. Landratten sind gesünder als ihre städtischen Kollegen, aber sie verbreiten trotzdem Krankheiten, die für Menschen wie Haustiere tödlich sein können.

Weil ich nicht schlafen kann, entscheide ich mich für die Option Atomkrieg. Ich hole einen Fünf-Kilo-Eimer Tomcat-Rattengift, gebe die leuchtend blauen Körner löffelweise in die Köderstationen – sie sehen aus wie kurze Stücke Abflussrohr: Ratten können hineingelangen, Haustiere und Geflügel nicht – und verteile die drei Stationen rings um den Schweinestall. Weil ich schlicht Angst vor Ratten habe, nehme ich meinen Mut zusammen, hämmere vom Kuhstall aus laut gegen die Verbindungstür, um das Rattengeknabber zu verjagen, und stelle dann zwei Köderstationen nach drinnen, auf die Stufen.

Das Grauen. Das Grauen. Als ich am nächsten Morgen nach dem Giftköder schaue, ist er komplett weg. Die gesamten zweieinhalb Kilo. Dort draußen im Dunkeln müssen Dutzende von Ratten herumwimmeln. Ich füttere sie noch weitere Nächte, bis das Gift unberührt bleibt und die Ratten alle tot sind. Glücklicherweise sterben die meisten Ratten in einem Bau, den sie unter dem Schweinestall gegraben haben; ich dichte ihn ab. Die übrigen muss ich dort zusammensuchen, wo sie tot umgefallen sind, an inneren Blutungen erstickt. Ich verbrenne sie auf einem Scheiterhaufen, mit Diesel getränkt.

Kalender der wilden Nahrungsmittel von Trelandon

OKTOBER

Löwenzahn, Holunderbeeren, Weißdornbeeren, Haselnüsse, Schlehen, Schopf-Tintlinge, Waldschnepfen, Sauerampfer, Brennnesseln, Kaninchen, Giersch, Hagebutten, Honig, Boviste, Judasohren, Pfifferlinge, Wildäpfel, Behaartes Schaumkraut, Klettenlabkraut, Stockenten, Tauben, Bärenklau, Feldsalat, Gundermann, Wegerich, Gänsedisteln

WINTER

Selbst im Winter findet man vereinzelt tapfere Löwenzahnpflanzen, deren raubtierspitz gezackte Blätter einen willkommenen Salat oder Blattgemüse ergeben. Die kleinsten Blätter schmecken am wenigsten bitter, und sie werden noch milder, wenn sie für einige Stunden in Wasser ziehen durften oder von einem Maulwurfshaufen gebleicht wurden. Aber an diesem nassen Vorabend von Samhain, dem ersten November, Winteranfang des keltischen Kalenders, bin ich nicht primär hinter Löwenzahnblättern her. Es sind wieder einmal die Wurzeln des Löwenzahns, diesmal als Gemüse. Ich habe so deutliche Bilder von ihnen im Kopf, dass sie an Halluzinationen grenzen.

Die Brennnesseln im Gras hat Väterchen Frost schwarz verbrannt. Auf wundersame Weise steht ein einzelner Löwenzahn in Blüte, gestrandet in seinem eigenen privaten Mikroklima, aber alle anderen verlangen angestrengtes Suchen im zerzausten Gras. In der Küche lasse ich die Wurzeln fünfzehn Minuten lang kochen; weil sie danach immer noch bitter schmecken, koche ich sie noch einmal kurz in frischem Wasser, fünf Minuten lang. Dann ist die Bitterkeit weg.

Der blühende Löwenzahn auf der Hauswiese ist nicht der einzige Bewohner eines Mikroklimas auf unserem Land. Unten in dem Entwässerungsgraben, der am Südende der Wäldchenwiese entlangläuft, herrscht noch Sommer. Am breiten Boden des Grabens, der anderthalb Meter tiefer als die Wiese durch Old-Red-Sandstein verläuft, stehen Wicken und Veilchen in Blüte, während Sauerampfer, Ampfer, Distel, Gundermann, Bachbunge, Brennnesseln und Feldsalat daneben strammstehen. Am oberen Ende des Grabens fangen unterdessen die Fingerhutblätter an, sich dem Winter zu beugen, und sinken herab, bis sie aussehen wie die Löffel von Schlappohrkaninchen.

Der Wind entblättert die Zwillingseichen am Fluss. Ein Wirbel brauner Blätter tanzt über die Wäldchenwiese. Meine Erinnerung wandert zurück zu den Zeiten, als die Kinder noch kleiner waren und wir unschuldige Stunden lang im Wind Blätterfangen spielten. Im Fluss, der inzwischen absurd seicht ist, arbeitet sich eine verzerrte U-Boot-Form unter der gekräuselten Wasseroberfläche bergauf: eine Meerforelle auf dem Weg zu ihren Laichgründen. Zurzeit ist sie vor mir sicher, weil *Salmo trutta trutta* Schonzeit hat. Der Wind bläst so böig, dass er mir den Atem raubt, als ich über die Wäldchenwiese segle, unser einziges wirklich flaches Stück Land. Auf der Landzunge rupfe ich in einem Blizzard aus Blättern braune Judasohren von der dürren, rissigen Rinde eines gebeugten Holunders, der im Sturm zittert.

Als ich, vor dem Wind segelnd, zu Hause ankomme und Freda die Judasohr-Pilze zeige, sagt sie: »Igitt!«, weil sie tatsächlich aussehen wie menschliche Ohren. Sie hält einen vor ihr eigenes, um das zu beweisen, und bittet mich, ihr für den nächsten Halloween-Abend zwei abzuschneiden. Penny sorgt sich eher um die Nomenklatur, weil der Pilz auf Englisch *Jew's Ear*, »Judenohr«, heißt. »Ist der Name nicht ein klein bisschen rassistisch?«

Ich schneide die Judasohren in Streifen und brate sie, mit ein paar Gierschblättern, in Entenschmalz an. »Mal wieder ein richtig klassisches Dinner«, sagt Tris und starrt demonstrativ in die Gusseisenpfanne auf dem Herd. Er hat recht. Diese Mahlzeit wäre des Rules-Restaurants unwürdig; sie ist wieder einmal ein Survival-Essen. Die Judasohren sind gummiartig und fade, und der Giersch wird durch das Anbraten in Entenschmalz nur minimal besser. Ich sollte mir mehr Zeit nehmen, um in der Küche zu experimentieren, aber wo soll ich diese ungreifbar glitschige Substanz namens »mehr Zeit« hernehmen?

Als Julius Cäsar im Jahr 55 vor Christus in Großbritannien einfiel, entdeckte er, dass die keltischen Ureinwohner den Saft des einheimischen Wildapfels, *Malus sylvestris*, vergären ließen. Die Römer tauften das Getränk »Sicera«. Cider.

Es ist fast unmöglich, Äpfel für Cider zu pressen, ohne regelmäßig im Chor den Wurzels-Song »*I Am a Cider Drinker*« anzustimmen, zur Melodie von »*Una Paloma Blanca*«.

Dieser nasse Novembernachmittag macht keine Ausnahme. Freda dirigiert. »Ihr müsst alle mitsingen, wenn ich ›Fertig‹ sage. Fertig? *I am a cider drinker …*«

Wir stehen alle vier um die mechanische Vigo-Obstmühle und Saftpresse herum, die ich einmal in einem solventen Moment gekauft habe. Im hinteren Teil des Hauses, wie wir ihn nennen; einst war er der vordere. Hier hat der Bagger während der Bauarbeiten riesige Steinplatten zutage gefördert, darunter auch einige mit Rinnen, die ich als Unterteil einer Apfelpresse erkannt habe. Vom Rest der Presse war keine Spur zu finden; wahrscheinlich wurde sie, wie so viele andere, als Gartendekoration verkauft. Der Cider aus dieser Presse dürfte aus gezüchteten Apfelsorten gewesen sein, die erstmals von den Römern eingeführt wurden (sie fanden *Malus sylvestris* zu herb für ihre kultivierten Zungen) und in den beiden Obstgärten von Trelandon wuchsen, einem am Haus und einem zweiten in geschützterer Lage unten am Fluss. Der hausgemachte Cider war, wie auf allen Bauernhöfen von Herefordshire, nicht nur für die Bauernfamilie gedacht: Er war Teil des Arbeitslohns – 2,25 Liter pro Tag für Männer, 1,15 Liter für Jungen. Einmal habe ich beim Schlehenpflücken eine perfekt erhaltene Ciderflasche aus Ton gefunden, genau die Sorte, in der man den flüssigen Lohn transportierte; jemand hatte sie in einem anderen Zeitalter unter einer Hecke verlegt. Braune Ciderflaschen aus Glas, aus späteren Zeiten, tauchen immer wieder in den natürlichen Senken von Trelandon auf; leider besteht der Verdacht, dass diese nicht von durstgeplagten Tagelöhnern stammen, sondern von dem Bauern, der Trelandon in den 1960ern bewirtschaftete und zum Trinken neigte.

Für meinen Cider habe ich vier Säcke Wildäpfel von den Bäumen in der hinteren Hecke der Hauswiese gepflückt. Eigentlich habe ich die meisten gar nicht gepflückt, sondern den Baum mit einem Schäferstab geschüttelt, sodass die Äpfel auf eine Plane fielen, die ich über dem darunterliegenden Bewässerungsgraben ausgebreitet hatte. Wie man Apfelbäume leer schüttelt, weiß ich: Eine meiner frühesten Erinnerungen ist die, wie ich meinem Großvater Joe Amos dabei zuschaute, wie er auf der Apfelwiese des Bauernhofs, den er im Osten von Herefordshire bewirtschaftete, mit einer eigens dafür hergestellten Stange mit Hakenende an den Bäumen rüttelte, den braunen Kittel mit Ballenschnur um den Bauch gebunden.

Die Äpfel wandern direkt in die rotierenden Stahlzähne der Obstmühle, aufs Geratewohl hineingekippt; nur bei den besonders verfaulten, schleimigen mache ich mir die Mühe, sie herauszufischen und für Fredas Gloucester-Old-Spot-Schweine, Snorty und Primrose, in eine Schubkarre zu werfen.

Ich habe noch nie Cider aus Wildäpfeln gemacht, die viel kleiner und herber sind als die Zuchtsorten. Manche Wildäpfel werden rot, aber nicht hier oben in den Berghecken; unsere sind von einem dünnen Gelbgrün, und nur die allerobersten tragen einen Hauch von Sommerröte.

Ebenso schnell, wie Tris die Obstmühle dreht und die geschnetzelten Äpfel herausfallen, schaufelt Penny sie in die Saftpresse, deren Hebel ich drehe, um die Druckplatte nach unten zu schrauben. Der überraschend wolkige braune Saft rinnt in die gusseiserne Auffangschale und durch eine Rinne, unter der ihn Fredas Eimer auffängt.

Freda nimmt ein Testschlückchen Saft und erklärt ihn für »widerlich«.

Wir kosten alle. Sie hat recht. Er zieht den Mund so stark zusammen, dass er die Zunge lähmt.

»*I'm not a cider drinker*«, trällert Tristram.

Ich bin nicht sicher, ob es sich lohnt weiterzumachen, aber Penny weist darauf hin, dass Wildäpfel auch für »*Lamb's Wool*«, einen uralten englischen Drink, verwendet werden; vergoren sollten sie also genießbar sein.

Also machen wir weiter, schnetzeln, pressen, füllen ab, scheuchen Wespen weg und schwitzen, bis alle vier Säcke verarbeitet sind, alchemisiert zu vierzig Litern Holzapfelsaft, den wir in einem Fünfundzwanzig-Liter-Mostfass im Wohnzimmer lagern. Als das Fass voll ist, schütte ich den Rest in Glasballons, die mit Gäraufsätzen aus Plastik verschlossen werden. Diesen Apfelsaft will ich in Apfelessig verwandeln, den ich dringend zum Einlegen brauche.

Drei Tage später bewundere ich gerade das Geblubber des Gärprozesses, als Freda mit hochrotem Kopf hereingerannt kommt und schreit: »Dad! Dad! Komm schnell, die Schweine sind krank … richtig, richtig krank!«

Ich renne hinter ihr hinaus, über den Hof zum Schweinestall aus Beton, wo es Snorty und Primrose tatsächlich sehr schlecht geht; sie taumeln blindlings gegen die Wand wie Roboter. Dann fällt Primrose um, ihre Augäpfel rollen in ihren schmalen Schlitzen.

Sieht nach Bleivergiftung aus. Ich steige hinein und suche die Wände und das Stroh ab, aber es ist nirgends Blei zu finden.

Ich klettere wieder hinaus. Warum die Schweine krank sind, kann ich mir nicht erklären. Freda will, dass ich Peter Jinman, den Tierarzt, anrufe, und das will ich gerade tun, als Snorty einen Rülpser loslässt, der einen Eintrag im *Guinness-Buch der Rekorde* verdient hätte. Gleichzeitig schießt aus ihrem Hintern ein Strom grünen Durchfalls. Selbst aus zwei Metern Entfernung ist der Gestank überwältigend. Und absolut unverkennbar.

»Ähm, Freda … womit hast du die Schweine gefüttert?«

»Mit dem Trester, warum?«

Der Trester besteht aus den trockenen, ausgepressten Apfelresten von der Saftherstellung. Und genau wie der Saft in meinen Gärflaschen hat der Trester angefangen, sich in Alkohol zu verwandeln. Snorty und Primrose sind betrunken. Blau. Hackedicht. Besoffen.

Da ist nicht viel zu machen, außer sie ihren Rausch ausschlafen zu lassen.

Zehn Wochen später weiß ich, wie sie sich gefühlt haben. Der Cider ist längst in Flaschen umgefüllt – das Sediment bleibt dabei unten im Gärgefäß zurück – und sollte noch mindestens drei Monate lang reifen, aber die Flaschen sind eine zu große Versuchung.

Es wäre eine Untertreibung, den Holzapfel-Cider sauer und rau zu nennen. Er ist geradezu holzig. Im lokalen Herefordshire-Dialekt würde man ihn *pig-squeal cider* nennen, einen »Schweinequiek-Cider« – weil man genau dieses Geräusch beim Probieren unwillkürlich macht.

Ich schaffe einen guten halben Liter, an den Herd gelehnt, als plötzlich alles zu einem Dalí-Gemälde verschwimmt und ich an der Vorderseite des Herdes entlang zu Boden gleite. Später finde ich heraus, dass der Alkoholgehalt meines Ciders zehn Prozent beträgt. Um ihn genießbar zu machen, gebe ich einen halben Teelöffel Honig in jede Flasche. Und dann gilt tatsächlich: »*I am a cider drinker …*«

Geschmorter Fasan mit Cider

1 alter Fasan
1 Bärlauchzwiebel, gehackt
300 ml Cider
1 Prise Salz
450 g Wildäpfel

Fasan sollte am besten eine Woche lang an einem kühlen Ort abhängen. Es lohnt sich nicht, einen alten Fasan zu rupfen; häuten Sie ihn besser.
Den Fasan ausnehmen, Kopf, Flügel und Unterschenkel entfernen, waschen und trockentupfen. Die Äpfel in Scheiben schneiden, in einem Schmortopf verteilen und den Fasan darauflegen. Etwa drei Stunden lang in Cider, Salz und gehacktem Knoblauch marinieren. Dicht verschließen und für anderthalb Stunden bei 170° C in den Ofen schieben. Mit gedämpften Brennnesseln und Vogelbeerengelee servieren. Oder mit Wildapfelgelee, von dem ich zwanzig Gläser in einer Küche mache, die dabei vor Hitze dampft. Maronen sind auch ein guter Partner für Fasan, aber nicht, wenn er in Cider gegart wird.

Die Leber des Fasans ist für Pastete zu kräftig, aber ich entdecke, dass sie fein gchackt und mit einer zerkleinerten Bärlauchzwiebel vermischt eine exzellente Füllung für einen mit Holunderwein und gebratenen Pilzen geschmorten Fasan ergibt.

Schlehen, die kugeligen Früchte des Schwarzdorns, sind die wilden Ururgroßeltern der Zwetschge. Nur die Farbe ihrer Haut, ein ins

Schwarze spielendes Blau, weist auf die genetische Verbindung hin: Das Fruchtfleisch der Zwetschge schmeckt süß, während einem das grüne Innere einer Schlehe beim Hineinbeißen sofort den Mund zusammenzieht. Nichts hängt appetitlicher an der Hecke als schwellende Schlehen (außer den roten Beeren, die der giftige Bittersüße Nachtschatten anbietet), und ich kann nie ganz glauben, dass sie so herb sind, wie ich sie in Erinnerung habe. Aber das sind sie, selbst nach dem ersten Frost, der sie angeblich süßer macht. Das Einzige, was man mit einer rohen Schlehe tun kann, ist, sie auszuspucken. Eine mit Honig gesüßte Schlehe kann allerdings Schlehengelee oder Schlehenwein liefern.

Schlehen werden von Dornen bewacht, die bis zu sieben Zentimeter lang werden können. Wenigstens kann man solche gargantuesken Stacheln gut sehen und ihnen daher gut ausweichen. In dieser ersten Novemberwoche, in der sich schon um vier Uhr nachmittags Raureif auf den roten Rücken der Kühe bildet und um halb fünf die Dunkelheit hereinsickert, mache ich mir nicht die Mühe, Schlehen zu pflücken; wie Wildäpfel lassen sie sich mit einem Schäferstab auf eine Plane schütteln. Neben Weißdorn und Hasel ist Schwarzdorn die häufigste Heckenpflanze von Trelandon; die lange Hecke, die sich am Fahrweg zum Steinbruch hinunterschlängelt, besteht ausschließlich aus Schwarzdorn. Es war ein gutes Beerenjahr, und nach zwei Stunden Klopfen habe ich einen Sack voller Schlehen.

Schlehen ergeben einen so intensiv roten Wein, dass Betrüger des georgianischen Zeitalters ihn als Portwein auszugeben pflegten. Für mich hat die Schlehe den Vorteil, dass der gräuliche Belag, der oft auf ihrer Haut zu sehen ist, aus natürlicher Hefe besteht. Mit ein paar hinzugefügten Apfelschalen bekomme ich fast fünf Liter Schlehen, die ohne zugekaufte Hefe vergären; allerdings muss sich das Gebräu mit den Hunden um die Wärme des Feuers streiten, um am Leben zu bleiben. Nach fünf Tagen fülle ich den Wein in einen Glasballon, damit er dort weitergärt. Ich nehme einen besitzergreifenden Schluck.

Selbst wenn man ihm seine Jugend zugutehält, schmeckt der Wein bitter und trocken. Mein Fehler, weil ich bewusst beim Honig geknausert und nur 1350 Gramm zugegeben habe. Das versuche ich jetzt wiedergutzumachen, indem ich drei große Esslöffel Honig unterrühre und Apfelsaft zugieße. Nur die Zeit, ein ganzes Jahr davon, wird zeigen, ob der Wein gut ist.

Etwas an diesem herben, den Mund zusammenziehenden Schlückchen bringt mein Zutrauen zu Schlehenwein ins Wanken. Die restlichen Schlehen wandern zerdrückt, gekocht und mit Honig vermischt in eine Soße zu Wild.

Schlehenwein

1,35 kg reife Schlehen
225 g besonders »hefige« Schlehen
600 g klarer Honig
4,5 l Wasser
Schalen von 5 Wildäpfeln

Die Schlehen in einem Gäreimer mit einem Kartoffelstampfer zerdrücken, bis ihre Schalen aufplatzen. Die Alternative ist, sie durch eine Obstmühle zu drehen (wenn Sie eine haben). In der Zwischenzeit das Wasser zum Kochen bringen. 450 g des Honigs in einen Topf geben und eine Schicht kochendes Wasser darübergießen. Mit einem Holzlöffel umrühren, damit sich der Honig im Wasser auflöst. Das Honigwasser über die Schlehen gießen, dann das restliche Wasser zugeben. Wenn alles abgekühlt ist, die hefigen Schlehen und die Apfelschalen unterrühren. Abdecken und fünf Tage lang an einem warmen Ort stehen lassen; mindestens einmal täglich umrühren.
Die Flüssigkeit durch ein Sieb in einen Glasballon abgießen und den restlichen Honig mit einem Teelöffel dazugeben.

Wenn nötig, mit Apfelsaft aufgießen. Einen Gärverschluss aufsetzen. Für drei Monate an einem warmen Ort stehen lassen, bis der Gärvorgang abgeschlossen ist. Den Wein in Flaschen abfüllen und ein Jahr lang reifen lassen.

Zufällig höre ich, während ich in der Küche an der Schlehensoße arbeite, im BBC-Radioprogramm, dass man das Alter eine Hecke über den Daumen peilen kann, indem man ein zwanzig Meter langes Stück abmisst und notiert, wie viele Gehölzarten darin vorkommen.

Als ich in der Bibliothek von Hereford näher nachforsche und im Gewölbekeller ein Buch über Hecken entdecke, *Discovering Hedgerows* von David Streeter und Rosamond Richardson, erweist sich die tatsächliche Gleichung als genauer: Alter einer Hecke = (Zahl der Arten auf einem 27-Meter-Stück x 110) + 30 Jahre; sie wurde in den 1960er-Jahren von Dr. Max Hooper entwickelt.

Mit Hoopers Heckenrechner bewaffnet, mache ich mich auf, um die Hecken rings um den Hof zu inspizieren. Es zeigt sich, dass sie im Durchschnitt auf den benötigten fast dreißig Metern vier Arten enthalten. Die Arten variieren in jedem Abschnitt ein wenig, aber es ist immer eine Kombination aus Hundsrose, Hasel, Holunder, Erle, Weißdorn, Esche, Weide, Stechpalme, Schwarzdorn, Eiche und Feldahorn. Wie zu erwarten, dominieren die stacheligen Schwarz- und Weißdornbüsche. Für die Viehhalter von einst waren sie das beste Mittel, ihre Tiere am Weglaufen zu hindern, und so sind sie wahrscheinlich die Pflanzen, mit denen die Hecke einst angelegt wurde; alles andere, vielleicht mit Ausnahme von ein paar Eichen, sind zugewanderte Neuankömmlinge.

Nach Max Hoopers Formel wurden die Hecken auf unserem Bauernhof vor etwa fünfhundert Jahren angelegt, was in schönem Einklang mit der Schätzung des lokalen Denkmalschutz-Architekten steht, was die umstrittenen oberen Fenster des Hauses angeht: »Sagen wir mal: frühes siebzehntes Jahrhundert.« Zwei der Hecken sind allerdings viel älter. Die Hecke an der Landstraßenweide enthält acht Arten (Stechpalme, Hasel, Feldahorn, Weißdorn, Schwarzdorn, Hundsrose, Esche und Eiche) pro dreißig Meter, was bedeutet, dass sie wahrscheinlich so alt wie die Landstraße von Longtown nach Michaelchurch ist, die sie säumt. Verwirrender ist die Hecke, die entlang des Fahrwegs hinunter zum Hof läuft; sie enthält durchgängig sechs Arten pro dreißig Meter, ist also vermutlich zweihundert Jahre älter als das Bauernhaus, dem sie dient.

Endlich dämmert mir eine Antwort. Auf dem langen Wiesenhang vom Haus zum Talgrund des Escley gibt es Spuren eines alten Weges zum Fluss und von dort aus zu dem Steinbruch am anderen Ufer. Ich hatte immer angenommen, dieser Weg sei extra angelegt worden, um Steine für den Hausbau hinaufzutransportieren. Natürlich habe ich das Ganze verkehrt herum aufgefasst: Das Haus wurde an dem vorhandenen Karrenweg zum Steinbruch erbaut. Wir wohnen an der Steinbruchstraße.

Und so schließt sich ein anderer Kreis: Meine ersten Lebensjahre habe ich an einer anderen Steinbruchstraße verbracht, der Quarry Road.

Meine Vermutung, dass der Fahrweg zum Bauernhof einst eine öffentliche Straße war, ist leicht zu beweisen. Im Dorfladen, der seit neuestem Nachdrucke der Katasterkarten von 1830 führt, breite ich das Kartenblatt für Longtown auf der Theke aus, und genau von der Straße nach Michaelchurch hinunter zum Escley verläuft die dicke braune Linie einer Straße, vorbei an unserem Haus.

Die Eichen sind rot verrostet, die Haselbüsche laufen gelb an und die Eschen verblassen zu bleichem Übelkeitsgrün. Nur die Erlen am Fluss behalten ihre Farbe. Die Landstraße, an der die Hecken noch nicht geschnitten worden sind, ist ein Tunnel aus Gehölzen, die in Flammen stehen.

Wer braucht New England?, denke ich, während ich den Fahrweg entlangwandere; Amseln und Wacholderdrosseln stürzen vor mir aus den Hecken, unterbrochen bei ihrer Mahlzeit aus Mehlbeeren. Die Jagdtasche mag leer sein, aber das Herz ist voll, lautet mein nächster, schwülstiger Gedanke.

Ich wäre weniger heiter, wenn im Kuhstall nicht zwei tote Kaninchen baumeln würden. Angesichts dieser Sachlage kann ich sogar die komische Seite dessen sehen, was als Nächstes geschieht.

Als ich ins Haus gehe, schließe ich die Flinte im Schrank ein. Dann schaue ich zufällig aus dem Fenster: Zwei männliche Fasane stehen im Obstgarten. Ich schließe den Waffenschrank schnell wieder auf, greife nach der Schrotflinte, lade sie mit zwei 6er-Patronen, schleiche mich zur Hintertür, öffne sie und steige gebückt den kurzen Hang zum Obstgarten hinauf.

Als ich mich aufrichte, um auf die Fasane zu schießen, sehe ich, dass sie von einem Grauhörnchen in der Hecke und einer Taube im Birnbaum eingerahmt werden. Als die Fasane mich sehen, rennen sie zu dem Maschendrahtzaun am Ende des Obstgartens. Die Weide dahinter gehört John und Claire Rooney (Janet und Gerry sind ausgezogen), die sie an den Milchbauern Kevin Powell verpachtet haben. Dort stehen seine Holsteinkühe und käuen wieder. Ich kann nicht auf die Fasane schießen, weil ich Angst habe, die Kühe zu treffen. Als ich die Flinte in die andere Richtung drehe, entdecke ich, dass sowohl das Grauhörnchen als auch die Taube geflohen sind.

Der bisher kälteste Tag dieses Winters, und das Gras ist zu blütenlosen weißen Wedeln gefroren. Es ist unmöglich, lautlos zu gehen. Das Gras knistert, knackt und knuspert wie ein Schüsselchen mit

Kinderfrühstück. Das Thermometer am Hof zeigt -4° C. Ich nehme den langen Weg hinunter zum Fluss und habe vor, am Ufer entlang zu dem Tümpel zu gehen, auf dem ich gestern die Stockenten gesehen habe, in der Hoffnung, dass das Rauschen des Wassers auf den Steinen meine Annäherung übertönen wird. Die Flinte in beiden Händen haltend, schleiche ich gebückt das erlenbestandene Ufer entlang.

Ich bin beinahe am Tümpel angelangt, als weiter rechts ein Sperber über die Hecke am Feldrand hinwegrauscht. Trupps von Rotdrosseln brechen hervor. Der Sperber ignoriert sie und gleitet hinauf in eine Eiche, von wo aus er boshaft alles beobachtet wie ein Teenager, der nur zum Spaß Unruhe stiftet; dann flattert er fort, ins Tal hinein.

Der Sperber hat mit seinem Spaßflug nicht nur die Rotdrosseln verschreckt. Ich höre, wie sich die Stockenten aus dem Wasser erheben; ihre Flügel streifen die kahlen Baumkronen, als sie fliehen.

Keine Ente heute. Ich stöbere im Wäldchen herum, aber die Judasohren am Holunder sind zusammengeschrumpelt wie Gummibänder, und der Teppich aus goldenen Pfifferlingen ist durch einen perversen Zaubertrick verschwunden. In den Tiefen eines Haselbuschs finde ich ein paar heruntergefallene Haselnüsse, aber es ist eine außerordentliche Qual, sie mit Fingern herauszufummeln, die von den Kratzern des gestrigen Hagebuttenpflückens entzündet sind. Und von Wochen des Schlehensammelns.

Mit eiternden, aber leeren Händen gehe ich zurück zum Haus und komme gerade dort an, als der Audi-Kombi in den Hof einbiegt, weil Penny die Kinder zur Schule gebracht hat. Als sie die Fahrertür öffnet, zieht sie eine Grimasse: »Ich habe einen verletzten Fasan im Auto.«

Anscheinend hat Freda den Fasan auf der Fahrt zur Schule am Straßenrand entdeckt und teilnahmsvoll gefragt, ob man ihn nicht mitnehmen könnte, »damit Daddy ihn versorgt und repariert«.

Im Fußraum vor der Rückbank liegt besagter Fasan zusammengekrümmt auf einer Zeitung, ein Männchen, noch jung und glattbeinig. Hier fallen sämtliche Aspekte eines grimmschen Märchens zusammen: Anstatt in Sicherheit gebracht zu werden, ist der Fasan einem hungrigen Wolf ausgeliefert worden.

Als ich den Fasan heraushebe ins knackig strahlende Sonnenlicht, sehe ich, dass sein Flügel gebrochen herunterhängt, genau wie sein rechtes Bein. Die rechte Seite seines Kopfes ist verletzt, das Auge fast geschlossen. Und vor allem sehe ich, als sein kupfernes Gefieder von der Sonne vergoldet wird, die Akkuratesse seiner Schönheit.

Den Fasan essen und einen vollen Bauch haben oder ihn reparieren und das Herz meiner Tochter erfreuen? Sobald sich meine Gedanken klären, merke ich, dass es in Wahrheit gar kein Dilemma gibt. Der wunderschöne bronzene Paradiesvogel ist nicht mehr zu reparieren. Was er braucht, ist ein Gnadentod. Ich lege den Fasan sanft auf den Beton, damit er sich ein wenig in der zunehmenden Wärme des Wintermorgens sonnen kann. Dann hole ich das Luftgewehr, lade es und setze den Lauf direkt hinter dem Auge des Fasans auf. Im Blick eines Fasans liegt keine Seele, das macht sie zu den am leichtesten zu tötenden Vögeln. Dieser allerdings hat einen hellen, strahlenden, intelligenten Blick.

Ich ziehe meine Wangen nach innen und wappne mich. Ich drücke ab, und der Fasan vollführt, trotz seiner Verletzungen, ein schreckliches, flatterndes Todesballett. Noch eine Kugel. Leuchtend scharlachrote Blutperlen sammeln sich langsam auf dem Königsblau des Fasanenkopfes und tropfen auf den Hof. Das Zucken hört auf.

Den Vogel zu essen wäre zu viel, zu sehr wie ein Verrat. In der gähnenden Leere des Nachmittags schaufele ich ein Loch und begrabe ihn, mit einer alten Sandsteinplatte abgedeckt, damit die Füchse nicht an das herankommen, was ich nicht haben durfte.

Mitte November schneit es, aber nicht so viel, dass die Kinder nicht zur Schule gehen können. Nachdem ich sie nach Monmouth gefahren habe, wo unser Auto das einzige mit einer Eisglasur auf dem Dach ist, komme ich wieder nach Hause und laufe selbst wie ein begeistertes Kind auf den Feldern aus Weiß herum; ein einziger Wink mit dem Zauberstab in der Nacht hat das Land in ein Bergreich verwandelt, das der Schneekönigin würdig wäre. Mein Geist sollte sich mit niedrigeren Dingen beschäftigen, ich weiß – dem Frühstück zum Beispiel –, aber Schnee ist der Schönheitszauber der Natur.

Auf der Uferweide entdecke ich ein Hermelin, noch nicht im weißen Winterpelz, das ganz alleine im Schnee herumrollt und spielt. Schließlich gewinnt der Hunger die Oberhand über das Staunen, und ich suche nach Fährten. Es gibt die Strichpunkte der Kaninchen und die beschwingten Fußstapfen des Fuchses, und das ist alles. Ich gebe die Jagd auf, ohne einen richtigen Versuch gemacht zu haben; mir ist nicht nach Töten oder nach dem Anblick von vergossenem Blut auf dem Schnee, deshalb mache ich mich auf den Heimweg zu meinem üblichen Löwenzahnkaffee mit Haselnussmüsli. Aus einer Laune heraus suche ich beim Frühstück »Great Trelandon« im Internet, was eine Überraschung liefert. Auf den Seiten der Gesellschaft für Lokalgeschichte finde ich ein Exposé über »Eine hervorragende, als ›Great Trelandon‹ bekannte Farm« aus dem Jahr 1920; damals ließ der Marquis von Abergavenny, dessen Familie das Land seit 1422 besessen hatte, sie versteigern. Für den Marquis war das vermutlich ein unerfreulicher Tag, für das Auktionshaus ein erfreulicher, denn es durfte in seinem Auftrag noch 165 weitere Posten im Angel Hotel in Abergavenny versteigern, insgesamt 1080 Hektar. Los 157 ist im Katalog als »modernes, schiefergedecktes Steinhaus mit Hofgebäuden« aufgeführt, mit »*60 acres, 3 roods, 18 perches*« Land, also 24,6 Hektar. Wir leben in den »Hofgebäuden«; das 1898 erbaute »moderne Steinhaus« gehört John und Claire weiter oben am Fahrweg. Als Pächter zum Zeitpunkt des Verkaufs wird ein Mr Williams erwähnt, der 70 Pfund Miete zahlte, außerdem einen Zehnten von 5 Pfund, 12 Shilling und 8 Pence sowie eine Grundsteuer von 1 Pfund, 8 Shilling und 2 Pence.

Eine Karte der Ländereien ist dem Exposé beigefügt. Am uralten gewölbten Bildschirm brüte ich daüber, bis mir die Augen wehtun und ich die Landkarte ausdrucken muss. Los 157 ist grau schattiert. Fast alle umliegenden Bauernhöfe kamen ebenfalls unter den Hammer, bis auf The Grove im Süden und Brooklands, ein Kleinbauernhof mit zerstreuten Feldern zwischen Great Trelandon und The Wain (Los 156, beschrieben als »ein kapitaler Bauernhof«, was ihn eine subtile Nuance oberhalb von Trelandons »hervorragend« platziert). Wenn ich die Karte betrachte, sehe ich nur Verluste. In den fast neunzig Jahren seit der Versteigerung ist der Hof beschnitten, zerhackt und zuletzt zweigeteilt worden. Es ging mehr als nur Land verloren; die angesehene lokale Landwirtschaftsausstellung, die einst auf der obersten Wiese stattgefunden hatte, wanderte ab zu einem anderen Hof. Das Selbstversorgertum, die Seele jedes kleinen Bauernhofs in Herefordshire, ging an jenem Tag verloren, an dem die Obstwiese am Fluss umgepflügt wurde. Denn hier, auf der Karte ganz klar verzeichnet, ist ein Obstgarten, der sich über 7041 Quadratmeter am Escley entlang erstreckt. Ich weiß schon lange, dass die beiden altersschwachen Apfelbäume in der Flusskurve die Reste einer Obstwiese darstellen, aber ich hätte nicht vermutet, dass sie so weitläufig war.

Jacke und Gummistiefel überstreifend, walze ich hinaus in die rasiermesserscharfe Kälte, Schultern zum Hals hochgezogen, Hände in den Taschen, und steuere durch den Schnee hinunter zum Fluss. Dichte weiße Wolken haben den Berg geköpft, Rot- und Wacholderdrosseln, vom unbarmherzigen Wetter nach Süden getrieben, schwärmen am Himmel. *Tschaka-tschak-tschaka-tschak.* Als ich an der Stelle des Obstgartens stehe, den Lageplan gedanklich vor Augen, erkenne ich, dass ein einzeln stehender, drahtiger Weißdornbusch auf der

Uferweide einst zu einer Hecke gehört haben muss, die den Obstgarten abteilte. Ich wundere mich über die Wahl des Ortes; einerseits verhinderte die geschützte Lage im Flusstal, dass der Longtown-Wind die Blüten von den Ästen fegte, andererseits ist dieses Flusstal eine Frostsenke, in der ebendiese zarten rosa Blüten erfrieren. Aber das ist die Geschichte der Landwirtschaft im Grenzbereich: Mal verliert man, mal gewinnt man nicht. Ich streiche um die beiden flechtenbefleckten Apfelbäume herum und greife spontan in die Gabelung des Tafelapfelbaums, dessen Früchte süß sind, mit vanillegelbem Fleisch. Dort, im Matsch, fühle ich einen Apfel, und beim Herunterholen sehe ich, dass er fest und fast makellos ist. Keine Wildfrucht, aber durch den ungepflegten Zustand des Baumes einigermaßen ungezähmt. Jedenfalls weiß ich beim Hineinbeißen an einem Wintertag, dass er sich wie ein Geschenk anfühlt.

Am nächsten Morgen ist der Schnee wieder geschmolzen, was den Escley ansteigen lässt. Als ich zum vorbeitosenden Fluss hinunterschaue, sehe ich ein weißes Fell an einem umgestürzten Stamm festhängen, und einen Moment lang denke ich, ein Schaf wäre hineingefallen. Aber es ist kein Schaf, sondern nur ein Schaumteppich, den das wirbelnde Wasser produziert hat. Den ganzen Fluss entlang hängen ähnliche weiße Bündel, eine Schafherde aus Schaum.

Die Sturzflut aus rollendem braunem Wasser übt eine beinahe tödliche Anziehungskraft auf Ediths vier Monate alte Hundetochter Bluebell aus; sie hat sich so schlau zu einem Teil der Familie gemacht, dass es uns zu schmerzhaft gewesen wäre, sie zu verkaufen. Bluebell ist eine unverfälschte Verkörperung ihrer Gene: Labradore wurden ursprünglich gezüchtet, um Fischernetze aus dem rauen kanadischen Atlantik zu ziehen, nicht Rebhühner aus hügeligen englischen Landgütern. Und so stürzt sich Bluebell zum Schwimmen in den schäumenden Escley, wie es ihre Gewohnheit ist. Der Schock des kalten Bergwassers würde einen Menschen vermutlich erledigen, von der reißenden Geschwindigkeit ganz zu schweigen. Bluebell ist zwar anfangs verwirrt von der Gewalt des Wassers, lässt sich aber von der Strömung treiben und steuert einen schrägen Kurs in Richtung Ufer. Meine Bewunderung für die aquatischen Komponenten ihrer DNA und meine Erleichterung über ihr Entkommen sind nur von kurzer Dauer. Sie rennt wieder die Wiese entlang, nass und schlüpfrig wie ein Seehund, hinunter zum Ufer und stürzt sich erneut ins Wasser. Diesmal geht das Fluss-Surfen nicht gut; sie gleitet vierzig Meter weit dahin, kracht in die nackte Leiche einer umgestürzten Ulme und krabbelt daran entlang in Richtung Ufer. So weit kommt sie aber nicht; sie verfängt sich in einem alten Stück Stacheldraht, das sich von einem kaputten Zaun ins Wasser hinunterwindet. Sie jault, und ich kann sehen, dass sie in Panik gerät, mit den Vorderbeinen das Wasser aufpeitscht.

Bis ich in Gummistiefeln die Wiese hinuntergesprintet und über den Drahtzaun hinweg auf das schmale Ufer geklettert bin, treten Bluebells Augen vor Schreck weiß aus ihren Höhlen, weil sich der Fangarm aus Draht enger zusammenzieht. Man sagt, kurz vor dem Sterben schieße einem das ganze Leben noch einmal durch den Kopf. Ich weiß nur, dass einem, bevor man einen Hund aus einer Gefahr errettet, die ganzen Geschichten über Hundebesitzer durch den Kopf schießen, die bei dem Versuch sterben, ihre Köter in Sicherheit zu bringen. Sie kennen diese Geschichten: die, bei denen der Hund dem Tod sowieso von allein entrinnt. Und jetzt bin ich auf dem besten Wege, mich auf schimpfliche Weise aus dem Genpool zu tilgen. Senkrecht unter mir, 1,20 Meter tiefer, erlahmt Bluebell allmählich, aber ihre Augen schauen zu mir auf, ihr Blick voll mit etwas, das ich als Hoffnung interpretiere. Meine, da bin ich sicher, quellen über vor Angst. Das Wasser wirbelt. Der schmale Fußbreit Ufer, auf dem ich stehe, ist glitschig. Das Einzige, was mir einfällt, ist mich hinzuknien, eine Hand am Zaun, und mit der anderen hinunterzugreifen und den Stacheldraht von Bluebells Rücken zu ziehen. Sie sitzt zwar in der Falle, hält aber nicht still, deshalb reiße ich mir die Hand an den Stacheln auf. Scheiße. Ich beuge mich wieder hinunter und will nach ihrem Halsband greifen, als ich merke, dass sie jetzt vor mir steht und sich schüttelt. Irgendwie hat sie sich nicht nur aus dem Draht befreit, sondern auch ein beinahe senkrechtes Ufer erklettert.

Jetzt habe ich zwei nützliche Ratschläge, die ich an meine Kinder weitergeben kann. Der erste lautet: Wein auf Bier, das rate ich dir; Bier auf Wein, das lasse sein. Der zweite: Versuche nie, nie, nie, einen Hund in Gefahr zu retten.

Im Zwielicht der Sechziger, als ich noch ein Junge mit sehr kurzen Hosen war, schrieb und illustrierte ich in der Grundschule ein Referat über tapfere britische Entdecker. Die unerschütterlich gefasste Haltung von Scott am Südpol rührte mich, aber als ich das Bilderbuch durchblätterte, aus dem ich meine Zeichnungen abpauste, war ich weitaus stärker beeindruckt von der Geschichte des Marineoffiziers Sir John Franklin und seines heroischen Marschs durch den arktischen kanadischen Winter im Jahr 1821.

Obwohl Franklin und seinen Männern genau wie Scott die Vorräte ausgingen, überlebten sie. Und zwar, indem sie »Felskutteln« aßen. Nabelflechten. Ich kann mich daran erinnern, dass ich Franklin imitierte, indem ich zu Hause in den Garten ging, ein paar grüne Flechtenkrusten von den Apfelbäumen schabte und sie in den Mund steckte.

Heute wiederholt sich diese Szene, aber im Spiegel der Zeit verzerrt und vergrößert. Ich stehe unter dem Hochstamm-Apfelbaum im Obstgarten von Trelandon und breche große Klumpen grauer

Flechten ab, während ein Schwarm von Schwanzmeisen in der Haselhecke herumpiept. Biologisch gesehen sind Flechten Doppelorganismen, die aus einer symbiotischen Beziehung zwischen einem Pilz und einer Alge entstehen, aber so vollkommen vereint, dass sie aussehen wie ein ganz neues Lebewesen. Flechten lassen sich in drei Grundformen einteilen: Krustenflechten, Laubflechten und Strauchflechten wie die, die ich gerade pflücke. Vermutlich sind alle Flechten essbar, mit Ausnahme der Wolfsflechte (*Letharia vulpina*). Nabelflechten, wie Franklin sie aß, gelten bei den Japanern als Delikatesse. Flechten enthalten Kohlenhydrate und sind deshalb hilfreich fürs Überleben. In so verzweifelter Not bin ich nicht. Ich sammele nur deshalb Flechten, weil ich dünne Suppen satt habe und Flechten angeblich wie ein Verdickungsmittel wirken.

Flechten wachsen praktisch überall auf der Welt, aber ihre Lieblingsplätze sind die, an denen reiner Wind weht. In Trelandon bedecken Flechten die Rinde der Bäume und die Steinwände der Gebäude. »Geht raus an die frische Luft!«, nörgele ich ständig die Kinder an, zum Ausgleich für die Abgase, die sie einatmen, weil sie in der Stadt in die Schule gehen.

Enttäuschenderweise zeigen die Flechten, die ich gesammelt habe, beim Kochen keinerlei Neigung zum Andicken oder Gelieren. Aber ach, welch ein faszinierender Duft steigt von ihnen empor, geschwängert mit dem salzigen Geruch des Meeres. Das kommt mir vollkommen angemessen vor, denn die vom Baum gepflückten Flechten sahen aus wie bei einer urzeitlichen Sintflut gestrandetes Seegras. Der Geschmack ähnelt dem von Algen, wenn auch muffiger, und ich nutze ihn als Würze für Suppen, wenn ich genug habe von Wild.

Dies sind die Hundstage des Hundetrainings. Wir gehen hinunter zum Fluss, Edith bei Fuß, während das Wetter schwankt wie Börsenkurse, mit durchbrechender Sonne und Wolkenbruch fast im gleichen Moment.

Ein aufgescheuchtes Kaninchen hüpft über die Landzunge ins Wäldchen, und Edith stürzt vorwärts. Ich rucke kräftig an ihrem Halsband und klopfe ihr auf die Nase. »Nein!« Den Kaninchen ist kein Vorwurf zu machen, sie sind eifrige Statisten bei dem Projekt, Edith zum Jagdhund auszubilden. Ein weiteres weißschwänziges Karnickel rennt Hals über Kopf nach Hause, und Edith bäumt sich wieder auf. »Nein!« Noch ein Klaps auf die feuchte schwarze Nase. Während ich über die Sumpfweide bergauf stiefle und meine Fußstapfen im nassen Riedgras sofort kleine Tümpel bilden, schießt ein Kaninchen zu unserer Linken an der Hecke entlang. Ich rutsche aus, lasse Ediths Halsband los und sie läuft davon. Ich blase dreimal in die Thunderer-Pfeife, damit sie zurückkommt; die Pfiffe zerreißen das Gespinst aus Stille. Sie stellt sich taub. Leider habe ich keine Alternative; ich bin angeblich der Leithund, das muss ich beweisen. Also renne ich fluchend hinter ihr her, durch den Matsch. Als ich sie eingeholt habe, steckt sie mit dem Kopf in einem Kaninchenbau, ihr Schwanz wedelt in die Höhe. Ich packe sie im Nacken und schüttele sie, genau wie ihre Mutter es zur Strafe getan hätte, als sie noch Welpe war. Sie senkt unterwürfig den Kopf. Bedächtig gehen wir miteinander zurück, sie an der Leine.

Das Mantra der Hundeerziehung ist, dass jede Lektion positiv enden sollte. Auf dem Hof werfe ich den grünen Stoffdummy und schicke sie los zum Apportieren. Sie holt ihn, legt ihn aber nicht vor meinen Füßen, sondern einen Meter vorher ab.

»Okay, Edith, wir machen etwas anderes.« Ich pfeife, damit sie sich setzt. Sie fällt zu Boden wie ein Stein. Und so bleibt sie sitzen, auf dem Hof, während ich weggehe, mir eine Tasse Tee mache und dann wiederkomme. Sie hat sich nicht gerührt. »Edith, braves Mädchen!« Ich gebe ihr ein Stück Käse und entlasse sie mit dem Sch-Wort aus dem Kommando. Sie rollt sich auf den Rücken und strampelt mit den Beinen in der Luft. Im Sitzen – wenn auch in nichts anderem – ist Edith nach wie vor Weltklasse. Einmal hatte ich vergessen, sie aus dem Kommando »Sitz!« zu entlassen, und sie saß eine Stunde später immer noch da, am hinteren Ende der Diele, und wartete auf mich.

Warum gehorchen uns Hunde überhaupt? Ist es Angst vor Strafe oder Hoffnung auf eine Belohnung? Es könnte tatsächlich Liebe sein. Fredas Jack Russell ist Wachs in ihren kleinen heißen Händen und legt sich – aus eigenem Antrieb – genau dann unter ihrem Bett schlafen, wenn sie zu Bett geht. Obwohl ich der Rudelführer bin, der Futterbeschaffer des ganzen Haufens, kann ich inzwischen nichts mehr mit ihm anfangen.

Was die Natur nimmt, gibt sie auch. Zwei Tage unaufhörlichen Regens lassen den Fluss wieder zu einem Willy-Wonka-Schokoladenstrom anschwellen, der nach dem Abebben eine gestrandete Woge aus Tausenden essbarer Haselnüsse hinterlässt.

Ich habe bemerkt, dass ich gedanklich »Natur« wie einen Eigennamen verwende. Was jenseits des Fensters liegt, ist nichts so Neutrales oder Langweiliges wie »die Umwelt«. Je mehr Zeit ich draußen verbringe, über die Wiesen gehe, unter Bäumen stehe, zum Mond hinaufschaue, desto sicherer bin ich mir, dass das lebende System um mich herum sich seiner selbst bewusst ist, dass es eine geplante, immense und letztendlich nicht mit Worten fassbare geistige Wirklichkeit ist. Man kann mit *Natur* – Pan, Schöpfung, Geist, Mutter Erde, nennen Sie es, wie Sie wollen – in Harmonie leben, aber nur zu ihren Bedingungen. Kleiner Lewis-Stempel, Großer Gott.

Mein Einklang mit der Natur hat auch einen ethischen Nebenaspekt: Weil ich die Tiere, die ich schieße, immer höher schätze, gewöhne ich mich nicht an ihre Beseitigung. Ich *mag* das Töten immer noch nicht, was gut ist. Sobald man das Töten mag, sobald der Akt, einem Tier das Leben zu nehmen, etwas so Zweckgerichtetes und Unkompliziertes wird wie das Umblättern einer Buchseite, ist man moralisch verroht. Man hat aufgehört, die Natur zu schätzen. Man hat aufgehört, selbst zu leben.

Wie Ratten in dieses ethische System passen, kann ich nicht ergründen. Die Ratten sind zurück. Genau wie der Terminator mit seinem Gifteimer.

Gegen Ende November werde ich krank. Draußen beim Jagen und Sammeln, Sammeln und Jagen, habe ich seit Tagen im Regen gezittert, unfähig, meinen Körper durch und durch warm zu bekommen, obwohl ich Thermo-Dies und Thermo-Jenes, Pullover, Weste und Jacke trage und damit eine passable Imitation des Michelin-Männchens abgebe. Am düsteren Morgen des 23. November folge ich ausnahmsweise dem archetypischen Rat meiner archetypischen Ehefrau: »Bleib um Himmels willen im Bett. Sonst machst du es nur schlimmer.« In Wahrheit bleibt mir gar nichts anderes übrig, als mich in Fötushaltung unter die warme Daunendecke zu kuscheln, eine Wärmflasche im Arm, weil ich nicht die Kraft zum Aufstehen habe. Mein Körper mag fitter geworden sein, aber er ist auch dünner (ich habe sechs Kilogramm abgenommen, auf gut 76 kg) und weniger gut isoliert gegen die biblischen Regenfälle. Nach meiner Schätzung nehme ich gut 2 500 Kalorien pro Tag zu mir, die meisten davon aus Honig und Obstgelee. Der heimliche Nutznießer dieser Kalorien ist die Angst; meine Vorräte an Brombeergelee, Holunderblütensirup und Wildäpfeln schwinden schnell. »Täglich einen Apfel essen, und den

Arzt kannst du vergessen.« Täglich einen Apfel ist alles, was ich mir erlauben kann.

Als ich mich von meinem Krankenlager erhebe, stelle ich fest, dass Tris das Luftgewehr ausgeliehen und dabei das Zielfernrohr verstellt hat. Um es wieder zu justieren, verbringe ich Stunden damit, auf Zielscheiben zu ballern wie ein durchgedrehter Billy the Kid.

Es wird mir niemals langweilig, jeden Tag auf dem gleichen Stück Land herumzulaufen. Das ist wie Zeitunglesen: Es gibt immer etwas Neues. Und es ist nur selten trivial; die Natur tut nichts Belangloses.

Auf dem Finger, wo die Wäldchenwiese eine Schleife in den Escley streckt, beobachte ich einen stahlgrauen Kleiber bei seinen Geschäften; mal läuft er an einem Baum hinunter, mal hinauf, auf der Suche nach Insekten und verirrten Haselnüssen. Er ignoriert mich, und nach ein paar Minuten ignoriere ich ihn und beschließe, den Vorrat an Gundermann zu überprüfen, der unter den Erlen herumkriecht. Ein Schock. Anfangs kann ich den Gundermann im Unterholz gar nicht finden – so dramatisch hat sich sein Aussehen durch den Frost verändert. Fleckig und weiß ducken sich die kleinen runden Blätter an den Stellen, wo sie vor wenigen Tagen noch eifrig grünten. Ich sehne mich danach, frisches Grünzeug zu essen. In kleinen Mengen im Frühling als Teil eines gemischten Salats verwendet, ist Gundermann ganz passabel; in anderen Gerichten oder Jahreszeiten schmeckt er miserabel und medizinisch. (Wenn Sie ihn kosten, werden Sie sofort wissen, warum er einst das ländliche Heilmittel für Katarrh war.) Gekocht nimmt er allerdings eine überaus aufheiternde smaragdgrüne Farbe an.

Ich beende meinen Morgenspaziergang, indem ich zur Landstraßenweide hinaufgehe, während Böen aus Nordwind an meinem Kragen zerren. Nachdem sie beschlossen hatten, dass das Gras auf meiner Seite des Zaunes grüner sei (fairerweise muss man sagen: Das war es auch), sind zweihundertfünfzig Schafe von The Grove nebenan durchgebrochen. Die Zweieinhalb-Hektar-Weide pulsiert vor weißgesichtigen Welsh Mountains, die sich kaum die Mühe machen, das Fressen zu unterbrechen, um mich anzumähen. Die Ernte von feinem jungem Sauerampfer, der im grünen Samt unjahreszeitgemäß durchhielt, ist zertrampelt und verschissen. Ich beschließe, die Neuigkeiten philosophisch zu nehmen: Ich habe noch reichlich Sauerampfer, wenn auch in Cider eingelegt in Einmachgläsern, und zu viel Sauerampfer ist sowieso schlecht für die Leber, wegen der Oxalsäure in den Blättern. Außerdem schulde ich Gwyn, dem Schafzüchter, der die Weiden von The Grove gepachtet hat, noch einen Gefallen; letztes Jahr hat er sich mehr als anständig benommen, als mein Hebridean-Schafsbock bei ihm einbrach und einigen seiner weißen Muttertiere schwarze Schafe in der Familie bescherte.

Sauerampfer, ein Mitglied der Gattung *Rumex*, schmeckt tatsächlich sauer, allerdings auf angenehmste zitronige Weise. Bis zur Zeit Heinrichs VIII. wurde Sauerampfer angebaut und vor allem als grüne Sauce zu Fisch verwendet, wofür man die Blätter zu einer Paste zerrieb und Zucker und Essig dazugab; von letzterem wurde allerdings wegen der natürlichen Säure des Sauerampfers nur wenig gebraucht. Im Sommer, bei der Heuernte, pflegten die Landarbeiter auf den Blättern von *Rumex acetosa* herumzukauen, um ihren Durst zu stillen; ich bin mir allerdings bis heute nicht sicher, ob sie das wegen der Saftigkeit der Blätter oder wegen ihrer speicheltreibenden Säure taten.

Als ich auf der Landstraßenweide stehe und meine Erinnerung zurückschweifen lasse in den Sommerdunst, mir vorstelle, in ein Sauerampferblatt zu beißen – aah! Schon der Gedanke an seine Säure lässt in meinem Mund so viel Wasser zusammenlaufen, dass ich nach den Schafen spucken muss.

Kalender der wilden Nahrungsmittel von Trelandon

NOVEMBER

Brennnesseln, Löwenzahn, Judasohren, Fasane,
Sauerampfer, Ampfer, Tauben, Kaninchen,
Hagebutten, Wildäpfel, Weißdornbeeren, Flechten,
Gänsedisteln, Bärenklau

Ein nebliger Morgen, Aussicht und Tal sind milchig verschleiert. Aber ich habe einen schlauen Plan von geradezu filmbösewichthafter Hinterlist: auf der Landzunge am Ufer ein Versteck mit Blick nach zwei Seiten anzulegen, einmal zu dem Abschnitt des Escley, auf dem die Stockenten gern herumschwimmen, einmal in Richtung Wäldchen, genauer gesagt: zu einem toten Haselbusch, auf dem die Ringeltauben herumlungern. Durch meinen Kopf schwirren großartige Baupläne aus geflochtenen Weiden- und Haselruten, aber mein Herz steht zu meiner Unfähigkeit, irgendetwas Künstlerisch-Handwerkliches zu produzieren, deshalb gehe ich mit einem Arm voller grüner Gartennetze und einer Bügelsäge zum Fluss hinunter, die Schrotflinte und das Luftgewehr über die Schulter gehängt. Die Luft ist schwer vor Nässe, die in den Grasrispen hängt und sie in eine Million winziger Zuckerwattebäusche verwandelt. Als ich am Finger ankomme, wo hinter einem Nebelschleier eine Blaumeise ein Willkommenslied pfeift, ist mein Bauplatz sogar noch besser, als ich ihn in Erinnerung hatte, weil sich hier zwei Maschendrahtzäune treffen, mit einer etwa 1,20 Meter breiten Lücke in der Mitte. Diese Lücke, die inzwischen von sparrigen Brombeeren statt einem Törchen versperrt wird, diente dazu, Schafe zu befreien, die bis zum Ufer vorgedrungen waren und dann nicht zurückkonnten. Mit Handschuhen und Bügelsäge schneide ich schnell eine quadratische Fläche von 1,20 Meter Seitenlänge frei, drapiere das Netz darüber, ziehe es vorne und hinten nach unten und beschwere es mit Haselzweigen. Als – wie ich finde – hübschen natürlichen Touch webe ich riesige Mengen von Efeu durch das Netz. Die dritte Seite wird von den Brombeeren abgeschirmt, aber wie soll ich jetzt den Eingang tarnen, wo ich kein Netz mehr übrig habe? Als ich den Finger entlanggehe, bemerke ich das Holzfloß der Kinder am hinteren Ende, hochtrabend *HMS Trelandon* getauft, aber längst gestrandet und seinem Schicksal überlassen. Ich hebe das Floß vorsichtig an, denn die erste Regel des Landlebens lautet, dass Holz oder rostiges Eisen, das irgendwo lange herumgelegen hat, eine wuselnde Lebensform unter sich birgt. Diesmal liegt keine Ratte oder Ringelnatter darunter, nur eine Rötelmaus, die mit ihren zeichentrickhaft eng stehenden Augen zu mir aufschaut, bevor sie im Gras hin und her rast, um ein neues Versteck zu finden. Als ich die unwahrscheinlich schwere *HMS Trelandon* hinter mir herschleppe zu meinem Schlupfwinkel – jetzt fällt es mir wieder ein: Wir mussten Styropor-Surfbretter darunterkleben, damit das Floß nicht sank –, stelle ich fest, dass sie eine perfekt passende Tür ergibt, auch wenn sie mir einen Leistenbruch beschert, wenn ich sie von innen zuzerre.

In meiner Höhle sitze ich im Schneidersitz, mit geladener und gesicherter Waffe, einen Plastikfuttersack unter dem Hintern. Selbst bei der schlechten Sicht heute kann ich eine Flussstrecke von dreißig Metern hinter mir sehen, und der Rand des Wäldchens liegt fünfzehn Meter entfernt, hinter dem grasbedeckten Finger. Pralle kleine Patronen aus Kätzchen hängen an den Haselbüschen und paar verblendete, unwinterliche Butterblumen haben sich ins Gras eingeschlichen. Lage, Lage, Lage – »Lage« ist das Schlagwort der Immobilienmakler; es ist auch das des lauernden Jägers. Es ist erst eine Stunde vergangen, als ich – über das Klatschen und Gurgeln des über die Felsen in der Kurve strömenden Esclay hinweg – das Geräusch schwirrender Flügel höre. Enten. Massen von Enten. Sie sind irgendwo über mir und kreisen. Jetzt landen sie auf dem Fluss. Ich drehe meinen Körper vorsichtig, lehne mich zurück und schaue durch einen Sichtschlitz.

Es sind Enten. Leider die falsche Art. Eine Flotte von Mandarinenten paddelt flussabwärts. Sie stammen ursprünglich aus dem Fernen Osten; die wild lebende Population in Großbritannien wurde in den 1920er-Jahren in Berkshire, Surrey und Buckinghamshire ausgesetzt. Ein oder zwei Paare nisten in der Nähe, irgendwo in den Bäumen am Ufer, die ihnen Schutz und Nahrung für den Winter liefern. Die Mandarin-Erpel mit ihren exotischen Farben sollten einen so dunstigen Tag eigentlich aufheitern, aber heute lässt das Auftauchen dieser fremdartigen, geschützten Vögel nur eine Woge der Verzagtheit in mir aufsteigen.

In frustrierter Dummheit hämmere ich mit dem Kolben des Luftgewehrs gegen die *HMS Trelandon*, um die Mandarinenten zu verscheuchen. Sie erheben sich mit Leichtigkeit in die Luft und manövrieren wunderbar wendig durch die Bäume. Ich bleibe eine Weile sitzen und hoffe auf eine Stockente, aber es kommt keine. Erst ein Kaninchen, dann noch eines wagt sich aus dem Wäldchen auf die Wiese. Eene, meene, muh, und raus bist du. Ich erschieße das erste. Zu müde für Feinheiten, gebe ich eine Breitseite aus der Schrotflinte ab, obwohl sie optimistischerweise mit bleifreier Munition für Enten geladen ist.

Wie satt ich es habe, Karnickel zu essen.

Wenn ich bei meiner Jäger-und Sammler-Odyssee eines falsch eingeschätzt habe, dann ist es die schiere Menge an Arbeit, die nötig ist. Denn sobald man das Essen gepflückt oder erlegt hat, muss man es zubereiten. Jedes Mal. Die Ausnahmen – wie Brombeeren – lassen sich an einer Hand abzählen. Ich bin müde. Und sechs Wochen, in denen ich jeden Tag draußen war, fordern ihren Tribut. Mein Gesicht ist schmaler geworden, und der Wind hat die Adern an die Oberfläche gepeitscht. Wenn ich in den Spiegel schaue, sehe ich das raue Gesicht meines Großvaters Joe Amos, eines Hopfenbauern, der sechzig Jahre lang im Freien arbeitete.

Ich habe weder die Zeit noch die Energie, mich um all unsere Schafe zu kümmern. Einige Schafe müssen weg. Eine einfache Entscheidung, weil unsere Herde aus seltenen Hebridean-Schafen nicht mehr so sorgfältig gepflegt ist, wie sie einmal war. Klein, schwarz und gehörnt, gehören Hebrideans zu den primitivsten aller Schafrassen, unverändert, seit die Wikinger sie vor tausend Jahren züchteten. Sie sehen in Parklandschaften gut aus, und Filzerinnen wie meine Frau sind ganz versessen auf ihre Wolle, weil sie braun ist wie dunkle Schokolade.

Nur dass einige unserer Hebrideans nicht mehr reinblütig sind.

Wir haben nicht nur Hebrideans. Wir haben auch den Schafsbock Action, einen verwaisten Suffolk-Shetland-Mischling, den die Kinder vor Jahren mit der Flasche großgezogen haben. Action ist ein Haustier; er lässt sich streicheln und frisst Rübenschnitzel aus der Hand. Außerdem ist er eine Bestie mit faltigem schwarzem Gesicht, die mich einmal fast totgestoßen hätte (und erst durch den kreisenden Schwung eines Vorschlaghammers gegen seinen Kopf zum Stehen gebracht werden konnte). Ich schwöre regelmäßig, dass ich ihn kastrieren lassen oder zu Hundefutter verarbeiten werde, aber irgendwie tue ich es nie. Das hat auch etwas mit Stolz zu tun, denn er hat einmal einen Trick vorgeführt, bei dem der Frau eines Schafzüchters vor Staunen der Mund offen stehen blieb: Er war abgehauen, und als ich ihn abholte, befahl ich ihm, in den Kofferraum des Audi-Kombis zu springen (der Landrover ist und bleibt ein Landrover und hatte beschlossen, dass ihm selbst die Dreitagewoche der britischen Automobilindustrie zu viel war). Und das tat er.

Außerdem hat er Hoden, die Seufzer der Bewunderung hervorrufen. Jeder Comiczeichner würde zögern, derart unplausibel riesige Eier zu zeichnen, weil man ihn der Übertreibung bezichtigen könnte.

Es sind die Produkte von Actions Hoden, die mich jetzt beunruhigen. In einem heroischen One-Night-Stand hat er es letztes Jahr geschafft, einen Zaun niederzuwalzen, um an die Hebridean-Schafe heranzukommen und jedes einzelne von ihnen zu schwängern. Und es ist zwar möglich, Widdersperma aus der Vagina eines Schafs abzusaugen, aber es gibt Grenzen. Als ich jetzt die Schafe betrachte, die auf der Uferweide grasen (unsere Vorgänger haben keine Energie auf die Namensgebung verschwendet; andere Landstücke heißen »Pferdekoppel« oder »Landstraßenweide«), ist die Herde eine einzige Peinlichkeit aus Farben und Formen. Die Früchte der Schafrassenmischung müssen verschwinden. Sonst machen wir uns zum Gespött unseres Getiers. Außerdem ist es grausam – so sehe ich das jedenfalls –, zarte kleine Lämmer aufziehen und sie nicht selbst essen zu können. Tatsächlich sehe ich die Schafe gar nicht mehr als Schafe, sondern als Ansammlung von Fleischstücken und Braten auf Beinen.

Ich schalte eine Kleinanzeige in der *Hereford Times*: »Fünfzig Mischlingslämmer und Jungschafe. Gegen Gebot.«

Die Anzeige erscheint an einem Donnerstag, und am gleichen Abend ruft ein Viehhändler namens Ian Maund an, fragt mich aus und vereinbart einen Termin am Sonntagmorgen um elf, um vorbeizukommen und sich die Schafe anzusehen. Wenn sie ihm gefallen, wird er sie auf der Stelle mitnehmen.

»Haben Sie einen Hund?«, frage ich. »Dann müsste ich sie nicht selbst mit dem Eimer herbeilocken.«

»Na klar habe ich einen Hund. Ich bringe ihn mit, kein Problem.«

Um halb zwölf rattert am Sonntag ein großer Nissan-Pick-up auf den Hof. Er zieht einen Anhänger mit der gemalten Aufschrift »Ian P. Maund – Schlacht- und Einstellvieh« hinter sich her.

Langgliedrig, lächelnd und wie ich zwischen vierzig und fünfzig, springt Ian Maund heraus. Danach seine beiden kleinen Söhne.

Ich mache Ian Maund ein Kompliment zu seinem glänzenden Ifor-Williams-Viehanhänger aus Aluminium. »Schöner Anhänger übrigens. Ist der doppelstöckig?«

»Einstöckig, aber er hat Innentüren …«

Es gibt fast nichts, was Bauern lieber tun, als über Gerätschaften zu reden. Ich kenne ein paar, die landwirtschaftliche Fachzeitschriften nur kaufen, um die Fotos anzuschauen. Landwirtschaftspornos.

Penny, Tris, Freda und Ians Jungs, Nat und James, seufzen laut.

»Ja, richtig, wir sollten besser mal gehen und uns diese Schafe anschauen«, sagt Ian und setzt eine geschäftsmäßige Miene auf. »Ich hole den Hund.« Er verschwindet hinter dem Pick-up und kommt mit einem jungen Collie-Hütehund zurück, der an der Leine vor Aufregung zittert. »Soll ich ihn laufen lassen, Nat?«

»Nein! Mach das nicht, Dad, sonst haut er ab.«

Ein Hütehund, der abhaut? Das ist das erste böse Omen für das bevorstehende Desaster.

»Wie heißt der Hund?«, frage ich Nat.

»Rocky.«

Rocky, der an seiner Leine zerrt, führt die Gruppe an, über den Hof und zu den Weiden unterhalb des Hauses hinunter. Die untersten drei Weiden sind miteinander verbunden, ohne richtige Zäune dazwischen, aber es dauert nur wenige Augenblicke, die Schafe aufzustören und sie blökend auf die oberste Wiese zu bewegen. Schafe gehen gern bergauf; es ist ihre natürliche Reaktion auf Gefahr. Währenddessen begutachtet Ian die Schafe; ich erwarte kein Vermögen, und Ian bietet keines. Wir vereinbaren einen Preis für die ganze Herde und geben uns die Hand darauf. Das Einzige, was wir noch tun müssen, ist, die Schafe einzupferchen.

Ian geht hinüber zur Mitte der Wiese, wo Nat geduldig mit dem ungeduldigen Rocky wartet.

Ian nimmt Rockys Kopf zwischen die Hände und schaut ihm in die Augen. »Hör mir gut zu, Rocky, du bist jetzt ein guter Hund und treibst die Schafe in den Pferch«, sagt Ian, zeigt auf die Schafe und auf den fünfzig Meter entfernten Pferch.

Ich bin von dieser Vorab-Programmierung von Rocky tief beeindruckt.

Rocky auch. Von der Leine gelassen, schießt er auf die verblüfften Schafe zu, schnappt nach ihren Fesseln und fängt an, sie zum Pferch herüberzutreiben.

»Gut so, Rocky! Bring sie her!«

In genau diesem Moment beschließt Rocky, dass das Herumbugsieren von Schafen nicht halb so viel Spaß macht wie das Jagen von Schafen. Er flitzt in die Mitte der eng beisammen stehenden Herde, schnappend und bellend und hüpfend.

Die Herde explodiert in alle Richtungen, als hätte jemand eine Handgranate in einen Ballen Baumwolle geworfen.

»Rocky! Komm verdammt noch mal her oder du kriegst den Arsch voll!«, brüllt Ian mit einer Stimme, die bis ins zehn Kilometer entfernte Pandy durchs Tal schallt. Rocky gefällt Ians Einstellung nicht; er beschließt, zu Freda zu rennen und ihr Hallo zu sagen. Gefolgt von einem schleckenden Gruß an mich, an Penny, an Tris, bis James ihn am Halsband packt.

Wir wandern alle zusammen hinunter zur Wäldchenwiese, verteilen uns in einer Linie und treiben die verstreuten Grüppchen von Schafen wieder nach oben. Die Kinder sind still vergnügt. Penny, Ian und ich sind schon erhitzt vom Laufen.

»Wenn man sich das vorstellt«, sage ich zu Ian, »ein paar Glückspilze liegen jetzt immer noch im Bett und jagen keine verdammten Schafe.«

»Ach«, sagt Ian, »ich finde, die sind arm dran, an so einem herrlichen Morgen wie heute.«

Am oberen Ende der Sumpfweide wird Rocky wieder mit dem Auftrag zum Zusammentreiben losgeschickt; das Ergebnis ähnelt dem ersten Versuch in verblüffendem Maße.

»Rocky, du Mistvieh! Ich hau dir den Arsch voll …«

Wir gehen wieder hinunter, treiben die Schafe nach oben …

Nach Rockys viertem gescheiterten Versuch, die Schafe zusammenzutreiben, hole ich einen Eimer mit Futterpellets, stelle mich, etwas verlegen, neben den Pferch und rufe: »Schafe! Schafe!«

Die zutraulichsten Schafe kommen angerannt zum Köder und folgen mir in den Pferch, worauf ich schnell das Gatter schließe. Ungefähr elf sind drin. Nach einer Stunde habe ich alle Schafe beisammen, bis auf sieben Verweigerer, die nicht näher kommen. In diesem Stadium leistet Rocky endlich ein wenig Hütehundarbeit. Nat legt ihn an die Leine, zerrt ihn hinter sich her und rennt mit ihm hinter den Schafen von einer Seite zur anderen.

Die Schafe, von diesem seltsamen Doppeltier verwirrt, schießen nach vorn zu ihren Kameraden im Pferch. Ich renne hinter ihnen hinein und ziehe das letzte Gatter zu.

Ich schaue auf die Uhr. Wir haben drei Stunden lang Schafe zusammengetrieben. Nat und Rocky kommen zurück. Rocky schaut die Schafe an und bellt stolz.

Obwohl wir noch mehr Vieh verkaufen, behalten wir fünfundzwanzig reinrassige Schafe, außerdem zehn Schafe, die von den Kindern als Haustiere und treue Bedienstete eingestuft werden, Fredas zwei Schweine und vier Rote Hornlose Kühe, die unter den Namen Margot, Miriam, Mirabelle und Melissa laufen. Rote Hornlose oder Red Polls, in meiner Kindheit noch ein alltäglicher Anblick auf britischen Bauernhöfen, sind inzwischen offiziell als seltene Rasse eingestuft, und unser Quartett stellt ungefähr ein Prozent der nationalen Herde dar. Irgendwo in meinem Inneren brennt ein Flämmchen der Hoffnung, dass ich eines Tages wieder Landwirtschaft betreiben werde, deshalb wäre es am falschen Ende gespart, sie zu verkaufen. Außerdem haben wir »die Mädels« schon seit Jahren und sie sind Teil der Landschaft, wo auch immer wir leben. Und ich füttere sie gern im Winter. Rote Hornlose wurden ursprünglich in East Anglia gezüchtet, wo sie dem von der Nordsee herantobenden Wind trotzen sollten, und sie sind so zäh wie die Stiefel, die man aus ihrem kastanienbraunen Leder machen könnte, deshalb lassen wir sie draußen überwintern. An einem rauen Wintermorgen Silageballen mit ihrem durchdringenden Duft nach säuerlichem Gras aufzubrechen, während die Sonne hinter dem Merlin's Hill aufgeht und den Atem der Kühe aufleuchten lässt, wenn sie zufrieden anfangen zu mampfen – besser kann das Bauernleben nicht sein. Je schlechter das Wetter, desto besser gefällt es mir. Bauern geben alle möglichen Erklärungen ab, warum sie Landwirtschaft betreiben – sie können nichts anderes, sie müssen einen Familienbetrieb weiterführen, sie wollen den Menschen etwas zu essen geben –, aber wenn man die Oberfläche tief genug aufkratzt, entdeckt man die Wahrheit: Eigentlich mögen sie den Kampf gegen die Elemente, sie mögen endlose harte Arbeit. Vor allem Bergbauern: Sie sind willige Märtyrer der Idee, die letzten harten Männer zu sein, die letzten echten Individuen Großbritanniens. Vor ein paar Jahren traf ich an Weihnachten, während alle anderen in der Auszeit vor dem Mittagessen Mince Pies aßen und Croft's Sherry schlürften, zufällig einen Nachbarn, Lindsay Lloyd, dessen Bauernhof auf dem Gipfel des Cwm Hill liegt.

Wir hielten unsere Landrover auf der Landstraße nebeneinander an, kurbelten die Fenster herunter und tauschten Weihnachtswünsche aus.

»Du bist also nicht mit Essen und Trinken beschäftigt, Lindsay?«, fragte ich ihn.

Lindsay, der damals Anfang siebzig war und sechzehn Stunden am Tag arbeitete, schüttelte seine grauen Locken. »Man muss schließlich nach dem Vieh sehen, oder? Eine von den Jungkühen ist nicht ganz auf der Höhe, und ich muss sie ein bisschen im Auge behalten.«

»Nicht ganz auf der Höhe« heißt im lokalen Dialekt »krank«. Lindsay fügte hinzu: »Schön, aus dem Haus rauszukommen, oder? An die frische Luft.«

Und das war die eigentliche Wahrheit. Wahrscheinlich musste keiner von uns beiden schon zum dritten Mal an einem einzigen Vormittag das Vieh inspizieren oder füttern. Es war einfach etwas, das wir tun wollten.

Der Winter mit seiner durchdringenden Kälte, seinem trübseligen Regen, seinem unaufhörlichen Wind, seinem grausamen Frost und seinen beißenden Schneegestöbern – nur her mit ihm.

An manchen Abenden gehe ich, nur des himmlischen Glücks halber, im Dunkeln über die Wiesen. Ich nehme nie eine Taschenlampe mit, denn der ganze Zweck der Übung besteht darin, die Nacht so zu genießen, wie die Natur sie gedacht hat. Und außerdem erinnern mich Taschenlampen an die Kaninchenjagd mit künstlichem Licht und die endlosen Stunden, die ich damit verbringe, am schwarzen Lauf einer Waffe entlangzustarren.

Heute Abend versilbert ein fetter Dezembermond die Wiesen mit seinem Licht. Hier oben ist es so kalt, dass das Gras vor Raureif knackt, und das Knirschen meiner Füße beim Gehen ist das einzige Geräusch, das ich außer dem weit entfernten Jaulen eines Fuchses und dem Rauschen des Escley höre. Dafür kann ich die Silhouette des Steinkauzes auf seinem Torpfosten sehen, und er lässt mich bis auf etwa zwanzig Meter herankommen, bevor er wegfliegt, lautlos mit den Flügeln schlagend.

Ich stehe in der Mitte der Wäldchenwiese und mache eines meiner Lieblingsspiele: Wie wenige Häuser kann ich sehen? Es gibt drei Lichter gegenüber am Berg, Johns und Claires Haus oben am Fahrweg und den Pub ganz unten im Tal; am Merlin's Hill sind die Lichter von

The Sett und Old Court zu sehen, weiter oben im Tal gibt es nur die Wain Farm. Das ist alles, so weit das Auge reicht, in alle Richtungen.

Über mir erstreckt sich der Baldachin der Sterne. Als ich zu den Myriaden von Lichtpunkten hinaufschaue, habe ich keinen Zweifel, dass Gott existiert, und plötzlich frage ich mich, ob die Religionsausübung proportional zum Anstieg der Lichtverschmutzung gesunken ist.

Einen Tag später sitze ich in der Bibliothek von Hereford und suche Schutz vor dem Regen, genau wie einige Landstreicher und ein Heavy-Metal-Fan im T-Shirt einer Mädchenschule, als mir eine Broschüre der Kampagne zum Schutz der ländlichen Gebiete Englands ins Auge fällt; sie trägt den Titel »Nachtvernichtung in den West Midlands«. Ein Satellitenbild zeigt eine riesige rotgelbe, lichtgesättigte Amöbe, die den dunklen Himmel verschluckt. Ich suche mit dem Finger nach Longtown; es liegt in einem der wenigen Refugien aus echtem Schwarz, verdrängt ans äußerste westliche Ende von Herefordshire.

Wieder einmal beschließe ich, den Kindern den Wert der Dunkelheit zu vermitteln, und an jenem Abend zerre ich sie hinaus auf den Hof. Wolken verdecken Sterne und Mondlicht. Die Kinder sind nur eine Armlänge von mir entfernt, aber ich kann sie nur spüren, nicht sehen.

»Schaut euch das an«, sage ich. »Wie viele Lichter könnt ihr sehen?«

»Sechs«, sagt Tris.

»Ich komme nur auf fünf«, antworte ich.

»Ah, aber du hast das Licht vom Wohnzimmer nicht mitgezählt«, triumphiert er teenagerschlau.

»Auf dem Merlin's Hill sind Autoscheinwerfer«, fügt Freda hinzu.

Wir haben dieses Spiel schon öfter gespielt. Sie haben Großstadtlichter nie kennengelernt und betrachten die maulwurfschwarze Nacht als etwas Selbstverständliches.

Aber selbst der pedantische Blick unwilliger Kinder findet nur sieben menschliche Lichter in dem Tal unter den Black Mountains.

Die Gelegenheiten, bei denen die Kinder die Dunkelheit lieben, sind die Nächte, in denen wir zum *Lamping* gehen, zum Jagen mit künstlicher Lichtquelle. Und ich habe eine neue Lampe gekauft, einen Fünf-Millionen-Kerzenstärken-Handscheinwerfer mit einer tellergroßen Glasabdeckung. Ungeduldig warte ich die in der Bedienungsanleitung geforderten zwölf Stunden Ladezeit ab, dann nehmen wir die Lampe mit hinaus in die Dezemberdunkelheit.

Sie ist der Motörhead unter den Handlampen. Als ich sie anknipse, wirft sie mich beinahe rückwärts um.

»Stark«, verkündet Tris, als sich der Strahl der Lampe senkrecht gen Himmel richtet.

»Nützlich, wenn man deutsche Bomber orten will«, schlage ich vor.

Auf jeden Fall kann man Kaninchen damit orten. Als ich den Lampenstrahl auf die Wiese vor dem Haus richte, blinken drei Paare kleiner rosa Kaninchenaugen zurück. Die Kaninchen reagieren bei dem Licht zwar nicht gelähmt wie vor der sprichwörtlichen Schlange, aber sie verfallen in eine Art Zeitlupe. Ich reiche Tris die Lampe und sage ihm, er solle sie auf das vorderste Kaninchen halten, das zwanzig Meter vor uns grast.

Ich schieße. Daneben. Freda will die Lampe auch einmal haben, aber als sie den Strahl herumwandern lässt, sind die Kaninchen weggehoppelt. Sie ist ziemlich glücklich darüber. Wir bilden eine seltsame Jagdgesellschaft, wie immer. Tris und ich sind begierig aufs Schießen, Freda zockelt hinterher, in der Hoffnung, dass ein Tier nur verletzt wird und aufgepäppelt werden muss. Wir versuchen es eine Wiese tiefer, ohne Erfolg. Wir machen einfach zu viel Lärm.

Die Kinder haben eine bessere Idee, als Kaninchen zu töten. Sie rennen weg in die Dunkelheit und verstecken sich im Gras. Dann muss ich die Lampe anmachen und sie finden.

Alleine im Dunkeln, spielen wir das neue Spiel »Finden«, bis es Zeit ist fürs Bett. Auf dem Weg zurück zum Haus rezitieren wir Texte von Monty Python. Die meisten Leute können den Sketch mit dem toten Papagei vorwärts und rückwärts aufsagen. Wir dagegen, warum auch immer, kennen die Szene mit dem Killerkaninchen aus *Die Ritter der Kokosnuss* Wort für Wort auswendig. »Lauft weg, lauft weg! Das Biest ist Dynamit!«

Ich merke, dass ich die Schrotflinte immer seltener und die Weihrauch-Druckluftbüchse immer häufiger benutze. Mit diesem Luftgewehr muss man für einen tödlichen Schuss bis auf achtzehn Meter herankommen, und dann muss es ein Kopftreffer sein, wenn die Beute ein Wildvogel ist. Um so nah heranzukommen, muss man sich anschleichen. Wenn man sich anschleicht, ist man in die Welt der Natur eingetreten, als Räuber. Man ist zum Jäger geworden.

Jetzt, wo ich darüber nachdenke, merke ich, dass ich ohne jede bewusste Entscheidung angefangen habe, tödlichere Methoden zu benutzen. Wenn ich mit Hund und Flinte unterwegs bin, folge ich nicht mehr meiner alten Gewohnheit, im Uhrzeigersinn hinunter zum bewaldeten Ufer zu spazieren, dem bei Weitem ergiebigsten Jagdgelände auf unserem Land. Stattdessen suche ich mir hinter der Hecke der Pferdekoppel meinen Weg nach unten. So bin ich nicht, auch nicht kurz, als Umriss gegen den Himmel zu sehen. Außerdem verbringe ich meist ein paar Minuten im Entwässerungsgraben, der so tief ist wie ein Schützengraben in Flandern, und überprüfe von dort aus die Wäldchenwiese und den Finger am Escley. Wenn Wild da ist, kann ich vollkommen versteckt bis auf gut zwanzig Meter an das

Wäldchen herankommen, wobei das Abwärtsgluckern des Wassers im Graben das Geräusch von Ediths und meinen Fußstapfen übertönt.

Meine Sinne sind inzwischen anders gestimmt. Um ehrlich zu sein, verunsichert und erschreckt mich das. Ich kann Farben besser sehen, ich kann Spitzmäuse in der Hecke hören, ich kann Bestandteile statt Mischungen riechen. Und da ist noch etwas, etwas, wofür ich kein Wort habe: Mein Kopf tastet ständig seine Umgebung ab und nimmt manchmal, nicht immer, Wildtiere wahr, obwohl ich sie weder sehen noch hören kann.

In Wahrheit weiß ich nicht, ob dieses schnellere, schärfere Ich durch meine Ernährung von der Natur oder durch die ständige Gewohnheit des Jagens entstanden ist. Ich weiß nur, dass es real ist. Bei einem Weihnachtsausflug in den Zoo von Bristol kommen wir zufällig an einer »Tierolympiade«-Maschine vorbei, an der man die eigenen Reflexe testen kann. Meine sind fast so schnell wie die einer Schlange.

Ein natürlicher Killer zu werden hat auch seine Nachteile. An einem winterlichen Spätnachmittag sitze ich da und beobachte den Bussard, der über die unteren Wiesen kreist. Unser Verhältnis hat sich verändert. Ich bin kein passiver Vogelliebhaber mehr, der einfach genießt. Er und ich sind Rivalen. Er stößt auf ein Kaninchen herab und ich bin neidisch.

➢

Unter einem marsroten Morgenhimmel suche ich den unwirtlichen winterlichen Boden ab wie ein Landstreicher einen Mülleimer. Es gibt keinen Sauerampfer, nur ein paar zerzauste andere Ampfer und Brennnesseln. Gefrühstückt habe ich kalten Fasan mit seinen dicken vanillegelben Fettstreifen; zum Mittagessen wird es kalten Fasan geben und zum Abendessen Fasanenbrühe, aus den sauber abgenagten

Knochen. Dazwischen werde ich fiebrig Haselnüsse knabbern wie ein Eichhörnchen.

Im Regen schmatze und schliddere ich durch die Wiesen, Edith neben mir, und finde auf sechzehn trostlosen Hektar nichts, was ich schießen könnte. Die angegrauten Grasbüschel auf der Wäldchenwiese kommen mir vor wie eine Masse von Tausenden alternder Fußballer mit überkämmten Glatzen. Ich überlege, mich im Unterschlupf zu verstecken, aber der Sturm der vergangenen Nacht hat ihn umgerissen. Regen verklebt mein Gesicht unterhalb der Mütze, und ich muss mir ständig die Augen wischen. Das Einzige, was wir aufstöbern, ist ein Reiher am Escley, der sich hinter den Bäumen am Ufer in die Luft erhebt, auf Flügeln wie aus einer Kinderzeichnung. Edith und ich trotten nach Hause, beide mit gesenktem Kopf, während der Regen noch stärker trommelt.

Im Apfelregal sind noch ungefähr hundert Wildäpfel übrig, und ich beschließe, sie zu einer letzten Portion durchscheinenden Holzapfelgelees zu verarbeiten. Während die Kessel mit Äpfeln und Honig brodeln und köcheln, vertreibe ich mir die Zeit, indem ich Bruce Chatwins *Auf dem schwarzen Berg* lese. Oder, um genauer zu sein, noch einmal lese: Zum ersten Mal schlug ich es 1982 auf, als es herauskam und man in ganz Herefordshire keinen Mittelschichthaushalt fand, in dem es kein Exemplar gab, denn wie oft findet man schließlich einen Roman, der im Grenzgebiet zu Wales spielt? Ich fand Chatwins Roman damals gekünstelt und war der Auffassung – die ich einem schwulen Chatwin-Fan im Pub leidenschaftlich auseinandersetzte –, dass er nur deshalb gepriesen werde, weil Chatwin das goldblonde Aushängeschild der englischen Literatur der 1980er-Jahre war. Und Chatwins Buch, fuhr ich fort, gestärkt von meinem vierten Pint Bier, sei genau die Sorte von pompösem, D. H. Lawrence nacheiferndem Landroman, von der man gehofft habe, dass die Satire *Cold Comfort Farm* ihr endgültig den Garaus gemacht habe. Aber jetzt leben wir nur eine Meile von dem Black Hill entfernt, der Chatwin seinen Buchtitel lieferte (obwohl er verschiedene Orte an der Grenze vermischte, von Crickhowell bis Longtown), und ich dachte, ich sollte es noch einmal mit dem Buch versuchen. Ein Fehler. Während der beißende Dampf der kochenden Äpfel die Küche füllt, koche ich innerlich über Chatwins Vision von ständig trübseligen, dumpf vor sich hinbrütenden Bergbauern, bis ich das Buch in die Ecke werfe und hinübergehe zum Regal im Wohnzimmer, um die Ausgabe von *People of the Black Mountains* von Raymond Williams zu holen, die ich in der Bücherei von Abergavenny ausgeliehen habe.

Vor langer Zeit, noch vor der trennenden historischen Sintflut des Thatcherismus, war Williams eine große Nummer in britischen Intellektuellenkreisen, ein einheimischer Denker, den man im gleichen käse- und rotweingetränkten Atemzug mit französischen Rollkragen-*philosophes* nennen konnte. Williams war Professor für Theaterwissenschaft in Cambridge, der Nachbarjunge, der es zu etwas gebracht hatte; er stammte aus dem winzigen Eisenbahndorf Pandy am unteren Ende des Tals von Longtown. Mit seinen Abstellgleisen und der Rangieranlage war Pandy damals eine industrielle Insel in der Landschaft aus Bergbauernhöfen, ein roter Stützpunkt in einem Meer aus konservativem politischem Blau, und diese Herkunft prägte Williams, der zeitlebens ein – wenn auch meist unorthodoxer – Marxist war.

Leben, Ehrgeiz und Politik brachten den Jungen dazu, die Black Mountains zu verlassen, aber die Black Mountains verließen den Jungen nie: In seinen letzten Lebensjahren (Williams starb 1988) schrieb er einen historischen Roman, der im steilen Landstrich seiner Kindheit spielt. Mit dem Wort »episch« ist das zweibändige Werk *People of the Black Mountains* nur unzureichend umschrieben; es schlägt einen zeitlichen Bogen von der Altsteinzeit bis ins späte Mittelalter (Williams starb, bevor er mit dem dritten Band beginnen konnte, der bis in die Gegenwart reichen sollte). Obwohl das Buch das ist, was die Hereforder »ein bisschen walisisch« nennen, womit sie »absichtlich wortreich« meinen (ohne Dylan Thomas zu nahe treten zu wollen), bin ich von Anfang an gefesselt von Williams' Beschreibungen des Lebens, das normale Menschen in diesem Tal vor Urzeiten führten. So gefesselt, dass ich nicht rieche, wie der dritte Kessel mit Äpfeln und Honig anbrennt. Nachdem der Rauchmelder angesprungen ist, endet der verkohlte Sirupmatsch im Schweinetrog.

Ich bin allmählich ganz besessen von Williams' Buch. Wenn ich aus den Fenstern des Hauses schaue – die alle 60 x 60 Zentimeter groß sind, ohne Sprossen, sodass es so wirkt, als stünde man in einer Ausstellung von Landschaftsbildern –, sehe ich Hatterall Hill, die uralte Hügelfestung, auf der Williams' Geschichte spielt, und zur Linken Merlin's Hill, die Ostgrenze der Handlung. Beim Lesen von *People of the Black Mountains* sehe ich tatsächlich zum ersten Mal sowohl diese natürliche Aussicht als auch, in darübergelegten holografischen Bildern, die Geschichte ihrer menschlichen Besiedlung. Unweigerlich bleibe ich an Williams' Beschreibungen des Lebens der ersten Jäger und Sammler in diesem Tal hängen, die auf einem genauen Studium archäologischer Befunde beruhen: »Es war erfreulich zu wissen, dass Jäger von diesem Land leben konnten. Tatsächlich muss mehr als genug da gewesen sein, denn Rotwild und Schweine waren in den Eichenwäldern zahlreich.«

Rotwild und Wildschweine sind schon lange weg, aber winzige Überreste der Eichenwälder haben sich gehalten. Ans untere Ende unserer Uferweide klammern sich drei Eichen, die einst zu einem riesigen Wald namens Maes-y-Coed gehörten; er erstreckte sich von Ewyas Harold bis nach Longtown.

Und bestimmt hatte Williams den steinigen Escley bei Trelandon für einige seiner Szenen über die ständigen Raubzüge und Überfälle in diesem abgelegenen Grenzland vor Augen? Der Widerhall der Hufe gestohlener Rinder und des Klirrens normannischer und keltischer Schwerter scheint dort immer noch über dem Rauschen des Wassers nachzuklingen.

Irgendjemand hat vergessen, den guten Leuten in diesem Tal zu sagen, dass die Zahl der Kirchenbesucher zurückgeht. Obwohl wir um sechs Uhr abends an der Kirche von Clodock ankommen, eine halbe Stunde vor Beginn des Gottesdienstes »Weihnachtslieder bei Kerzenschein«, rennen wir – überaus unchristlich, finde ich –, um noch Plätze im gemütlichen Kastengestühl zu ergattern. Im Jahr 1740 erbaut, sind diese Bänke aus Eichenholz geradezu modern im Vergleich zu der wackeligen Empore von 1650, der vierten Glocke im Turm (gegossen 1624 mit der Inschrift *»FEAR GOD HONOUR«*), den Fragmenten mittelalterlicher Fresken an den Wänden, den Steinmauern aus dem 12. Jahrhundert und dem Gedenkstein, der auf dem Kirchhof gefunden wurde und um das Jahr 800 entstand. An diesem Ort unterhalb des Merlin's Hill gibt es christliche Gottesdienste seit dem fünften Jahrhundert, als Clydawg, der König von Ewyas, starb. Laut dem mittelalterlichen *Book of Llandaff* wurde Clydawg wegen einer Frau von einem heidnischen Rivalen ermordet, als er auf der Jagd war. Seine trauernden Freunde legten seine Leiche auf einen Ochsenkarren und fuhren sie zu einer Furt am Fluss Monnow. Als kurz vor dem Fluss der Karren zusammenbrach und die Ochsen sich weigerten weiterzugehen, begrub man Clydawg am Fluss. Der Ort entwickelte sich zu einem Ziel für Pilger, und nach einiger Zeit wurde eine Kapelle für den als Märtyrer angesehenen Clydawg errichtet. Die heutige Kirche steht genau über der alten.

Als der Liedergottesdienst beginnt, gibt es nur noch Stehplätze in dem normannischen Bau, der zu Ehren von St. Clodock – wie die Engländer den Namen des heiligen Königs schreiben – errichtet wurde; als die schwere Eichentür geöffnet wird, um ein paar Nachzügler einzulassen, rutschen diejenigen, die im Gang stehen, lachend nach vorne, um Platz zu schaffen. »Bald brauchen sie eine Leinwand draußen«, murmelt der Bauer im Gang neben mir; seine Augen sind feucht von einem Winterschnupfen. Wie ich und noch andere hat er das Bedürfnis empfunden, sich in Tweed zu kleiden, der als ländlich-elegant gilt. Im Glanz der Kerzen und der Lichter am Baum schmettern wir unsere liebsten Weihnachtslieder, bewundern den Gesang des Chors (der die abseitigeren Nummern übernimmt), würdigen die Aufgabenwechsel des Vikars (mal Prediger, mal Chorsänger), lauschen den Lesungen in der stillen Nacht (bis auf meine Kinder, die solche unerfreulichen Längen überbrücken, indem sie auf dem Textblatt Tier-Galgenmännchen spielen) und berauschen uns ganz generell am Gefühl der Zusammengehörigkeit. Es gibt Menschen, die glauben, die Fernsehserie *The Vicar of Dibley* sei eine Satire, aber wer jemals in einem Dorf gelebt hat, weiß, dass es sich um einen Dokumentarfilm handelt, um kompromisslosen Enthüllungsjournalismus, von den keifenden Exzentrikern bis zu Wohlfühltagen wie diesem, an denen die Einheimischen zusammenkommen, um Loblieder zu singen. Denn als wir hier im Dunkel der Kirche sitzen, nur bei Kerzenlicht, spüren wir mehr als menschliche Zusammengehörigkeit. Wenn wir sorgfältig hinhören, können wir das ewige Summen wahrnehmen, mit dem das Universum arbeitet.

Als der Gottesdienst vorbei ist, strömen wir aus der Kirche in die dunkle Nacht hinaus, mit einer kurzen Pause, um Reverend Frank Rodgers die Hand zu geben. Hinter dem unsichtbaren Buckel der Black Mountains, zwei Kilometer weiter rechts, liegt eine weitere uralte, winzige Kirche keltischen Ursprungs, St. David's in Llanthony; dort haben wir geheiratet und dort wurden die Kinder getauft.

Wintersonnenwende – der 21. Dezember ist der kürzeste Tag des Jahres. Ein fader Nebel hängt in der Luft; er macht den Tag verschwommen und undeutlich, als wäre er in einem viktorianischen Foto gefangen. Die Welt ist tot. Ein Bauer, irgendwo auf dem Merlin's Hill verschollen, schlägt Zaunpfähle ein, als wollte er sie zu neuem Leben erwecken. Freda will auf dem Pony die anderthalb Kilometer zu Hope's, dem Dorfladen, hinunterreiten. Wir gehen zusammen; Poppys Hufe klappern auf dem Asphalt wie ein Stereo-Kontrapunkt zur Umzäunungsarbeit am anderen Ufer des Escley, während ich die Zügel des Ponys halte und Tristram Ediths Leine. Die Hecken an der schmalen Straße, nackt und blattlos und vom Schnitt zerfleddert, sind steril wie Drahtbürsten.

Mir graut vor diesen Ausflügen zum Dorfladen. Ich kann dort nichts für mich kaufen außer einer Zeitung. Hope's hat die Art von Sortiment, die man eigentlich erfreulich findet; es ist ein kleiner Supermarkt. Das ist das Gute daran, dass das Tal von wohlhabenden Neuankömmlingen unterwandert wird: Der Dorfladen führt inzwischen mehr als Shortcake-Kekse und Bohnen aus der Dose. Tris und Freda gehen hinein, um Tyrrells-Kartoffelchips und Bio-Erdbeershakes zu kaufen. Pony, Hund und ich werden vor der Tür geparkt, neben den irritierend perfekten Schafen der Familie Hope.

Auf dem Heimweg bemerke ich, als wir gerade auf unserem eigenen Grundstück sind, einen toten Igel am schlammbespritzten Straßenrand. Wahrscheinlich war er zufällig aus dem Winterschlaf erwacht oder hatte ihn wegen der globalen Erwärmung noch gar nicht begonnen; wie dem auch sei, er schaffte es nicht, sicher über die Straße zu kommen. Edith, die neugierig ist, wird von den Stacheln in die Nase gepiekst.

Es ist nichts Unangenehmes, Igel zu essen – fahrende Roma, die Igel kochten, indem sie sie in Lehm packten und ins Feuer legten, lobten einst ihre Ähnlichkeit mit Schweinefleisch –, aber ich bin nicht so tief gesunken, dass ich Mecki als Verkehrstoten essen möchte. Zumindest *noch* nicht.

Während ich in der tief hängenden, ausgebleichten Wintersonne sitze, ziehe ich zum ersten Mal Wilderei in Betracht. Vom Ufer genau unterhalb des Hauses aus kann ich mit dem Fernglas (das 10x30er, das ich schon seit meiner Kindheit habe) drei Stockenten sehen, die sich auf einem Tümpel im Escley ausruhen, auf dem Land meines Nachbarn. Ein verfrühter Waldkauz kuu-wickt im Steinbruchwald. Ich beobachte die Wildenten noch für ungefähr eine Stunde oder länger, aber sie zeigen keinerlei Neigung, sich in meine Richtung zu bewegen, und ich will mich gerade dem Verbrechen hingeben, als Ereignisse am anderen Ufer des Escley darauf hindeuten, dass ich Glück haben könnte. Ganz oben in Old Court kommt der Bauer mit einem Sack Futter für seine Herde weißer Schafe den Talabhang herunter. Sein Collie rennt voraus. Die Enten heben den Kopf. Weil der Wind schwach talaufwärts bläst, werden die Enten wahrscheinlich in seine Richtung starten, weil ihnen das einen Auftriebseffekt gibt wie einem Drachen. In meine Richtung.

Oh Scheiße! Sie heben sich gerade aus dem Wasser. In meine Richtung. Ich stolpere auf die Beine und gehe in Stellung. Jetzt alles richtig machen: Beine leicht gespreizt; entspannen; entsichern; die Stellung ein bisschen verändern, bis der linke Fuß auf die heranfliegenden Vögel zeigt; Blick über die Gewehrmündung; Vogel fixieren, den vorderen, das ist am einfachsten; Lauf auf Vogelkopf richten; ihm folgen. Der Vogel fliegt sehr hoch, vielleicht vierzig Meter. Mitschwingen. Abdrücken.

Und danebenschießen. Das Schöne an einer doppelläufigen Flinte ist, dass man eine zweite Chance bekommt. Seltsamerweise sitzt der zweite Schuss oft besser als der erste. Hastig abgegeben, ist er weniger angespannt, stärker instinktiv. Der vorderste Vogel ist fast genau über mir, als er aus dem warm leuchtenden Himmel gefällt wird.

Die Stockente stürzt so dicht neben mir zu Boden, dass ich aus dem Weg springen muss.

Heiliger Abend. Maronen im Kaminfeuer, Bing Crosby auf dem CD-Spieler. Das Einzige, was mir noch fehlt, ist die Sorte roter V-Pulli, bei der die Farbabstimmung des Fernsehers durcheinanderkommt, dann wäre das Klischee vollkommen. Es ist spät, die Kinder sind im Bett, Penny und ich verpacken die letzten Geschenke, die wir morgen früh unter den Baum legen. Ich habe mein Menü für den großen kulinarischen Tag festgelegt: Wildpilzsuppe mit einer Garnierung aus zerstoßenen Haselnüssen und Bachbunge (die allerletzte, die ich im Graben finden konnte); gebratene Ente mit Holunderwein und Bärenklaupüree; Honigmaronen zum Nachtisch. Die Ente, drei Tage lang abgehangen, liegt jetzt nackt in etwas gesalzenem Wasser, damit der leichte Lebergeschmack verschwindet, den ältere Vögel manchmal an sich haben. Alles ist gut.

Um halb sieben Uhr morgens am ersten Weihnachtsfeiertag klingelt das Telefon. Ich erwarte übereifrige (Groß-)Eltern, die uns frohe Weihnachten wünschen wollen. Die Anruferin ist zwar Mutter bzw. Großmutter, aber sie hat keine fröhlichen Nachrichten. Es ist meine Stiefmutter, die berichtet, dass mein 81-jähriger Vater in der Küche gestürzt sei und sich die Hüfte gebrochen habe. Er sei gerade vom Krankenwagen abgeholt worden.

Wir schaffen es, mit den Kindern eine nette Bescherung zu zelebrieren, aber dann muss ich losrennen ins Bezirkskrankenhaus von Hereford. Um halb zehn stehe ich mit meiner Stiefmutter am Bett meines Vaters. Er gibt sich stoisch, hat aber erkennbar große Schmerzen. Die Lage verschlechtert sich. Er erleidet einen Schlaganfall und verliert das Bewusstsein. Am Nachmittag ist er an ein albtraumhaftes Science-Fiction-Gewirr aus Sauerstoff, Infusionen und Monitoren angeschlossen. Ich habe den ganzen Tag über noch nichts außer einer Tasse Hagebuttentee zu mir genommen. Stress und Nahrungsmangel sind keine guten Gefährten. Abends, als sich der Zustand meines Vaters stabilisiert hat, ist mir so schwindelig, dass ich die dreißig Kilometer nach Hause nicht sicher fahren kann. »John«, sagt Joyce, meine Stiefmutter, »du musst etwas essen.« – »Mum«, sage ich, »ich glaube, du hast recht.«

Adam und Eva im Paradies wurden von einer Frucht zu Fall gebracht, wahrscheinlich einem rosenroten Apfel. Mein Absturz geht mit dem allerbanalsten, spießigsten Essen und Trinken einher: einem folienverpackten Käsesandwich und einem Kaffee im Plastikbecher mit Pappgriff.

Am zweiten Weihnachtsfeiertag ist mein Vater nicht mehr in unmittelbarer Gefahr und mein Weihnachtsessen wird endlich zubereitet. Auf einer ovalen Fleischplatte angerichtet, von einem Ring aus Bärenklaupüree umrahmt und auf einem Tischtuch aus weißem Leinen serviert, weckt meine luxuriöse Ente in Holunderwein einen Anflug von Stolz in mir. Auf jeden Fall verblasst sie nicht neben dem gratinierten Kabeljau, den der Rest der Familie isst. Selbst meine einzige Gemüsebeilage, gedämpfter Sauerampfer – kleine Blättchen, zusammengesucht auf der riesigen Fläche der Landstraßenweide wie Nadeln im Heuhaufen –, strotzt vor kulinarischer Pracht.

Tris schaut über den Tisch und fragt: »Kann ich ein bisschen von deiner Ente probieren?«

»Ich auch!«, fällt Freda ein.

Ich schneide zwei Scheiben ab und löffele ein wenig Soße darüber.

Und sage nichts, als sie rufen, dass es »klasse« und »lecker« schmecke. Ein Tag zu meiner Zufriedenheit.

Gebratene Ente mit Holunderwein und Bärenklaupüree

Nach dem Abhängen ausnehmen, rupfen und – falls die Ente schon fortgeschritteneren Alters sein könnte – einen Tag lang in leicht gesalzenem Wasser ziehen lassen. Auch ein Stück Bärenklauwurzel, das vor dem Braten in die Bauchhöhle der Ente gesteckt wird, nimmt einen Teil des Lebergeschmacks auf. Die Haut mit Salz einreiben. Salz und ein Glas Holunderwein in die Bauchöffnung der Ente geben, dann den Bärenklau. Etwa eine Stunde lang braten, je nach Gewicht, und dabei häufig mit dem Weinsud bestreichen. Heiß servieren, mit Soße übergossen, und dazu ein Schälchen Brombeergelee reichen.

Wiesen-Bärenklau (*Heracleum sphondylium*) kann im Winter ausgesprochen schwierig von zahllosen anderen Doldenblütlern zu unterscheiden sein, weil die individuellen Merkmale – Größe, Struktur des Stängels, Blüten, Anordnung der Blätter – durch das winterliche Absterben verschwinden. Ein Doldengewächs mitten im Winter ist oft nichts weiter als ein Büschel getrockneter Stängel, die aus der Erde ragen. Sammeln Sie also an einer Stelle, von der Sie wissen, dass dort nur Bärenklau wächst; es gibt Doldenblütler, die absolut tödlich giftig sind. Die Wurzeln des Bärenklaus – der auch den Volksnamen »Kuhpastinak« trägt – kann man dunkel lagern, unter Erde oder Sand begraben. Diese Wurzeln kann man im Ofen rösten, aber man bräuchte Zähne wie ein Biber, um sie zu essen. Auch klassisches Kochen bewirkt nicht viel gegen ihre ungeheure Holzigkeit. Am besten ist es, die Wurzeln zu waschen und dann zu reiben – oder wenigstens ihre zartesten Teile. Die geriebenen Wurzeln in Salzwasser kochen, und es kommt etwas heraus, das auf erfreuliche Weise Süßkartoffeln ähnelt.

Seltsamerweise fressen Schweine keinen Bärenklau, wenn man sie damit füttert. Aber schließlich fressen sie auch keine Pastinaken.

Eine andere Möglichkeit, Bärenklau als Wildgemüse zu nutzen, ist es, die jungen Triebe zu dämpfen, zu dünsten oder zu kochen; sie erinnern an Staudensellerie.

Honigmaronen

150 g Maronen
1/2 Tasse Honig
1 Esslöffel Wasser

Die Maronen schälen und 7 bis 8 Minuten lang über einem Topf mit köchelndem Wasser dämpfen.
Den Honig in einen kleinen Topf geben, zusammen mit dem Wasser. Unter Rühren erwärmen, bis die Mischung wie Sirup wirkt. Die Maronen hineingeben und mit einem Holzlöffel umrühren, bis sie ganz bedeckt sind. Herausheben und auf einem Drahtgitter abkühlen lassen.
Sobald sie kalt sind, zum Trocknen für 5 bis 10 Minuten in den warmen Ofen stellen.

Um die Weihnachtsente noch ein wenig zu strecken, lege ich ihr zerfallendes Skelett in den Kessel, wie ein Requisit für einen Stephen-King-Roman. Außerdem ein Glas Holunderwein, einen Esslöffel Salz, vier Esslöffel Kastanienpüree, zwei Bärlauchzwiebeln und eine Handvoll der kostbaren getrockneten Pfifferlinge, die ich im Oktober auf der Landstraßenweide gesammelt habe.

Nach zwei Stunden Köcheln ist eine genießbare Brühe daraus geworden, mehr nicht.

Vier Uhr morgens. Ich schrecke hoch, als hätte mich jemand mit einem Defibrillator wiederbelebt. Mein Herz hämmert sich einen

Weg aus der Brust ins Freie, und ich habe unerträgliche Nierenschmerzen. Ich liege schwerelos auf dem Rücken, mir ist übel, und ich zittere unkontrollierbar. Sämtliche Bestandteile des Schlafzimmers leuchten neonviolett.

Ich glaube nicht, dass ich etwas Verdorbenes gegessen habe. Ich glaube, einer der Pilze war giftig. Ich möchte Penny bitten, einen Krankenwagen zu rufen, aber absurderweise will ich die Kinder während der Weihnachtszeit nicht beunruhigen. Als ob es besser wäre, wenn sie den Kadaver ihres toten Vaters entdeckten.

Stundenlang zittere ich und hoffe und verspreche mir selbst, dass es Zeit für den Notruf ist, sobald die Symptome schlimmer werden. Das werden sie nicht, und als der Morgen ins Schlafzimmer schimmert, erkenne ich, dass ich noch nicht sterben werde. Mein Herzschlag normalisiert sich, und der lila Nebel wird dünner.

Die Übelkeit ist aus härterem Holz geschnitzt, und ich bin noch tagelang krank.

Mein Vater in einem Krankenhausbett, kränklich, im gelbsüchtigen Stationslicht fast perfekt getarnt. »Könntest du nicht mehr über die Familiengeschichte herausfinden, John? Mach mal, so etwas kannst du doch.«

Ich habe absolut kein Interesse daran, meine Wurzeln zurückzuverfolgen. Was sollte es da zu entdecken geben? Wir sind seit ewigen Zeiten Bauern, manchmal auf eigenen Höfen, aber meistens als Pächter, und die jüngeren Söhne sind in einfache, geregelte Berufe wie Wildhüter abgewandert. Es heißt, es habe unter den Vorfahren den einen oder anderen (anglikanischen) Priester gegeben, und ich könnte vermutlich halbwegs überzeugend vorgeben, mit Blanche Parry, der Kammerfrau von Elizabeth I., verwandt zu sein, aber das ist auch alles. Ich habe den Eindruck, die moderne Ahnenforschungsindustrie baut auf der katzengoldnärrischen Hoffnung der Kundschaft auf, der rechtmäßige Erbe eines Grafentitels oder der Nachkomme einer berühmten Persönlichkeit des 18. Jahrhunderts zu sein. Die Wahrheit am unteren Ende der Ahnenwurzel ist wahrscheinlich banaler.

Es gibt noch einen weiteren Grund, warum ich meine Familiengeschichte nie erkunden wollte. Weil die mütterlichen Vorfahren meines Vaters und meiner Mutter aus den Nachbardörfern Kilpeck und Much Dewchurch kommen, habe ich immer Inzucht vermutet.

Trotzdem ist es schwer, einem Mann, der möglicherweise auf dem Totenbett liegt, einen Wunsch abzuschlagen. Am gleichen Abend mache ich den Computer im Zimmer meines Sohnes an und gebe »Verry«, den Mädchennamen meiner Großmutter, in eine Suchmaschine ein.

Bingo. Ein Verry-Nachfahre aus Neuseeland, Adrian Verry, hat eine Website aufgebaut, auf der die Familiengeschichte bis ins Jahr 1520 detailliert zurückverfolgt wird, als die flämischen »Verriors« in Much Dewchurch ankamen und dort drei Bauernhöfe pachteten. Etwas schockiert erkenne ich, dass einer davon die Pool Farm ist, direkt gegenüber von der Waldorfschule, die die Kinder besuchten, als sie noch kleiner waren. Noch ein Kreis.

Als ich dem Stammbaum bis in moderne Zeiten folge, finde ich meinen Urgroßvater und meine Urgroßmutter, aufgeführt als William und Harriet Verry aus Upper House, Aconbury. Um das Einkommen aus seinem kleinen Hof aufzubessern, hatte William Verry anscheinend zwei Nebenberufe, Soldat und Steinmetz. Letzteres fasziniert mich, weil auch meine mütterliche Linie, die Bamford-Parrys, Bauern und Steinmetze waren. »So seltsam ist dieser Zufall nun auch wieder nicht«, erklärt meine Frau Penny, »weil es wahrscheinlich Steinbrüche auf ihrem Land gab. Auf unserem schließlich auch.« Sie hat recht.

Am nächsten Tag ruft mein Cousin Roger an, um zu fragen, wie es meinem Vater gehe, und ich erzähle ihm von der Verry-Internetseite. Er ist allerdings nicht davon überzeugt, dass die »Verriors« Belgier waren. »Nein, nein, Tante Edie hat ganz weit gesucht, noch deutlich vor 1500. Die Verrys sind Normannen … das sieht man an den roten Haaren in der Familie.«

Wie William Rufus, König von England. Später hole ich in der Bibliothek von Hereford das Lexikon englischer Nachnamen von P. H. Reaney und R. M. Wilson heraus. Tatsächlich, der Ursprung von »Verrier« ist Altfranzösisch, und die ersten normannischen Verriers kamen um 1100 in England an.

Die Überraschung kommt später, am Telefon. Obwohl sie schon lange geschieden sind, verläuft das Leben meiner Eltern eigenartig synchron. Meine Mutter ist von einer Cousine kontaktiert worden, die zufällig ihren Familienstammbaum bis zurück ins Jahr 1614 erstellt hat, als die Familie Amos als Bauern und Besitzer einer Getreidemühle in Leysters im nördlichen Herefordshire lebte. »Das Komische ist«, sagt sie, »dass die Familie Aymes hieß. Dein Vater hat Leute mit Namen Aymes aus Leysters unter seinen Vorfahren.«

Ein weiterer Kreis.

Die Leute fragen sich, warum ich nicht dünn bin wie ein Lagerhäftling.

Ich habe ein dunkles Geheimnis. In den finsteren Nächten dieses finsteren Winters trinke ich eine halbe Flasche oder mehr von einem der Weine, die ich gemacht habe – Schlehe, »Heckenwein«, Apfel, Holunderbeeren, was auch immer. Und wenn man einmal darüber nachdenkt, ist Wein nichts weiter als Kalorien in Wasser.

Außerdem lässt der Alkohol meine gesamte Selbstdisziplin verpuffen, deshalb tappe ich manchmal in die Küche, mache ein Glas Honig auf, setze mich hin und esse es leer wie ein zwielichtiger Pu der Bär.

Kalender der wilden Nahrungsmittel von Trelandon

DEZEMBER

Stockenten, Brennnesseln, Kaninchen, Fasane,
Bärenklau, Löwenzahn, Sauerampfer, Hagebutten,
Bachbunge

Am Neujahrstag pulsieren meine Nieren im Schmerz von Tausend winzigen Dolchstichen; ich kenne die Ursache der Schmerzen nicht, aber neben dem vorige Woche verzehrten Giftpilz sind die offensichtlichsten Verdächtigen in meiner Ernährung unmäßig viel Fleisch und unmäßig viel Sauerampfer. Sauerampfer enthält Oxalsäure, überdies esse ich vor allem Sauerampfer, den ich in Apfelessig eingelegt habe. Um meinen Nieren etwas Erholung zu gönnen, mache ich eine Inventur der im Winter essbaren Grünpflanzen auf unserem Land. Die Wiesen hinauf, die Gräben hinunter, um das Wäldchen herum, entlang der Hecken und Flussufer suche ich im kurzen Tageslicht und fülle dabei eine Tragetasche mit Proben. Obwohl ich Brennnesseln, Wegerich, Klettenlabkraut, Guter Heinrich, Löwenzahn, Sauer- und andere Ampfer, Behaartes Schaumkraut und Gundermann finde, sind sie allesamt verkrüppelt oder schmecken beim Hineinbeißen wegen der hohen Säurekonzentration im Winter ungenießbar bitter. Außerdem sind sie unerfreulich faserig. Selbst die Pflanzen, die im milden Klima des Grabens auf der Wäldchenwiese wachsen, taugen nichts; sie sind unter einer dicken Schicht Hochwasserschlamm begraben. Nur der Löwenzahn und der Sauerampfer auf der Landstraßenweide, die noch immer einen luxuriösen grünen Samtflor bildet, obwohl sie schon vor sechs Monaten für Silage gemäht wurde, bestehen den Geschmacks- und Konsistenztest. Noch mehr Sauerampfer ist allerdings nicht unbedingt das, was ich brauche. Aber ist Löwenzahn die Antwort? In Frankreich nennt man Löwenzahn wegen seiner harntreibenden Eigenschaften manchmal grob *pissenlit*, »Bettseucher«. Alle Teile der Pflanze haben diese Nebenwirkung, egal, wie man sie zubereitet.

Drei Tage lang sind Löwenzahnblätter das einzig Grüne, was ich esse; die vorwitzigen aus der Mitte der Rosetten. Der als Tagebuchautor bekannte John Evelyn schrieb im 17. Jahrhundert, Löwenzahn sei »ein exzellenter grüner *Sallet*: Mit dieser schlichten Speise bewirtete Hekate Theseus.« Also esse ich sie als »Sallet«, mit ein paar Tropfen Apfelessig und einer Prise Salz, und als ich genug habe von ihrer Bitterkeit, hacke ich sie klein und gebe einen Hauch klaren Honig in das Dressing. Und als ich Löwenzahnblätter als bittersüßen Salat satthabe, lege ich sie einen Tag lang in kaltes Wasser und dämpfe sie dann wie Spinat. Und zuletzt probiere ich die Blätter als Suppe.

Nach drei Tagen Löwenzahndiät lassen meine Nierenschmerzen nach, aber ob das der Zeit, einem Placebo-Effekt oder dem Löwenzahn zuzuschreiben ist, weiß ich nicht.

Löwenzahnsuppe

200 g junge Löwenzahnblätter
½ Esslöffel Entenschmalz
1 Bärlauchzwiebel
1 Löwenzahnwurzel, gewürfelt
750 ml Wildgeflügelbrühe
Salz

Die Löwenzahnblätter hacken, blanchieren und abtropfen lassen. Das Entenschmalz in einem Topf zerlassen und den Bärlauch sanft darin anbraten. Die gewürfelte Löwenzahnwurzel unterrühren, einen Deckel aufsetzen und bei niedriger Temperatur 5 Minuten lang anschwitzen. Den

blanchierten Löwenzahn zugeben, die Brühe unterrühren und sprudelnd aufkochen lassen. 15 Minuten lang köcheln lassen. Mit Salz würzen.
Löwenzahnblätter können auch getrocknet als Tee verwendet werden; man nimmt einen Esslöffel trockene Blätter auf eine Tasse Wasser. Medizinische Gründe ausgenommen, ist allerdings schwer vorstellbar, warum irgendjemand etwas derart Fades zu sich nehmen sollte.

Schafe nehmen, wie Sachsen, niemals gerade Wege. Ich folge der mäandrierenden Spur der Schafe durch die Sumpfweide, weil sie, von Hufen niedergetreten, fester ist als der Boden ringsum. In dieser Zeit des Regens hat die Sumpfweide ihren Namen mehr als verdient; ein unvorsichtiger Tritt neben den Weg, und der Schlamm saugt mir den Gummistiefel vom Fuß. Nichts bewegt sich an Land, auf dem Fluss oder in der Luft.

Heute beschließe ich, ein Langnetz zu benutzen, um Kaninchen zu fangen. Ich bin seit drei Tagen bei Tageslicht und bei Dunkelheit draußen, aber der ständige Regen und Wind führen dazu, dass die Kaninchen sich verstecken, und nehmen mir die Sicht. Aber erst muss ich ein Netz kaufen, bei einem Fachhandel für Landwirtschaftsbedarf in Abergavenny.

Ich sitze im Auto und bin auf halbem Weg das Tal hinunter, genau dort, wo die Grenze von den Black Mountains zum Monnow-Tal abbiegt. Durch die Wasserfluten ist die Landstraße glitschig wie eine Eisbahn. Ein männlicher Fasan wartet in der Hecke versteckt, bis ich näher komme, und rennt dann vor mir heraus. Ich steige auf die Bremse, der Audi schlittert und schleudert, und ich komme irgendwie quer zur Straße zum Stehen. Zum Glück waren keine anderen Wagen vor oder hinter mir. Aber warum habe ich für den Fasan gebremst? Warum riskiere ich menschliches Leben für einen Vogel, den ich am gleichen Tag schon gejagt habe?

Unverletzt und sorglos schlendert der Fasan davon durch ein Feld mit Winterweizen, nach rechts und links schauend, auf der Suche nach Essbarem.

Um ein Langnetz zu verwenden, muss man die eigenen Kaninchen kennen, weil das Netz quer über ihre Fluchtroute nach Hause gespannt werden muss. Ich nehme das Fünfundzwanzig-Meter-Netz und stelle es in einer geraden Linie auf – etwa fünf Meter vor dem Kaninchenbau unter der Hecke am oberen Ende der Sumpfweide. Das Netz wird an Pfähle gebunden, die mit dem Vorschlaghammer eingeschlagen werden, und dann auf ganzer Länge hochgezogen wie eine Reihe von Frauen, die ihre Röcke schürzen, sodass die Kaninchen darunter hindurchschlüpfen können. Der Regen verhöhnt mich, während ich schufte, vor allem, als ich das Netz neu aufstellen muss, weil es zu straff ist und jedes Kaninchen, das hineinrennt, zurückgeschleudert werden würde bis nach Norfolk. Endlich bin ich fertig und lasse das Netz zurück, damit die Kaninchen sich daran gewöhnen können.

Zwei Abende später nehme ich eine Taschenlampe mit gebündeltem Lichtstrahl mit hinaus in die regnerische Rabenschwärze der Sumpfweide und mache leise die hochgebundenen Falten des Netzes los, bis es ganz auf dem Boden aufliegt. Theoretisch müssten die Kaninchen jetzt hinter dem Netz sein, ins raue Gras geduckt, bis die Gefahr vorüber ist. Was sie nicht wissen, ist, dass ihnen noch gar keine Gefahr droht. Ich gehe zum Hof zurück, hole ein Meterstück blaues Fünfundzwanzig-Millimeter-Plastikrohr und schleiche mich etwa zwanzig Meter unterhalb des Netzes zurück Sumpfweide. Parallel zum Netz platsche ich durch die Wiese und hämmere dabei mit dem Rohr auf den Boden, das im Dunkeln ein *Wuuu*-Geräusch von sich gibt. Die Kaninchen rennen, rennen, rennen. Im Nu höre ich das

Zappeln von kleinen Beinen in Nylon; ich knipse die Taschenlampe an und sehe im Netz zwei gefangene Kaninchen. Sie kämpfen. Je mehr sie kämpfen, desto mehr verheddern sie sich. Bald sind sie so eng vom Netz umwickelt, dass sie sich nicht mehr bewegen können.

Was die meisten Kaninchenfänger in diesem Stadium tun, ist, die Köpfe der Tiere nach hinten zu drücken und ihnen das Genick zu brechen. Nein, verdammt noch mal, denke ich und ziehe Tris' 5,5-mm-Webley-Luftpistole aus der Rückentasche meiner Wachsjacke. Sie ist schon geladen. Ich entsichere, drücke den Lauf gegen den nächstliegenden Kaninchenkopf und knalle es ab, genau wie General Nguyen Ngoc Loan den Vietkong-Gefangenen auf Eddie Adams' berühmtem Foto von 1968. Dann lade ich nach und tue es noch einmal.

Für die Kaninchen dauerte es keine Minute vom Aus-der-Deckung-getrieben-Werden bis zum Erschossenwerden. Aber es war eine Minute zu viel. Noch Tage später sehe ich die taschenlampengrellen Bilder von verhedderten, angststarren, japsenden Kaninchen auf meiner Netzhaut. Es gibt gute Arten zu sterben, aber gefesselt in einem Netz zu liegen und darauf zu warten, das Genick gebrochen oder das Gehirn von einer Kugel herausgeblasen zu bekommen, gehört nicht dazu. Die beste Art zu sterben ist, unerwartet erschossen zu werden; wenn das nicht geht, reicht es auch, im freien Lauf oder Flug erschossen zu werden.

Der Beweis folgt beim Essen. Obwohl sie drei Tage lang abhingen, schmeckt das Fleisch der Kaninchen durch den Stress dieser einen Minute des Gefangenseins metallisch verseucht.

Ich beschließe, das Netz nie wieder zu benutzen.

Alle Farbe ist aus dem Land gewichen. Die Welt ist monochrom. Graue Linien aus Hecken laufen im Zickzack über blasse Felder, gelegentlich unterbrochen von Flecken grauer Wälder. Der baumlose, mit toter Heide bedeckte Bergrücken ist ein trauerschwarzes Band. »Die Black Mountains sehen heute ziemlich schwarz aus«, zitieren wir einen alten Scherz. In dem Hundertachtzig-Grad-Blick vom Haus hinunter ins Tal gibt es nur einen winzigen Farbklecks, in die Landschaft eingefügt wie in einen kolorierten Schwarz-Weiß-Film. Ein Klumpen aus Tannen, immer noch leuchtend grün, sitzt auf halber Höhe des langen Hangs von Merlin's Hill. Denken Sie an einen englischen Winter, denken Sie wohl an Rot – rot wie der Mantel des Weihnachtsmanns, wie Rotkehlchen, wie Jagdröcke (es sei denn, Sie sind mein Großvater, der Bauer Joe Amos, der Senfgelb trug), wie die Wangen von Chorknaben, wie Glühwein, wie Stechpalmenbeeren. Aber die wahre Farbe eines englischen Spätwinters ohne menschliche Eingriffe ist überhaupt keine Farbe. Die kümmerlichen Versuche der Natur, strahlende Freude zu verbreiten, zählen nicht. Die Stechpalmenbeeren sind von durchreisenden Amseltrios verzehrt worden, und das Rotkehlchenmännchen findet keine Stelle, die trocken oder geschützt genug wäre, um zu singen. Außerdem zeigen nur erwachsene Rotkehlchen eine rote Brust; da Hermeline, Wiesel, Baummarder, Ratten, Grauhörnchen, Turmfalken, Sperber, Elstern, Dohlen, Rabenkrähen und Raben auf unserem Grundstück die Rotkehlchen ihrer Eier und ihrer flügge werdenden Söhne und Töchter berauben, schaffen es nur wenige Rotkehlchen über das Jugendalter hinaus.

Im Haus gibt es ein Zimmer, das zwölf Meter lang ist; wir nennen es das »große Wohnzimmer«. Seine Fenster müssen noch verglast und seine Türen eingehängt werden, aber es hat schon ein Dach. Wenn der Longtown-Wind den Raum nicht okkupiert, nutzen die Kinder ihn zum Badmintonspielen, wobei die schweren eichenen Querbalken im Giebel ein eigenwilliges Zufallselement hinzufügen. In knappen Wintertagen, die von einem Schraubstock aus Dunkelheit zusammengequetscht werden, benutze ich den Raum, um im Licht einer Schreibtischlampe, die ich an einen Balken gebunden habe, mit Edith zu trainieren. Wir sind ziemlich viel im großen Wohnzimmer. Wir üben APPORTIEREN, was bedeutet, dass Edith mit ihren Bernsteinaugen vor mir sitzt und ich den grünen Segeltuch-Dummy ins hintere Ende des Raumes werfe, mit dem Befehl, ihn zurückzubringen. Das tut sie jedes Mal mit so großem Vergnügen, dass sich ihr Körper vom Schwanzwedeln s-förmig verbiegt; das Problem ist, dass sie den Dummy immer einen Meter zu früh fallen lässt, statt ihn in meine ausgestreckte Hand zu legen. Um diesen Fehler zu korrigieren, versuche ich tagelang, gemäß Keith Erlandsons Rat vom Hund wegzulaufen und dabei seinen Namen zu rufen, aber Edith legt den Dummy immer noch zu früh ab.

Bei so hartnäckigen Übeltätern sind drastische Maßnahmen nötig. Also nehme ich mir ein Beispiel an Erlandsons Jagdhundtraining und teste eine Art »erzwungene Übergabe«. Ich produziere »ein gewisses Unbehagen an Fuß, Ohr oder Lippen des Hundes, damit er aus Protest das Maul öffnet«. In das offene Maul kommt der Dummy. Dann wird der Dummy herausgenommen und das Unbehagen beendet. Der Hund beginnt zu glauben, dass der Schmerz nur abgestellt werden kann, indem der Trainer den Dummy aus seinem Maul nimmt. Bald bettelt er buchstäblich darum, den Dummy in die Hand des Trainers abgeben zu dürfen.

Zumindest schlägt Erlandson nicht vor, den Hund in die Unterlippe zu beißen – eine Methode, die manche Trainer bevorzugen; sosehr ich Edith liebe, ich weiß doch, dass sie, genau wie andere Landhunde, eine vierbeinige Fabrik für Krankheitserreger ist. Das ländliche England sieht nur aus wie eine angenehme Gegend; unter der Oberfläche wimmelt es von Keimen. Vor etwa einem Jahr steckte sich ein Bauer hier in der Gegend bei seinem Schäferhund mit Echinokokkose an, bei der Zysten mit Bandwurmlarven im Körper wachsen.

Ediths Ohren sind zu samtweich, um Schmerzen ertragen zu können, also beschließe ich, sie mit Daumen und Zeigefinger in die Unterlippe zu kneifen. Nach drei Tagen apportiert sie direkt in meine Hand.

Die vier Hunde fläzen sich schlafend vor dem Feuer, Tris fläzt sich auf dem blauen Ledersessel und liest *James Bond*, Freda liegt hingefläzt an einem Ende des Sofas und studiert Zaumzeugkataloge, und Penny fläzt sich am anderen, mit Zadie Smith beschäftigt. Ich bin Henry Thoreaus *Walden oder Leben in den Wäldern* durchgegangen – das sollte ich schließlich, oder nicht? –, beschließe aber in einem Neujahrsanfall geistigen Ausmistens auszurechnen, wie viel mein Leben aus der Wildnis dem Familienbudget einspart. Jetzt sitze ich also auf einem Holzstuhl mit harter Lehne über einen mit Zetteln übersäten Tisch gebeugt, den Kuli in der Hand. Über das Schnarchen der Labradore, das Knacken des Kamins, die Höllenseufzer des Windes draußen legt sich das Geräusch meines fieberhaft kratzenden Stifts. Als ich fünf Pfund für Flinten- und Luftgewehrmunition abgezogen habe und fünf Pfund für Honig, berechne ich, dass ich dem Haushalt fünfzig Pfund pro Woche erspart habe. (Ich war früher teuer im Unterhalt, weil ich, wie meine Frau beklagte, roten Bordeaux als Grundlebensmittel betrachtete.) Das ist keine riesige Summe, aber auch keine schlechte.

In Gedanken beim Haushalt, beschließe ich meine Vorräte zu inventarisieren, die allesamt in einem alten Wäscheschrank aus Kiefernholz im unfertigen großen Wohnzimmer lagern. Behindert von einer Aufziehtaschenlampe, deren Kurbel man ständig drehen muss, spähe ich in die Fächer, die mit ihrer Anordnung aus Flaschen, Gläsern, Schachteln, Dosen und Tüten aussehen wie das Vorratslager einer Hexe.

Unwissenheit ist ein Segen. Meine Vorräte sind geringer, als ich freudig vermutet hatte. Sie umfassen:

4 Gläser Wildapfelgelee
2 Gläser Brombeergelee
1 kg (ungefähr) Haselnüsse in Beuteln
3 Einmachgläser eingelegter Sauerampfer
12 Flaschen Schlehenwein (noch nicht trinkbar)
2 Flaschen Holunderwein
6 Flaschen Schlehenwein
5 Flaschen Apfelessig
7 Krüge Cider
500 g Maronen in einer Schachtel
2 Gläser Löwenzahnkaffee
3 Dosen Hagebuttentee
1 Holzkiste Bärenklauwurzeln
½ Einkaufstüte Löwenzahnwurzeln
1 Einmachglas eingelegte Pilze
500 g getrocknete Pilze in einer Plastikdose
1 kleine Flasche Haselnussöl
2 Tassen Entenschmalz

Der Brombeersirup ist längst aufgebraucht. Zwei Flaschen Hagebuttensirup stehen hinten im obersten Fach. Sie sind wolkig und braun geworden wie etwas, das allenfalls Lucrezia Borgia verwenden könnte.

Im Kuhstall hängt ein einzelnes Kaninchen.

Und das ist alles.

Als Junge fuhr ich mit dem Schulbus über die höchste Stelle der Hampton Park Road in Hereford, vorbei an Plas Gwyn, dem ehemaligen Haus von Edward Elgar. Vom Fenster aus konnte der Komponist, genau wie ich durch die Busfenster, den freien Blick über vierzig Meilen Herefordshire genießen, bis zu den am Horizont emporragenden Black Mountains. Diese seltsame schwarzblaue Wand bezauberte mich, und ich nährte kindliche Gedanken an Abenteuer jenseits davon, weil die Berge mir vorkamen wie ein reales Abbild der Grenze zwischen dem idyllischen Auenland der Hobbits und dem bedrohlichen Land Mordor in Tolkiens *Herr der Ringe*.

Heute lebe ich tatsächlich im Schatten der Black Mountains, auf einem der kleinen Hügel, die gegen ihre Ostwand stoßen wie Wellen an eine Brandungsmauer, und ich betrachte das Land dahinter – die dünn besiedelten Weiten von Mittelwales – nach wie vor als einen rätselhaften Ort. Aber seit ich unter den Black Mountains lebe, habe ich verstanden, dass sie nicht nur begrenzen, sondern auch beherrschen. Im hämmernden Regen und Wind des Winters klammern wir uns an den Berg und seine Ausläufer wie Kinder, die versuchen, bäuchlings an der schlüpfrigen Oberfläche einer Spielplatzrutsche Halt zu finden. Das Land bietet keine Hilfe, es bietet nur Wasser: Wasser, das überflutet und durchnässt, Wasser, das sich mit dem Lehmboden zu einem roten Matsch verbindet, der klebt und kleckert, klumpt und glitscht. Über uns schließt sich ein klaustrophobisches Dach aus schwarzen Wolken über dem Tal, das uns vom Himmel abschneidet. Die brütende Masse der Berge begrenzt den Blick nach vorne, und die Falle schließt sich vollends durch den Merlin's Hill und die Verengung des Escley-Tälchens hinter dem Haus.

Meine Stimmung nimmt den Farbton der dunklen Berge an.

Während seiner Hüft-OP hörte meines Vaters Herz auf zu schlagen. Obwohl er wiederbelebt wurde, normalisiert sich sein Blutdruck nicht. An manchen Tagen ist er so niedrig, dass er nicht mehr von den Krankenschwestern im Diagramm aufgezeichnet werden könnte, wenn er noch weiter fiele. Niedriger geht nicht. Dann kommt tot.

Januar, wirst du jemals enden?

Jeden Morgen zwinge ich mich aus dem Bett, obwohl ich das Geräusch des verdammten hämmernden Regens höre, ziehe mich an und nehme die Schrotflinte mit nach draußen. (Mit dem Luftgewehr zu schießen ist unmöglich geworden, weil der Regen das Zielfernrohr verschmiert und der Wind die Kugeln abtreibt.)

Wenn Edith und ich in die große Leere der freien Natur hinaustreten, ist ein Vogel da, um uns zu begrüßen, immer. *Piiiau.* Der maunzende Bussard auf seinen riesigen Mottenschwingen ist unter den Jägern der Tagschicht immer der erste, der seinen Dienst antritt. Ich hoffe, er oder sie hat mehr Glück als ich, denn meine durchschnittliche Beute in diesen Tagen des Hungers ist ein Vogel oder Kaninchen alle zwei Tage.

Auf einem zweistündigen Gang durch die einsickernde Kälte sehe ich nichts weiter als vereinzelte, weit unten durch die Hecken hüpfende Amseln, einen flüchtigen Zaunkönig im Gebüsch am Ufer und eine Horde am Himmel verstreuter Dohlen; die aufgeregten Drosselschwärme haben all meine Beeren gefressen und sind weiter nach Süden gezogen. Mit leerer Jagdtasche stapfe ich nach Hause, bleibe aber aus Neugier stehen, um zu beobachten, wie die Wasserfluten den Entwässerungsgraben auf der Wäldchenwiese hinuntertosen. Das Wasser strudelt fast hüfthoch. Dann fällt mir etwas Rotes auf, roter als das lehmige Grabenwasser; es ist der dünne Kadaver eines Fuchses, festgehalten von einem Klumpen aus Brombeerranken, obwohl die Strömung versucht, ihn loszureißen.

Leben ist im Winter für den Jäger ebenso kostbar wie für den Gejagten. Es gibt allerdings etwas Todbringendes, das nicht zwischen Pflanzenfressern, Allesfressern und Fleischfressern unterscheidet: das Wetter und seine Dienerin, die Unterkühlung. Raubtiere haben im Winter ein weiteres Problem. Manche Beutetiere haben sich klugerweise in den Winterschlaf begeben.

Ich würde gerne Winterschlaf halten, in einem riesigen Bett mit einem dreißig Zentimeter dicken norwegischen Federbett, in einem Haus mit Zentralheizung.

An einem Tag, der durch seinen Sonnenschein heraussticht, weiche ich in der Küche ein paar Pilze ein, als die Hunde anfangen zu bellen wie verrückt. Als ich hinausschaue, sehe ich auf dem Hof einen roten Toyota-Pick-up parken, aus dem zwei junge Männer steigen. Kurz muss ich zweimal hinschauen, weil die beiden Männer mit ihren ovalen Gesichtern und grünen Wachsjacken fast identisch aussehen. Außerdem sind sie die Söhne unseres Vikars, Reverend Frank Rodgers. Owen und Ben Rodgers sind allerdings nicht gekommen, um unsere Seelen zu erretten; sie sind gekommen, um Nerze zu töten. Sie arbeiten für ein Naturschutzprojekt zur Erhaltung des Monnow-Flusstals und rotten die nicht-einheimischen, in den 1950ern aus Pelzfarmen entkommenen amerikanischen Nerze aus, um die lokalen Bestände an Bachforellen, Schermäusen und Ottern zu schützen. Vor Kurzem haben sie am Flusslauf des Dore achtunddreißig Nerze gefangen.

Weil wir einander nur vom Sehen kennen, verhandeln sie vorsichtig; schließlich könnte ich einer dieser aus London zugezogenen Tierrechtetypen sein.

»Wir haben uns gefragt«, sagt Ben Rodgers, »ob es bei Ihnen ein Flussufer gibt.«

»Ungefähr achthundert Meter«, antwortete ich.

»Dürften wir dort Fallen aufstellen?«

»Ich wäre entzückt.«

Als wir in Trelandon ankamen, lebte eine Nerzfamilie in dem verfallenen Schuppen am westlichen Ende des Hauses. Nerze sind ekelhaft, geschmeidig, bösartig und inzwischen hier ansässig, aber man muss ihre *cojones* bewundern; einmal lag ich unter dem International-Traktor auf dem Hof und versuchte ihn zu reparieren, als ich plötzlich einen Schatten rechts neben mir spürte. Als ich den Kopf drehte, sah ich in einem Meter Entfernung einen Nerz, dessen unbewegte schwarze Perlenaugen direkt in meine blickten. Die Welt zog sich zu einer geräuschlosen Kapsel auf einem betonierten Hof in fahlem Sonnenlicht zusammen. Der Nerz sah mich an, ich sah den Nerz an. Unter dem Traktor gefangen, erstarrte ich in dem Gedanken, dass der Nerz mein Gesicht angreifen könnte. Ich dachte darüber nach, meine Finger zentimeterweise zum Hammer hinüberzuschieben und ihn vielleicht auf das Tier zu schleudern, konnte meinem gelähmten Körper aber nicht einmal diese kleine Bewegung abzwingen. Also lag ich einfach da, bis der zehn Zentimeter hohe Nerz beschloss, mich lange genug gefoltert zu haben, und fortlief. Eine Drossel in der Waldkiefer flötete ein Erlösungslied. Und letztendlich fand die Nerzfamilie die Bauarbeiter ebenso störend wie wir und zog um.

Wie, frage ich die Rodgers-Söhne, würden die Nerze gefangen? Ben erklärt, dass sie ein schwimmendes Floß im Fluss verankern, auf dem sich eine Platte aus weichem Lehm befinde. Nerze seien neugierig, sie klettern auf das Floß – und hinterlassen Fußabdrücke auf der Lehmplatte. Wenn es Nerze gebe, werde die Nachweis-Apparatur durch eine Lebendfalle ersetzt, in der die Nerze dann erschossen werden. Ben und Owen Rodgers gehen zum Fluss, um das Floß anzubringen, und ich kehre zu meinen Pilzen zurück.

Später, kurz vor dem Einbruch der Dunkelheit um fünf Uhr abends, als die Füchse graue Schatten am Gegenhang jenseits des Escley sind, gehe ich hinunter zum Fluss, um mir das Floß anzusehen; es ist an einer strömungsarmen Stelle mit blauer Nylonschnur an einer Erle angebunden. Auf dem Floß steht ein quadratisches Holzhäuschen, in dem sich die alles entscheidende Lehmfläche befindet. Auf dem Häuschen thront ein Klumpen aus langem Gras, eine Haartolle, die jeder Beatle erkennen würde. Wenn ich ein Nerz wäre, würde ich ein solches Phänomen ganz bestimmt untersuchen.

Neugier ist der Katze Tod. Neugier wird hoffentlich auch den völkermordenden Nerz töten.

Nicht, dass ich je den Geburtstag meiner Tochter vergessen würde, aber die Natur liefert immer ihre eigene Erinnerung. Die kleinen Glockenblüten der Schneeglöckchen öffnen sich heute, an ihrem Geburtstag, genau wie am 19. Januar des Jahres, in dem sie geboren wurde. Freda wünscht sich ein Mini-Shetlandpony. Als ich mich so weit beruhigt habe, dass sie mir erklären kann, sie habe im Internet ein Fohlen mit Stammbaum für 150 Pfund gefunden und würde 100 Pfund von ihrem eigenen geschenkten Weihnachtsgeld dazugeben, erscheint mir die Idee gar nicht so schlecht. Also fahren wir an einem flauen Samstagnachmittag nach Lincomb in Worcestershire, im Schlepp den Pferdeanhänger, den ich hastig frisch lackiert habe (in Marineblau), weil Freda fand, er sei nicht elegant genug, um einem neuen Pony vorgeführt zu werden. Auf dem Rücksitz des Audis sitzen Tris, Freda und Fredas Freundin Allegra, alle in bester Laune; die Mädchen necken Tris liebevoll, weil er ein Junge ist – noch besser: ein in seiner Schuluniform steckender Teenager, weil wir ihn gerade vom Samstagsunterricht abgeholt haben. (»Jungen müssen am Samstag noch mal extra in die Schule, weil sie nicht so klug sind wie Mädchen, stimmt's, Mum?«) Tris, der unerträglich charmant sein kann, nimmt es mit einem Lächeln hin.

Als wir um drei Uhr in dem Dorf Lincomb ankommen und endlich die richtige »Wiese neben einem Feldweg, an dem ein silberner Landrover geparkt ist«, gefunden haben, begrüßt uns Sandy, eine nette Pferdefreundin um die vierzig, die erklärt, sie habe zwei Mini-Shetland-»Jungs« zu verkaufen und Freda könne sich einen aussuchen.

»Ich kann mich nicht entscheiden, welchen ich verkaufen soll«, erzählt Sandy, während sie uns den Feldweg entlangführt. »Ich brauche jemanden, der die Entscheidung für mich trifft. Aber einer von beiden muss weg, damit ich die Tierarztrechnung bezahlen kann.«

»Erzählen Sie uns vom Tierarzt«, sage ich. »Das ist Tris, er möchte auch Tierarzt werden, deshalb hoffen wir darauf, als senile Alte in Saus und Braus zu leben.«

Inzwischen haben wir eine kleine Koppel unterhalb des Waldes erreicht. »Da sind sie«, sagt Sandy und zeigt auf die Wiese. Die Mädchen rufen »Aaahhh« und »Oohhh«. Tris fragt: »Sind sie das?«, Penny fragt: »Wo?«, und ich sehe nichts außer zwei Schafen.

Du liebe Güte. Sandy schüttelt einen Eimer mit Pferdefutter, und die Tiere, die ich für Schafe gehalten hatte, trotten herüber. Wiehernd.

»Wachsen die noch?«, fragt Penny hypnotisiert, als sie um unsere Füße herumschnauben und die ausgeschütteten Futterbrocken fressen. »Oh, nicht viel«, sagt Sandy stolz, »ungefähr drei Zentimeter. Sie sind fast ausgewachsen.«

»Die sind niedlich, oder?«, sagt Tris.

»Bildhübsch«, sagt Penny.

»Fantastisch«, antworte ich.

Wir lassen Freda allein, damit sie sich zwischen einem goldbraunen Fohlen namens Willow und einem Schecken namens Rocco entscheiden kann. Sie braucht nicht lange. Weil sie ein freundliches Kind ist und etwas zum Streicheln möchte, nimmt sie das kleinere Fohlen – Willow, das Fellbündel auf Beinen.

Der schüchterne Willow muss sanft zum Anhänger gelockt werden, wo er an der Rampe stehen bleibt. Also hebe ich ihn hoch (»Ich bin so stark, dass ich Pferde tragen kann«, sage ich scherzend zu den Kindern), und als er das Heunetz im Anhänger sieht, gewinnt sein Appetit die Oberhand über seine Nerven. Während ich prüfe, ob die Klappe richtig verriegelt ist und die Rücklichter am Anhänger funktionieren, übergibt Sandy Freda ein Geschenk, eine nagelneue Ziertrense für Willow.

»Jetzt kannst du ihn zu Wettbewerben mitnehmen und jede Menge Schleifen gewinnen«, sagt Penny.

»Pokale«, sagt Sandy, »du solltest Pokale anstreben.«

Auf der langsamen Fahrt nach Hause – nicht schneller als sechzig Stundenkilometer, damit Willow nicht herumgeschleudert wird – habe ich so gute Laune, dass ich sogar nachgebe, als die Kinder im Auto Radio 1 hören wollen. Für jemand, der davon überzeugt ist, dass das Ende der Unterhaltungsmusik gekommen war, als The Clash sich auflöste, ist das in der Tat ein Zugeständnis.

»Du musst doch zugeben«, sagt Penny, nachdem ein Sänger namens Mika sich im Falsett durch »Grace Kelly« gekrächzt hat, »dass das ansteckend ist.«

»Das war die Beulenpest auch«, wende ich ein.

Ich mache weiter mit dem, was ich für witzige Anmerkungen zur zeitgenössischen Musik halte (»Ist das ein Hit mit einem S davor?«), als die Scheinwerfer des Audis einen abgestürzten Vogel in der Kurve der Nebenstraße irgendwo bei Tenbury Wells beleuchten. Ein überfahrener Fasan.

Penny verkrampft sich neben mir. Ich weiß, was sie denkt: Hält er an und hebt ihn auf und bringt Tris und Freda in Verlegenheit? Ruiniert er einen perfekten Tag? Die Kinder passen gerade nicht auf, sie plaudern. Ich fahre weiter. Glück gehabt. Nur ein paar Meter weiter ist eine Haltebucht. Ich fahre rechts ran. Penny ist still.

»Ich schaue nur nach, ob mit Willow alles in Ordnung ist«, sage ich fröhlich. Als ich im Dunkel zurückstürze, stolpere ich beinahe über den gefiederten Sack. Ich packe den Vogel am Flügel und merke sofort an Gewicht und Größe, dass es kein Fasan ist. Ich renne zurück zum Pferdehänger und halte den Vogel vor die Rücklichter.

Ein Rebhuhn.

Weil ich es gesagt habe und weil ich sollte, schaue ich nach Willow, der zufrieden vor sich hin frisst. Ich verstaue das Rebhuhn im Radkasten des Anhängers.

Wieder im Auto, nuschele ich Penny zu: »Rebhuhn.« – »Wo hingetan?«, nuschelt sie zurück. »Anhänger, hinterm Radkasten«, antworte ich in dieser gepressten Die-Kinder-sollen-es-nicht-hören-Sprechweise.

Zu Hause im Kuhstall untersuche ich das Rebhuhn unter der Deckenlampe; der Vogel ist bei seiner Begegnung mit einem Fahrzeug fast unversehrt geblieben. Nur eine Verletzung am rechten Auge verrät die Todesursache.

Das Rebhuhn (*Perdix perdix*) ist ein Vogel der Kulturlandschaft und in Trelandon nicht heimisch, obwohl ich einmal eine Schar über die Straße unten im Tal trippeln sah. Tatsächlich ist das Rebhuhn heutzutage fast überall eine Seltenheit; seine Zahlen sind durch die Intensivierung der Landwirtschaft, Herbizide und scheußliche, nasse Sommer dezimiert worden. Traurigerweise steht der Vogel auf der Roten Liste des britischen Vogelschutzverbands BTO. Deshalb nehme ich mir etwas Zeit, um den Vogel zu bewundern, den ich in der Hand halte, seinen orangefarbenen Kopf, seinen plumpen grauen Körper, die leuchtend braunen Streifen auf seinen Flügeln und das perfekte kastanienbraune Hufeisen an der Unterseite der Brust, das sich so deutlich abzeichnet, dass ich glaube, dies muss ein Männchen sein (anders als die meisten männlichen Wildvögel haben Rebhühner keinen Sporn am Bein). Als ich den Flügel strecke, sehe ich, dass die Spitze der ersten Schwungfeder spitz ist, nicht gerundet, das Zeichen für einen Jungvogel. Also ein perfekter Vogel zum Braten.

Gebratenes Rebhuhn mit Holunderweinsoße

Rebhuhn schmeckt am besten, wenn es zwei oder drei Tage lang abgehangen wurde, anders als das Rothuhn, sein 1673 aus Frankreich nach England eingeführter rotbeiniger Cousin, der eine Woche braucht. Wie alle kleinen Wildvögel ist Rebhuhn sehr mager und trocknet schnell aus, braten Sie es also nicht zu lange, wie es viele aus Angst vor Keimen tun. Rebhuhn gehört zu den Vögeln, die gehäutet, nicht gerupft werden sollten.

1 Rebhuhn
2 Wildäpfel
110 g Entenschmalz
1 Esslöffel Blaubeer- oder Cranberrygelee
75 ml Holunderwein

Den Ofen auf 190° C vorheizen.
Das Rebhuhn abspülen und trockentupfen.
Zwei halbierte Wildäpfel in die Bauchhöhle legen und die Haut mit Salz würzen.
Das Rebhuhn mit dem Entenschmalz in eine beschichtete Bratform geben und mit Alufolie abdecken.
25 Minuten lang braten, zwischendurch drei- bis viermal mit Fett übergießen. Die Alufolie für die letzten 5 Minuten abnehmen.
Das Rebhuhn auf eine Servierplatte legen und warm halten.
Den Saft aus der Bratform in einen Topf geben und das Blaubeergelee (noch besser ist Gelee aus wilden Cranberrys) und den Holunderwein einrühren. Bei niedriger Temperatur köcheln lassen, bis das Gelee aufgelöst und die Soße ein wenig eingekocht ist. Durch ein Sieb in eine Sauciere abgießen und zum Rebhuhn reichen.
Mit einem Salat aus Brunnenkresse oder Behaartem Schaumkraut servieren.
Gebratenes Rebhuhn schmeckt kalt genauso gut. Wieder mit Gelee servieren; ein säuerlicheres wie eins aus Roter Johannisbeere ist besonders passend.

Leber, Nieren und Herz des Rebhuhns sollte man für Wildpastete aufbewahren.

Am 21. Januar folgt, endlich, trockenes Wetter auf den Regen. Im ersterbenden Tag, als das Licht wegsickert wie Wasser in Sand, höre ich den Ruf eines männlichen Fasans ganz in der Nähe. Dann ein vibrierendes Schwirren von Schwingen und das Krachen von Ästen: Der Fasan hat sich in den morschen Haselbüschen niedergelassen, die sich vom Haus bis zum angeschwollenen Escley hinunterziehen. Jetzt im Moment ist der Fasan hyperwachsam; später wird er weniger vorsichtig sein, im Vertrauen auf den Schutz der Nacht.

Bis ich mit dem Luftgewehr hinausgehe, durchflutet Mondlicht das Tal, taucht meine Gummistiefel in Glamrock-Silber und verwandelt Poppy das Pony in eine weiße Porzellanfigur. Meine Silhouette zeichnet sich präzise ab. Genau wie die des Fasans in den drahtigen Winterzweigen. Als ich mich nähere, senkt er schicksalsergeben den Kopf, als legte er ihn auf den Henkersblock. Ich stelle mich unter den Busch und schieße ihm aus zwei Metern Abstand durchs Auge.

Im Mondlicht erlegt, taumelt der Fasan ohne einen Laut vom Baum und liegt zu meinen Füßen; sein Schnabel öffnet und schließt sich langsam, während das Leben entweicht.

Am oberen Ende der Wäldchenwiese, unterhalb der Hecke, liegt das breite Becken eines Grabens, den wir den »Molchgraben« nennen, wegen der Teichmolche (*Triturus vulgaris*), die dort zwischen strähnigen Gräsern, Binsen und den dunklen Höhlen des rückwärtigen Ufers gedeihen. Eine treffendere Bezeichnung wäre »Frosch- und

Molchgraben«, weil der Graben vor allem Laichgründe für Grasfrösche (*Rana temporaria*) bietet; die fleischfressenden Molche sind nur dort, um ihre Amphibiencousins als Imbiss zu genießen. Aber Molche mit einem Netz zu fangen, in Marmeladengläser mit Schnurgriffen zu setzen, sie eine Weile zu bewundern und dann wieder ins Wasser zu setzen, ist ein Familienzeitvertreib geworden, genau wie es einst meine Leidenschaft als Junge war, deshalb bleibt es bei »Molchgraben«. Die Laichsaison der Frösche steht kurz bevor, und ich beschließe, am Molchgraben nachzusehen, ob alles in Ordnung ist. Ein Desaster. Irgendwann im Herbst müssen die Kühe die niedrige Vorderseite des Grabens flach getrampelt, haben und Regenwasser sickert über die Wiese; das untere Ende des Grabens ist leer.

Also stapfe ich zum Haus, belade mich wie ein Packpferd mit Spaten, Bügelsäge, Bretterresten sowie einer Axt und gehe zum Graben zurück, wo ich eine neue Vorderseite aus Schlamm schaufle und mit Brettern verstärke; sie werden ihrerseits von Stecken gehalten, die ich aus einem Haselbusch schneide. Vom frühen Einbruch der Dunkelheit und dem unaufhörlichen Regen unter Druck gesetzt, schufte ich hastig, aber dennoch sind meine Hosen bald so durchweicht von Regen und hochspritzendem Grabenwasser, dass sie Pfützen in meine Gummistiefel sickern lassen. All meine »Möge er nur kommen«-Sprüche in Richtung Winter sind zu leerer Prahlerei zerstoben. Ich möchte davonkriechen nach Hause, und das tue ich auch, sobald ich fertig bin.

Und dennoch weiß ich, während ich mit gekrümmtem Nacken à la Quasimodo durch den Regen schleiche, dass ich heute, am 27. Januar, das erste Licht des Frühlings am Grund des winterlichen Brunnens gesehen habe. Im verkümmerten Gras des Grabens schwamm verloren ein einzelner Klumpen Froschlaich. Die Frösche haben ihren Fortpflanzungszyklus begonnen. Das Leben beginnt inmitten des Todes. Ich komme durch den Winter. In meinen Schritten sprießt neuer Schwung.

Während ich auf der Suche nach einer Verstärkung für das durchhängende Stalldach im Holzstapel am oberen Ende des Hofs herumkrame, fällt mein Blick auf die Westseite des Hauses, und dort, in der alten Steinwand des Schuppens, wachsen schmale kleine Grünpflanzen im strömenden Regen, alle in einer einzigen üppigen Reihe. Zum Feldsalat, *Valerianella locusta*, schrieb der Kräuterkundler John Gerard: »Er dient im Winter als Salatkraut unter anderen und ist nicht das Schlechteste«, was eine faire Bewertung ist. Der würzige Geschmack der ovalen Blätter lässt sich am besten als »angenehm« umschreiben, es sei denn, man hätte sich endlose dunkle Tage lang nach Salat gesehnt wie ich – dann könnte er, mit einem zusätzlichen Hauch Apfelessig, als »fantastisch« durchgehen.

Feldsalat wird in England auch *lamb's lettuce*, »Lammsalat«, genannt, weil er zur Zeit des Lammens erscheint.

Im Frühling.

Kalender der wilden Nahrungsmittel von Trelandon

JANUAR

Fasane, Tauben, Kaninchen, Stockenten, Löwenzahn, Feldsalat

In der Nacht zum 31. Januar greift der Wind das Haus an. Allein im Dunkeln, auf einem nackten Berghang, fühlen wir uns, als wären wir für eine Spezialbehandlung auserwählt worden. Zuletzt macht das Haus Zugeständnisse: erst eine Handvoll Schieferdachplatten und dann die Tür des Kuhstalls. Ein langes Todesrattern, dann wird die Tür quietschend von ihren Angeln in die Nacht geblasen.

Als ich morgens um sechs Uhr aufstehe, hat der Sturm nicht nachgelassen; wenn überhaupt, ist er schlimmer geworden. Als ich auf der Sumpfweide einen Silageballen aufreiße, um ihn für die Kühe in die Rundraufe aus Metall zu stellen, brechen Äste von den Bäumen ab und krachen neben mir zu Boden. Als Tris und Freda für die Fahrt zur Schule ins Auto einsteigen wollen, muss ich die Tür mit zwei Händen festhalten, damit sie nicht zuknallt, während die Kinder hineinklettern.

Der Winter mag auf dem Rückzug sein, aber an seinem Schwanz sitzt noch ein Stachel. Eine Windbö umfängt mich mit solcher Gewalt, dass sie meinen Atem mitreißt und ich in Panik nach Luft schnappe, wie ein Fisch auf dem Trockenen gegen das Gefühl des Erstickens ankämpfend. Es liegt aber noch etwas anderes in der Luft als Angst: Traurigkeit. Heute ist der letzte Tag der Jagdsaison, und ich hatte auf ein letztes Hurra gehofft, auf die letzte Chance, einen Fasan zu schießen. Und Edith, hatte ich gedacht, könnte vielleicht sogar der Ehre des Apportierens gewachsen sein.

Aber heute wird es keine Jagd geben, nicht bei diesem Wetter, nicht bei diesem Wind.

In der Sicherheit des Hauses, hinter fünfundsiebzig Zentimeter dicken Wänden, denke ich über einen fleischlosen Tag nach, allerdings nicht lange. Am Nachmittag, als ich versucht habe, den klaffenden Abgrund meines Magens mit gekochten Bärenklauwurzeln und Honigmaronen zu füllen, knacke ich eines der drei Einmachgläser, in denen ich Ente im eigenen Fett eingelegt habe. Diese Gläser waren für verzweifelte Momente im Frühling gedacht, wenn die einzige legale Beute aus Kaninchen und Ringeltauben besteht, nicht für den letzten Tag der eigentlichen Jagdsaison. Sobald das Glas offen ist, kann ich mich nicht zurückhalten und esse den ganzen Inhalt auf einmal auf. Anschließend spüre ich ein Schuldgefühl, das mir vage vertraut vorkommt. Dann fällt es mir ein: Es ist das gleiche Schuldgefühl, das man als Kind hat, wenn man beim Schulausflug im gemieteten Bus sitzt und die fürs Picknick gedachten Schokoriegel schon aufisst, bevor der Bus auch nur die Schultore passiert hat.

Eingemachte Ente

Dieses Rezept, das sich an das ländliche französische Entenconfit anlehnt, funktioniert zu Beginn des Winters am besten, wenn die Wildenten besonders fett sind. Die Zubereitung des Confits dauert drei Tage. So war Essenszubereitung vor den Tagen des Kühlschranks: zeitaufwendig.

1 Wildente
100 g Salz
1 Prise getrockneter wilder Thymian
450 g Entenschmalz

Die Ente in Viertel schneiden. Salz und Thymian

vermischen und die Ente damit einreiben. In eine Keramik- oder Porzellanschüssel legen, mit dem restlichen Thymian und Salz bestreuen und abgedeckt 24 Stunden lang stehen lassen.
Das Entenschmalz in einer großen Pfanne sanft erhitzen und die Entenstücke hineinlegen. Auf niedrige Temperatur herunterschalten und vorsichtig zwei bis drei Stunden lang anbraten, bis beim Anstechen klarer Saft aus dem Fleisch austritt.
Die Entenstücke herausnehmen; Knochen und Knorpel entfernen. Den Boden eines Einmachglases mit zerlassenem Entenschmalz ausgießen; wenn es fest geworden ist, die Entenstücke vorsichtig in der Mitte des Glases aufstapeln. Sie dürfen die Glaswände nicht berühren. Flüssiges, abkühlendes Entenschmalz in das Glas gießen, bis das Entenfleisch bedeckt ist. An einem kühlen Ort zwei Tage lang fest werden lassen.
Erneut flüssiges Entenschmalz in das Glas gießen, um alle Löcher zu füllen, die sich gebildet haben. Fest werden lassen. Weiteres Schmalz nachgießen, bis auf der Oberseite des Glases eine feste Fettschicht von mindestens einem Zentimeter Dicke liegt. Einen neuen Gummiring in den Deckel des Einmachglases legen und fest verschließen.
In Ermangelung eines Einmachglases tut es auch ein glasiertes Keramikgefäß. Als Verschluss mehrere Schichten Backpapier verwenden und mit Schnur festbinden.
Das Confit hält sich an einem kühlen Ort einen, vielleicht auch zwei Monate lang.

Die Wildsaison ist seit einer Woche vorüber. Nicht, dass das eine Rolle spielen würde, denn praktisch sämtliche Tage der ersten Februarwoche haben Stürme mit sich gebracht, die die Vogeljagd unmöglich gemacht hätten. Als ich mich an zwei Abenden, an denen der Wind eine Atempause einlegt, mit dem Luftgewehr zur Kaninchenjagd hinauswage, die Taschenlampe zur Beleuchtung des Schlachtfelds an einem selbstgebauten Ständer befestigt, steht das Wasser eitrig glänzend auf den Wiesen.

Ich habe noch ein Glas Entenconfit gegessen. Leider ist diese Einmachmethode zwar luftdicht, aber nicht narrensicher. Ich habe etwas falsch gemacht, und im letzten Glas wächst etwas, das verdächtig nach Lebensmittelvergiftung aussieht. Raus damit.

Geständnisse eines Jägers und Sammlers: Ich habe noch mehr als das Entenconfit aufgegessen. Ich habe praktisch das gesamte Essen konsumiert, das ich zu Neujahr aufgelistet hatte. Die Getränke auch. Der Holunderwein ist weg. Nur der trübe ist noch übrig. Der Gedanke an einen Abend ohne Alkohol macht mich kribbeliger als der Gedanke an einen Tag ohne Essen. Etwas muss die scharfen Kanten dieses Lebens rundschleifen. Dieser Gedanke, das weiß ich, ist vielen früheren Bewohnern von Trelandon auch gekommen. Ich kenne nämlich ihre Trinkgewohnheiten.

Bis in die 1960er-Jahre vergruben die Haushalte in diesem vergessenen Tal ihren Abfall »hinten draußen«. Pennys Gemüsegarten ist auf einer Müllhalde angelegt. Wenn man einen halben Meter tief gräbt, tauchen Limonadenflaschen mit Glasstopfen auf, Ciderkrüge, braune Bierflaschen, Tabakdosen, zerbrochene Tonpfeifen aus dem 19. Jahrhundert, Porzellanscherben mit blau-weißem Weidenmuster, Lederstiefel, Tongefäße, Hustensaftflaschen aus den 1930ern, viktorianische Tintenfässer, Gürtelschnallen, Stücke von Eichenfässern, in denen einst Gott weiß was aufbewahrt wurde, und mehr als sechzig Miniaturflaschen Johnnie-Walker-Whisky. Bis jetzt, und es ist kein Ende absehbar.

Als ich über den hinteren Garten nachdenke, fallen mir die verrotteten Bienenstöcke ein, die wir dahinter im Unterholz des Obstgartens gefunden haben.

Bienenstock.
Bienen.
Honig.
Und die nächste Verknüpfung ist einfach.
Met.

Met

Abwandlung des Rezepts aus *Herbs for Daily Use* von Mary Thorne Quelch, 1941

Nach eigenen Angaben hat Quelch ihr Rezept für Met von einer Romni aus ihrem Bekanntenkreis bekommen. Im Gegensatz zu anderen Met-Rezepten beruht es nicht auf löffelweise Hefe und Hefenährstoffen, sondern geht davon aus, dass wilde Hefen aus der Luft und »nichts als Honig und Wasser« genügen. Allerdings brauchen Sie einen Honig, der so naturnah wie möglich ist. Unbehandelter Biohonig ist am besten. Quelch verwendet Wasser und Honig im Verhältnis drei zu eins. Solange diese Anteile stimmen, kann man Met in jeder gewünschten Menge herstellen. Honig und Wasser in einem Edelstahltopf zum Kochen bringen, dabei umrühren, damit sich beides gut vermischt. Schaum abschöpfen. Eine Stunde lang köcheln lassen; wenn nötig, noch etwas Wasser zugeben. Abkühlen lassen und durch ein Sieb in einen Glasballon abgießen. Ein Stück Mull über die Öffnung binden und in den Garten hinausstellen. Die Löcher im Stoff sollten so klein sein, dass sie Fliegen fernhalten, aber groß genug, um Hefen aus der Luft durchzulassen (bei denen es sich um winzige Pilze handelt). Nach einem Tag hereinholen und mit einem Gäraufsatz verschließen. Met braucht zum Gären eine relativ warme Umgebung, ungefähr 27° C.

Bei meiner ersten Flasche ging die Gärung jämmerlich schief. Also machte ich später im Februar noch einmal welchen, als das Wetter wunderbar war und die Hefe nur so flog. Der ging an. Weil unbehandelter Honig relativ wenig Nährstoffe enthält, kann eine vollständige Vergärung Monate dauern. Der entstehende Met enthält außerdem für einen Wein – denn das ist Met im Prinzip – relativ wenig Alkohol, nur etwa zehn Prozent. In Flaschen abfüllen, wenn der Gärprozess eindeutig beendet ist. An einem kühlen, dunklen Ort lagern. Allerfrühestens nach zwei Wochen trinken.
Ein stärkerer Met würde entstehen, wenn man das Wasser-Honig-Verhältnis senkt oder eingemachtes Obst zugibt. Letzteres liefert der Hefe Nährstoffe und Säure für eine vollständigere, schnellere Gärung. In den Bauernhöfen im alten England gab es noch die Variante, Schlüsselblumen in die Flüssigkeit zu streuen, wenn sie vom Herd genommen wurde.

Nach meiner Berechnung habe ich seit Oktober achtundfünfzig Kaninchen gegessen. Ich habe Kaninchen gebraten, gegrillt, am Spieß und gekocht zu mir genommen, als Kaninchen in Cider und als Kaninchen in Holunderwein. Ich habe Kaninchen zum Frühstück, als Brunch, als Mittagessen, zum Tee und abends oder nachts gegessen. Ich habe versucht, den Geschmack von Kaninchen mit Pilzen, Bärlauch, wildem Thymian, Hagebutten, Wildapfelgelee und Brombeergelee zu übertönen. Kaninchen, Kaninchen, Kaninchen. Schon bei dem Wort muss ich würgen. Wo ich auch hingehe, ich ziehe eine Wolke von Kaninchenduft hinter mir her. Um dem Geruch zu entkommen, werfe ich meine Kleidung in die Waschmaschine und lasse sie bei 60 Grad in Ecover-Bläschen herumwirbeln, aber ich kann immer noch Kaninchen riechen. Klebt etwas an meiner Jacke? Habe ich etwas an der Sohle meiner Gummistiefel ins Haus getragen? Ich lege Jacke und Gummistiefel in den Kuhstall und öffne die Fenster im Haus den nüchternen Winterwinden – aber nein, der Duft von Kaninchen umwölkt meinen Kopf nach wie vor.

Im Bemühen, Kaninchen auf neue und interessante Weise zu servieren, sitze ich in der Küche, den Kopf in die Hände gestützt, Prue Leiths *Cookery Bible* vor mir auf dem Tisch. Das ist pervers, weil Leiths üppiger, französisierter Kochstil (»Wer gut kocht, war noch nie innerlich Calvinist«) am entgegengesetzten Pol zu meinem liegt; der ist angesichts meiner Ressourcen so karg, dass er den Puritaner John Knox begeistert hätte. Also blättere ich ziellos herum, bis mir ihr Rezept für Pekingente ins Auge fällt, bei dem die Ente mit Honig glasiert wird. Kaninchen mit Honigglasur? Warum nicht?

Gebratenes Kaninchen mit Honigglasur

Ein gehäutetes Kaninchen eine Stunde lang in kaltem Salzwasser einweichen und danach trockentupfen. Mit üppigen Mengen klarem Honig bestreichen und trocknen lassen (es trocknet nicht ganz aus, aber klebrig trocken reicht). Wiederholen. Noch mal wiederholen. Das Kaninchen in eine Bratform legen und bei 170° C eine bis eineinviertel Stunden braten. Die knusprig braune Süße des äußeren Fleisches ist überragend, genau wie der Kontrast zum inneren Fleisch, das durch das Einlegen in Salzwasser weiß gebleicht ist.

Weil das Gericht gut gelungen ist, gönne ich mir eine Überdosis und koche es drei Mal hintereinander, wodurch es seinen Reiz verliert.

Ich habe eine letzte kulinarische Idee für Kaninchen. Pâté.

Das ist hinreichend Abwechslung, um mir über die psychologische Hürde eines weiteren Tages mit Kaninchen hinwegzuhelfen, eines weiteren Tages, bis ich etwas anderes schießen kann.

Kaninchen-Pâté

1 Kaninchen
Innereien von 1 Kaninchen
vermischte Kräuter (wilder Thymian und Kerbel)
2 Bärlauchzwiebeln
Salz
Entenschmalz

Das Kaninchen ausnehmen, dabei Leber, Herz, Nieren und Lunge aufbewahren. Häuten, den Kopf abschneiden und das Fleisch in schmalen Streifen von den Knochen schneiden. Fleisch und Innereien mit dem Bärlauch in eine Pfanne geben. Leicht anbraten und, kurz bevor das Fleisch ganz durch ist, die Kräuter zugeben. Mit zwei großen Prisen Salz in einen Standmixer geben. Pürieren. Die Masse in eine ofenfeste Form mit Deckel füllen. Abgedeckt zwei Stunden lang im Wasserbad dämpfen und dann abkühlen lassen, dabei die Pâté mit einem schweren Gegenstand zusammenpressen.

Einer der nützlichsten Aspekte dieses Rezepts ist, dass es auch die Innereien des Kaninchens verwendet. Bisher habe ich die Eingeweide von Kaninchen, Fasanen und Enten immer gekocht und den Hunden vorgesetzt, aber inzwischen ist das zu viel der Großzügigkeit.

➢

Als das Wetter eine Pause einlegt, nehme ich das Luftgewehr mit hinunter auf die Wäldchenwiese. Dort sitze ich und warte im Unterstand am Ufer, während der Regen von den Ästen tropft. Der Unterstand funktioniert perfekt. Ich bin der Wells'sche Unsichtbare. Eine Reihe von Tieren, ehemals für essbar befunden, aber jetzt verbotene Speise, paradiert vorbei. Ein Grünspecht – einst die Ente des armen Mannes – beschäftigt sich damit, in der Wiese herumzustochern, bevor er mit irrem Lachen wegfliegt. Ein Graureiher landet unterhalb von mir, stakst auf seinen ungelenken Stelzenbeinen herum und fischt; noch im Jahr 1917 schrieb L. C. R. Cameron, ein Reiher sei eine geeignete Mahlzeit für einen hungrigen Menschen, wenn (ein ziemlich großes Wenn, finde ich) man ihn acht Stunden lang koche, wonach er »nur noch ganz leicht fischig« schmecke. Sowohl Singdrosseln als auch Amseln haben ihren Auftritt; beide wurden einst von den Engländern gebraten oder zu Pie verarbeitet. Direkt vor meinem Versteck, auf der anderen Seite des schmalen Wiesenfingers, ist der untere Stacheldraht des Zauns am Waldrand voller grauer und weißer Dachsborsten; höchstwahrscheinlich benutzten die ersten Bewohner von Trelandon, wie andere Kleinbauern im Westen Englands, Dachsfett zum Kochen. Auch Dachsschinken wurde wohl gegessen. Laut Cameron sind »die Schinken, wenn man sie – am besten über einem Feuer aus Birkenholz – räuchert wie Speck, eindeutig eine Delikatesse, die gekocht und heiß oder kalt verzehrt werden kann«.

Erst im letzten Licht erscheint meine legitime Beute; sie hüpft durch die kahlen Baumwipfel, auf dem Heimweg zu ihrem Kobel in dem Holunderbusch vor mir.

Das Grauhörnchen hält inne, um sich vorsichtig umzusehen. Zu seinem Unglück sammelt das Zielfernrohr an meiner Waffe das Licht, und ich kann es so deutlich sehen wie am hellen Tag.

Als ich es tot zu meinen Füßen liegen sehe, die Zähne im Sterben gebleckt, fällt mir wieder ein, warum ich nie Eichhörnchen gegessen habe. Sie haben Gesichter wie Ratten.

Als ich das Grauhörnchen aufschlitze, entdecke ich, dass sein Magen voller Haselnüsse ist. Sozusagen eine Vorab-Füllung. Mit Cider geschmort schmeckt es besser, als ich erwartet hatte. Es hat ein wenig von der üppig weißen Köstlichkeit eines Brathähnchens vom Bauernhof.

Geschmortes Eichhörnchen

1 Grauhörnchen, in vier Teile geschnitten
150 ml Cider
150 ml Kaninchenbrühe
1 Prise wilder Thymian
2 Löwenzahnwurzeln
55 g Entenschmalz
Salz

Die Löwenzahnwurzeln in ordentliche Würfel schneiden. Die Grauhörnchenstücke mit Salz einreiben. Löwenzahn und Grauhörnchen im heißen Entenschmalz anbräunen und in einen ofenfesten Schmortopf umfüllen. Mit dem wilden Thymian bestreuen. Cider und Brühe zugießen. Einen Deckel aufsetzen und bei 150° C drei Stunden lang schmoren.

Das Grauhörnchen, das im 19. Jahrhundert in Großbritannien eingebürgert wurde, ist in diesem letzten Bodensatz des Winters eine gängige Nahrungsquelle für Raubtiere. Anders als sein einheimischer roter Cousin hält das graue Eichhörnchen keine Winterruhe. Von meinem Jagderfolg am Kobel befeuert, sitze ich am nächsten Morgen am Flussufer, gegenüber dem bewaldeten Steinbruch, lausche und halte Ausschau nach Grauhörnchen. Über dem Plätschern des Wassers höre ich eines tschackern und schleiche ihm nach bis zu einer hoch aufragenden, efeubewachsenen Eiche. Weit oben in der Höhe lässt das Grauhörnchen sich nicht dazu herab, mir einen sauberen Schuss zu ermöglichen. Das nächste, das ich aufspüre, ebenso wenig: Obwohl das Grauhörnchen auf dem freiliegenden Winterast einer Esche eine perfekte Silhouette bildet, wird das 5,5-mm-Geschoss von einem Zweig abgelenkt, und das Grauhörnchen springt weg.

Es mag zwar reichlich Grauhörnchen geben, aber sie sind nicht leicht zu jagen. Ich kenne noch ein weiteres ihrer Winterquartiere, den hohlen Ast eines Apfelbaums auf der Uferweide, und lege mich noch einmal auf die Lauer wie der *Schakal* für einen Auftragsmord. Hinter einem von den Jahren blank gewetzten umgefallenen Baumstamm liegend, habe ich perfekte Sicht auf das Eingangsloch im Ast. Obwohl der Wind von mir in Richtung Kobel weht, wird mein Geruch vermutlich von dem Schafsmief übertüncht, den die Winterschur an meiner Jacke hinterlassen hat. Irgendwo weit weg im fahlen Nebel klagt ein Bussard.

Am Fuß des Apfelbaums bewegt sich etwas. Eine weiße Brust taucht auf, aber sie gehört einem Hermelin. Ich spähe auf meine Uhr. Ich bin seit drei Stunden draußen. In meinem Kopf gähnt ein Universum aus leerem Raum. Meine Arme zittern. Ich bin vollkommen unterzuckert. Ich gebe auf.

Zum Mittagessen gibt es kalten Fasan, ein Geschenk meiner Tante Margaret; der Vogel wurde am letzten Tag der Saison im Norden von Herefordshire geschossen. Sie hat ihn gehäutet, nicht gerupft, was ich ihr nicht vorwerfen kann. Ich häufe esslöffelweise Wildapfelgelee darauf.

Als Penny die Küche verlassen hat, klaue ich eine Scheibe dunkles Körnerbrot aus dem Brotkasten. Oh! Außer den umfangenden Armen meiner Frau oder den Händen meiner Kinder in den meinen habe ich noch nie etwas so Weiches gespürt. Es folgt ein langer, sich wie Gummiband dehnender Moment der Versuchung, bevor ich das Brot hinunterreiche an die alte, vertrauensvolle Hatty mit ihren flehenden Labradoraugen. Ich kenne die Wahrheit: Ich werde müde, zu müde für moralisches Handeln. Ich habe Tante Margarets Fasan ohne Skrupel angenommen, und diese Brotscheibe hätte beinahe meine Lippen passiert. Ein Gedanke setzt sich verwirrt in den Tiefen meines Kopfes zusammen: Seltsam, dass Brot, der Stoff des Abendmahls, für mich eine so teuflische Versuchung sein kann.

Und das ist die zweite Wahrheit: Wenn ich nicht gehört hätte, dass Penny wieder auf dem Rückweg in die Küche war, hätte ich das Brot gegessen.

⮞

Als ich meinen Wachtposten hinter dem Baumstamm wieder bezogen habe, taucht fast sofort ein Grauhörnchen auf, eine Bewegung, die wie flüssiges Quecksilber durchs Gras läuft. Ich nehme das Eingangsloch am Astende ins Visier. Sobald der Kopf des Grauhörnchens im Fadenkreuz auftaucht, drücke ich ab. Der Schuss, einen Sekundenbruchteil zu spät abgefeuert, gräbt sich in den Rücken des Grauhörnchens und wirft es zu Boden.

Unter der Krone des winterkahlen Apfelbaums rotiert das Grauhörnchen auf dem Rücken, angetrieben von Adrenalin und Angst. Ich renne hin, so schnell ich kann, und lade dabei nach, um die Labsal des Todes zu verabreichen. Dass ich dem Grauhörnchen Sterbehilfe leisten will, übersteigt natürlich sein Fassungsvermögen. In einem panischen, chaotischen Manöver setze ich meinen Fuß auf die Brust des Grauhörnchens, setze den Gewehrlauf auf die Spitze meines Gummistiefels und schieße es durch den Hals in den Kopf. Danach wird das Grauhörnchen still, aber ich schieße trotzdem noch einmal in sein Hirn, eine bleigesättigte Überkompensation für meine Unfähigkeit, einen sauberen Schuss abzugeben.

Auf der Waage bringt das Grauhörnchen 900 Gramm, 200 Gramm mehr als die gestrige Beute. Ein solches Gewicht lässt auf einen Veteranen schließen. Wie zum Beweis folgt eine Art Tauziehen, als ich versuche, das Fell abzuziehen – ein sicheres Zeichen dafür, dass Fell und Fleisch seit mindestens einer Saison miteinander verbunden sind.

⮞

Am 6. hört der Regen auf, und in der roten Morgendämmerung leuchtet der Berg wie ein Stück Kohle im Feuer. Die Schafe beschließen zu feiern. Abseits der Hauptherde sehe ich eines der gefleckten Jakobschafe, das sich streckt, um den Himmel zu betrachten: die charakteristische Haltung eines Mutterschafs kurz vor dem Lammen. Tatsächlich – bis ich hinübergegangen bin zu der Stelle, wo es unter der wuchernden Haselhecke steht, ragt die grüne Fruchtwasserblase aus der Vagina hervor. Ich gehe in der triumphierenden Sonne hinauf zur Landstraßenweide, um nach den anderen Schafen zu sehen, und als ich zurück bin, stehen zwei schmierige schwarze Lämmer auf unsicheren Beinen vor dem Jakobschaf.

Die ersten Lämmer des Jahres sind geboren. Ein weiteres Zeichen des nahenden Frühlings. Am nächsten Tag schaue ich im Molchgraben nach, wo dreißig Laichklumpen zu einem Pangäa aus Amphibienembryos verschmolzen sind.

Zwei Wochen lang herrscht das beste Februarwetter, das ich je erlebt habe; nachts fällt die Temperatur auf minus 6° C und überhaucht die Landschaft mit Raureifzauber, und ich jage im Mondlicht Kaninchen auf den offenen Wiesen; die einzigen Geräusche sind das Flüstern des sanft fließenden Escley, das Knacken von Frost unter meinen Füßen, die Balzrufe der Käuzchen im Steinbruchwald, das befriedigende Krachen des Luftgewehrs und manchmal das dünne, abgerissene Wimmern eines Kaninchens, das sein Leben an einen anderen Jäger verloren hat; tagsüber scheint eine dunstige Sonne hoch oben am Himmel, und es ist warm genug für hochgekrempelte Hemdsärmel. Scharbockskraut und Löwenzahn blühen auf der Wäldchenwiese, und in den Hecken treibt das Geißblatt erste Sprossen. Am 11. sind einundfünfzig Klumpen Laich im Graben. Der Fabriklärm der sich paarenden Frösche ist abends so laut, dass man ihn noch im Haus hört, aus fünfhundert Metern Entfernung.

Zick. Zick. Zick. Ein Rotkehlchen wiederholt endlos seinen Alarmruf in der Hecke an der Grenze zu The Grove. *Zick. Zick. Zick.*

Es ist ungefähr elf Uhr, Edith und ich haben die sechzehn Hektar durchstreift, von oben bis unten. Wir haben dagesessen und beobachtet, wir haben uns angeschlichen und Hinterhalte geplant, aber wir haben nichts zu jagen gefunden außer drei Ringeltauben, die zu schnell quer über die Sonnenscheibe vorbeifliegen. Die babyblaue Luft ist so kalt, dass sie sich in meine Fingerspitzen bohrt und den Boden nicht auftauen lässt; es liegen immer noch kleine Eisplatten auf den Hufabdrücken der Kühe.

Ediths Kopf ist herabgesunken, deshalb krame ich in meiner Tasche nach ein paar Hundekuchen, die sie mir aus der Hand frisst. Ich ziehe meinen Jagdhandschuh aus und lege meine rechte Hand unter ihr Vorderbein, um mir die Finger zu wärmen. Ein fairer Tausch: Essen gegen Wärme.

Als ich zum Sumpf hinunterschaue, merke ich, dass dort etwas ist, ganz hinten versteckt, wo die Bruchweiden überhängen. Aber was? Wahrscheinlich wieder ein Kaninchen. Und wenn es ein Kaninchen aus dem Bau unter der Grove-Hecke ist, vor dem ich gerade stehe, könnte es vielleicht dazu gebracht werden, auf dem trockenen Ufer neben dem Sumpf nach Hause zu rennen.

»Auf geht's, Edie«, sage ich, und wir gehen den Hang hinunter auf den Sumpf zu, wobei wir uns links halten. Ich muss mich um das, was im Sumpf sitzt, herumarbeiten, damit ich in Richtung unseres eigenen Landes schießen kann statt zur Wiese von The Grove. Einem fliehenden Kaninchen hinterherzuschießen ist nicht ideal, weil es die Chancen auf einen sauberen Schuss vermindert: Der Zielbereich wird kleiner, weil die Beute sich in Schussrichtung bewegt. Aber hier geht es um diesen Schuss oder gar keinen Schuss. Hinter dem Sumpf schieben wir uns entlang der Hecke zur Wäldchenwiese auf das Kaninchen zu. Nach den ersten zwanzig Metern sumpfigen Bodens rührt sich immer noch nichts.

Wenn ich noch weiter gehe, bleibe ich hoffnungslos stecken, weil der feste Boden endet. Hier ist der Ablauf der Sumpfweide, wo das überschüssige Wasser sich sammelt, bevor es in den darunterliegenden Entwässerungsgraben der Wäldchenwiese sickert.

Zeit, Edith loszuschicken. »Edith, lauf!« Ich zeige auf die morastige Ecke unter den Weiden. Edith schaut verlegen zu mir auf.

Edith hat eine Eigenschaft, von der ich noch niemandem erzählt habe, aus Angst vor Spott. Sie holt sich nicht gern schlammige Pfoten. Angesichts einer Pfütze springt sie darüber; angesichts des Sumpfes hüpft sie mit der Grazie einer Ballerina von einem Binsenklumpen zum nächsten.

Edith will den ekligen nassen, stinkigen Sumpf nicht betreten. Ich will das Kommando nicht wiederholen; wenn man ein Kommando wiederholt, hat der Hund es geschafft, zu verhandeln. Hunde sollten nicht verhandeln. Hunde sollten handeln. Ich bleibe stumm, mit ausgestrecktem Zeigefinger.

Edith beginnt mit dem Vortanzen beim *English National Ballet*. Eine Arabesque. Eine Glissade. Eine sehr hübsche Tour en l'air. Eine absolut außergewöhnliche Pirouette piquée. Inzwischen ist Edith bis in die hintere Ecke des Sumpfs getanzt. Die Gene eines Jagdhunds fehlen ihr nicht völlig. Sie strafft sich. Sie schnuppert in die Luft.

Die Bekassine erhebt sich in die Luft. *Krriiek. Krriiek.* Sie fliegt gewunden im Zickzack, ganz knapp über den Binsen, fliegt geradeaus und steigt senkrecht nach oben, bevor sie nach links über die Hecke zischt, hinüber zur Wiese von The Grove.

Ediths Verachtung angesichts meines Versagens – ich habe keinen Schuss auf die Bekassine abgegeben, von einem Treffer ganz zu schweigen – ist grenzenlos. Sie schüttelt ungläubig den Kopf. Ich winke ihr, zurückzukommen, was sie mit einer Serie von Grands jetés en avant tut. »Edith, die verdammte Jagdsaison ist vorbei! Es ist verboten, jetzt Bekassinen zu schießen.«

Edith sagt nichts. Edith denkt: Er hatte nicht den Hauch einer

Chance, diese Bekassine zu treffen, sie muss an die hundert geflogen sein.

Das Rotkehlchen ist von der Hecke heruntergehüpft und stimmt mit ein. *Zick. Zick. Zick.*

Offensichtlich ist dies einer der Tage, an denen der Surrealismus regiert. Als ich meine Ausreden bei Edith vorbringe, fliegt eine einsame Kanadagans – die erste, die ich je hier gesehen habe – auf langen, ruhigen Schwingen über mich hinweg. Offiziell als unerwünschte Art eingestuft, dürfen Kanadagänse das ganze Jahr über geschossen werden. Diese ist allerdings schon im Luftraum über The Grove. Ich erwähne die Gans Edith gegenüber nicht.

Ich habe mich immer schon von dem Sumpf betrogen gefühlt, der sich über achttausend staunasse, schlammige Quadratmeter erstreckt, aber nie auch nur die leiseste Neigung gezeigt hat, einen Watvogel anzuziehen. Bis heute jedenfalls, wo die Saison vorüber ist.

Bekassinen sind dämmerungs- und nachtaktiv. Als die Dunkelheit herankriecht und mein Atem weiß in der Luft steht, kehre ich mit dem Fernglas auf die Sumpfweide zurück, in der Hoffnung, die Bekassine fressen zu sehen. Aber sie ist weg. Bekassinen sind, wie Waldschnepfen, rätselhafte Kreaturen. Heute hier, morgen für immer fort.

Der Frühling beschleunigt seinen Vormarsch. Am 14. Februar öffnen sich die ersten Narzissen am Fahrweg. Eine Woche später zähle ich einundsiebzig Laichklumpen im Molchgraben. Schwarzdornknospen schwellen und Holunderbüsche strecken ihre roten Sprossen empor. Sie sehen aus, als könnte man sie essen: Aber sie schmecken ekelhaft, und ich spucke, spucke, spucke sie aus. In den großen Brennnesselfeldern am hinteren Ende der Hauswiese und der Kleinen Weide sind die Pflänzchen schon drei Zentimeter hoch. Der Frühling bricht aus.

Ich lege mich ins Scharbockskraut auf der Wäldchenwiese, rings um mich der große Kessel aus Black Mountains, Merlin's Hill und dem Hügel von Trelandon, und lasse mich von der sanften Sonne wärmen. Dies ist das erste Mal seit mehr als einem Monat, dass ich zum Nachdenken innehalte. Die Klagen, das moderne Leben lasse keinen Platz für Ruhe, keinen abgeschiedenen Raum für Gedanken, klingen in meinen Ohren lächerlich; seit einem Monat reicht meine Welt nicht über die prosaische Mechanik von Essen und Trinken, von ihrer Beschaffung und Zubereitung hinaus. Ist die Waffe treffsicher? Hört der Regen auf? Wo sind meine Thermosocken? Habe ich das Kaninchen zu Leder verschmort? Im brasilianischen Dschungel gibt es primitive Stämme von Jägern und Sammlern, die keine Metaphysik kennen, weil sie weder Zeit noch Energie übrig haben, um über die Existenz zu spekulieren. Leben ist schlicht das, was in diesem Moment an diesem Ort stattfindet. Ich glaube, ich verstehe das. Mit einem praktisch leeren Vorratsschrank habe ich die letzten vier Wochen damit verbracht, von einem Tag zum nächsten zu überleben, mehr nicht. Ich habe auf den Autopilot des Instinkts geschaltet. Selbst die Besuche bei meinem Vater, der inzwischen ins städtische Krankenhaus von Leominster verlegt wurde, wo er sich immer wieder multiresistente Keime einfängt, haben etwas von blinder Pflicht bekommen, weil ich es nicht ertragen kann, darüber nachzudenken, wie seine – unsere – Zukunft aussieht. Ich bin zu jung, um Vater oder Mutter zu verlieren, weil man immer zu jung ist, um Vater oder Mutter zu verlieren. Über seine Gesundheit denke ich fest entschlossen nicht nach, und wenn die Sorge um meinen Vater durchzubrechen droht, schlage ich sie zurück und dichte die Mauerbresche mit englischer Kaltblütigkeit ab.

Und worüber denke ich nach, ausgestreckt in den gelben Blumen, während die Natur rings um mich mikroskopisch arbeitet und erwacht? Ich denke über meine Hände nach. Auf Englisch sagt man: »etwas wie den eigenen Handrücken kennen«, wenn man etwas in-

und auswendig kennt, aber ich erkenne meine Handrücken nicht wieder. Die Elemente haben sie zu altem braunen Leder verschlissen, rissig und ausgedörrt, wie eine lebende Version weggeworfener Herrenschuhe. Ich denke über Ringeltauben nach und darüber, wie froh ich bin, dass ich nur so wenige geschossen habe, weil sie von jetzt bis September das einzige Federwild sein werden, das ich jagen darf. Ich denke: Ich habe bis zum Frühling durchgehalten.

Und ich denke noch mehr, viel mehr: Ich weiß, warum ich hier bin, warum ich dies tue.

Voll neuer Energie verbringe ich den Abend in der Küche damit, den Schlehenwein vom letzten Herbst zu dekantieren und in Flaschen zu füllen. Und natürlich ist es das Vorrecht des Erzeugers, das Gärungsergebnis zu prüfen. Seine Pflicht sogar.

Das kleine Traumbild, das ich im Kopf hatte, ein Glas Schlehenwein zur heutigen Abendmahlzeit aus Taube am Spieß, zerspringt nach einem einzigen Probeschluck in Scherben. Der Schlehenwein schmeckt rau. Er braucht noch Zeit. Manche Dinge lassen sich nicht beschleunigen. Ich bin der Zeit unterworfen, genau wie ich der Natur unterworfen bin.

Als ich am letzten Februartag dem Morgenchor der Vögel lausche, bemerke ich, dass der Bussard fehlt. Ich hoffe, es geht ihm gut und er ist einfach auf der Suche nach neuen Jagdgründen oder – diese Vorstellung gefällt mir ziemlich gut – schläft sich wohlverdientermaßen in seinem Horst aus. Warum auch immer – der Bussard verpasst eine Symphonie aus Vogelstimmen, denn alle Vögel des Tales fliegen zu günstigen Aussichtspunkten und singen, um den Tag zu begrüßen und ihr Brutrevier abzustecken. Ein Rundum-Klang, den Ray Dolby bewundert hätte, auch wenn sich die meisten Vögel am waldigen unteren Ende unseres Landes sammeln, entlang des Escley. Die Familie Drossel stellt die Virtuosen, während die Krähen Trommeln und Bass spielen.

Kalender der wilden Nahrungsmittel von Trelandon

FEBRUAR

Tauben, Kaninchen, Grauhörnchen, Löwenzahn, Feldsalat, Brennnesseln

FRÜHLING

Die Tage des Salats sind zurück. Als ich am 6. März durch den Schweinepferch gehe, sehe ich, die schlachtfeldartige Schlammfläche, die die Gloucester Old Spots im Herbst hinterlassen haben, hat eine Massenernte von Behaartem Schaumkraut hervorgebracht. Diese triste kleine Grünpflanze mit ihren winzigen Strassblüten an schlanken Stielen hat ihren Namen nicht verdient, denn sie ist weder behaart noch schaumig. Sie schmeckt wie pfeffriger Rucola. Man kann nur spekulieren, welche Zufälle dazu geführt haben, dass Rucola zum Grundnahrungsmittel der Feinkostkäufer geworden ist und nicht das Behaarte Schaumkraut. Wie die Chinesische Stachelbeere (alias Kiwi) ist es eine Pflanze, die eine Neubenennung gebrauchen könnte.

Behaartes Schaumkraut ist eine der ersten wilden Salatpflanzen, die sich aus der wärmer werdenden Frühlingserde schiebt; außerdem ist es eine der besten.

Der Winter nimmt keinen sanften Abschied. Nach einem Tag stechenden Schneetreibens sind die Berge und der Merlin's Hill weiß bestäubt. Es ist typisch, dass sich eines der Mutterschafe genau diesen Tag aussucht, um zu The Grove hinüberzulaufen und dort Lämmer zu gebären; dann kommt es heim und lässt ein weißes und ein schwarzes Lamm drüben zurück. Bis ich die lockigen verlassenen Lämmchen im Schnee gefunden habe, sind sie gefährlich dehydriert. Ich trage sie unter den Armen nach Hause, wo ich ihnen mit einer Spritze Kolostrum und Glukose in den Schlund gebe und sie in einem Karton neben den Herd setze. Trotz all meiner Mühen sterben sie. Lämmchen kommen selten zurück, wenn sie einmal am Abgrund stehen.

In der gleichen Nacht treiben wir bei Taschenlampenlicht die Schafe zusammen und sperren sie in den Pferch, wo sie hinter Strohballen Schutz suchen können. Den Lämmern ziehen wir fesche Wetterjacken aus Plastik an; die letzten zwei, bei denen uns die gekauften ausgehen, stecken wir in Plastiktüten, in die wir Löcher für die Köpfe schneiden. Es liegt eine gewisse Ironie darin, finden wir, Lämmer in Tüten mit Supermarktlogo zu verpacken.

Am nächsten Tag lässt die Frühlingssonne den Schnee vor meinen Augen schmelzen, selbst den im tiefen Schatten westlich der Bäume, und wie die Pflanzen der Erde möchte ich in die Frühlingsluft emporwachsen. Während der langen Wintertage habe ich mich beim Gehen in meine Jacke geduckt, aber heute schreite ich aufrecht und warm. Aus diesem höheren Blickwinkel wirkt die Welt des oberen Monnow und seiner Zuläufe vollkommen anders; ich hatte vergessen, welch große, luftige Landschaft dies ist.

Aus schierem Übermut renne ich ungebremst die Uferweide hinunter, die Schrotflinte in der rechten Hand wie der letzte Mohikaner, während Edith neben mir durch das Bilderbuch-Scharbockskraut springt, bis ich mich außer Puste auf einen langen Baumstamm am Fluss setze. Der Fluss reagiert fast augenblicklich auf das Wetter und steigt durch das Wasser der Schneeschmelze merklich an; um Mitternacht wird er so lautstark tosen wie Brandung, die auf einen winterlichen Strand in Pembrokeshire kracht. Jetzt allerdings spannt er nur seine geölten braunen Muskeln, während er rauschend und rollend im Sonnenschein talwärts paradiert.

Ich möchte mir einen freien Tag – nun ja, eine freie Stunde – gönnen und beschließe deshalb, die Flinte hinter einen Baum zu stellen und unser Land abzuschreiten, anstatt darauf herumzuschleichen wie ein Wiesel oder ein Fuchs. Während ich weite Flächen durchstreife und Edith in ihrer Ferienfreude frei herumrennt, kommt mir der Gedanke, dass für einen Engländer das eigene Heim seine Burg sein mag, aber sein Land ist sein Königreich. Bald erwärme ich mich für dieses Motiv, meine Schritte werden länger, und ich fühle mich wie ein Riese, der über sein Herrschaftsgebiet marschiert.

Es ist zwar abstoßend, das zu sagen, aber es fühlt sich gut an, Land zu besitzen. James Brown tänzelt in meinen Kopf. *I feel good, I feel good, I feel good.*

Irgendwo unten in den stillen, nackten Bäumen am Fluss lässt ein Specht angesichts solcher Überheblichkeit ein manisches Lachen los.

Auf diesem abgelegenen grünen Hügel geht die botanische Uhr schon im Vergleich zum Nachbartal mindestens zwei Wochen nach. Erst jetzt, Mitte März, schieben sich die großen Brennnesselstreifen rings um die Pferdekoppel wirklich nach oben. Es gibt genug zu pflücken – und man pflückt nur die oberen Blätter, wie bei Tee – für eine Mahlzeit aus Vorfrühlingsgemüse. (Man kann sich einen Vorsprung gegenüber der Natur erschleichen, wenn man Brennnesseln unter Glas zieht wie Andrew Fairservice, der alte Gärtner von Lochleven aus Walter Scotts Roman *Rob Roy*.) Vermutlich versetzt nichts meine Freunde mehr in Erstaunen als die Tatsache, dass ich Brennnesseln esse, aber nach kurzem Dämpfen oder Kochen ist das Brennen weg, und es bleibt ein leuchtend grünes Gemüse zurück, das wie bitterer

Spinat schmeckt, wenn auch mit rauerer Konsistenz. Ich pflücke eine zweite Tüte voll, für einen anderen Zweck: um Nesselbier zu brauen.

Als ich in der Küche eine Tüte Brennnesseln in den brodelnden Kessel schütte, kommt Tristram herein und fragt hinterlistig: »Hat einer der Hunde gepinkelt?« Er hat recht. Der Nachteil von Brennnesseln ist ihr Geruch nach Harnstoff. Er verschwindet nie, selbst wenn man die bernsteinbraune Flüssigkeit filtert und zu Bier vergären lässt, selbst wenn man Gundermann zugibt, das Universalkraut der mittelalterlichen Braumeister, das daher bei uns auch den Namen *alehoof*, »Bierhuf«, trägt.

Brennnesselbier

Ein weiteres Rezept von exemplarischer Schlichtheit.

900 g junge Brennnesseltriebe
4,5 l Wasser
170 g Honig
30 g Gundermann

Mit Gummihandschuhen die Spitzen der Brennnesseln pflücken. Nesseln und Gundermann waschen und abtropfen lassen. Beides mit dem Wasser in einen großen Topf oder Kessel geben und zum Kochen bringen.
15 Minuten lang kochen lassen. Die Flüssigkeit durch ein Sieb abgießen. Den Honig zugeben und mit einem Holzlöffel einrühren, bis er sich aufgelöst hat. Abkühlen lassen und in einen Gärbehälter gießen. Ein Stück Mull oder Netzvorhang darüberlegen und festbinden, damit es nicht in die Flüssigkeit hängt. Einen Tag lang im Freien stehen lassen, damit die wilden Hefen aus der Luft durch das Tuch eindringen und auf der Flüssigkeit landen können. Hereinholen, noch eine Lage Stoff

auflegen und mindestens drei Tage lang an einem warmen Ort – etwa 21° C – stehen lassen. In sterile Weinflaschen abseihen und lose verkorken. Oder Sie nehmen alte Mineralwasserflaschen aus Plastik, was gut funktioniert. An einem kühlen, dunklen Ort lagern. Das Nesselbier ist in einer Woche fertig. Gekühlt servieren.

Leider erziele ich mit dem Nesselbier nur selten alkoholische Kontinuität; manchmal hat es die lähmende Qualität von Curare, manchmal ist es nicht gefährlicher als Ingwerlimonade. Mit Zucker statt Honig und frischer statt wilder Hefe würden zweifellos stabilere Brauergebnisse zustande kommen.

Nesselbier ist ein angenehmes, erfrischendes Getränk und angeblich gut für die Gesundheit; englische Kleinbauern schworen darauf – als Heilmittel gegen Gicht und Rheuma. Neben Gundermann sind auch Löwenzahn, Klette, Klettenlabkraut und Mädesüß traditionelle Wildgewürze für Nesselbier.

Um Brennnesseln als Gemüse zu verwenden, sollte man sie waschen, mit einer Tasse Wasser in einen Topf geben und mit Deckel etwa 15 Minuten lang dämpfen. Unbedarfte seien gewarnt – Brennnesseln wirken leicht abführend, und alte Brennnesselblätter enthalten, vor allem im Winter, große Mengen an Zystolithen (Kristalle aus Kalziumkarbonat), die sie unangenehm sandig machen.

Als mein Vater und meine Stiefmutter mit Anfang achtzig beschlossen, sie könnten nicht mehr auf die gewohnte Weise im Garten arbeiten (drei Meter tiefe Staudenbeete), zogen sie in eine altengerechte Wohnung im Zentrum von Hereford und stellten Topfpflanzen auf die dreißig Zentimeter breiten Fensterbretter. Eine Pappschachtel mit der Aufschrift »sehr alte Fotos« wurde mir während des Umzugs zur

Aufbewahrung anvertraut. Wahrscheinlich gab es anderswo noch Schachteln mit den Beschriftungen »alte Fotos«, »ziemlich alte Fotos« und »eher neue Fotos«.

Ich habe die Fotos immer noch. Wie sehr doch Fotos ein Korrektiv zu den Tricks unserer Erinnerung bilden! Eines zeigt mich im Alter von zehn Jahren (bestimmt nur ein »ziemlich altes Foto«) in Clarks-Sandalen vor dem Stall von Hampton Park, mit zwei Welpen, von denen ich geschworen hätte, dass es schwarze Labradore gewesen seien; in Wahrheit aber hatten sie weiße Pfoten und weiße Flecken auf der Brust, was Collie-Mischlinge vermuten lässt. Dann gibt es eines von mir mit neun, in meiner Schuluniform; was ich mir gütig als freundliche Sprenkel aus Sommersprossen vorgestellt hatte, erweist sich als gehäuftes Band quer über Nase und Wangen, das mich eindeutig waschbärenhaft aussehen lässt. Ich hätte nicht geglaubt, dass es wirklich ein Foto von mir ist, wenn nicht der Anstecker des Clubs junger Ornithologen an meiner Krawatte erkennbar wäre. Die meisten Fotos allerdings entsprechen der Beschreibung auf dem Deckel; sie wurden ungefähr zwischen 1943 (mein Vater als siebzehnjähriger Freiwilliger in seiner Uniform der Marineluftwaffe) und Daguerres Blütezeit aufgenommen. Mein Vater hat »Ich« auf die Rückseite der Bilder geschrieben, die ihn zeigen – reizend, aber für Ahnenforscher keine große Hilfe –, und er hat ein paar Verwandte benannt, aber es gibt Galerien geisterhaft anonymer Ahnen.

Ich durchwühle schubweise die Fotos auf der Suche nach dem Offensichtlichen: nach Hinweisen auf meine Identität. Es gibt ein paar reiche Irrläufer wie die Probert-Cousinen aus Monmouthshire, von Kopf bis Fuß »High Society« in ihren Zwanzigerjahre-Hüten und weißen Seidenstrümpfen, oder Großtante Ruth Dymond in ihren Pelzhüllen (sie wanderte nach Kanada aus und heiratete einen Spekulanten, der ein Vermögen mit Gold oder Öl oder irgendeiner anderen mythischen Substanz der Wildnis verdiente). Die meisten Fotos sind so, wie ich es erwartet hatte: sehr bodenständig. Als ich

Hunderte von ihnen auf dem Teppich im Wohnzimmer verteile, finde ich zahlreiche Bilder von meinem Vater als Jungen an der englischen Küste der 1930er (Weston-super-Mare, Jahr für Jahr in Ölzeug gekleidet), und es gibt ein paar von den Verrys auf ihrem unter die Bäume des Aconbury Wood geduckten Bauernhof in Little Birch. Es gibt ein Foto von meinem Onkel Gordon; es wurde im Innenhof der Schule aufgenommen, für die er ein Stipendium bekommen hatte und die ich ebenfalls besucht habe, allerdings unter weniger ehrenvollen Umständen.

Vor allem aber gibt es massenhaft Bilder von meinem Großvater väterlicherseits, Thomas, der sich selbst prophetisch »Will« nannte. Alle meine Großeltern waren auf dem Land geboren, aber Will vermittelt das Gefühl, dass er Mist an seinen Schuhen nie mochte. Will mit dem gewachsten Jahrhundertwende-Zwirbelbart; Will im Anzug, stets perfekt gekleidet; Will, der in die kirchliche Gilde der Glockenläuter gewählt wurde; Will, der 1936 für die Bowling-Mannschaft von Herefordshire gegen die angereisten Südafrikaner antrat; Will, der Direktor des Fußballclubs Hereford United wurde.

Manchmal spiele ich mit den Kindern, oder sogar den Hunden, ein Spiel. Starren. Wer zuerst blinzelt, hat verloren. Selbst im Tode, selbst wenn er wie heute auf ein Stück Karton beschränkt ist, kann ich meinen Großvater nicht niederstarren. Will ist die verkörperte Entschlossenheit. Ich decke seine Fotos ab. Ich habe nicht Wills Energie, aber ich habe, wenn ich den Tatsachen ins Auge sehe, einen Hauch von seiner Willenskraft; ohne sie wäre ich nicht durch den Winter gekommen.

Während ich über mein genetisches Erbe sinniere, merke ich, dass in einem braunen Umschlag, von dem ich dachte, er enthalte Fotos, in Wahrheit Papiere stecken. Herausgezogen und entfaltet liefern sie interessanten Lesestoff, wie in dem chinesischen Fluch »Mögest du in interessanten Zeiten leben«. Wie meine Mutter damals im Dezember am Telefon angedeutet hatte, gibt es unter den Vorfahren meines Vaters tatsächlich »Aymes«. Meine Großtante Sarah, Wills Schwester, heiratete in die Familie Aymes ein. Gordon, der Junge mit dem Stipendium, bekam sogar einen dritten Vornamen, Aymes, um die Verbindung zu besiegeln. Ich hatte immer gedacht, wenn es eine Blutsverwandtschaft zwischen den Familien meiner Eltern gäbe, dann über die mütterlichen Linien, weil ihre angestammten Bauernhöfe in Much Dewchurch und Kilpeck nur einen Steinwurf voneinander entfernt lagen, aber nein, die Verbindung entstand auf väterlicher Seite. Und ist erfreulicherweise zu entfernt, als dass ich mir Sorgen darum machen müsste, dass mir ein drittes Auge oder ein anderes Anzeichen für Inzucht wachsen könnte.

Für uns ist der Klang des Frühlings nicht der Kuckucksruf. Es ist der Fanfarenstoß des Großen Brachvogels.

Am 13. März, genau dem Tag, an dem sich das Wäldchen am Fluss durch die am Boden erblühenden zarten weißen Buschwindröschen aufhellt, glaube ich einen Brachvogel über dem Scharren des Windes zu hören, aber ich bin mir nicht sicher. Zwei Tage später legt sich der Wind, und dann höre ich eindeutig den Ruf der Wildnis. Als ich mich am Dreihundertsechzig-Grad-Himmel umsehe, entdecke ich den braunen Brachvogel, dessen langer, nach unten gebogener Schnabel sich klar vor den weißen Wolken abzeichnet, als er seinen klagenden Ruf ausstößt. *Kurlii, kurlii.*

Im Lauf der nächsten Woche kommen noch mehr Brachvögel von der walisischen Küste herüber; die Männchen führen ihren gewundenen Flugtanz auf, und ihre Lieder schrauben sich zu einem durchdringenden Triller empor. Meine Laune schnellt in die Höhe bis zu den Brachvögeln. Der Frühling ist ausgebrochen. Mehr noch: Es ist schön, diese ungewöhnlichen Vögel sicher zu Hause zu wissen. Später, wenn das Gras gegen Ende des Monats höher steht, werden zwei Paare Mulden in die Landstraßenweide scharren, unser höchstgelegenes Landstück, und obwohl sie die größten Watvögel Europas sind – so groß wie Enten –, werden sie fast ungesehen im länger werdenden Gras sitzen, zwischen den Kühen, die sorgfältig um die olivgrünen, braun gesprenkelten Eier herumfressen.

Am Kiesufer neben dem Wasserfall ist die Pegelhöhe des Flusses in den letzten drei Tagen so stark gefallen, dass ich zum ersten Mal seit dem Herbst an die Kleine Klette (*Arctium minus*) herankomme, die gerade anfängt, über den Kieseln zu sprießen. Ich steche mit einem schmalen Spaten nach unten, um die Wurzeln aus dem Boden zu lösen. Trotz des fauchenden Windes, der die Dohlen am Märzhimmel herumschleudert, wird mir bald zu warm, weil der Kies praktisch immun gegen die Metallklinge ist. Ich schalte meinen Körper um auf Maschinenmodus, stimme meinen Geist aber auf die Frequenz der Vögel ein, die in den Büschen und Bäumen am Ufer rings umher Schutz suchen: Eine nachdrücklich pfeifende Blaumeise arbeitet sich durch den Haselbusch, ein Kleiber läuft pochend und pickend den Stamm der Erle hinunter und ein Buchfink sammelt trockenes Gras in der Moräne aus Treibgut, die sich am Maschendrahtzaun verfangen hat, weil die Nistzeit jetzt ernsthaft begonnen hat. Das sind keine aufregenden Vögel, aber ich bin nicht daran interessiert, seltene Arten abzuhaken: Die Geschicklichkeit der Vögel fasziniert mich. Beschämt oder vielleicht eher inspiriert von ihrem Fleiß grabe ich weiter, bis es dunkel wird und die Vögel schlafen gehen und zwei Stunden vergangen sind und ich mit meinen Spatenstößen auf die Steine Funken in die Dunkelheit blitzen lasse.

Und ich habe so viele Klettenwurzeln aufgestapelt, dass ich den Traktor holen muss, um sie in die Transportbox hinter der Fahrerkabine zu packen.

In Japan sind in dünne Scheiben geschnittene und gekochte Klettenwurzeln ein beliebtes Gemüse, und die Pflanze wird kommerziell angebaut. Eine ebenso alte Verwendung ist das Brauen von Löwenzahn- und Klettenbier, das angeblich der italienische Theologe Thomas von Aquin im 13. Jahrhundert erfand, als er sich vom Gebet erhob und im Vertrauen auf die göttliche Vorsehung ein Getränk aus den ersten Pflanzen bereitete, denen er in der Natur begegnete. Anscheinend fand der heilige Thomas von Aquin Löwenzahn- und Klettenbier so anregend, dass es ihm bei der Formulierung jener theologischen Gedanken half, die in seinem Meisterwerk *Summa theologica* gipfelten.

An irgendeinem späteren Punkt der historischen Entwicklung modelten die Briten das Löwenzahn- und Klettenbier in ein alkoholfreies Erfrischungsgetränk um, in Wahrheit aber ist es eine leichte Sorte Met. Die Limonadenversion, die Kohlensäure enthält und ähnlich wie Coca-Cola schmeckt, gibt es in teuren wie in billigen britischen Geschäften; ich habe allerdings den Eindruck, dass sie im Westen und Norden Englands besonders beliebt ist.

Löwenzahn- und Klettenbier

110 g Löwenzahnblätter, gehackt
110 g frische Klettenwurzeln, gehackt
2 Esslöffel trockener Cider
450 g Brennnesselblätter, gehackt
4,5 l Wasser
550 g Honig

Brennnesseln, Löwenzahnblätter und Klettenwurzeln in einen Edelstahltopf geben und mit 2,25 l Wasser übergießen. Zum Kochen bringen und 30 Minuten lang köcheln lassen. 450 g Honig zugeben und verrühren. Vom Herd nehmen und

durchsieben, um die festen Bestandteile zu entfernen. In einen Gärbehälter gießen; das restliche Wasser und den Cider unterrühren. Wenn Sie in diesem Stadium wilde Hefe verwenden wollen, müssen Sie entweder Wildapfelschalen zugeben oder das Gebräu mit Mull abgedeckt im Freien stehen lassen, damit wilde Hefen auf der Oberfläche der Flüssigkeit landen können. (Stattdessen können Sie auch Wein- oder Brauhefe zugeben und der Packungsanleitung folgen.)
An einem warmen Ort drei Tage lang gären lassen. Das Bier in Flaschen abfüllen, dabei einen Teelöffel Honig pro Flasche zugeben. Die Flaschen nicht bewegen, bis das Bier sich geklärt hat; das dauert etwa eine Woche.

Löwenzahn- und Klettenbier hat eine sehr kurze Lebensdauer und sollte sofort getrunken werden.

Der Nutzen der Klette beschränkt sich nicht auf ihre Wurzeln. Im Spätfrühling kann man die gerippten Stängel schälen und das Innere dämpfen; es schmeckt ein klein wenig nach Birne. Äußerlich ähnelt die Klettenpflanze dem Rhabarber, mit dem sie manchmal verwechselt wird.

In Penbidwal, auf dem Weg nach Monmouth, gibt es eine Straßenbiegung, die wir »Kamikazekurve« nennen, weil Fasane die Neigung haben, dort Selbstmord zu begehen. Insofern esse ich, obwohl die Jagdsaison vorbei ist, immer noch den einen oder anderen *Phasianus*. An einem solchen Tag der einfachen Straßenrandbeute, bei sintflutartigem Regen, beschließe ich, den ganzen Nachmittag im Trockenen zu verbringen und am Herd an der Lösung eines drängenden kulinarischen Problems herumzutüfteln: meinem Mangel an Mehl. Ich versuche, Löwenzahnwurzeln (im Herd) zu trocknen und zu mahlen, die tatsächlich eine Art bitteres Mehl ergeben. Genau wie Klettenwurzeln. Und dann fällt mir ein, dass ich einmal Gebäck aus Kastanienmehl gegessen habe, im Urlaub in Italien. Also hole ich eine Handvoll Kastanien aus dem Vorratsschrank – nach fünf Monaten sind sie so trocken, dass man sie schon »ausgedörrt« nennen könnte –, knacke die Schalen ab und stecke sie in die elektrische Mühle. Das entstehende Mehl ist gelb und wunderbar süß. Und all meine restlichen Kastanien nehmen denselben Weg.

Im Lauf des Jahres mache ich noch Mehl aus Gänsefußsamen und aus Eicheln, aber keines kommt dem Kastanienmehl gleich.

Es regnet. Du lieber Gott, wie es regnet. Und das ist das Problem am März, mit Sicherheit dem Monat des Jahres, der am langsamsten vergeht: Er lockt, er legt Köder aus, aber er geht nie so weit, das ganze Frühlingsprogramm zu liefern.

Morgens verbringe ich zwei Stunden mit dem Versuch, Kaninchen zu jagen, ziehe mich aber vor dem Ansturm des Wassers zurück. Zum Trocknen setze ich mich in die Küche, trinke Löwenzahnkaffee und lese *Einzelgänger, männlich* von Geoffrey Household; unweigerlich ziehen mich die Teile am stärksten in ihren Bann, in denen der Held, der einen europäischen Diktator (im Prinzip Hitler) ermorden wollte, sich im ländlichen England vor seinen Häschern versteckt und von der Natur lebt. Wie Yosser, der arbeitslose Protagonist des 1980er-Fernsehdramas *Boys from the Blackstuff*, denke ich: Gebt mir den Job. Das könnte ich auch.

Es muss am trostlosen Wetter liegen, aber ich gerate in Survival-Stimmung und erinnere mich an die TV-Serie *Survivors* aus den 1970ern, ein Endzeit-Szenario, in dem ein Labormitarbeiter eine Ampulle mit Krankheitserregern fallen lässt. Würden die Überlebenden der Seuche in der Natur genügend Nahrung zum Überleben finden?

Gebt mir den Job. Das könnte ich auch. Passenderweise wurde *Survivors* hier in Herefordshire gefilmt. Tatsächlich sogar in Withington, wo meine pensionierten Großeltern Amos wohnten, was mir ermöglichte, auf dem Boden liegend *Survivors* im Fernsehen anzuschauen und anschließend aus dem Wohnzimmerfenster genau die gleiche Szenerie zu sehen.

An einem jener frischen, strahlenden Morgen, an denen sich die sauerstoffgesättigte Brise anfühlt wie frisch vom Meer importiert, gehe ich hinaus auf den Hof, um die weißen Schwarzdornblüten zu bewundern, die fröhlich an allen Wiesenhecken explodieren, meilenweit ins Tal hinunter. Die Hecken tragen noch keine Blätter; Schwarzdornblüten kommen dem gesamten sommergrünen Leben der englischen Hecke zuvor. Der Anblick lieblicher Schlehenknospen im März ist fast vollkommen, bis auf einen irritierenden Schandfleck in der Landschaft, der meinen Blick immer wieder auf sich zieht. Leider gehört der Schandfleck uns.

Wie ich zu sagen pflege: »Man ist kein richtiger Landbewohner, wenn man nicht ein paar Schrottautos herumstehen hat.« Wir haben zwei, einen silberfarbenen Subaru-Kombi mit kaputter Federung und einen bronzefarbenen Honda Accord, den meine Eltern uns vor einem Jahr oder länger hinterlassen haben. Aufgeblasenerweise, und wahrscheinlich irrtümlich, fand ich mich zu jung für einen Honda, und den Kindern war er so peinlich, dass sie sich strikt weigerten, sich darin in die Schule fahren zu lassen. Sie jubelten beinahe, als er nicht mehr durch den TÜV kam, weil die Radkästen verrostet waren, und er endgültig für fahruntüchtig befunden wurde.

Trotzdem – der Honda leistete in einer Finanzkrise prächtige Dienste, und die Kinder wollten zwar nicht in der Öffentlichkeit darin gesehen werden, sind aber sehr zufrieden damit, in ihm auf den

Wiesen herumzufahren und ihn danach wieder ordentlich auf dem Hof zu parken.

Der Subaru, der bewegungslos und bewegungsunfähig auf der Pferdekoppel gestrandet ist, ist – das muss sogar ich zugeben – ein hinterwäldlerischer Schandfleck, an einer Ecke herabgesunken, mit heraushängendem Scheinwerfer. Schließlich rebelliere ich angesichts seines verlotterten Zustands und schleppe ihn mit dem Traktor auf den Hof, um einen Schrotthändler zu bitten, ihn abzuholen.

Das ist jetzt wirklich seltsam. Während ich nach den *Gelben Seiten* suche, taucht ein Siebentonner auf dem Hof auf, und ein junger Mann mit verblüffend nachtschwarzem Haar klettert heraus. Ich glaube nicht unbedingt an Kristallkugeln, aber die Erscheinung des mit Schrott handelnden Zigeuners kann doch bestimmt kein Zufall sein? Oder?

Er kommt sofort zur Sache. »Wollen Sie den verschrotten?«, fragt er und zeigt auf den Subaru.

Ich bin so verdattert von seinem rätselhaft treffend gewählten Zeitpunkt, dass ich, als er »Vierzig Pfund« sagt, mit »Okay« antworte. Kein Feilschen, nichts.

Er fragt, ob ich den Wagen mit dem Traktor hinten auf den Laster laden könnte, was ich versuche, indem ich die vorne angebrachte Mistgabel in die Seitenfenster stecke. Der International 484 schafft es zwar, das Auto hochzuheben, aber nicht hoch genug, um es auf die Ladefläche bekommen.

Er ist kein Typ, der Zeit verschwendet, also sagt er, er würde jemanden mit einem Matbro-Teleskoplader suchen.

Während ich darauf warte, dass der Zigeuner wieder auftaucht, kommt mir endlich die Erleuchtung. Er muss auf dem Hügel gegenüber gewesen sein, bei Old Court oder The Sett, als ich den Subaru von der Wiese zog, und buchstäblich seine Chance gesehen haben.

Das Märzwetter ist widersprüchlich. An einem Tag scheint die Frühlingssonne, und die Hügel sind erfüllt von der Musik der Lämmer und dem Schlagen von Drosselflügeln (jetzt auf dem Weg nach Norden, ins Land des Sommers); am nächsten Tag peitscht Schnee die Luft, und das Land verschließt sich in stillem Gedenken an den gerade vergangenen Winter. Aber trotz allem, was die Himmel heraufbeschwören, ergrünt das Land unaufhaltsam.

Der Wendepunkt kommt am 20. März, als die ersten festen, schwellenden Blattknospen des Weißdorns an den Hecken erscheinen. Als ich den Fahrweg hinaufgehe, segeln über mir Brachvogelpaare die Wiesen hinunter und rufen nach toten Seelen; ein Steinschmätzerweibchen beäugt mich misstrauisch von einem Zaunpfosten aus, und ich pflücke im Vorübergehen Weißdornblätter, eine essentielle, aber vergessene ländliche Beschäftigung. Vor dem Zeitalter des Wohlstands galten Weißdornblätter als nützliche Wegzehrung für Wanderer; meine Mutter kaute Weißdornblätter, wenn sie in den 1930er-Jahren von der Dorfschule nach Hause ging. Junge Weißdornblätter wurden damals manchmal »*bread and cheese*« genannt, obwohl sie überhaupt nicht nach Brot oder Käse schmecken. Auf der Zunge schmecken sie eindeutig und angenehm nussig.

Auf meinen Geist wirken die Weißdornblätter wie Balsam, denn die Balance meiner Beziehung zum Land ringsum verändert sich jetzt subtil. Über den Winter habe ich von der Natur genommen. Jetzt, wo die Natur ergrünt, schenkt sie. Das Wissen, dass die Natur in den kommenden Monaten ihr Grün verschenken und immer wieder verschenken wird, ist so beruhigend wie eine väterliche Umarmung, wenn man sich als Kind das Knie aufgeschlagen hatte.

Natürlich war die Natur die Mutter des Gedankens, dass es keine Rose ohne Dornen gebe, insofern stellt das Ergrünen des schönen Landes mich als einen der Fleischfresser des Lebens vor eine Herausforderung. Sie lautet: Wie soll ich all das üppige Grünzeug verwenden?

Gefüllte Schlangenknöterichblätter

Schlangenknöterich, eine Pflanze der feuchten Wiesen auf hohen Hügeln, ist die Hauptzutat für *dock pudding*, ein traditionelles Ostergericht aus Yorkshire, weshalb die Pflanze hier in der Gegend »*Easter giant*« genannt wird. In dieser Zeit des Jahres sind die Schlangenknöterichblätter ein hervorragendes Wildgemüse, aber nach dem zeitigen Frühling werden sie wegen ihres hohen Tanningehalts bitter. Leider sind die pfeilspitzenförmigen Blätter dieser Pflanze nicht gerade markant oder unverwechselbar, und sobald der Schlangenknöterich seine auffallenden rosa Bürstenblüten emporschickt, ist es zu spät, um sie zu essen. Die Natur hat einen koboldhaften Sinn für Humor.
Für vier Personen

12 große Schlangenknöterichblätter
1 Esslöffel Haselnussöl
1 Bärlauchzwiebel, zerstoßen
1 Teelöffel getrockneter wilder Thymian
225 g Grauhörnchen-Hackfleisch
60 g gemahlene Maronen
Salz

Zwölf der größten Schlangenknöterichblätter, die Sie finden können, abschneiden und in eine hitzebeständige Schüssel legen. Mit kochendem Wasser übergießen und 10 Minuten lang stehen lassen. Abgießen, trockentupfen und beiseitestellen.
Den Backofen auf 200° C vorheizen.
Das Öl erhitzen und Knoblauch, Thymian und Maronen sanft darin anbraten. Das Grauhörnchenfleisch zugeben, umrühren, vom Herd nehmen und abkühlen lassen.

Die Schlangenknöterichblätter flach auslegen, jeweils einen Esslöffel der Fleischfüllung daraufgeben und zusammenrollen. Die Röllchen in eine gefettete Backform legen. Abgedeckt 30 Minuten lang backen.
Wenn kein Schlangenknöterich zu finden ist, kann die Füllung auch in die Blätter von Stumpfblättrigem oder Krausem Ampfer gewickelt werden.

Am Ostersonntag kommt der Osterhase, wie immer, und versteckt Geschenke und Ostereier für die Kinder. Normalerweise hinterlässt er sie im Garten, aber in diesem Jahr hat er sie unten bei der Flussbiegung am Elefantenbaum versteckt.

Um halb acht gehe ich in Tris' Zimmer und rüttele ihn sanft an der Schulter. »Tris«, sage ich, »dieses Jahr hat der Osterhase beschlossen, es ein bisschen schwerer zu machen, er hat seine Geschenke unten am Fluss versteckt.«

»Der Osterhase«, sagt Tris, die Decke um sich gekuschelt, »macht wohl Witze.« Schließlich steht er doch auf. Freda, die mit ihren zehn Jahren entschlossen an den Osterhasen glaubt, ist schon seit sechs Uhr wach. Wir marschieren hinunter zum Fluss, gegen die pure, klare Kälte in viele Schichten gehüllt, mit einer optimistischen Schubkarre für die Geschenke. Während die Kinder herumrennen und unter Hecken, in Bäumen und auf der Kiesinsel Geschenke suchen, bestaunen Penny und ich mit großen Augen die Schönheit der Berge mit ihrer Puderzuckerkruste aus Schnee.

Später, nach dem traditionellen Lewis-Stempel-Ostersonntags-Eierrennen (harte Eier werden mithilfe von Stöcken am Ufer entlanggerollt; gewonnen hat, wer zuerst mit einem intakten Ei ankommt), gehe ich wieder hinunter zum Fluss, um den Ausblick auf die Black Mountains in Weiß zu genießen und darüber zu sinnieren, auf welche Weise Schnee stets die Perspektive verändert, sodass die Berge höher wirken, geradezu himalayisch.

Plötzlich bemerke ich aus dem Augenwinkel einen grauen Fleck auf dem Fluss. Eine Ente. Ich lasse mich zu Boden fallen. Ich habe das Luftgewehr bei mir. Okay, die Jagdsaison für Enten ist vorbei, sage ich mir, aber würde irgendjemand es je erfahren, wenn ich die Ente schösse? In den leblosen Wiesen ringsum ist schließlich keine Menschenseele zu sehen. Oder sollte ich vielleicht eher den moralischen Weg einschlagen und mich nur an die Ente anschleichen, zu Übungszwecken?

Wenn ich an diesen Moment zurückdenke, bin ich immer noch nicht sicher, aus welchem Beweggrund ich im Indianerstil durchs Gras kroch, meine Hosen vom dünnen, schmelzenden Schnee durchtränkt, bis ich am Ufer ankam. Den Kopf hinter einem zweckdienlichen Zaunpfosten versteckt, schob ich den Gewehrlauf allmählich durch den Drahtzaun, presste mein Gesicht an den Pfosten und spähte mit einem Auge hinunter zum Fluss, der unter drei Meter hohen roten Sandsteinklippen vor mir lag.

Im glitzernden Sonnenlicht auf dem Wasser paddelte eine männliche Stockente hin und her. Die Partnerin schwamm hinter einem umgestürzten Baumstamm hervor, um sich zum Erpel zu gesellen. Zusammen streckten sie fröhlich die Schwänze in die Höhe, bevor sie sich unter mir vorbeitreiben ließen.

Noch nie in meinem Leben war ich Wildenten so nahe. Schießen oder nicht schießen?

Nicht schießen. Sie waren sich des lauernden Todes zu selig unbewusst, und das Bild war so vollkommen, dass ich mich fühlte wie der erste Eindringling im Lande Albion.

Am letzten Märztag bekommt das Wetter endlich jene weiche, feuchte Wärme, die so typisch für den englischen Frühling ist, und wir machen mittags einen Familienspaziergang zur Festung von Longtown, über den Hügelkamm, der den kleinen Knick des Escley vom kleinen Knick des Monnow trennt. Natürlich entspanne ich mich nicht so weit, dass ich den Zustand der Wildpflanzen nicht registrieren würde, als wir den Fahrweg zur Landstraße hinaufgehen; in den smaragdgrünen Saum unter der Hecke ducken sich diskret die Blätter der Walderdbeere, und im Windschutz der Hecke kriecht Gundermann, der seine winzigen lila Blüten tapfer in die Höhe streckt. Auf der anderen Straßenseite sind wir nicht mehr auf unserem eigenen Land, und ich bin außer Dienst; weil ich Trelandon kaum je verlasse, außer um die Kinder zum Schulbus zu bringen, hat die Expedition etwas von einem Ferienabenteuer an sich. Offiziell ist der Weg zur Festung ein Reitpfad, aber sein tieferes, altes Wesen ist noch erkennbar: Er ist die Fortsetzung der Bauernstraße, die zum Steinbruch am unteren Ende unseres Grundstücks führt. Das Hämmern von Jahrhunderten der Hufe und Karrenräder hat den Reitpfad tief in die Erde eingegraben, sodass man auf einem Großteil der Strecke nicht über die hohen Seitenwände aus Lehm und schwarzem Humus hinaussehen kann. Während wir durch die alte Dunkelheit des Reitpfads schreiten, keimt ein naheliegender Gedanke: Ich lebe nicht in modernen Zeiten, sondern in den Zeiten König Arthurs. Weil Trelandon so ruhig, so fernab vom Verkehr liegt, kann ich nicht anhand der Umweltgeräusche sagen, ob wir einen Werktag oder Wochenende haben. Überall, wo ich bisher gewohnt habe, selbst weit draußen auf dem Land, unterschied der Pendlerverkehr die Wochentage von den Wochenend- oder Feiertagen. Nicht hier. Ein Tag klingt so still wie der nächste und endlos, endlos so weiter, genau wie es in den langsam vergehenden Zeiten des Mittelalters gewesen sein muss.

Longtown Castle ist allerdings nicht Camelot. Als eine der seltenen runden Turmhügelburgen thront es auf einem Erdhügel, in Sandstein gehauene karge normannische Militärlogik. Noch acht Jahrhunderte später dominiert es grimmig den oberen Teil des Tales. Zumindest vor meinem geistigen Auge. Für die Kinder ist es ein

Spielplatz; der grasbewachsene Hügel eignet sich ganz prächtig zum Herunterrollen.

Als ich durch das zwischen meinen Füßen emporsprießende Scharbockskraut auf unserem Grundstück herumstreife, knalle ich schnell hintereinander zwei Tauben im Flug ab, in einer so strahlenden Nachmittagssonne, dass ich Sonnenbrille und Shorts trage. *Peng. Peng.* Voll ins Schwarze! Natürlich sollte jemand, der in den letzten sechs Monaten so viele Tiere geschossen hat wie ich (mindestens hundertvierzig), sich allmählich dem Scharfschützenstatus nähern. Aber es ist nicht nur die Übung, die meine Schießkunst verbessert, sondern auch die Haltung. Oder genauer gesagt: der Mangel an Haltung. Wie ein jagender Onkel einst zu mir sagte, ist der beste Rat, dem ein Schütze folgen kann, der von Obi-Wan an Luke Skywalker in *Star Wars:* »Nutze die Macht, Luke!« Damit meinte mein Verwandter: Sei im Moment, folge deinem Instinkt, sei natürlich.

Als es geschieht, denke ich: Oh Scheiße, dafür komme ich ins Gefängnis.

Ebenso sehr zum persönlichen Vergnügen wie aus Speisekammergründen mache ich am länger werdenden Abend eine Runde über unser Land. Aber natürlich nehme ich Flinte und Hund mit. Als ich am bewaldeten Flussufer entlanggehe und im rosigen Licht der untergehenden Sonne bade, spüre ich plötzlich, dass ein Tier sich erschreckt verkrampft. Ich entsichere die Schrotflinte und hebe sie in die Luft. Aus den Bäumen flieht panisch eine Taube, ein silberner Pfeil quer über den rosigen Himmel. Erst als die Taube sich im Flug dreht, um mich zu umkurven, schießt mir eine Warnung durch den

Kopf: Der Vogel hat keine weißen Bänder am Flügel. Das ist keine Ringeltaube.

Aber da ist es schon zu spät, der Instinkt des Tötens hat die Schrotflinte schon an meine Schulter gehoben, den Abzug betätigt und den Flug des Vogels beendet. Er kracht herunter, taumelt mit der Grazie eines im Ersten Weltkrieg zerschossenen Doppeldeckers zu Boden. Ich stehe wie versteinert da, aber Edith rast los und bringt mir den Vogel; ihr Schwanz wedelt vor Stolz. Ich möchte ihn eigentlich gar nicht entgegennehmen, was er auch sein mag, aber Edith legt den Vogel ordentlich auf meine ausgestreckte Handfläche.

Scheiße. Scheiße. Scheiße. Der Vogel sieht aus wie eine Hohltaube, eine geschützte Art. Ich möchte ihn in die Tiefen des Escley werfen, aber dann mache ich mir Sorgen darum, dass er bei jemandem angespült werden könnte, der die Kriminalpolizei einschaltet, um den TAUBENKILLER zu finden. Einen verrückten Moment lang denke ich darüber nach, den Vogel mit Steinen zu beschweren, verwerfe diesen Gedanken aber als zu unterwelthaft melodramatisch. Also beschließe ich, ihn mit nach Hause zu nehmen und das Beweismaterial aufzuessen.

Im Licht der Glühbirne im Kuhstall betrachte ich den Vogel noch einmal. Mir kommt ein Gedanke. Möglicherweise sind die schwarzen Ränder der Flügel gar nicht sonderlich schwarz, und der grüne Schimmer am Hals ist nicht sonderlich grün. Und was macht eine Hohltaube, ein Vogel der Felder und Parklandschaften, hier oben in den Bergen? Bei näherem Nachdenken komme ich zu dem Schluss, dass der Vogel eine Straßentaube ist, also legitime Jagdbeute. Natürlich möchte man eine Taube nicht verschwenden, deshalb esse ich sie trotzdem (gebraten) und vergrabe das Gefieder in der Erde, weil Vogelfedern sehr mineralstoffreichen Kompost ergeben. Und dort ruht die ganze Angelegenheit.

Trotz meiner Sorge um die Abstammung meiner Taube habe ich Ediths erfolgreiches Apportieren nicht ganz übersehen. Es gibt einiges zu bemäkeln, zum Beispiel die Tatsache, dass sie es ohne meinen Befehl tat (ein Fehler, den man in Jagdhundkreisen »einspringen« nennt) und dass die Distanz ganze zwanzig Meter betrug, aber ich finde, für die Erkenntnis, dass der Vogel in die Hand des Herrchens gelegt werden musste, genau wie der Dummy, mit dem sie seit Wochen geübt hatte, bekommt sie die volle Punktzahl. Definitiv ein Pfotenschritt in die richtige Richtung.

Warmer Klettenwurzel-Tauben-Salat

Für eine Person

110 g Klettenwurzel
1 Taubenbrust
1 Handvoll gemischter Frühlingssalat (Vogelmiere, Behaartes Schaumkraut, Feldsalat)
1 Klacks Gänse- oder Entenschmalz
Für das Dressing:
1 Teelöffel Haselnussöl
1 Prise Salz
1 Teelöffel Holunderwein
1 Teelöffel Pfannensaft

Die Klettenwurzel putzen und in streichholzdünne Streifen schneiden.
In Salzwasser 15 Minuten lang köcheln, dabei das Wasser verdampfen lassen. In der Zwischenzeit beide Seiten der Taubenbrust abschneiden, die Karkasse für Suppe aufbewahren und die Salatblätter waschen.
Wenn die Klettenwurzel *fast* verkocht ist, das Fett erhitzen, bis es raucht, und die Taubenbrust darin von beiden Seiten jeweils etwa 2 Minuten lang anbraten, wodurch sie innen angenehm

blutig und saftig bleibt. (Wenn Sie den modernen Gesundheits- und Sicherheitsempfehlungen folgen und Ihr Wild zerbraten wollen, bis klarer Saft austritt, sollten Sie die Zeit in der Pfanne verdoppeln.) Klettenwurzel und Taube vom Herd nehmen und 5 Minuten lang abkühlen lassen. Das Salatdressing anmischen und dabei nicht vergessen, den Pfannensaft zuzugeben.
Die Klettenwurzel-Streifen auf einen Teller legen, den Salat daraufhäufen und dann vorsichtig das in Scheiben geschnittene Taubenfleisch auf dieses grüne Bett legen. Mit dem Dressing beträufeln.

Kalender der wilden Nahrungsmittel von Trelandon

MÄRZ

Tauben, Kaninchen, Grauhörnchen, Löwenzahn, Feldsalat, Behaartes Schaumkraut, Brennnesseln, Weißdorn, Schlangenknöterich, Klette

Manchmal beginnt die Nahrungssuche, wie die Nächstenliebe, direkt vor der eigenen Haustür. Kaum bin ich morgens auf den Hof hinausgetreten, um den zarten Narzissenduft in der Luft zu genießen, als sich über mir eine launenhafte Dusche öffnet. Schließlich ist heute der erste April, ein Tag für Scherze. Also beschließe ich, auf der geschützten, büschelig bewachsenen Fläche zwischen Haus und Obstgarten nach Pflanzen zu suchen. Dort, wo die Erde für ein Wasserrohr aufgegraben wurde, finde ich einen länglichen Teppich aus Vogelmiere; ein paar Pflanzen präsentieren tapfer ihre unverwechselbar fünfeckigen weißen Sternblüten. Sie ist eine zähe kleine Pflanze, liebt aber die Fröste des Hügellands nicht, und dies ist ihr erstes Wiedererwachen seit dem Winter. Wie so viele andere »Unkräuter« wurde die Vogelmiere einst auf Englands Straßen und Märkten als Gemüse angeboten, aber heute ist sie für die meisten von uns nur ein Gärtnerfluch. Wenn man *Stellaria media* als feindlichen Eindringling betrachtet, ist es eine köstliche Gegenwehr, sie aufzuessen.

Um keine Wurzeln waschen zu müssen, ist es ratsam, Vogelmiere mit einer Schere oder einem Messer abzuschneiden.

Suppe aus Vogelmiere

Weil sie ähnlich schmeckt wie Kopfsalat, wird Vogelmiere am häufigsten für Salate verwendet, aber man kann sie auch

warm als Gemüse servieren. Oder als Hauptzutat einer leichten, leuchtend grünen Suppe, die perfekt zum Vorfrühling passt.
Für vier Personen

1 l Wildbrühe
1 Bärlauchzwiebel, zerdrückt
2 Bund Vogelmiere, gehackt
1 Prise Salz
1 gewürfelte Kletten- oder wilde Pastinakenwurzel

Die Wildbrühe – Taube ist ideal – in einen schweren Topf gießen und zum Kochen bringen. Kletten- oder Pastinakenwurzel, Salz, Bärlauch und Vogelmiere zugeben, herunterschalten und 10 Minuten lang köcheln lassen. In einen Standmixer gießen und pürieren. Wieder auf dem Herd erhitzen.
Vogelmiere ergibt pur eine gute Suppe, lässt sich aber auch gut mit anderem Wildgemüse kombinieren. Probieren Sie Brennnesseln, Sauerampfer, Behaartes Schaumkraut oder Brunnenkresse dazu.

Von der Landstraßenweide aus hat man eine spektakuläre Aussicht über das Tal auf den Skirrid, einen kantigen Berg, der sich finster in die Wolken erhebt. Weil ich im Morgennebel diesen Zauberberg des Grenzlands anstarre, schaue ich nicht nach unten und trete beinahe auf das birnenförmige Brachvogelei, das auf der perfekt gerundeten Mitte eines Maulwurfshügels liegt. Brachvögel legen ihre Eier nicht auf Maulwurfshügel, und ich habe keine Erklärung, wie es dort hingekommen ist, es sei denn, der Maulwurf hätte durch einen Zufall genau unter einem Brachvogelnest Erde aufgehäufelt.

Während ich hochherzig darauf hoffe, dass die Brachvogeleltern das gesprenkelte, fleckige Ei noch ausbrüten können, leckt sich der niedrigste Teil meines Wesens lasziv die Lippen und denkt: Es sieht so aus, als könnte man es noch essen. Dann fällt mir ein, dass mir eine gesamte Quelle wilder Nahrungsmittel gesetzlich verschlossen ist, denn praktisch alle Vogeleier in Großbritannien stehen unter Naturschutz. Schon bald kann ich an nichts anderes mehr denken als an Eier und all die wunderbaren Arten, wie sie zubereitet werden können.

Ich brauche Eier.

Ein Plan wird ausgebrütet. Für jedes Wildvogelei, das ich sehe, werde ich mich im Verhältnis eins zu eins mit einem Hühnerei belohnen. Bei näherem Nachdenken erweist sich dies, wie einige meiner übrigen »Pläne«, als eine nicht unbedingt hundert-Watt-helle Idee: Seit Lucky, unser Haushuhn, in einer Pechsträhne als Mitternachtssnack eines Fuchses endete, haben wir vor Ort keinen Eierlieferanten mehr. Und sowieso kommen mir Hühnereier nicht authentisch vor. Enteneier schon, vor allem, weil zurzeit bei den Zwillingseichen eine Mandarinmutter auf ihrem Gelege sitzt. Dementsprechend tigere ich mit den Kindern am ersten Aprilmittwoch in aller Frühe auf den Geflügelmarkt von Hereford. »Das wird interessant«, verspreche ich ihnen.

Am Stadtrand von Hereford halte ich am Geldautomaten eines Supermarkts an. Ich traue mich nicht, den Kontostand abzufragen, und fühle mich wie ein Verbrecher, als ich versuchsweise hundert Pfund anfordere. Der Bildschirm teilt mir kurz angebunden mit, mein Kontostand reiche nicht aus. Achtzig Pfund? Nein. Wir einigen uns auf sechzig Pfund, die Maschine und ich.

Die Geflügelhalle auf dem Markt von Hereford ist ein Zement-Asbest-Gebäude aus den 1950er-Jahren, mit Oberlichtern im Dach. Auf dem Boden liegt Sägemehl. An einem Versteigerungsmorgen um halb zehn herrscht ein Lärm wie in Dantes Inferno. Dreihundert

Sortimente an Hühnern, Gänsen, Fasanen und Wachteln sind in drei Etagen aus Drahtkäfigen an drei Wänden gestapelt. Jeder einzelne Insasse protestiert gegen seine Gefangenschaft. Die Kinder erbleichen sichtlich, als sie die Tür durchqueren.

Im Gegensatz zu den Schafzüchtern in der Nachbarhalle mit ihren Uniformen aus blauen Overalls und mit vor der Tür geparkten blauen Landrovern ist das Publikum hier gemischt. Teenager-Kapuzenpullis mit Augenbrauenpiercing drängen sich Schulter an Schulter mit ältlichen walisischen Kleinbauern, die aus Powys herübergekommen sind. Was sie alle gemeinsam haben, ist ihre Randständigkeit. Die Geflügelzucht wirft, wenn man sie nicht in riesigem Maßstab betreibt, nur winzige Gewinne ab, eher in Pence als in Pfund zu berechnen. Und solange der Weizenpreis so hoch bleibt (»Hundertachtzig Pfund die Tonne!«), sind sie schmaler denn je.

Eine junge Mutter, die ein Kleinkind hinter sich herzieht, drängt sich mit einem »*Sorry!*« und einem Lächeln durch die Menge, damit das Kind die Pappschachteln mit piepsenden gelben Küken am hinteren Ende des zentralen Verkaufstisches sehen kann, als kostenlose Unterhaltung an einem Osterferientag. Meine Kinder und ich folgen in ihrem Kielwasser.

Wenn man bei einer Versteigerung einkauft, gibt es ein Geheimnis: früh hingehen, damit man ohne Zeitdruck besichtigen kann. Außerdem ist es nützlich, wenn man etwas über das zu Kaufende weiß. Wir hatten früher dreißig Hühner – Araucaner, Minorkas, Marans und helle Sussex –, die eine Auswahl grüner, brauner, weißer und rosafarbener Eier legten. Aber Enten? Mein Wissen beginnt und endet mit der Tatsache, dass Erpel manchmal eine gelockte Feder im Schwanz haben. Fünf Minuten vor Beginn des Bietens bin ich erst halb durch, und ein eindeutiges Gefühl von Panik steigt in mir auf. In meinem Hirn herrscht absolute Leere in Bezug auf die Frage, ob Aylesburyenten eher eine Rasse zum Essen oder zum Eierlegen sind. Zwei khakibraune Campbellenten ignorieren aristokratisch ungerührt die beiden Streithähne in den darüberliegenden Nachbarkäfigen, die in einer Federwolke versuchen, einander umzubringen.

Ein Mann mit den grauen, zurückgegelten Haaren eines Boxtrainers steht neben den Campbells und notiert etwas auf Zettel. »Entschuldigung«, schreie ich über den Krach von Geflügel und Menschen hinweg, »verstehen Sie etwas von Enten?« Die Kinder schrumpfen hinter mir vor Peinlichkeit zusammen. »Taugen die was für Eier?«, röhre ich und zeige auf die Campbells.

Er macht den Käfig mit der linken Hand auf, schiebt seine tellergroße rechte hinein und drückt eine der verblüfften Enten zusammen. Während er den Käfig schnell wieder schließt, dreht er sich zu mir um und lächelt freundlich. »Die taugen nichts für Sie. Quaken nicht.«

Mein Gesicht muss meine Verwirrung verraten haben. Er fügt hinzu: »Nur Enten quaken. Erpel nicht.«

Ich ziehe eine Grimasse, um meine Unwissenheit einzugestehen.

Als die Glocke zum Beginn der Versteigerung ertönt, entdecke ich die Käfige des Geflügelfachhandels Penrhiwgarn aus Crickhowell. Die Firma Penrhiwgarn muss sich an Zielkunden wie mich richten. An ihre Entenkäfige haben sie einen hilfreichen Zettel gehängt: »Weiße weibliche Legeenten. Ideal für Freilandhaltung.«

Ich entscheide mich schnell für Los 87. Ein Käfig in der obersten Reihe, darin drei leuchtend weiße Enten mit gelben Schnäbeln und Knopfaugen.

Der Auktionator steigt auf das Podest. Er steht eine Stufe höher als wir, dort auf seiner Bühne in seinem Tweedjackett. Er zupft an seinen Manschetten, lehnt sich zum Mikrofon und beginnt so schnell zu sprechen, dass ich in der ersten Minute nur »zehn Prozent Käuferaufschlag« aufschnappe.

»Ich wette, der sagt eigentlich gar nichts«, vermutet Tris, der neben mir steht.

Ein Assistent im weißen Kittel öffnet einen Käfig und hält einen Vogel in die Höhe. »Zweisindgeboten, zweieinhalb, drei, dreieinhalb, verkauftfürdreifünfzig …«

Trotz des rasanten Herunterrasselns dauert es Ewigkeiten, bis alle Lose abgearbeitet sind. Tris entdeckt eine freie Stelle auf einem Tisch und wir setzen uns erleichtert, um zu warten, bis Los 87 an die Reihe kommt. Der Auktionator erinnert uns an seine erhabene Position, indem er einen kleinen Jungen anfaucht, der sich an der Seite des Podests festklammert, um besser sehen zu können. »Außer mir kommt hier keiner rauf!«

Ich bin überraschend nervös, als sich die Gebote auf das Los zubewegen, das ich will. Mein Mund wird auf eine Weise trocken, die alle Engländer kennen, die jemals etwas unter den Blicken einer Menschenmenge tun mussten. Die Gebote rauschen blitzschnell vorbei. Als der Auktionator mit Los 85 beginnt, fällt mir plötzlich auf, dass ich dafür bieten muss statt für 87, weil der Gewinner dieses Loses auch eine Option auf 86 und 87 bekommt. Meine Hand schießt in die Luft, leider nicht in der coolen, minimalistischen Manier der Auktionsveteranen, sondern im Fahnenmaststil des Klassenstrebers: »Bitte, Frau Lehrerin, ich weiß, was rauskommt …!«

Los 85 geht an »Siebeneinhalb, da drüben«, wobei »da drüben« ich bin. Los 85 sind vier weiße, eierlegende Enten, für die ich jeweils 7,50 Pfund bezahlt habe. Ich nutze die Option auf die anderen Enten nicht. Ich wollte drei Enten. Jetzt habe ich eine zu viel.

Um die Enten in ihrem Transportkarton aus der Versteigerungshalle zu bekommen, muss man strengere Sicherheitskontrollen hinter sich bringen als an einem Flughafen. Erst muss ich im Büro nebenan bezahlen. Danach bekomme ich eine Rechnung in dreifacher Ausfertigung. Eine davon behält das Büro. Die anderen beiden gebe ich dem stämmigen Türsteher, der pflichtbewusst »Los 85: Vier weiße Enten« mit dem Inhalt des Kartons abgleicht, indem er den Deckel öffnet. Einen Moment lang denke ich, die Enten flattern weg, aber er hat das schon tausendmal gemacht und schließt den Deckel rechtzeitig wieder.

»Alles bestens, Chef«, sagt er, gibt mir mein Exemplar der Rechnung und lässt uns unserer Wege gehen.

Zu Hause bitte ich die Kinder, den Enten einen Teich zu graben, wobei ich eine Pfütze erwarte, die groß genug ist, dass die Enten ihre Augen darin baden können (was sehr wichtig ist), aber sie übertreffen meine kühnsten Erwartungen und heben in dem unerbittlichen Lehm einen ovalen Teich von zwei Metern Länge, gut einem Meter Breite und einem halben Meter Tiefe aus, inklusive einer Steininsel in der Mitte. Erst dann fällt mir wieder ein, dass Kinder am glücklichsten sind, wenn sie arbeiten, vor allem, wenn sie im Matsch arbeiten. Während sie zwei Tage lang am Stück in der dünnen Sonne schuften und sich Blasen an den Händen holen, geben die erste Hummel und der erste Admiral-Schmetterling ihr Debut, während die Amsel vorsichtig vorbeihuscht und auf der großen Koppel trockenes Gras für das Nest sammelt, das sie auf einem schattigen Balken im unfertigen Wohnzimmer baut. Die Kinder haben ihren Teich schlauerweise unter einem Drainagerohr gebaut, das aus der Erdkante des Obstgartens herausragt, sodass sich der Teich beim nächsten Regen füllen wird.

Weil dies das Hochland von Westengland ist, müssen wir nicht lange warten; der Regen kommt am nächsten Tag, und der Teich ist innerhalb weniger Stunden voll. Die kleinen weißen Enten fühlen sich in dem Teich wie, nun ja, wie ein Fisch im Wasser und schwimmen glücklich im Kreis. Eine Woche später, als ich um sieben Uhr an einem strahlenden Frühlingsmorgen das Hühnerhaus öffne, leuchtet im düsteren Innenraum ein strahlend weißes Ei. Ich könnte vor Freude singen, aber die Lerche steigt flatternd zum Himmel auf und erledigt das für mich.

Ich renne mit dem Ei in die Küche, irgendwie paranoid, dass es sich in einem grausamen Trick verflüchtigen könnte, wenn ich nicht schnell genug bin, und koche es vier Minuten lang. Seltsamerweise habe ich noch nie ein Entenei gegessen; sie haben kulinarisch keinen guten Ruf und werden vor allem von Catering-Unternehmen verwendet. Wie schmeckt mein Entenei? Genau wie ein gutes Hühnerei aus Freilandhaltung, vielleicht mit einem etwas sanfteren Geschmack. Bald liefern die Enten mir drei Eier am Tag, und ich komme in Verlegenheit, was Eierrezepte angeht.

Dann kommt der Haken, denn ich kann nicht rechtfertigen, herumzusitzen und darauf zu warten, dass Hausenten mir mein Essen liefern. Also beschließe ich, dass ich nur ein Entenei für jeweils zwei Wildvogeleier essen darf, die ich aufstöbere. Die nächsten Wochen sind pure Seligkeit, denn ich spüre das flache Nest der Stockente im Laub am Ufer unter dem Elefantenbaum auf, das wackelige Taubennest aus Zweigen im efeubewachsenen Baum am Obstgarten, die von der Lerche in den Boden der Landstraßenweide gescharrte Mulde, die sorgfältig gebaute Lehmschüssel der Schwalbe am Schuppendach, die fest gewobenen Heuschalen der Amseln und Singdrosseln in den Hecken und das winzige weiche Kissen des Zaunkönigweibchens, das in die bröckelige Steinwand der Waschküche geklemmt ist.

Dann spioniere ich den groben Nestern der Hausspatzen im Küchendach hinterher; ich lokalisiere die Nisthöhle des Buntspechts in der toten Ulme am Fluss; ich beobachte das Schlammloch der Eisvögel im roten Flussufer, das nach herausgeschubsten, fischigen schwarzen Exkrementen stinkt; ich spähe hinauf zum schlampigen Astfloß der Dohlen im Kamin; ich stöbere das ausgekratzte Loch des Fasans unter dem Weißdornbusch auf; ich finde die geheime Bleibe des Gartenrotschwanzes in einem Baumstumpf; und – am allerleichtesten – ich sehe die tiefe, samtige Schale der Blaumeise mit ihrem Futter aus Moos und Wolle, weil sie in unserem hölzernen Briefkasten am oberen Ende des Fahrwegs erbaut wurde. Über den Briefschlitz haben wir eine Notiz für den Briefträger geklebt: »Nistende Vögel! Post bitte unten in den Einkaufsbeutel stecken.«

Sauerampfer mit Eiern

Aus *The Compleat City and Country Cook* von Charles Carter (1736), abgedruckt in Roger Phillips' Buch *Wild Food.*
»Dein Sauerampfer muss schnell gekocht werden und gut abtropfen; dann koche drei Eier weich und drei hart; buttere den Sauerampfer gut, röste einige Brotstücke und lege drei weiche und drei ganz harte Eier dazwischen und streue Brotstücke darüber und garniere mit Scheiben von Orange oder Locken aus Speck oder gebratenem Schinken.«
Auch ohne Brot und Butter, auch ohne die Garnierung aus Schweinefleisch schmeckt die Kombination aus Sauerampfer und Ei köstlich. Jason Hill empfiehlt, rohe Sauerampferblätter unter ein Omelett zu ziehen – eine Idee, die ich zu einem Ein-Personen-Gericht abgewandelt habe:

2 Enteneier
1 Prise Salz
1 kleiner Klacks Enten- oder Gänseschmalz
1 Esslöffel Wasser
1 Handvoll junge Sauerampferblätter

Eier und Wasser mit einer Gabel verquirlen. Es sollte eine Mixtur entstehen, kein Schaum. Salzen.
Eine schwere Bratpfanne erhitzen, bis sie raucht, dann das Entenschmalz hineingeben. Wenn es geschmolzen ist – was sehr schnell der Fall sein wird –, die Eiermischung hineingießen und die Pfanne schwenken, bis der ganze Boden bedeckt ist. Bei mittlerer Hitze 30 bis 45 Sekunden lang stocken lassen.
Mit einem Holzlöffel die Ränder des Omeletts vorsichtig anheben, damit das flüssige Ei darunterlaufen kann. Den

Sauerampfer zugeben und noch für 30 Sekunden mitgaren, dabei noch einmal am Rand anheben.

Das Omelett, wenn es oben noch ziemlich flüssig ist, in der Mitte falten und auf einen vorgewärmten Teller kippen.

Ohne Sauerampfer ist dieses Rezept für Omelett mein Standardmodell. Es funktioniert gut mit Bärlauchblättern, mit Pilzen, mit Brunnenkresse, jeweils im Verhältnis von einem Esslöffel Füllung zu einem Omelett.

Vereinzelt gibt es ein paar kleine Schwierigkeiten, das muss ich zugeben. Entenschmalz und Haselnussöl sind mir ausgegangen. Ich habe die Wildapfel- und Brombeergelees aufgegessen. Ich habe den gesamten Hagebuttentee aus dem Schrank aufgebraucht. Tatsächlich erweist sich bei meiner Inventur des Vorratsschranks, dass nichts von den im Herbst gesammelten Vorräten übrig ist, mit Ausnahme des Schlehenweins, einer Flasche Brombeerwein, einem Krug Cider und den Maronen, inzwischen in kostbares Mehl verwandelt. Ich bin wieder bei einem Leben von der Hand in den Mund angekommen, von einem Tag zum nächsten, und in so grünen, frühlingshaften Zeiten ist das nicht unmöglich, ja nicht einmal besonders schwierig – mit einer Ausnahme: dem Mangel an Fett oder Öl zum Kochen. In den letzten Tagen habe ich Gedämpftes, Gedünstetes, Gekochtes, Geschmortes und Rohes gegessen, aber manche Dinge sind tatsächlich dazu gedacht, gebraten zu werden. Deshalb füge ich, als Penny das nächste Mal zum Supermarkt fährt, »Gänseschmalz« zu ihrer Liste hinzu.

Ich habe es nicht geschafft, von der Natur zu leben. Nach sechs Monaten des wilden Essens habe ich darauf zurückgegriffen, Gänseschmalz, die Lieblingszutat der Fernsehköchin Nigella Lawson, in einem Laden zu kaufen. Eigentlich sollte ich bedrückt sein, aber das bin ich nicht. Im Nachhinein betrachtet war die selbst auferlegte Beschränkung, nur auf meinen eigenen sechzehn Hektar zu sammeln und zu jagen, nichts weiter als ein Beispiel für die Form von Regelsetzungs- und Kontrollzwang, zu der ich neige. Ich hätte bei meinen Nachbarn, an der Landstraße, oben auf dem Berg Haselnüsse stehlen sollen.

Und es gibt einen geringfügigen mildernden Umstand, den ich zu meiner Verteidigung vorbringen kann. Die Naturschutzgesetze. Während ich dies schreibe, treibt ein Schwarm Stockenten auf dem Fluss, überwölbt von einem tröpfelnden Regenbogen. Ich könnte sie für ihr Fleisch und Fett schießen, aber das ist in England während der Schonzeit vom 1. Februar bis zum 31. August verboten, damit sie in Ruhe brüten und heranwachsen können.

Die Aprilschauer lassen den Fluss schlammig schwellen. Am Escley fängt die Angelsaison für Forellen am 3. März an, und bisher habe ich meine Rute noch nicht ins Wasser gesteckt. Mein Grund dafür lautete, der Fluss sei zu reißend und zu braun, genau wie heute, aber ein nagender Zweifel wächst in meinem Kopf. Ich habe Angst vor dem Versagen. Mit der Flinte war ich immer ein echter Knaller. Aber mit einer Angelrute alles andere als ein toller Hecht. Die Sommer meiner Kindheit waren lange, stille Demütigungen, denn mein bester Freund Tim zog Hechte, Barsche, Aale und Forellen aus dem Wye und ich fing nichts. Überhaupt nichts. Erst mit sechzehn angelte ich meinen ersten Fisch, eine mitleidige Makrele in der Irischen See.

Mir fehlt der Glaube ans Angeln.

Der 5. April ist ein strahlender, strahlender Sonnenscheintag. Tris, Freda und ich bewaffnen uns mit Netzen und marschieren zum Molchgraben, die träge Samstagnachmittagssonne im Rücken. Als wir die Netze in die Masse aus überfluteten Gräsern und Binsen stecken, eilen Wolken von Froschkaulquappen herbei, um sich fangen zu lassen, aber wir können keinen einzigen Teichmolch finden. Ich will gerade »Meine Molche sind weg!« schreien wie P. G. Wodehouses molchbegeisterter Held Gussie Fink-Nottle, als Freda sagt: »Hab einen!«, und tatsächlich: Ein kleiner brauner Molch sitzt mit kaltem Blick am nassen Boden des Netzes; sie holt ihn vorsichtig heraus und setzt ihn auf ihre andere, ausgestreckte Hand. Wir bewundern abwechselnd seine zierliche, prähistorische Echsenhaftigkeit, bevor wir ihn wieder ins Wasser setzen, wo er für einen Moment schwebend hängt, bevor er mit dem Schwanz rudernd in die Tiefe steuert. Nachdem wir zwei gefangen haben, geht Tris zurück nach Hause zu irgendeiner elektronischen Bildschirmdröhnung, aber Freda erklärt: »Das könnte ich den ganzen Tag machen«, während sie in rosa getupften Gummistiefeln mit reiherhafter Geduld im Graben steht und darauf wartet, dass ein Molch in den länger werdenden Schatten eine verräterische Bewegung macht. Aber schließlich wird sie hungrig, und wir kehren um nach Hause.

Aus dem Augenwinkel sehe ich einige tanzende Fleckchen, die auf der Uferweide das Sonnenlicht über dem Escley einfangen. Könnte diese brownsche Bewegung aus Mehlschwalben bestehen, so früh schon? Wir gehen zum Bach hinunter, und tatsächlich: Am himmelblauen Himmel kurven die Mehlschwalben im Sturzflug. Rauchschwalben auch; ihre roten Köpfe und gegabelten Schwänze sind deutlich zu sehen. Der viktorianische Naturforscher Gilbert White glaubte, Schwalben würden in Luftblasen im Meer Winterschlaf halten, wobei die Wahrheit kaum weniger fantastisch ist, denn sie fliegen den ganzen Weg bis nach Afrika. Die Schwalben waren noch nie so früh wieder da – normalerweise kommen sie am 20. April –, und ich möchte ihnen zurufen: »Fliegt zurück, fliegt zurück!« Ich wünschte, das hätten sie getan, denn in der folgenden Nacht schneit es, und im Licht des Morgens finde ich eine Schwalbe mit ausgebreiteten Flügeln auf einem weichen weißen Totenbett.

Nichts kann meine gute Laune bremsen, nicht einmal der Schneetod einer Schwalbe. Ich wünschte, ich hätte Gedichte statt Rocksongs im Kopf, aber es sind Letztere. In diesen Frühlingstagen hänge ich bei »*The Wild One*« von Iggy Pop fest … »*Ooh, yeah, I'm a wild one.*«

Es gibt ein Gedicht, das ich gut kenne. Es ist *The Shepherd's Calendar*, der *Schäferkalender*, von dem ländlichen Spinner John Clare. So lautet der Vers für April:

Du Märchenmonat uns berückst
Und bringst uns neue Freud
Die Erde zeitig du beglückst
Dreifach Willkomm' erneut
Mit dir die Knosp' erwächst zum Blatt
Der Fluren Gras wird grün
Und Blüte zarten Segen hat
Dir lächelnd zu erblühen

In der dritten Aprilwoche beschleunigt der Frühling seinen Schritt. Nein: Er überrennt das Land mit einschüchternder Gewalt, getrieben von Hitze und Schauern. Überall sprießen Pflanzen, sogar durch den Beton auf dem Hof. Über die unteren Wiesen walzt das Scharbockskraut, im Dickicht am Fluss blaut ein halluzinogener Hauch von Hasenglöckchen, und eine einzelne rosa Lichtnelke bildet tapfer die Vorhut in der Grenzhecke. Aber die Pflanzen, denen ich ein »dreifach Willkomm'« entbiete, sind die essbaren: die knallgelben Erdprimeln an den Ufern der Gräben, das Wiesenschaumkraut auf der Sumpfweide, der Bärlauch im Schatten der Flussbäume und die Knoblauchsrauke, die überall wächst. Sie heißt so, weil ihre hellen Blätter stark nach Knoblauch riechen, wenn man sie zerreibt; sie wird seit Jahrhunderten zum Kochen verwendet, deshalb nannte man sie früher auch »Salzkraut«. Ebenso wenig wie an Geschmack und Größe (sie kann bis zu einen Meter hoch werden) fehlt es der Knoblauchsrauke an Namen; sie wurde auch »Blöderkraut«, »Leuchel« oder »Ramschelwurz« genannt. Zur Knoblauchsrauke empfahl Nicholas Culpeper in seinem Kräuterbuch: »Leser, probiere einfach ein wenig in deinem nächsten Salat.« Recht hat er.

Jason Hill rät in seinem Buch *Wild Foods of Britain* außerdem, die Wurzeln der Knoblauchsrauke zu verwenden: »Die langen, weißen Wurzeln schmecken eher wie Meerrettich mit einem leichten Knoblaucharoma; man kann sie in einen Salat reiben oder mit Öl und Essig zu einem guten Ersatz für Senf oder Meerrettich zerstoßen.«

Um die Wahrheit zu sagen, ist Salat mein Lieblingsessen. Ich könnte den ganzen Tag lang Salat essen. Und tue das auch so ziemlich. Im April Salat sammeln zu gehen ist insofern so ähnlich, wie als Kind in einem Süßwarenladen losgelassen zu werden. Ich kann es kaum ertragen, in der Küche zu sein, ich habe kaum Lust zu kochen. Mein Gartenkorb quillt über vor Salatkräutern.

Frühlingssalat

Knoblauchsrauke
Behaartes Schaumkraut
Weißdornsprossen
junge Löwenzahnblätter
Apfelessig
Haselnussöl
Salz
Honig

Die Blätter waschen und in feine Streifen schneiden. Aus Apfelessig und Haselnussöl eine Vinaigrette zubereiten und dabei das übliche Verhältnis von 1 Teil Essig auf 3 Teile Öl ignorieren, weil Haselnussöl so stark schmeckt; versuchen Sie es mit 1:1. Eine Prise Salz und eine Spur klaren Honig zugeben und mit einem Holzlöffel einrühren. Alle Zutaten in ein Schraubglas geben und zu Salsa-Musik schütteln. Den Salat in 2 bis 3 Esslöffeln emulgierter Vinaigrette wenden. Die zarten, aber pfeffrigen Blätter des Wiesenschaumkrauts sind auch eine gute Salatzutat, ergeben allerdings in Verbindung mit Behaartem Schaumkraut eine unangenehm scharfe Mischung.

Im grünen Glanz des Wäldchens sehen die roten Knospen des Holunders bezaubernd aus. Roh sind sie widerwärtig, das weiß ich von früheren Begegnungen, aber der Optimismus überkommt mich, und ich weigere mich zu glauben, dass etwas so schön Anzusehendes so absolut unbrauchbar sein kann, also schüttele ich die glänzenden Tropfen der Aprilschauer ab und fülle einen Plastikbeutel mit ihnen. Der archetypische Frühlingsduft aus feuchter Erde und warmen Pflanzen steht durchdringend im Wäldchen, und ich treibe mich dort herum, bis sich ein Buschwindröschen nach dem anderen für die Nacht schließt. Zu Hause in der Küche bin ich fest entschlossen, irgendein altes Rezept zu finden, das die Holunderknospen zu kulinarischem Gold alchemisiert. Daran scheitere ich, allerdings macht Jason Hills Empfehlung, sie sauer einzulegen, die Knospen zumindest essbar.

Eingelegte Holunderknospen

Abwandlung des Rezepts aus Jason Hills *Wild Foods of Britain*, 1944

Die gewaschenen Holunderknospen mit fein gehobelten Wurzeln von Meerrettich oder Knoblauchsrauke in ein Glas geben; mit einer kochend heißen, gesalzenen Mischung aus gleichen Teilen Essig und trockenem Cider übergießen. Zum Durchziehen ungefähr eine Stunde lang in den Ofen stellen. Fest verschließen und lagern.

Der Tag des heiligen Georgs am 23. April ist das Datum, an dem traditionell die Georgsritterlinge, die nach dem Drachentöter benannt sind, auf den Wiesen auftauchen. Dieses Jahr erscheinen stattdessen verwirrte Trupps von Nelkenschwindlingen (*Marasmius oreades*), aber ich verzeihe ihnen, weil sie ebenfalls eine gute Ernte ergeben. Allerdings muss man bei Nelkenschwindlingen aufpassen, denn sie ähneln äußerlich den Feld- und den Rinnigbereiften Trichterlingen (*Clitocybe dealbata* und *Clitocybe rivulosa*), die beide praktisch hoffnungslos tödlich sind. Die kreisförmigen Hexenringe aus braunen Pilzen erstrecken sich über zwanzig Meter oder mehr, im glitzernden Gras versammelt wie Truppenformationen auf einem napoleonischen Schlachtfeld in Preußen, und ich ernte problemlos sechzig Stück.

Nelkenschwindlinge werden in den alten Büchern sehr empfohlen, weil sie sich leicht trocknen lassen (einfach aufknüpfen), aber ich brauche sie als flüssige Lösung für die Geschmacksarmut allzu vieler meiner Gerichte. Ich brauche sie für Pilzketchup.

Ketchup ist komisches Zeug. Ursprünglich war er eine Lake für eingelegten Fisch, aber ab dem 18. Jahrhundert wurde das Wort für jede haltbare Marinade oder essighaltige Soße verwendet. Seine kulinarische Blütezeit kam mit der britischen Kolonialherrschaft in Indien, während der er die Mahlzeiten auf den langen Überseereisen von und nach England belebte.

Pilzketchup

700 g Pilze
60 g Salz
150 ml Apfelessig
150 ml Holunderwein
2 Bärlauchzwiebeln, zerstoßen

Die Pilze fein schneiden und in ein Porzellan- oder Keramikgefäß legen. Mit Salz bestreuen. Zwei Tage lang stehen lassen, aber gelegentlich umrühren. Den Essig erhitzen und den Bärlauch hineingeben. Zwei Tage lang ziehen lassen. Die Pilze pürieren und mit dem gewürzten Essig und dem Holunderwein vermischen. Köcheln lassen, bis die Mischung, nun ja, aussieht wie Ketchup; das sollte nach ungefähr zwei Stunden der Fall sein. Durchsieben und in heiß ausgespülte Flaschen gießen, bis knapp unter den Rand. Fest verschließen und sterilisieren: Dafür die Flaschen auf ein gefaltetes Tuch in einen großen Topf stellen und heißes Wasser bis 2,5 cm unterhalb der Oberkante der Flaschen einfüllen. 30 Minuten lang sanft köcheln lassen. Der Ketchup sollte sich an einem dunklen, trockenen Ort monatelang halten.

An einem frischen Nachmittag beschließen wir, *en famille* den Berg zu besteigen. Obwohl die Black Mountains von Osten her wie eine einzige Wand aussehen, bestehen sie in Wahrheit aus mehreren verbundenen Hügeln, und wir nehmen den Fußweg an einer Klippe namens Red Darren. Die Kinder steigen hinauf wie Bergziegen; Penny und ich machen mehrfach atemlos Pause, »um die Aussicht zu bewundern«. Als wir in 605 Metern Höhe den Gipfel erreichen, sitzen wir auf elastischen Matten aus lila Heidekraut und stärken uns mit Minzeplätzchen und Äpfeln – zumindest Penny und die Kinder; ich nippe immer wieder an einem Flachmann mit Löwenzahn- und Klettenbier. Keiner von uns findet den Farbton den Himmels glaubwürdig; er hat das künstliche Blau von Fotos, die mit einer billigen Einwegkamera aufgenommen wurden. An einem klaren Tag kann man unendlich weit sehen. Fast. Vor uns reicht der Blick nach Osten hin sechzig Kilometer weit oder mehr; er endet nur wegen der Krümmung der Erde. Von diesem erhöhten Punkt aus liegt Herefordshire unter mir, und ich kann fast jeden Ort sehen, an dem meine Familie im letzten halben Jahrhundert gelebt hat: Marlas, Little Birch, Common Hill, Much Dewchurch, Withington, Bromyard, Wormbridge, Hampton Bishop, Much Cowarne, Bishop's Frome. Nur Kington im Norden, wo meine Ururgroßeltern lebten, ist durch die Masse des Berges oberhalb von Craswall vor mir verborgen.

Um zu verhindern, dass ich ins Sentimentale abgleite, stößt vor uns ein Wanderfalke zur Ablenkung im Sturzflug hinab, bis er sich Hunderte von Metern tiefer abfängt, mit leeren Fängen. Ein Moorschneehuhn, vom Schatten des Falken in Panik versetzt, erhebt sich aus der Heide und schwirrt in geringer Höhe davor. Oh, was man nicht alles sieht, wenn man keine Flinte hat und die Jagdsaison vorüber ist! Als die Vogelschau vorbei ist, folgen wir dem flachen, moorigen Bergrücken nach Norden, bis wir am oberen Ende des Olchon-Tals herauskommen, wo der Black Hill an den Berg grenzt und die Höhe bis auf 703 Meter ansteigt. Und wir sind die höchsten Menschen Südenglands, höher oben als die armen Wanderer auf dem High Willhays im Dartmoor, die der irrigen Meinung sind, sie hätten dieses Vergnügen. Es ist fantastisch, aber wahr: In diesem wenig bekannten Tal dieser wenig bekannten Grafschaft liegt der höchste Punkt Englands südlich der Pennines. Während wir unsere erhabene Position genießen, kommt eine weiße Wildstute mit ihrem Fohlen über den Bergrücken, von der Vision Farm her, wo der Illustrator

Eric Gill manchmal wohnte, und trinkt aus dem Moorsee; ihre Reflexion ist spiegelglaspräzise.

Ich liebe den Geruch von Silage am Morgen. Im Morgengrauen, als der Frost noch am Boden klebt, wickle ich den letzten Ballen aus seiner Plastikhaut und verfüttere ihn an die geduldig schnaufenden Kühe. Jetzt gibt es auf den Wiesen genügend frisches grünes Gras für sie; sie brauchen kein gelagertes mehr. Heute Nachmittag werde ich sie aus ihrem Winterpferch an der trockenen Oberseite der Sumpfweide hinunter zur Wäldchenwiese führen, »Kühe, Kühe!« rufend, und sobald sie die Wäldchenwiese erreicht haben, werden sie das tun, was Rinder immer tun, wenn sie aus Gefangenschaft freigelassen werden, selbst aus einem ziemlich lässigen Ein-Hektar-Hausarrest, wie unsere ihn über den Winter erduldet haben. Die Rinder werden durch die Gegend donnern, die Schwänze hoch in die Luft oder fast waagerecht hinter sich gestreckt, hüpfend und springend, und sie werden mit den Hufen große Brocken Erde in die Luft werfen, und mir wird es eine Freude sein für sie und ein Jammer um die makellose Wiese.

Falls es mir fehlen sollte, die Kühe zweimal am Tag zu füttern, werde ich froh sein um die gesparte Zeit – Zeit für die Nahrung, die ich selbst essen kann, wie zum Beispiel Bärlauch (*Allium ursinum*), dessen berauschende Wolke in der Aprilfeuchtigkeit schwer durch das Dickicht auf dem Finger wabert. Er breitet sich Jahr für Jahr ein bisschen weiter aus, und seine langen, üppigen Maiglöckchenblätter sind jetzt auf die Wäldchenwiese vorgedrungen; um ihn vor Kühen, Schafen und Ponys zu schützen, habe ich den Grenzzaun so versetzt, dass er die Ausbuchtung einfriedet. (Ich lasse ein wenig Bärlauch in Reichweite der Kühe; sie sind Genies der Selbstheilung und knabbern daran, wenn sie krank sind.) Als ich den Bärlauch umzäune, wird mir klar, dass ich auf der Schwelle zum Ackerbau stehe und dass so vor zehntausend Jahren in Mesopotamien der Anbau von Nahrung – anstelle des Sammelns – begann. Außerdem ist Bärlauch nicht die einzige Pflanze, der ich ein wenig Hilfestellung gebe. Ich habe bereits das Gras unterhalb der Hecke am Fahrweg gemäht, damit der Gundermann besser gedeiht, und den wilden Kerbel zurückgeschnitten, der die Knoblauchsrauke zu verdrängen drohte. Ich bin mir auch der Tatsache bewusst, dass einige Wildpflanzen nur aufgrund der Bodenbearbeitung gedeihen, selbst wenn diese unbeabsichtigt stattfand; der Schweinepferch, der immer wieder von Rüsseln durchwühlt wurde, bis er praktisch umgepflügt war, trägt zurzeit eine reiche Ernte aus Ampfer, Wegerich und Behaartem Schaumkraut.

Im März und April, wenn er blüht, ist der Knoblauchgeruch des Bärlauchs so stark, dass ein hindurchschnürender Fuchs bestimmt alle Hunde auf seiner Fährte abschütteln könnte. Alle Teile der Pflanze – Blätter, Stiele und Zwiebel – können genau wie Knoblauch verwendet werden, allerdings schmeckt die Bärlauchzwiebel auf der Zunge sehr scharf. Die Blätter sind milder und können gehackt an fast jedes Gericht gegeben werden, auch an Blattsalate. In Ei getunkt und frittiert ergeben sie eine brauchbare Vorspeise.

Kalender der wilden Nahrungsmittel von Trelandon

APRIL

Tauben, Kaninchen, Löwenzahn, Nelkenschwindlinge, Feldsalat, Behaartes Schaumkraut, Ampfer, Sauerampfer, Gundermann, Brennnesseln, Weißdorn, Knoblauchsrauke, Erdprimeln, Wiesenschaumkraut, Holunderknospen, Vogelmiere, Bärlauch

Der erste Mai war immer ein Tag der losen Sitten. Traditionell tanzten die Dörfler an diesem Tag auf dem Dorfanger um den Maibaum, ein priapisches Fruchtbarkeitssymbol (der Ursprung des Poledance), und die Elfen spielten Streiche und lockten mit Versuchungen. Insofern habe ich zumindest die Geschichte auf meiner Seite, als ich mich auf der Nebenstraße zwischen Ewyas Harold und Longtown vom verlockenden Anblick wilden Hopfens verführen lasse, der am stählernen Abspannseil eines Telegrafenmastes emporklettert. Ich habe noch nie so nahe bei Longtown Hopfen gesehen; den ungeschützten, kalten Lehmboden verträgt er nicht.

Ich stelle den Jeep am Straßenrand ab und gehe hinüber, um ein Hopfenblatt zwischen Daumen und Zeigefinger zu zerreiben. Kein Proust-Moment, denn ich weiß im Voraus, wohin der Hopfenduft mich versetzen wird: in meine Kindheit, ins Haus meiner Großeltern Amos, deren Leben dem Anbau von *Humulus lupulus* gewidmet – und untergeordnet – war. Selbst als sie schon im Ruhestand waren, schmückten Joe und Margaret Amos ihr Haus in Withington weiterhin jedes Jahr mit Hopfen, den sie im Wohnzimmer, im Esszimmer und in der Diele aufhängten; eine Mühe, die sie sich hätten sparen können, weil der säuerliche Hopfenduft im Lauf ihres Lebens ihre Kleidung und, so vermute ich, auch ihre Haut durchdrungen hatte.

Als Junge rauchte mein Großvater getrockneten Hopfen, in Zeitungspapier gerollt; als Mann stieg er auf zu Woodbines – einer Zigarettenmarke, die er, wie ich immer vermutete, nur deshalb ausgesucht hatte, weil in ihrem Namen das hopfige Wort *bine*, »Hopfenranke«, vorkam. In seiner Kindheit aß er im Frühling Hopfenschnitt als grünes Gemüse, und als Vater servierte er seinen fünf Töchtern Hopfensprossen, wie Spargel gekocht; allerdings glaube ich nicht, dass er als Großvater mir oder meinen Cousins je Hopfen vorsetzte.

Am Straßenrand stehend, betrachte ich die zum Himmel strebenden Ranken – das englische Wort *hops* stammt wohl vom angelsächsischen *hoppan*, »klettern«, ab – und weiß, dass ich ihnen nicht widerstehen kann, den alten Bräuchen zuliebe. Weil ich meinem Großvater näherkommen möchte. Und ich vermute, dies ist der Moment, um mich mit der Vergangenheit auseinanderzusetzen.

Als Kind verehrte ich Joe Amos, von seinen Enkeln »Poppop« genannt, wie einen Helden; meine Mutter hatte mich ein wenig dazu angestiftet, denn sie litt am gleichen Syndrom. Es war leicht, Heldenverehrung für Joe Amos zu entwickeln, den seine Arbeiter wegen seines außerordentlich schnellen Gangs »*the Whippet*« nannten, den »Windhund«; selbst als er im mittleren Alter leicht hinkte, hatte diese Geschwindigkeit nichts Angespanntes, weil Joe Amos von Natur aus Aristokrat war, in Bewegung wie in Ruhe immer perfekt im Gleichgewicht. Mit großen Augen und kurzen Beinen begleitete ich ihn auf dem Bauernhof in Withington; obwohl er offiziell schon im Ruhestand war, wurde er geholt, um das Wachstum des Hopfens und die Ernte der Cider-Äpfel zu überwachen, und er befehligte die Arbeiten mit der kerzengeraden Haltung und Effizienz eines Gardeobristen. Er wusste alles über die Landwirtschaft und alles über die Welt der Natur. Obwohl er die Schule mit dreizehn verlassen hatte und selbst Boulevardzeitungen nur ungern las, hatte Poppop einen rasiermesserscharfen Verstand; er war berühmt dafür, die Arbeitszeiten und Löhne seiner Leute für eine ganze Woche im Kopf zu haben und sie dann meiner Großmutter für die Buchführung herunterzurasseln.

Ich glaube, mein Großvater mochte mich fast so sehr wie ich ihn. Er machte mir meinen ersten Pfeil und Bogen, und einmal schenkte er mir einen braunen Zehn-Shilling-Schein. (Dieses Geschenk von fünfzig Pence verblüffte die ganze Familie, weil er nicht leichtsinnig mit Geld umging.) Bis heute fühle ich seine stoppelige Abendwange auf meinen Lippen beim Gutenachtkuss vor dem Schlafengehen; ich übernachtete oft bei meinen Großeltern, weil meine Eltern beide arbeiteten und sich irgendwann scheiden ließen.

Als ich achtzehn war, sagte mein Großvater einen Satz, von dem ich zwar nicht behaupten kann, dass er mein Leben ruiniert habe, der es aber doch auf grausame Weise aus der Bahn warf. Ich hatte meine Großeltern am letzten Abend besucht, bevor ich zum Studium ausziehen wollte, und war mit meinem Motorrad, einer Honda CB 125, nach Tenbury Wells geknattert. Sie waren kurz zuvor in eine kleinere, moderne Behausung umgezogen, die sie nach Jahrzehnten des Wohnens in alten Häusern, wo der Wind unter Brettertüren hindurchpfiff, verwirrend zugluftfrei fanden. Als wir im Wohnzimmer mit seinem fremdartigen, perfekt verlegten Teppichboden und den Panoramafenstern saßen und Ingwertee tranken, stellte meine Großmutter die Frage: »Kommst du wieder zurück nach Hereford?«

Bevor ich meine Tasse abstellen und antworten konnte, warf Poppop ein: »Oh, John kommt nicht nach 'ereford zurück.«

Ich platzte *fast* vor Stolz darüber, dass mein Großvater dachte, ich könne meinen Weg in der großen weiten Welt machen; in Wahrheit tat sich in meinem Inneren ein gezackter Riss der Verzweiflung darüber auf, dass ich nicht heimkommen konnte, ohne ihn zu enttäuschen. Ich war der erste Mensch aus der Familie Amos, der zur Universität ging; ich hatte zwar eine Tante Daphne, die ein Lehrerkolleg besucht hatte, aber ich war der Erste, der auf eine echte Universität ging. Wie viele Menschen, die nie die angeblich heiligen Hallen und Elfenbeintürme der Hochschulbildung betreten haben, glaubten meine Großeltern, ein Universitätsstudium sei eine Fahrkarte erster Klasse zu einem besseren Leben als dem auf dem Land mit seiner Schufterei und seiner Zugluft. Und so ging ich auf die Universität (tatsächlich sogar auf drei), betrieb immer stärker verfeinerte Forschung zur Geschichte, verabscheute jede Sekunde außer denen, die ich mit meiner zukünftigen Frau teilte, und entfernte mich immer weiter von meinem eigentlichen Selbst, das ich in einer kleinen Grafschaft im Westen Englands zurückgelassen hatte.

Ich konnte nicht heimkommen, bevor ich meine Frau dazu überredet hatte, das Stadtleben aufzugeben. Ich konnte nicht heimkommen, bevor mein Großvater gestorben war.

In meiner Hand liegt ein Hopfentrieb. Vergib mir, Poppop: Ich musste mein entfremdetes Ich wieder vereinigen, ich musste wieder ganz werden. Ich musste nach Hause kommen. Das wird er verstehen, glaube ich, denn ich hatte es tatsächlich geschafft, in der vornehmen Außenwelt gewisse Erfolge zu erzielen. Ich war ein Veröffentlichter Schriftsteller.

Alles wird klar. In Trelandon möchte ich nicht das Leben der dortigen Kleinbauern im 17. Jahrhundert nachahmen, sondern das Leben meines eigenen Großvaters, die Art, wie er – mit meiner Großmutter – selbst in den 1960ern und 1970ern nach den Jahreszeiten lebte, wie sie ihre eigenen Obstweine ansetzten, Bier brauten, Haselnüsse pflückten und Hasen so lange in der Speisekammer abhängen ließen, dass Stücke abfielen, wenn man sie versehentlich streifte. Mehr noch, ich möchte den Frieden meiner Kindheit, als alle Wiesen sonnig und voller Gänseblümchen waren, weil die Sintflut der Scheidung meiner Eltern noch nicht über den Horizont hereingerauscht war.

Hopfensuppe

2 Handvoll junge Hopfensprossen
2 Bärlauchzwiebeln, zerdrückt
1 l Wildbrühe, am besten aus Taube, Rebhuhn oder Fasan

Die jungen Hopfentriebe im April oder Anfang Mai sammeln, wenn sie am zartesten sind. Zu Bündeln verschnüren und für ein bis zwei Stunden in Salzwasser legen. Abgießen und klein schneiden. Zwei zerdrückte Bärlauchzwiebeln sanft anbraten, einen Liter Wildbrühe (am besten Taube, Rebhuhn oder Fasan) und die Hopfensprossen zugeben. 45 Minuten lang köcheln lassen. Das ergibt eine dünne, aber aromatische Suppe. Natürliche Verdickungsmittel glänzen vor allem durch Abwesenheit, aber Sie könnten es mit geriebener Bärenklauwurzel versuchen, die allerdings den Nachteil hat, die Suppe zu »versüßen«. Natürlich ist die einfachste Zubereitungsmethode für Hopfensprossen, sie wie beschrieben in Salzwasser einzuweichen und dann zu dämpfen, bis sie zart sind. Manche Rezepte empfehlen kräftiges Kochen.

Hopfen hat eine chemische Affinität zu Eiern. Für Hopfenomelett eine Handvoll Hopfensprossen in 5 cm lange Stücke schneiden und mit Enten- oder Gänseschmalz vorsichtig in einer Pfanne anbräunen. In der Zwischenzeit drei Enteneier verquirlen und mit einer Prise Salz würzen; in die Pfanne gießen und das Omelett auf italienische Art braten, also durchgaren und flach servieren, statt es halb gegart zu falten, weil die Hopfensprossen die zusätzliche Garzeit brauchen. Eine oben zu matschige Frittata kann man zum Stocken für 2–3 Minuten unter den Backofengrill schieben. Das Omelett mit einem leichten Weißwein servieren, zum Beispiel Löwenzahnwein.

Löwenzahnwein

900 g klarer Honig
3,5 l kochendes Wasser
1 l Löwenzahnblüten

Die wichtigste Zutat für Löwenzahnwein ist ein sonniger Frühlingstag Anfang Mai, wenn die Pflanzen in voller Blüte stehen. Die prächtigen gelben Blütenköpfe abschneiden (dabei darauf achten, die grünen Stiele stehen zu lassen) und in einen Gäreimer legen. Das kochende Wasser zugießen und die Blüten mit einem Holzlöffel zerdrücken. Mit einem Mulltuch abdecken und vier Tage lang an einem kühlen Ort im Freien stehen lassen, damit wilde Hefen aus der Luft das Blütenwasser erreichen können. (Oder Sie geben einfach ein Päckchen Weinhefe zu und verschließen das Ganze mit einem Deckel.) Durchsieben und den Honig gründlich mit einem Holzlöffel unterrühren. In einen sterilisierten Glasballon gießen und einen Gärverschluss aufsetzen. In einem warmen Raum stehen lassen, bis die Gärung abgeschlossen ist. In ein anderes sterilisiertes Gefäß umschütten, dabei den Bodensatz nicht mit abgießen. Mit kaltem, abgekochtem Wasser auffüllen und fest verschließen. Der Wein sollte an einem kühlen Ort aufbewahrt werden, bis er klar wird. In Flaschen abfüllen und zu Weihnachten servieren.

Löwenzahnwein hat ein säuerliches, halbtrockenes Aroma. Sein manchmal leicht harziger Geschmack lässt sich abmildern, indem man die grünen Blütenkelche und Stiele aus den Blütenköpfen herausschneidet.

Vor dem Zweiten Weltkrieg gehörte Schlüsselblumenwein im ländlichen England zu den hausgemachten Lieblingsdrinks der Cottages, aber wegen Zunahme der modernen Agrarchemie sind die Schlüsselblumenbestände so stark zurückgegangen, dass es schwierig wäre, die für Wein benötigten Mengen in freier Natur zu sammeln. Außerdem stehen sie inzwischen unter Naturschutz. Natürlich könnten Sie welche auf dem eigenen Grundstück aussäen – Schlüsselblumensamen gibt es zu kaufen –, oder vielleicht ist Ihr Garten sowieso voll davon, wie Trelandon, und es gibt genügend Blüten zum Pflücken. Eine vernünftige Faustregel ist es, nur jede zweite Blüte zu ernten, damit die Hälfte sich versamen kann.

Die gelben, nickenden Blüten der Echten Schlüsselblume (*Primula veris*) sind so süß, dass man den Nektar angeblich direkt herauslutschen kann. Sie sind eine erfreuliche Zutat für Salate und Met; weniger hübsch, aber nützlich sind ihre blaugrünen jungen Blätter, die man als Salat oder gekocht als Gemüse verwenden kann. Riechen Sie einen Augenblick lang an der Pflanze, bevor Sie sie verzehren: Woran erinnert Sie dieser Duft? Nach einer Sekunde werden Sie die Antwort wissen.

Es ist der Duft eines neugeborenen Kindes.

Die Erdprimel, auch »Stängellose Schlüsselblume« genannt, ist eng mit der Echten Schlüsselblume verwandt, obwohl sie früher erscheint, wie ihr englischer Name *primrose*, »erste Rose«, andeutet. Ihre Blüten wurden ebenfalls für Wein verwendet, aber weil auf unserem Grundstück nur eine Handvoll Erdprimeln lebt, bin ich nicht in der Lage, die benötigten zwei Liter Blütenköpfe zu sammeln. Im ländlichen England machten die Leute nicht nur Alkohol aus Erdprimeln, sondern streuten sie auch in Salate (Blätter und Blüten), über Fleisch (Blüten), verwandelten sie in Süßigkeiten und nutzten sie als Tee gegen Rheuma und Schlaflosigkeit (Blätter und Wurzeln). Das Einzige, was sie nicht taten, war, auch nur eine einzige Primelblüte ins Haus zu holen, denn das brachte Unglück und galt als Vorbote des Todes. Außerdem versuchten sie die Kinder daran zu hindern, die Blüten zu essen, weil sie dadurch die Fähigkeit entwickelten, Elfen zu sehen.

Anfang Mai freuen wir uns über Temperaturen um die fünfundzwanzig Grad, und Freda kann in den glasigen Tümpeln im Fluss schwimmen. Wie grün ist mein Tal? Vollkommen und prachtvoll grün, bis auf den Weißdorn, dessen Zweige dicht an dicht mit zuckrig weißen Blüten besprenkelt sind. Am grünsten sind die jungen Blätter der Eiche, die man in einen leichten Weißwein verwandeln kann (Blätter und Wasser zu gleichen Teilen); unter ihnen sitze ich als väterlicher Bewacher meiner Nixentochter in einer Luft, die mit dem Duft frisch geernteten Heus gesättigt ist. In diesem englischen Himmel kaue ich auf einem Grasstängel, mache eine Gänseblumenkette und beobachte die Dohle auf Willows Rücken, die sein Pferdehaar als Nestpolsterung herauszupft. Schließlich hat selbst die Wasser liebende Freda genug vom Schwimmen und geht mit mir im bläulichfeuchten Dunst über die Uferweide zum Haus hinauf, das nasse sachsenblonde Haar an den Kopf geklebt, ein Handtuch um die Schultern.

Während wir den Hang hinaufsteigen, bittet sie mich, keine Kaninchen mehr auf dem Hof zu schießen. »Das sind doch noch Kinder, die spielen«, sagt sie mit bittendem Blick. Wer würde einen unsagbar vollkommenen Abend verderben wollen? Ich nicht. »In Ordnung«, antworte ich.

Also fahre ich am nächsten Morgen, als es noch dunkel ist, den Traktor auf die Hauswiese, wo ich ihn als mobiles Jagdschloss benutzen möchte. Dort sitze ich in der Kabine und schlürfe Vogelmierensuppe aus einer Flasche, während das Land ringsum erwacht. Die Amsel singt zuerst, gefolgt vom Rotkehlchen, und um Viertel nach sechs kommen die Rauch- und Mehlschwalben plappernd unter den Dachtraufen des Hauses hervor und steigen auf der Suche nach ihrem geflügelten Frühstück in den kobaltblauen Himmel empor. Unten auf dem taufeuchten grünen Gras kommen die Kaninchen zum Fressen heraus. Aber ich komme nicht zum Schießen. Ein flaches braunes Wiesel trabt in aller Seelenruhe hinter einem frischen jungen Kaninchen heran – »Hau ab!«, möchte ich dem Kaninchen zurufen –, springt auf seinen Rücken und beißt es in den Nacken. Erst jetzt reagiert das Kaninchen, tritt aus, windet und wälzt sich, aber das schlangenhafte Wiesel klammert sich fest, lässt nicht los und schlägt seine Fangzähne wieder hinein. Das Kaninchen rührt sich nicht mehr. Das Mörderwiesel springt ab und zieht seine Beute unter die Hecke. Die übrigen Kaninchen sind längst verduftet und kommen stundenlang nicht mehr heraus.

Auch ich bin verschreckt von diesem virtuosen, blutrünstigen Naturschauspiel.

Grauhörnchen-Burger mit Kräutern

Für vier Personen

450 g mageres Grauhörnchen-Hackfleisch
1 Ei, verquirlt
1 Esslöffel Knoblauchsrauke, gehackt
je 1 Teelöffel wilder Thymian und wilder Kerbel
1 Prise Salz

Ei, Hackfleisch, Kräuter und Salz in einer Schüssel vermischen. Zu flachen Küchlein formen und anbraten oder grillen, bis sie ganz durch sind (etwa 5 Minuten pro Seite). Mit einem grünen Salat servieren.

Mit einem eigenen Bach sollte ich doch sicherlich in der Lage sein, eine Forelle zu fangen? Vor allem mit einem Bach, den die Zeitschrift *Field* im Jahr 1904 als »einen der besten im südlichen Großbritannien« beschrieb. In viktorianischen Zeiten zog der örtliche Vikar, Reverend Eagles, fast tausend Forellen pro Jahr aus dem Escley und den anderen beiden Zuflüssen des Monnow.

Anfang Mai fallen mir keine Ausreden mehr ein, warum ich nicht angle. Die Spätnachmittage sind perfekt für diese Betätigung. Unter den Bäumen hängen in der schweren Hitze Wirbel von Eintagsfliegen über dem Wasser, das sepiafarben dahinfließt, aber so klar, dass man die Steine am Felsgrund mit ihrer Glasur aus uraltem braunem Schlick sehen kann.

Ich weiß, wo die Forellen lauern, weil ich gesehen habe, wie der Meister zu Werke geht. Der Reiher fischt in dem trägen Tümpel an der Flussbiegung, nicht weit von der Stelle, wo die zusammengewachsenen Zwillingserlen, die von den Kindern »Elefantenbaum« genannt werden, ihre Füße ins Wasser hängen.

Weil Forellen in der Regel den Kopf flussaufwärts richten, arbeite ich mich auf einem Schlickstreifen am Flussufer voran und achte darauf, dass zwischen mir und dem Tümpel stets eine Erle liegt. Die schattige Szenerie hat jene Art von intimer, fruchtbar schwüler Schönheit, die Holman Hunt und den anderen präraffaelitischen Malern gefallen hätte.

Als ich an den Erlen angekommen bin, spähe ich an ihrem Stamm vorbei zum Tümpel. Volltreffer. In den Klecksen aus Sonnenlicht sehe ich eine große Forelle mit diamantglänzendem Rücken, deren monströser prähistorischer Schlund Fliegen einsaugt, sobald sie auf der Oberfläche landen.

Ich gehe denselben Weg zurück, feinfühlig wie ein Mann in einem Minenfeld, und kürze dann über die Wiese ab, um oberhalb der Biegung herauszukommen, wo der Bach über große Felsplatten fließt. In meinen Gummistiefeln im Wasser stehend, bereite ich mich auf den ersten Wurf vor. Dies ist die offenste Stelle des Flussbetts. Trotzdem schaffe ich es, die Fliege in dem Haselbusch hinter mir zu verheddern.

Nachdem ich die Fliege herausgefummelt habe, tut sich auf rätselhafte Weise ein Loch in meinem rechten Gummistiefel auf und Wasser sickert bis über meinen Knöchel herein. Trotzdem gelingen mir ein paar vielversprechende Würfe, bei denen Schnur und Fliege weit über den Tümpel gleiten.

Und dann höre ich sie kommen. *Schnuff, schnuff, schnuff, schnuff, schnuff.* Zwei schwarze Labradore kommen mit heraushängenden rosa Zungen und wedelnden Schwänzen die Wiese heruntergerannt. Edith und Bluebell. Edith platscht durchs Wasser, um mich zu begrüßen. Bluebell hüpft direkt in den Tümpel, wo sie im Kreis herumschwimmt, die Nase in die Höhe gestreckt wie schwimmende Damen, die ihre Frisur trocken halten wollen.

Um es mit den Worten der Rappergruppe Baha Men zu sagen: *Who let the dogs out?*

Am nächsten Morgen bin ich zurück. Ich werfe dreißig Mal erfolglos mit einer Coachman-Fliege und wechsele dann zur Greenwell's Glory. Nichts, außer dass ich die Glory in der Erle über dem Tümpel verhake. Dass die Forelle noch da ist, weiß ich, weil das Wasser sich gelegentlich kräuselt. Ich versuche es mit einer Trockenfliege. Ich versuche es mit einem Streamer. Nichts. Ich stelle mir vor, ein Stromkabel in den Tümpel zu führen und die Forelle per Elektroschock zu töten, damit sie mit dem Bauch nach oben an der Oberfläche treibt. Ich träume davon, eine Stange Dynamit hineinzuwerfen. Ob es wohl legal wäre, überlege ich, Schleppnetze auszulegen? Ich frage mich, ob ich die Lichtbrechung berücksichtigen und das Monster mit der Schrotflinte erschießen könnte.

Ein Morgen meines Lebens zieht fischlos an mir vorüber. Erst als ich aufgegeben habe, passiert etwas Aufregendes.

Während ich durch die Überreste der alten Apfelplantage am Ufer gehe, senkt sich mitten am Tag Dunkelheit herab. Ein Roter Milan fliegt, abseits seines normalen Reviers in den Black Mountains, zehn Meter über meinem Kopf und wirft einen langen Schatten. Die Welt wird augenblicklich still. Die Blaumeise hört auf zu pfeifen, die Taube hält mitten im *Kuu-kuu* inne, und selbst der Fluss scheint den Atem anzuhalten. Der Milan streicht vorbei. Nach einer Sicherheitspause brechen alle Vögel ringsum in Gesang aus. Wir haben überlebt.

Die Forelle ist mein Moby Dick. Am nächsten Morgen kehre ich zum Escley zurück, um den Kampf fortzusetzen. Als ich mich dem Tümpel nähere, sehe ich Mehlschwalben im Sturzflug darüber, auf der Jagd nach geflügelten Opfern wie akrobatische Kampfflieger in der Luftschlacht um England.

Aber der frühe Jäger fängt die Forelle. Auf dem dunklen Sandsteinstreifen neben dem Tümpel liegt ein Bachforellenkopf – abgetrennt, aber herausfordernd. Ringsum die unverkennbaren Spuren eines Otters. Wir haben Otter. Ich weiß nicht, ob ich ihre Ankunft bejubeln oder verfluchen soll.

Aus der Landstraßenweide schnellt eine Lerche empor und steigt senkrecht zum Himmel auf, die ganze Zeit singend; inspiriert erhebt sich eine weitere Lerche in die Luft, bis beide am Himmel tirilieren. Die Vögel schrumpfen zu bloßen Pünktchen, und meine Augen beginnen vor Anstrengung zu tränen, als ich versuche, sie vor dem nebligen Weiß auszumachen. Ich stehe unter den beiden, und es kommt mir vor, als wäre ein verzauberter Baldachin über mir aufgespannt.

Die Vögel flattern eher noch schneller wieder herab, als sie emporgestiegen sind, aber sie halten keine Sekunde lang inne in ihrem überschwänglichen Zwitschern, das so viele Dichter inspiriert hat, allen voran Percy Bysshe Shelley:

Nie ein Lied so hehr uns
Wein und Liebe preist,
Wie deins im Götterrausch die Seele aufwärts reißt.

Die Lerche ist auch das Thema des französischen Liedes »*Alouette, gentille alouette*«, das diesen Vogel auf eher elementare Weise preist. Übersetzt lautet der erste Vers:

Lerche, liebe Lerche,
Lerche, ich werde dich rupfen.
Ich werde dir den Kopf rupfen,
ich werde dir den Kopf rupfen,
und den Kopf, und den Kopf.
Lerche, Lerche,
O-o-o-o-oh!

In den restlichen Versen werden die übrigen Körperteile der Lerche gerupft, bevor sie gebraten wird. Es kommt mir ziemlich amüsant vor, dass Generationen britischer Schulkinder das Lied *»Alouette«* in absoluter Unkenntnis seiner Bedeutung erlernen. Feldlerchen wurden in ganz Europa – inklusive Großbritannien – bis vor relativ kurzer Zeit gegessen, und ich kann mich noch daran erinnern, dass ich in den späten 1970ern vor einem schicken Restaurant in der Altstadt von Palma ganze Reihen von ihnen auf dem Grill liegen sah. Aber es kommt mir unhöflich vor, über Lerchen als Essen nachzudenken, wenn sie mich so göttlich unterhalten haben, also konzentriere ich mich auf das, wozu ich hier bin, nämlich darauf, in der Wohlfühlwärme nektarreiche Schlüsselblumen zu pflücken.

Und es gibt noch weitere Vögel, die mich an diesem Maimorgen ablenken. Ein Kuckuck ruft irgendwo flussaufwärts am Escley, und die sichelflügeligen Mauersegler, die gerade erst angekommen sind, fliegen hyperaktiv kreischende Kreise um Johns und Claires hohe Schornsteine. Neben einer Pfütze auf dem Fahrweg landen Mehlschwalben, füllen ihre Schnäbel mit Schlamm und fliegen hinauf zur Dachtraufe, um ihren Hausbau fortzusetzen.

Gibt es *irgendetwas* Hübscheres als eine ruhige englische Landstraße im Mai? Ich stehe am Straßenrand, vorgeblich damit beschäftigt, den Drahtzaun zu straffen, damit die Schafe sich nicht unter ihm durchschieben können, tatsächlich aber darin versunken, wie die Farben der Blumen am Rand miteinander und mit dem Gras in Einklang stehen. Löwenzahn, Rote Lichtnelke (meine Lieblingsblume) und zarte weiße Sternmiere wuchern unter dem energischen Wiesenkerbel, der schon anfängt, sich über den Asphalt zu strecken, und da ist der Haken: Sobald der Wiesenkerbel auf die Straße vordringt, mäht die Gemeindeverwaltung den Straßenrand absolut kahl. Nur ein paar geizige Wochen lang darf die Landstraße blühen, bis der Mann von der Mähfirma durchkommt, im Interesse der Autofahrer an guter Sicht.

Ein grüner Landrover schnauft in der surrenden Hitze den Hügel hinauf und hält an, als er bei mir angekommen ist. Es ist Ken, ein Nachbar, der Richtung Michaelchurch Escley wohnt. Er kurbelt das Fenster herunter und fragt, wie es mir so gehe. Ich jammere über die Schafe, auf dem Land immer ein sicheres Gesprächsthema: Wir alle fluchen über die Schafe – und weil er selbst ein paar hat, »um das Gras kurz zu halten«, frage ich ihn, wie das Lammen gelaufen sei.

Aber Ken will nicht über das Lammen reden. Ken will über Neuankömmlinge aus London reden. Er versichert sich noch einmal, dass ich nicht von außerhalb komme (»Aber du bist von hier, oder?«), und erzählt mir dann, dass sich seine Nachbarn aus London beschweren, wenn er irgendwelche Geräte auf der Wiese an ihrer Grundstücksgrenze stehen lasse, dass sie einen Telegrafenmast versetzen lassen wollen, weil er in ihrer Aussicht stehe, dass sie den Schlamm auf der Straße bemängeln.

»Und warum verdammt noch mal lächeln sie die ganze Zeit?«, fragt Ken; sein gerötetes Gesicht ist angespannt und weit von einem Lächeln entfernt. Ich will Ken gerade erklären, dass sie lächeln, weil sie in der besten aller möglichen Welten leben. Sie sind nach Arkadien gezogen. Aber sie müssen ihr Geld nicht damit verdienen, hier zu leben. Das Geld kommt immer noch aus London, von seinem Job, von der praktischen kleinen Wohnung in Islington, die sie zum Vermieten gekauft haben.

Aber Ken hat schon wieder losgelegt. Manche seiner Beobachtungen sind sehr präzise. »Weißt du, die Londoner Kinder setzen sich im Schulbus nie neben unsere …« Er schüttelt den Kopf darüber.

Dann schüttelt er den Kopf über sich selbst. »Verdammt noch mal, wie klinge ich denn hier? Ich fahr weiter, bevor ich noch mehr schimpfe.«

Der Dieselmotor des Landrovers erwacht puffend zum Leben und Ken fährt weiter, eine Hand als Abschiedsgruß aus dem Fenster gestreckt.

Die Landstraße kehrt zu ihrer Stille zurück. Ich lasse meine Aufmerksamkeit zu dem Grauen Fliegenschnäpper abdriften, der von einem Zaunpfosten aus nach vorbeifliegenden Insekten hechtet. Mir ist unbehaglich zumute; ich hätte die Leute von außerhalb großzügig verteidigen sollen. Schließlich kann man Menschen nicht dafür verurteilen, dass sie in Schönheit leben wollen.

Meine Entschuldigung dafür, nicht das Richtige getan zu haben, lautet, dass ich in Gedanken anderswo war. Wohin gehen sie alle, die ganzen Leute, die das Tal verlassen? Als ich zu Hause ankomme, blättere ich das Telefonbuch durch, um nachzusehen, ob noch irgendwelche Landons hier in der Gegend wohnen. Nein. Seinerzeit im Stuart-Zeitalter müssen die Landons hier ein großer Clan gewesen sein, weil mindestens drei Orte nach ihnen benannt sind.

Ein paar Tage später durchsuche ich in der Bibliothek von Hereford alte Kelly's-Adressbücher, aber auch in diesen Verzeichnissen von Händlern und Haushalten sind die Landons nicht aufgeführt. In den Papieren des Marquis of Abergavenny, des größten Grundbesitzers im Tal, finde ich die letzte Erwähnung der Landons aus dem Jahr 1878, als John Brace (»aus der Familie Landon«) den Pachtvertrag über *»9 acres, 3 roods, 1 perch«* Land in Llanveyno kündigte, am Fuße des Cat's Back.

Der Wiesenkerbel (*Anthriscus sylvestris*), der von April bis Juni an den Landstraßen Spalier steht, ist der engste wilde Verwandte des Echten Kerbels (*Anthriscus cerefolium*); er zählt zu Englands aromatischsten Wildkräutern, mit deutlichen Anklängen von Anis und Myrrhe. Die frischen, filigranen, hellgrünen Blätter können gehackt für Salate und Omeletts verwendet werden; sie lassen sich auch gut trocknen und muntern alle möglichen Wintersuppen und Eintöpfe auf. Versuchen Sie, die ersten Blätter zu sammeln; gegen Ende der Saison wird der Geschmack rauer.

Leider ähnelt der Wiesenkerbel mehreren anderen Doldenblütlern, die giftig sind; zu ihnen gehören der Schierling (den Sokrates für seinen Selbstmord benutzte) und die Hundspetersilie, deshalb muss man sich *absolut* sicher sein, dass die weiß blühende, farnblättrige Pflanze, die man vor sich hat, auch wirklich Wiesenkerbel und kein tödlicher Doppelgänger ist. Am deutlichsten unterscheidet sich Wiesenkerbel von seinen giftigen Verwandten durch den Stiel: Im Fall von Wiesenkerbel ist er gerillt und leicht behaart; Schierlingsstiele sind glatt und violett gefleckt; die Stiele von Hundspetersilie sind dünn und haarlos. Aber Sie brauchen ein gutes Bestimmungsbuch. Und im Zweifelsfall gilt: nicht pflücken.

»Er genießt wässrige Gräben in fetten und fruchtbaren Wiesen«, schrieb der Kräuterkundler John Gerard in der Stuart-Zeit, und das beschreibt genau die Erde, in der Echter Beinwell gedeiht. In dem Abflusskanal unter dem Ententeich, den wir wegen seiner schlammigen Breite »Mekong-Delta« nennen, wächst ein Klumpen von einem Meter Höhe und einem Meter Durchmesser. Die mit weißem Pelz bedeckten großen Blätter von *Symphytum officinale* sind mit bloßen

Händen unangenehm zu pflücken, obwohl ich finde, dass ihr frischer, seifiger Duft – er erinnert mich an etwas aus dem Body Shop, vielleicht Aloe vera – süchtig macht. Ihr englischer Name, *comfrey*, stammt vom lateinischen *confervere*, »zusammenwachsen«, ab; andere Lokalnamen der Pflanze wie *knitbone* oder »Beinwurz« erinnern ebenfalls an den Ruf, den sie im Mittelalter als klebriger Knochenheiler hatte. Schon lange vorher hatte der römische Naturforscher Plinius die klebrigen Tugenden des Beinwells gepriesen, als Bindemittel für Essen wie für Knochen. »Bei Heilung der Wunden zeigt sie solche Vortrefflichkeit«, schrieb Plinius über die Pflanze, »dass, wenn man sie zu kochendem Fleische tut, sie dasselbe zusammenleimet.« Das tut sie. Aber Beinwell hat mehr, viel mehr zu bieten als Klebkraft; seine Blätter enthalten mehr Eiweiß als jede andere britische Wildpflanze.

In der Wildpflanzenküche lassen sich Beinwellblätter auf verschiedene Weise zubereiten. Wenn die Pflanze im Frühjahr knackig ist, ergeben die Blätter, in leicht gesalzenem Wasser gekocht, ein feines Gemüse, genau wie die Stängel vor der Blüte; letztere sollten wie Spargel erst blanchiert und dann zubereitet werden. In harten Zeiten wurden die gekochten Wurzeln verwendet, um Wein herzustellen.

Und dann gibt es noch frittierte Beinwellblätter.

Frittierte Beinwellblätter

Für eine Person

1 Enteneigelb
1 Prise Salz
2 Löffel Gänseschmalz
2 Teelöffel Haselnussöl
3 Esslöffel warmes Wasser
1 Handvoll Beinwellblätter
60 g Kastanienmehl

Für den Teig Haselnussöl und Mehl in einer flachen Schüssel verrühren und dann Eigelb und Salz zugeben.
Jeweils ein Beinwellblatt in den Teig tauchen und im heißen Fett ausbacken, dabei einmal wenden.

Kalender der wilden Nahrungsmittel von Trelandon

MAI

Tauben, Kaninchen, Sauerampfer, Löwenzahn, Feldsalat, Giersch, Gänsedisteln, Ampfer, Gundermann, Brennnesseln, Knoblauchsrauke, Erdprimeln, Wiesenschaumkraut, Vogelmiere, Weißer Gänsefuß, Wiesenkerbel, Beinwell, Klette

SOMMER

Auf beiden Heuwiesen, der Landstraßenweide und der Kleinen Weide, schäumen rote Wogen aus Sauerampfersamen. Darunter strahlen knallgelbe Butterblumen. Während ich die zweifarbige Szenerie bewundere, segelt ein Bussard zur Landstraßenweide hinunter, scharf attackiert von vier Brachvögeln. Im Vergleich zur bedrohlichen Kampfflieger-Kompaktheit des Bussards sehen die Brachvögel aus wie ungelenke fliegende Einkaufsnetze, aber sie schaffen es trotzdem, den Raubvogel aus ihrem Brutrevier zu vertreiben. Nach diesem Sieg lassen drei der Brachvögel von ihm ab, der letzte aber setzt seine Angriffe fort. Der Bussard, dessen Geduld von diesen Nadelstichen überstrapaziert wird, rollt sich plötzlich auf den Rücken, fährt seine Krallen gegen den Brachvogel aus und packt dessen Brust. Federn fliegen, und der Brachvogel taumelt aus dem dunstigen Himmel herab, bis er sich fängt und auf Schwingen davonflattert, die zu schnell schlagen für einen so trägen Tag.

In der ersten Juniwoche wird mein Vater, nach viel Kummer für alle Beteiligten, vom Krankenhaus in ein Pflegeheim verlegt. Durch einen jener kleinen Kreise, aus denen mein Leben besteht, liegt das Pflegeheim Hampton Grange fast genau gegenüber von dem Haus meiner Kindheit. Eine so vertraute Lage bietet, so hoffe ich, meinem

Vater ein wenig Trost in fremdartigen Zeiten, und die Aussicht aus seinem Zimmer im Erdgeschoss, hinunter zum Flussufer des Wye und darüber hinweg auf die bewaldeten Hänge von Dinedor, ist fast genau die gleiche wie die von unserer ehemaligen Einfahrt aus. Als ich ihn zum ersten Mal dort besuche, landen während unseres Gesprächs drei rosa überhauchte Ringeltauben auf dem hellen Lattenzaun vor seinem offenen Fenster, so nahe, dass ich sie beinahe berühren kann, und mir entfährt unwillkürlich der Familienspruch: »Ach, was man nicht alles sieht, wenn man keine Flinte dabeihat!«

Die Ringeltauben in Trelandon würden mich nie wissentlich so nahe heranlassen. Unter all den Wildtieren auf unserem Land sind sie die mit Abstand am schwierigsten zu schießende Art. Misstrauisch und scharfäugig, bringen sich Ringeltauben, oft schon lange bevor ich in Schussweite bin, mit panisch blitzenden weißstreifigen Schwingen in Sicherheit. Außerdem sind Ringeltauben im Flug schneller und wendiger als fast alle anderen britischen Wildvögel, und schon mehrfach habe ich eine vorbeijagende Ringeltaube fälschlich für einen Sperber gehalten. Obwohl niemand, der dafür bezahlt, herbeikutschierte, hochgestochene Fasane zu schießen, das je zugeben würde, stellt die bescheidene wilde Ringeltaube das wahrscheinlich schwierigste Schussziel für eine Schrotflinte dar.

Die beste Methode, Ringeltauben zu jagen, ist, ihnen aufzulauern. Im Winter stehe ich manchmal im nachlassenden Abendlicht unter den Eichen und schieße durch ein Oberlicht in den Baumkronen, wenn die Tauben im Anflug sind; allerdings muss ich leichenstarr stehen, denn schon die kleinste Bewegung zieht ihren bionischen Blick an. Eigentlich sollte man einen Schleier über dem Gesicht tragen, aber das fühlt sich beunruhigend pervers an. Außerdem habe ich ein paar Locktauben aus Plastik, die ich als fressende Runde um auf der Wiese verstreute Maiskörner aufstelle, während ich mich getarnt auf den Boden lege. Aus Gründen, die ich nie ganz begreife, ziehen die Lockvögel manchmal Tauben an, meist aber nicht. Tatsächlich nennen Tris und Freda sie verächtlich »mein Taubenabwehrpatent«. Insofern besteht meine Lieblingsmethode der Ringeltaubenjagd darin, geduldig mit einem Fernglas herumzusitzen, mir zu merken, welchen Baum sie als Ausguck benutzen, und dann die Futterraufe für die Kühe bis auf zwanzig Meter heranzuziehen. Eine Rundraufe sieht aus wie ein riesiges, zur Seite gekipptes Hamsterrad, und meist bewege ich sie mit dem Traktor, aber manchmal schirre ich mich davor an und zerre sie hinter mir her wie Scott seinen Schlitten zum Südpol. Dann decke ich sie oben und seitlich mit einer uralten grünen Plane ab, die ich so drapiere, dass eine kleine Schießscharte zum Sitzbaum hin frei bleibt. Der Nachteil ist, dass ich Edith nie mitnehmen kann, weil sie einfach nicht lang genug still genug sitzen bleibt.

Heute ist der Sitzbaum ein alter Bekannter, die kahle tote Ulme am unteren Ende der Uferweide. Ich klettere in die Rundraufe, ziehe die Nylonplane hinter mir zu und setze mich auf einen segeltuchbespannten Klapphocker. Es kommt so viel grün schimmerndes Licht durch, dass ich mir die Zeit damit vertreiben kann, *Gesang vom großen Feuer* von Sebastian Faulks zu lesen. Tauben verlassen sich auf ihre Augen; das Geräusch umgeblätterter Buchseiten verschreckt sie nicht. Als Stephen Wraysford endlich Madame Azaire verführt hat und die zunehmende Hitze des Vormittags den Unterstand kurzatmig macht, höre ich deutlich den schwirrenden Sinkflug einer Taube. Ich lege das Buch weg, knie mich vor die Schießscharte und schiebe den Lauf der Schrotflinte ein paar Zentimeter weit hinaus. Fliegen summen um die Kuhfladen, während ich unmerklich den Lauf nach oben bewege, vorbei an den indischen Göttinnenarmen der Ulme, bis er auf die Taube zielt. Eine sitzende Taube in gut zwanzig Metern Entfernung, vor einem makellos blauen Himmel, hat wenig Chancen, und sowohl die Taube als auch ein Teil ihres hölzernen Ansitzes werden vom Anprall des 7er-Schrots weggefegt. Innerhalb der metallbewehrten Wände des Unterstands ist der Krach der explodierenden Patrone ohrenbetäubend laut, und ich frage mich, warum ich nie, nie, nie an die Ohrenschützer denke.

Ich brauche mindestens zehn Minuten, um die Taube zu finden, die in den Escley gefallen ist und flussabwärts getragen wurde, bis sie sich an den Ufersteinen verfing, ein sanftes graues Bündel, das sich im Dunkel der Bäume durch seine verblüffend weißen Halsflecken verrät. Zurück im Unterstand, lese ich weiter den *Gesang vom großen Feuer* und werde mit dem Glück des Müßiggängers erst von einer weiteren Taube gestört, als Stephen und Isabelle durchgebrannt sind.

Es gibt keine Schonzeit für die zehn Millionen Ringeltauben Großbritanniens. *Columba palumbus* – die Ringeltaube ist mit dem einzigen lateinischen Namen gesegnet, der vergnüglich auszusprechen ist – darf von Jagdberechtigten mit einer entsprechenden Lizenz jederzeit geschossen werden. Allerdings nicht aus sportlichen Gründen und nicht gezielt zum Essen. Sie darf nur getötet werden, um die Ausbreitung von Krankheiten oder Ernteschäden zu verhindern. Also habe ich heute, wie an allen anderen Tagen, an denen ich Tauben jage, nur meinen Beitrag zugunsten der örtlichen Ackerbaubranche geleistet. Dass die Tauben in einem Schmortopf endeten, war nur ein Nebenprodukt meiner guten Tat, das erzähle ich jedenfalls dem Tierschutzbeauftragten, dessen Visite ich mir gedanklich ausmale.

Aus Neugier schneide ich den Tauben die Kröpfe auf, bevor ich sie in Brombeerwein ersäufe. Sie sind voller Schadinsekten. Das ist nicht immer so. Im Winter, als Eicheln knapp wurden, habe ich Weizensprossen von den Feldern am unteren Talende in ihren Kröpfen gefunden.

Taube mit Liebstöckel

Bei »wildem« Liebstöckel, auch bei unserem, handelt es sich in Wahrheit meist um einen Flüchtling aus dem Kräutergarten. Dieser verwilderte Liebstöckel ist größer (bis zu 3,5

Meter hoch) als die echte Wildform der Pflanze, die in Schottland heimisch ist, aber beide haben den gleichen seltsamen Geschmack – wie Staudensellerie, der in Brauhefe und Zitrone getunkt wurde.
Für vier Personen

6 Tauben
2 Esslöffel Gänseschmalz
1 l trockener Cider
1 kleiner Bund Liebstöckel
1 Prise Salz

Die Tauben im Gänseschmalz anbräunen. Mit der Kopfseite nach unten in einen Schmortopf legen und mit dem Cider übergießen. Ungefähr ein Dutzend Liebstöckelblätter in den Topf geben und bei 150° C langsam schmoren, mindestens zwei Stunden lang.

Ich überprüfe noch einmal die Illustrationen in Roger Phillips' Buch *Wild Food*. Sie zeigen den essbaren Wiesenbärenklau (*Heracleum sphondylium*), da bin ich mir ziemlich sicher, nicht den Riesenbärenklau (*Heracleum mantegazzianum*), der nicht essbar ist. Ich stehe schon seit einer halben Stunde zaudernd am Fahrweg mit seinen unaufhörlich klackernden Grashüpfern herum und überprüfe die Haarigkeit von Blättern und den Durchmesser von Stielen präziser als jeder Gerichtsmediziner. Das ist verrückt, weil ich schon x-mal Bärenklau gegessen habe und auf unserem Land eigentlich gar kein Riesenbärenklau wächst.

Aber die stachelblättrigen Pflanzen sind sehr hoch, fast zwei Meter. Man könnte sie auch »riesig« nennen. Meine übermäßige Vorsicht hat einen Grund: Irgendetwas, das ich kürzlich gegessen habe, hat einen weiteren Vergiftungsanfall ausgelöst. Schließlich entscheide ich, dass die einzige verlässliche Bestimmungsmethode darin besteht, eine Pflanze mit der Hippe abzuschneiden. Am Wegrand neben den hoch aufgeschossenen Fingerhüten sitzend, betupfe ich meinen linken Handrücken mit dem milchigen Saft aus dem abgeschnittenen Stiel. Falls es sich um die riesige Art handelt, wird meine Haut in der Sonne Blasen bekommen.

Das kommt mir wie eine narrensichere Bestimmungsmethode vor, bis ich mich frage, wie viel Zeit ich dem Hauttest geben sollte. Bilden sich die Blasen sofort? Nach einer halben Stunde? Das Bestimmungsbuch liefert dazu keine Informationen. Ich lege mich auf fünfzehn Minuten fest und sehe derweil den bauschigen Wolken dabei zu, wie sie Schatten auf die Black Mountains werfen.

Meiner Haut geschieht nichts.

Auf dem Rückweg zum Haus, mit einer Tragetasche voller Bärenklaustiele, bemerke ich, dass die Ponys sich durch das Distelfeld neben dem flachen Graben am oberen Ende der Koppel geschoben haben. Als ich ihrem Weg folge, stelle ich zu meinem Erstaunen fest, dass der normalerweise nicht einsehbare Graben mit Massen weiß blühender Brunnenkresse gefüllt ist.

Vor anderthalb Jahrhunderten wurde Brunnenkresse in Großbritannien noch kommerziell angebaut und als preiswerte Vitamin-C-Quelle von Kindern auf der Straße feilgeboten (Henry Mayhews Buch *Die Armen von London* enthält eine herzzerreißende Beschreibung des Lebens einer kleinen Brunnenkresseverkäuferin). Die Kultur- und die Wildform von Brunnenkresse sind identisch: Beides ist *Nasturtium officinale*. Wahrscheinlich wandten sich die Menschen genau deshalb von der Brunnenkresse ab, weil sie so billig war; Ende der 1970er war sie zur Tellergarnitur geschmackloser Steakhäuser verkommen, obwohl man sie als Blattgemüse dämpfen und ihre Sprossen in Salate, Suppen und Omeletts geben kann.

In den Graben platschend, pflücke ich eine Handvoll elastischer Brunnenkresseblätter und benutze sie tatsächlich als Füllung für ein Omelett. Das beißende Aroma der Brunnenkresse werden all diejenigen wunderbar finden, die es scharf mögen, allerdings sollte Brunnenkresse nur dann roh gegessen werden, wenn sie aus einem Fließgewässer stammt. Während ich das Omelett esse, wächst eine Sorge in meinem Kopf: Hat sich das Wasser im Graben bewegt? Ich lasse das Omelett stehen und gehe hinaus zum Graben, in dem das Wasser … rieselt. Schlimmer noch, viel schlimmer: Im Graben steht ein Schaf und kaut die Brunnenkressetriebe mit jener mahlenden Seitwärtsbewegung, die Wiederkäuer so lieben. Da ist nämlich noch etwas mit der Brunnenkresse: Sie sollte nur in fließendem Wasser gepflückt werden, zu dem Rinder und Schafe keinen Zugang haben, weil der »Nasenquäler« (denn das bedeutet *Nasturtium*) möglicherweise das Larvenstadium des Leberegels beherbergt. Der die menschliche Leber besiedeln kann.

Oh Scheiße, wie konnte ich nur so dumm sein? Meine Homer-Simpson-mäßige Gier auf ein gutes Mittagessen hat mir möglicherweise einen Wurm eingebracht, der sich millionenfach vermehren und meine Leber bei lebendigem Leibe auffressen wird. Ich versuche, nicht in Panik zu geraten, mache mir aber eindeutig und eindringlich Sorgen. Habe ich die Brunnenkresse gründlich genug gewaschen? Wie viel habe ich tatsächlich gegessen? Tagelang suche ich nach Ausschlägen und betaste meine Leber.

Außerdem kann die Brunnenkresse leicht mit dem Knotenblütigen Sellerie (*Apium nodiflorum*) verwechselt werden. Dieser trägt seine Doldenblüten allerdings am Stiel, den Blättern gegenüber. Die kleinen weißen Blüten der Brunnenkresse sitzen dagegen an den Stängelspitzen.

Brunnenkressesuppe

Zweifellos der sicherste und leckerste Weg, wild gesammelte Brunnenkresse zu genießen. Entgegen der allgemeinen Regel beim Wildpflanzensammeln sollte man die älteren Blätter pflücken, weil sie mehr Aroma haben.
Für vier Personen

100 g Brunnenkresse
100 g Klettenwurzel
1 Klacks Gänseschmalz
500 ml Wasser
1 Prise Salz

Brunnenkresse und Klettenwurzel klein schneiden. Die Klettenwurzel mit einem Klacks Gänseschmalz in einen Topf geben und sanft weichdünsten. Mit einem halben Liter Wasser aufgießen und zum Kochen bringen. Die Brunnenkresse und eine Prise Salz unterrühren und 3 Minuten lang weiterkochen lassen, dann für 10 Minuten auf kleiner Flamme köcheln. Pürieren. Kaltstellen. Mit einem gründlich gewaschenen Zweig Brunnenkresse servieren. Dies ist der Gazpacho der englischen Wildpflanzenküche.

»Deine Verwandten sind wie ortstreue Schafe«, sagt Penny.

Ortstreue Schafe sind Bergschafe, die genetisch darauf programmiert sind, innerhalb eines bestimmten Reviers zu bleiben. Wir haben über meinen Cousin Roger Williams gesprochen, der meinem Vater fürsorglicherweise zwei Gemälde für die Wände seines Zimmers im Pflegeheim geschenkt hat, eines von einer Dorfkirche, eines von einem Gloucester-Old-Spot-Schwein. Roger lebt direkt neben der Hill Farm in Much Dewchurch, wo die Verrys im 16. Jahrhundert Landwirtschaft betrieben.

»Das muss ein Weltrekord sein«, sage ich zu Penny, »die kürzeste Umzugsentfernung vom Wohnort der Vorfahren in einem halben Jahrtausend.«

»Du bist auch nicht gerade weit gekommen«, erwidert sie. »Und dein Dad lebt eine volle Meile von seinem Geburtsort entfernt. Sogar wenn ihr Herefordshire verlasst, kommt ihr alle wieder zurück. Ihr seid wirklich wie ortstreue Schafe.«

An einem schwülen Abend, an dem berauschender Geißblattduft aus der Landstraßenhecke aufsteigt, fahren wir zu einer Ausstellung über Lokalgeschichte ins Dorf. Wir sind nicht die einzigen; Autos stauen sich bis auf die Landstraße, und das Dorfgemeinschaftshaus, ein beengter Bau aus den 1930ern, dessen einziger Vorzug seine kleine hölzerne Bühne ist, schwitzt vor Dörflern. Auf Schautafeln sind ungefähr hundert Fotos von Longtown und seiner Umgebung aus dem letzten Jahrhundert zu sehen; äußerlich hat sich das Dorf, das sich entsprechend seines Namens für etwa eine Meile an einer einzigen Straße entlangzieht, kaum verändert. Das Dorfleben ist allerdings in fast unbegreiflichem Ausmaß anders geworden. Vor hundert Jahren war Longtown eigenständig, belebt von einer Bäckerei, zwei Eisenwarenhandlungen, einer Schneiderei, einer anglikanischen Kirche, drei Pubs, einer Schule, großen Viehmärkten am 19. Februar, 29. April und 19. November jedes Jahres und einem Gesindemarkt am 21. November. Wenn man heute mitten am Tag durch Longtown fährt, muss man sich anstrengen, um einen lebendigen Menschen zu entdecken, obwohl wundersamerweise ein Laden, ein Pub und eine Grundschule erhalten geblieben sind. Und genau das Fahren ist das Problem, denn man kann nicht nur durch Longtown fahren, sondern auch von Longtown weg, um in Hereford, Hay, Abergavenny oder wo auch immer zu arbeiten und einzukaufen.

Auf der letzten roten Schautafel finde ich das, wonach ich gesucht habe: ein Foto von Trelandon. Das Schwarz-Weiß-Bild stammt ungefähr aus dem Jahr 1900 und zeigt Emily Broome, ein Mädchen, das auf dem Hof als Magd diente. Sie passt auf eine Horde schmuddeliger Kleinkinder auf und sieht todunglücklich aus. Ob man Emily je spielen sah? Wohl kaum.

Eine Woche lang versuche ich, in dem Tümpel in der Flussbiegung zu angeln. Aber jedes Mal, wenn ich es geschafft habe, eine Fliege auf dem Wasser zu platzieren, werde ich unterbrochen. Tris kommt vorbei und fragt, ob er das Luftgewehr ausleihen könne, um auf leere Ecover-Waschmittelflaschen zu schießen (»Die sind zum Nachfüllen gedacht«, protestiere ich). Gwyn, der das Land nebenan gepachtet hat, kommt auf die Wiese, um ein verirrtes weißes Mutterschaf mit seinem Lamm einzufangen; seine Schafe sind an einer schwarzen Markierungslinie auf dem Rücken erkennbar. Dann folgt eine tropische Halluzination: In passabler Nachahmung eines Kolibris flattert ein junger Eisvogel vor meinem Gesicht, bevor er über den Fluss zu einem niedrigen Ast hinüberschießt, wo er fast in greifbarer Nähe sitzt und seinen Eltern *Ticks-ticks* zuruft wie ein hungriges Kind.

Wie die Londoner Lehrlinge im Mittelalter, die sich darüber beklagten, dass sie so oft Lachs vorgesetzt bekamen, entdecke auch ich, dass es zu viel des Guten gibt, in diesem Fall: des Anblicks eines Eisvogels. Der endlos wiederholte Ruf des Eisvogeljungen nagt an meiner Geduld; problematischer ist allerdings, dass seine Eltern nicht zum Füttern kommen, solange ich ihm so nahe bin.

Ich sage einem weiteren Angeltag Lebewohl.

Dann, an einem frühen Sonntagmorgen, endet meine Angelei am Fluss aus einem unerwarteten Grund. Ich habe die Flinte mit hinunter zur Uferweide genommen, um in den Haselbüschen Grauhörnchen zu jagen, und patrouilliere durch den dünnen Nebel, als ein grüner Daihatsu-Geländewagen am anderen Flussufer über die Wiese herunterpflügt.

Ich habe nicht mit Gesellschaft gerechnet und bin mir bei näherem Nachdenken ganz und gar nicht sicher, ob es legal ist, an einem Sonntag Schädlinge zu schießen. Wild zu jagen wäre auf jeden Fall illegal.

Der Daihatsu hält, und ein Mann mit einer tief ins Gesicht gezogenen flachen Kappe steigt aus. Er marschiert auf mich zu, durch die seichten Stellen, mit platschendem Wasser unter den Stiefeln, am Ufer hinauf auf unser Grundstück, und ruft: »Hallo! Hallo!«

Wenn es eines gibt, worauf man sich verlassen kann, dann, dass jemand, der auf das eigene Land marschiert kommt, sehr, sehr wütend ist.

Seine hellen Augen leuchten unter seiner Tweedkappe. »Powell«, sagt er und streckt mir die Hand hin.

»Lewis-Stempel«, antworte ich und verpatze den Handschlag ziemlich, weil ich die Flinte in die linke Hand nehmen muss.

»Hab gesehen, Sie haben ein paar Büsche am Ufer heruntergeschnitten«, sagt Mr Powell, »und mir gedacht, das muss ein Sportsmann gewesen sein. Jemand, der ein bisschen Fliegenfischen geht.«

Ich habe ein schreckliches, trübes Gefühl, wohin das führen wird. Mr Powell bestätigt es. Augenblicklich. »Sehen Sie, es ist so, dass mir die Fischereirechte gehören.«

Das sind große, aber nicht ganz unerwartete Neuigkeiten. Als wir Trelandon kauften, sagten unsere Anwälte und das Maklerbüro, die Fischereirechte seien ungefähr 1945 ausgelaufen. Wahrscheinlich.

Ich hänge an seinen Lippen wie ein Fisch am Haken – oh nein, ich fange schon wieder an, stressbedingt zu kalauern –, aber Mr Powell hat noch mehr Beschwerden. »Ich hoffe, ich drücke mich höflich aus?«, fährt er fort und stellt sich breitbeinig hin. »Also, was Ihre Schafe angeht, die über den Fluss auf meine Wiese da kommen. Sie brauchen gar nicht zu leugnen, ich habe sie gesehen …«

Das ist zu viel. Ich sage: »Ihre kommen ständig herüber auf mein Land. Wenn Sie sich Ihren Zaun anschauen, werden Sie sehen, dass ich die Büsche heruntergeschnitten habe, um die Löcher damit zu stopfen und Ihre Schafe drinzuhalten.«

Mr Powell hat kein Interesse daran, mir zuzuhören. Stattdessen erklärt er mir: »So halten wir es hier auf dem Land …«

So fühlt es sich also an, ein Neuankömmling zu sein. Meine Sprechweise hat mich verdammt. Dreißig Wörter, und Mr Powell ist zu dem Schluss gekommen, dass ich »von außerhalb« sei. Ich sage nichts, weil ich will, dass dieses Gespräch einen möglichst raschen Tod stirbt. Er schlägt vor, mir die Fischereirechte zu verpachten, und fügt, beinahe freundlich, hinzu: »Das kostet keine Tausende.« Ich gestehe, gewildert zu haben, und entschuldige mich dafür (schließlich könnte er mich gesehen haben). Mr Powell ist ein ganz anständiger Kerl. Leider führen Zäune zu Schwierigkeiten zwischen Nachbarn; im lokalen Dialekt heißen sie passenderweise *»argies«*, wie in *argument*, Streit.

Bevor wir uns mit einem weiteren fummeligen Handschlag trennen, bitte ich Mr Powell, mir zu zeigen, für genau welchen Flussabschnitt er die Fischereirechte beansprucht. Er erstreckt sich über ungefähr vierhundert Meter am unteren Ende von Trelandon, entlang der Wäldchenwiese und des Fingers.

Weil ich keine Hunderte von Pfund für Mr Powell übrig habe, wird es Zeit, mich am Ufer nach oben zu bewegen, zu den vierhundert Metern am nördlichen Ende von Trelandon, wo niemand die Fischereirechte beansprucht. Wahrscheinlich.

Jetzt blüht der Sommer, und das Summen der Natur
Ist niemals still auf schwüler Flur
Staubkleine Insekten verharren nicht
Ihr Glitzertanz wirbelt im Sonnenlicht
Waldfliegen und blütenjagende Immen
Sind niemals müde ihrer Stimmen
Die Feldhecke prächtig im Blütenglanz prangt
Von Windenglock, Hopfen und Weinreb durchrankt
Die schlanken Blütenkelche durstig sich heben
Begierig nach Taufall und Honigregen

John Clare, *Der Schäferkalender*

An unseren Hecken prangen Geißblatt, Schneeball, Wildrosen und runde, strahlende Kronleuchter aus Holunderblüten. Am Abend des 17. Juni fange ich an, die schäumenden Dolden an der Ostseite der Hecken zu pflücken, wo sie am reifsten sind. Die Blütenköpfe duften betörend und schmecken auf der Zunge zuckersüß, wenn man sie roh isst – englischer statt türkischer Honig –, aber man muss darauf achten, die Vielzahl von Insekten abzuschütteln, die darauf herumsummen.

Holunderblütensirup und Holunderblütenwein sind bekannte englische Sommergetränke, aber ein weiterer – und meines Erachtens besserer – Weg, die prickelnde, blumige Essenz dieser Pflanze zu bewahren, ist Holunderblütensekt. Englischer Sommer in einer Flasche.

Holunderblütensekt

8 große Holunderblütendolden
¼ Tasse Wildrosen-Blütenblätter
1 kg klarer Honig

4 Esslöffel Apfelessig
9 l kaltes Wasser

Den Honig in einen Topf geben, einen halben Liter Wasser zugießen und sanft erwärmen, bis der Honig sich auflöst. Sämtliches Insektenleben von den Holunderblüten entfernen, vorzugsweise durch sanftes Abschütteln im Freien, nicht durch Waschen. Blüten und Rosenblätter in ein großes Gefäß geben. Mit dem Wasser übergießen; den Essig und den verdünnten Honig hinzufügen. Einen Deckel aufsetzen und 24 Stunden lang stehen lassen. Mindestens zwei Mal vorsichtig mit einem Holzlöffel umrühren.
Die Flaschen vor dem Abfüllen sterilisieren, in kochendem Wasser oder im Backofen. Den Deckel von der Holunderblütenlösung nehmen und mit einem kleinen Krug ein wenig davon durch ein Sieb in eine Flasche gießen. Wenn alle Flaschen voll sind, verkorken (oder mit Schraubdeckeln verschließen) und an einen kühlen Ort stellen. Ein Außengebäude ist ideal.
Der Sekt ist nach zwei Wochen trinkfertig, allerdings wird er mit der Zeit immer besser und hält sich Monate oder gar Jahre.

Obwohl ich bisher nur von Hecken gesprochen habe, liegt das Juniglück in der Menge an Nahrung, die mir die Wiesen bieten. Bis jetzt waren die Randzonen – die Hecken und das Dickicht am Fluss – meine wichtigsten Viktualienlieferanten, aber in dem nach Jupiters Frau benannten Monat quillt das Grünland vor essbaren Pflanzen über. Es gibt die üblichen Verdächtigen – Brennnesseln, Sauerampfer, Guter Heinrich, Wegerich, Löwenzahn –, aber jetzt gesellen sich Rotklee, wilder Thymian, Schafgarbe, Rauer Löwenzahn und Zaunwicke dazu. Der Klee liefert Wein oder Blütenküchlein oder einen Blumensalat (probieren Sie ihn mit Geißblatt und Borretsch), der Thymian eine Kräuterwürze zu Fleisch, die Schafgarbe Tee, der Raue Löwenzahn grünen Salat und die kleinen Schoten der verknäuelten Zaunwicke winzige grüne Erbsen (die allerdings nur in kleinen Mengen gegessen werden sollten).

Außerdem gibt es jede Menge Gräser – Rohrschwingel, Lieschgras, Knäuelgras, Rasenschmiele –, die ich vorgemerkt habe, um sie in Heimarbeit zu dreschen und die Spreu von den Körnern zu trennen, sobald die Samenstände prall und trocken sind. Das sind sie noch nicht ganz, und ich prüfe sie jeden Tag mit dem Pflichtbewusstsein derer, die ihre Nachkömmlinge Hafer, Weizen und Gerste anbauen, indem ich die Körner konzentriert zwischen den Fingern reibe. Auf diesen täglichen Touren durch die Heuwiesen färbt der Blütenstaub der Butterblumen meine Gummistiefel verblüffend golden.

Schafgarbentee

Der lateinische Name der Schafgarbe, *Achillea millefolium*, erinnert daran, dass Achilles diese Pflanze in der Schlacht von Troja verwendete, um das Blut seiner verwundeten Soldaten zu stillen. Einen ebenso uralten Ruf genießt die Schafgarbe als psychoaktive Substanz, die hellseherische Fähigkeiten fördern soll; das Abzählen von 49 Schafgarbenstängeln ist die traditionelle Orakelmethode des *I Ging*, des chinesischen *Buchs der Wandlungen*. Aber das Kraut mit seinen weißen Dolden und grünen Federboa-Blättern ergibt auch einen guten Tee.

Drei lange Schafgarbenblätter pflücken und 4 Minuten lang in kochendem Wasser ziehen lassen. Durchsieben und servieren. Wenn nötig, mit Honig süßen.

Der Tee kann genauso gut aus getrockneten Schafgarbenblättern gemacht werden.

Übermäßiger Genuss von Schafgarbe, das sollte angemerkt werden, kann Augen und Haut empfindlicher machen.

⋗

Es ist Mittsommernacht, und im Feenlicht kommt ein magischer Moment, der selbst Puck verzaubern würde. Aus einem kleinen Wäldchen am Merlin's Hill klingt das fließende Lied einer Nachtigall klar durch die stille Luft des Tales herüber.

Normalerweise empfinde ich zu Mittsommer, um einen Ausdruck von Vita Sackville-West auszuborgen, »eine kleine Verzweiflung«, weil ab diesem Zeitpunkt die Dunkelheit Tag für Tag zunimmt. Aber nicht dieses Jahr. Wer sich von den Jahreszeiten ernährt hat – zugegebenermaßen mit ein wenig Hilfe von der Verwandtschaft, achtlosen Autofahrern und einem einzigen Besuch im Supermarkt –, kennt die Rhythmen des natürlichen Lebens und weiß, dass die Wahrheit dieses Lebens ebenso nüchtern wie freudvoll ist.

Die Dunkelheit kommt.

Sie geht.

Und das ist alles.

⋗

Am 27. Juni, meinem Geburtstag, durchsuche ich die oberen Fächer meines Vorratsschranks nach ein paar Kleinigkeiten für eine Festmahlzeit, und weit hinten im obersten Fach finde ich eine vergessene Schale mit Haselnüssen. Ich knacke sie zum Frühstück, und als nur noch eine Kinderhandvoll übrig ist, fällt mir ein, verdammt, dass ich Nussschnitzel zum Mittagessen hätte machen können.

Vielleicht täte es ja auch ein Haselnuss-Erdkastanien-Schnitzel? Die Französische Erdkastanie (*Conopodium majus*) ist eine wahre Delikatesse für den Wildpflanzen-Vorratsschrank, mit einem Geschmack, der irgendwo zwischen Kokosnuss und Pastinake schwankt. Ihre zarten Doldenblüten ragen über das Gras am unteren Ende der Uferweide, wo sie verstreut in einem langen Streifen wächst, den ich mit einem Elektrozaun vor den Kühen schütze. Man muss die Erdkastanienblüte sehen können, um sie bis hinunter zu dem einzelnen, zarten Wurzeltrieb zu verfolgen, an dessen Ende die braune Erdkastanienknolle hängt, sieben bis zehn Zentimeter unter dem Boden. In Shakespeares *Sturm* benutzt Caliban seine Fingernägel, um Erdkastanien auszugraben; im harten roten Lehmboden der Uferweide benutzen Penny und ich eine Gartenschaufel.

Das Aufspüren und Ausgraben von Erdkastanien ist so zeitaufwendig, dass ich sie normalerweise als besonderen Leckerbissen betrachte, der einzeln gesammelt und roh gegessen wird. Mit Pennys Hilfe steigt die Sammelrate auf das Rekordniveau von einer Erdkastanie alle drei Minuten. Weil sie eine Frau ist, arbeitet sie sich systematisch durch den Streifen, zum Schutz gegen den warmen Nieselregen eine Plastiktüte als Turban um den Kopf gewunden; ich streife in der Hoffnung herum, ein Monster zu erbeuten. Mit Glück, nicht Sachverstand, gelingt mir das auch: Eine mittelmäßige Erdkastanienblüte führt mich zu einer Knolle von der Größe eines Golfballs, der größten Erdkastanie, die ich je gesehen habe. Ein Geburtstagsgeschenk der Natur.

Man sollte die Erde eigentlich mit Wasser und Bürste abschrubben, aber ich benutze meinen Daumen, in der Überzeugung, dass ein bisschen Hereforder Dreck gut ist fürs Immunsystem. Penny macht mir ein Kompliment für meine Höhlenmenschen-Essmanieren. »Schicker Hut«, kontere ich. »Ich glaube, bei unserem ersten Rendezvous hast du etwas Ähnliches getragen.« Damals regnete es auch.

»Nun ja, bei unserem ersten Rendezvous hast du pseudokünstlerisches Schwarz und großstädtische Ansichten getragen. Ich sollte dich wegen Vorspiegelung falscher Tatsachen anzeigen, denn von Tweed, Landleben oder einem Rückfall in alte Gewohnheiten war zu keinem Zeitpunkt die Rede. Außerdem«, fährt sie fort, während wir uns durch die Disteln am Ufer arbeiten, »hattest du damals längere Haare. Dickere auch. Inzwischen bekommst du Sonnenbrand auf dem Kopf, oder? Vielleicht sollte ich dir die Tüte geben.«

Autsch.

Mit unserer üppigen Beute an Erdkastanien mache ich mich an das Schnitzel, das sich als so nahrhaft und gehaltvoll erweist, dass es mich für den ganzen Tag sättigt. Obwohl ich ziemlich kleinkrämerisch darauf bestehe, dass sie für ihr Schnitzel ihre eigenen Haselnüsse aus den Backvorräten beisteuert, teilt Penny die Mahlzeit mit mir – von einem Glas Holunderblütensekt begleitet, auf einer Leinentischdecke angerichtet und mit Silberbesteck verzehrt, könnte sie als Gipfel des Luxus durchgehen.

Haselnuss-Kotelett aus Nüssen und Erdkastanien-Schnitzel

Für eine Person

½ Tasse Haselnüsse
⅓ Tasse gewaschene Erdkastanien
1 Tasse Pilzbrühe
1 Prise Salz
1 Klacks Entenschmalz
1 Entenei

Haselnüsse und Erdkastanien vermischen und mahlen, während die Brühe köchelt. Das entstandene Mehl, Salz und

Ei in die Brühe geben und mit einem Schneebesen kräftig unterrühren. Vom Herd nehmen und mindestens 30 Minuten lang stehen lassen, damit die Flüssigkeit in die Nüsse einzieht. Dadurch wird das Schnitzel zarter.
Das Entenschmalz in einer Pfanne erhitzen, bis es raucht, und die Nussmasse löffelweise hineingeben. Mit einem Holzspatel zu einem flachen, dicken Fladen formen. Die Hitze ein wenig reduzieren und für 3 Minuten braten, dann vorsichtig wenden und die Unterseite ebenfalls 3 Minuten lang braten. Das Ganze wird nicht perfekt in Form bleiben, aber dank der Klebkraft des Eis eine respektable Schnitzelform behalten.
Mit einem grünen Salat aus Wildkräutern servieren.

Erdkastanien verlieren beim Garen immer ein wenig Aroma. Als Schnitzel gebraten, bewahren sie ihren Geschmack besser als gekocht oder gebacken. In frühen Rezepten wird empfohlen, sie in Fleischeintöpfe zu geben, aber als ich sie zu Kaninchen probierte, fand ich sie fade. In Schnitzelform haben sie wenigstens eine angenehm weiche, pampige Konsistenz – eine Seltenheit in der faserigen Welt der englischen Natur. L.C.R. Cameron schlägt vor, sie zu rösten.

Gegen Ende Juni sitzen viele unserer Vögel auf dem zweiten Gelege mit Eiern, insofern habe ich keine Schwierigkeiten bei meinem virtuellen Tausch von Wildvogeleiern gegen Enteneier. Jedenfalls auf einem Großteil unseres Landes nicht. Als ich in einem flauen Morgenschauer mit Edith an der Grenzhecke entlanggehe, entdecken wir, dass die Wohnstätten der Blaumeisen und Heckenbraunellen geplündert worden sind; die Eier sind zerbrochen und leer gefressen. Dann ertönt vom oberen Ende der Hecke, wo sie an die Hauswiese grenzt, chaotischer Vogellärm. Ein Amselweibchen flattert kreischend herum. Aus dem Weißdorn hüpft eine verbrecherische Elster mit einem Ei im Schnabel. Ich schreie die Elster an (irgendetwas Hirnverbranntes wie »Lass das!«) und renne auf sie zu. Edith, deren Körperbau eher auf Geschwindigkeit ausgelegt ist, stürzt vorwärts, woraufhin die Elster das Ei ins Gras fallen lässt und unverfroren wegflattert. Das kleine blaue Ei ist unverletzt. Nach ein wenig Herumstöbern in der Hecke finde ich das Nest, hebe das Ei mit meinen Ärmelmanschetten auf und lege es an seinen angestammten Platz zurück, an dem sich zwei weitere Eier in einen Ring aus weichem, trockenem Gras kuscheln. Die Amseln machen sich natürlich keinen Begriff davon, dass ich der gute Samariter bin, und zetern ununterbrochen und unzufrieden von einem Telegrafendraht aus.

Als ich am nächsten Tag vorbeikomme, sehe ich, dass das Nest verlassen ist. Ringsum in der Hecke wachsen und gedeihen kleine grüne Wildäpfel, Haselnüsse und Schlehen, aber die Amseleier sind für immer tot.

Kalender der wilden Nahrungsmittel von Trelandon

JUNI

Französische Erdkastanien, Tauben, Kaninchen, Sauerampfer, Löwenzahn, Feldsalat, Giersch, Holunderblüten, Gänsedisteln, Ampfer, Gundermann, Brennnesseln, Knoblauchsrauke, Vogelmiere, Weißer Gänsefuß, Wiesenkerbel, Beinwell, Klette, Geißblatt, Wildrosen, Zaunwicken, Rotklee, Schafgarbe, wilder Thymian

Zu den Vorzügen einer Aussichtslage gehört, dass man das Wetter kommen sieht.

Eine Wolke von schaurigem Schwarz walzt über den Berg, und Edith und ich rennen in den Schutz einer Esche, wo wir hingekauert hocken und zusehen, wie die Regentropfen Ringe auf den Fluss plingen. Wir sind beide ziemlich zufrieden mit uns; wenn ich einen Schwanz hätte, würde ich damit wedeln. Des Familienspotts über unsere Unfähigkeit, ein vernünftiges Mann-Jagdhund-Team abzugeben, überdrüssig, haben wir heimlich geübt; insbesondere haben wir uns mit Kapitel 18 von Keith Erlandsons Buch über Jagdhundtraining beschäftigt, »Den Hund einweisen«. Erlandson schreibt: »Bei vielen Gelegenheiten [...] sowohl bei der Jagd als auch beim Training [...] ist der Hund nicht in der Lage, die Absturzstelle eines Vogels [...] zu beobachten. [...] Um diesen zu apportieren, muss er sich zu einer Stelle einweisen lassen, von der aus er den Vogel wittern kann.«

Seit Wochen üben wir blindes Apportieren mit einem taubenfedernbesteckten Dummy. Ich lasse ihn über Ediths verdeckte Augen hinwegsegeln, schicke sie los, bringe sie mit der Pfeife zum Stehen und dirigiere sie mit Handzeichen zu der Stelle, wo der Dummy, von ihr ungesehen, heruntergefallen ist. Edith hat gerade fünfmal hintereinander perfekt blind apportiert. Ich gönne ihr einen Hundekuchen aus meiner Jackentasche. Sie gönnt mir ein schlabberiges Händeschlecken.

Es ist Zeit, zum richtigen Apportieren überzugehen, mit einer echten Taube. Das werden wir tun, sobald wir eine Forelle gefangen haben; sie steht auf meiner Essenswunschliste ganz oben, weil ich es allmählich ein ganz klein wenig leid bin, Tag für Tag Taube zu essen.

➣

Als Vorspiel zum Forellenfang beschließe ich, Izaak Waltons klassisches Lehrbuch *Der vollkommene Angler* zu lesen, aber als ich es vorab durchblättere, bleibt mein Blick nicht an seiner klassischen Anleitung zum Forellenangeln hängen, sondern an seinen Anmerkungen zur Elritze:

> *Sie hat in guter Verfassung (fast immer, außer direkt nach dem Laichen) ein buntes Aussehen, gefleckt wie ein Panther, an den Seiten grünlich bis dunkel, der Bauch milchweiß, Rücken fast schwarz. Auf kleine Würmer beißt sie sehr gierig und gibt daher Junganglern einen lehrreichen Sport, der bei heißem Wetter besonders erfolgreich ist. Auch Mädchen beteiligen sich mitunter, zusammen mit den Jungen, zur Erholung ganz gern. Im Frühjahr […] wäscht [man die Elritze], nachdem man Kopf und Schwanz abgetrennt und sie ausgenommen hat, in Salzwasser, brät sie dann, mit Eidotter, Blüten von Schlüsselblumen und etwas Wurmkraut paniert, in der Pfanne.*

Walton empfiehlt neben der Elritze noch zwei weitere kleine Fischarten für den Angelsport und zum Essen, die Mühlkoppe und die Schmerle (»ein leckerer Kleinfisch«, der als Krankenkost »bei feinem Geschmack und Bekömmlichkeit auch meist zusagt«); deren Bestand ist im Escley allerdings zu gering.

Elritzen aber gibt es reichlich. Könnte die Elritze das Glasfischchen des Süßwassers sein?

Auf die Antwort muss ich eine frustrierende Woche lang warten, bis der Escley nach einem Sommerhochwasser absinkt und klarer wird, aber dann sitze ich an einem Tag, an dem die Sonne den nassen Boden so kräftig erhitzt, dass tropischer Dampf aufsteigt, an dem erlenbeschatteten Teich, den wir nach dem senkrecht aus seinen Tiefen emporragenden Ast »Periskopteich« getauft haben. Ich muss zugeben, meine Absicht war es, Elritzen auf die althergebrachte Kindermethode zu fangen: mit einem Netz. Leider ist die Fischereisatzung der walisischen Umweltbehörde, die für den Monnow und seine Zuflüsse gilt, hier absolut unzweideutig: Alle Grobfische müssen mit Rute und Angelschnur gefangen werden. Und, im Fall der Elritze, mit einem winzigen 30er-Haken, dem kleinsten, den der Angelladen in Abergavenny vorrätig hat.

Walton hält beinahe, was er versprochen hat. Von den Brosamen angelockt, die ich auf dem Wasser verstreut habe, gleitet ein Schwarm Elritzen in den seichten Sonnenfleck im Wasser, wo mein Haken mit dem zappelnden Kompostwurm über bernsteinbraunem Felsgrund bereithängt. Eine Elritze wirft sich auf den Wurm – packt ihn mit einer piranhahaften Wildheit, die an einem so geselligen Fischlein verstörend wirkt. Ich reiße die Rute hoch und hebe die zappelnde, silberbäuchige Elritze in die tödliche Luft. Das ist kein Sport, dafür ist die Elritze mit ihren zehn Zentimetern ein zu kleiner Fisch. Weil ich eine Mini-Teleskoprute mit festgestellter Rolle verwende, habe ich das unangenehme Gefühl, wie ein angelnder Gartenzwerg auszusehen. Die Elritze wandert in den Unterwasserkäfig des Setzkeschers.

Der Rest des Schwarms flieht nicht etwa, wie ich erwartet hatte; die Fische ziehen sich nur etwas zurück, bevor sie wieder näher kommen und vorsichtig den nächsten Wurm erkunden. Eine Elritze geht zum Angriff über, tollkühn oder ausgehungert, und wird ebenfalls aus dem Tümpel gehoben. In der nächsten halben Stunde fange ich vier weitere Elritzen, bis der Schwarm weitertreibt – ob aus Langeweile oder aus Beunruhigung, kann ich nicht sagen. Ein neidischer Eisvogel schießt auf dem Weg zu seiner Höhle in der Uferböschung vorbei, ein türkisblaues Flackern auf der Netzhaut.

Nachdem ich meinen Fang getötet habe – ein Knüppelschlag auf den Kopf käme mir nach Overkill vor, deshalb enthaupte ich die Fische mit dem Messer auf einer Schieferplatte –, gehe ich auf der Uferwiese flussaufwärts, passiere die Schafe, die sich unter der Hecke vor der Sonne verstecken, sende beim Durchstreifen der Brennnesseln Wolken brauner Schmetterlinge in die Luft und erreiche schließlich die nördliche Grundstücksgrenze, wo der Escley zwischen einer Ehrengarde aus Eichen und Holunderbüschen eine Reihe länglicher, seichter Tümpel durchfließt.

Die Elritzen hier sind nicht wählerischer als ihre Cousins weiter unten im klaren Bach, und im Lauf einer faulen Stunde fange ich sechs weitere. Für eine Hauptmahlzeit bräuchte ich noch mehr, aber kann es kaum erwarten, die Fischchen auf meinem Tischchen zu sehen, und entscheide mich stattdessen für ein Elritzen-Horsd'œuvre.

Obwohl mich Waltons Rezept für Elritzen mit »Wurmkraut«, also Rainfarn, locken würde, kann ich es nicht umsetzen, weil die Schlüsselblumen schon verblüht sind und der Rainfarn, ein duftendes, gelb blühendes Kraut, bei uns nicht wächst. (Ich bin nicht sicher, ob das ein großer Verlust ist: Obwohl *Tanacetum vulgare* nach der klassischen Legende Ganymed unsterblich machte und im Mittelalter für Osterpudding verwendet wurde, stuft die moderne Botanik den Rainfarn als potenziell giftig ein. Angeblich liefert er ein Aroma, das irgendwo in der Nähe von Rosmarin liegt.) In der Küche vertreibt mein Essensdrang sämtliche Experimentierlust, und ich reduziere Waltons Rezept auf ein Minimum: Ich nehme die Elritzen aus, schneide die Schwanzflossen ab – um das Fleisch dieser kleinen Fische nicht zu zerrupfen, braucht man ein skalpellscharfes Messer –, salze sie, tunke sie in Eigelb und brate sie in der Pfanne scharf an.

Vor dem Kosten einer ungewohnten Speise gibt es immer einen kleinen Moment der Besorgnis, und er setzt jetzt ein, obwohl die Elritzen in der Tat köstlich aussehen; knusprig krümmen sie sich auf dem weißen Teller. Mit spitzen Fingern hebe ich eine gebratene Elritze hoch und beiße vorsichtig in das eine Ende. Wow. Fantastisch. Die Welle des Vergnügens ist noch nicht abgeebbt, als Penny in die Küche kommt und fragt: »Und?«

»Wirklich gut«, antworte ich, »wie eine subtile Form von Forelle. Viel besser als Glasfischchen. Du solltest eine probieren.«

Penny, die zu jenen Vegetariern gehört, die auch Fisch essen, schaut den angebotenen Teller an, schaut mich an und erinnert sich an kulinarische Desaster der Vergangenheit. »Vielleicht morgen«, sagt sie.

Tris kommt hinter ihr herein, zieht eine Grimasse des Sich-Übergebens und fragt: »Was ist das?«

»Elritzen.«

»Das ist was für Zwerge, Vater.«

»Was?«

»In der *Wichtelreise* oder irgendwo. Da essen die Zwerge Elritzen.«

Stimmt, natürlich tun sie das. Schon den ganzen Tag habe ich die Vorstellung von geräucherten Elritzen mit mir herumgetragen. Und jetzt fällt es mir wieder ein. Die letzten Zwerge Englands, Cloudberry, Sneezewort, Baldmoney und Dodder, räuchern Elritzen über Eichenholz.

Das muss ich auch versuchen.

Jason Hill schreibt in *Wild Foods of Britain*, seinem Knappheitsklassiker aus dem Zweiten Weltkrieg, dass Eschensamen »sich gut sauer einlegen lassen; wenn man sie pflückt, bevor sie hart werden, schmecken sie wie eingelegte Walnüsse«. Auf Englisch nennt man die Samen der Esche *keys* – wahrscheinlich, weil sie in Bündeln herunterhängen wie die Schlüssel eines mittelalterlichen Gefängniswärters. Eine einzelne Frucht sieht aus wie der Flügel einer Heuschrecke. Der Samen, der so groß ist wie ein Pinienkern, versteckt sich am Stielende. Roh schmeckt er nach Wermut.

Pflichtbewusst befolge ich Hills Anweisungen und gieße eine kochend heiße Mischung aus gleichen Teilen Essig und Cider sowie ein wenig Salz über die Samen. Das Ganze wird zum Durchziehen eine Stunde lang in den Ofen gestellt und dann in ein Einmachglas abgefüllt. Nach drei Wochen koste ich einen eingelegten Eschensamen.

Er schmeckt nach Wermut.

Die Brise ruht, der Zweig ist matt
An ihm tanzt jetzt kein einzig Blatt
Am Hügel Zittergras hält inne
Und still hängt nun das Netz der Spinne
Von Teichhuhns Schwinge Federn schweben
Und auf der Wasserfläche kleben
Sie scheinen fest und schwer zu sein
Wie tief im Bachbett all die Stein'
Habichts- und Greiskrauts Feenflaum
Trägt ruhig seinen Samensaum

John Clare, *Der Schäferkalender*

Hochsommer – und das Land ist seiner Blütenfarben beraubt. Nur der Fingerhut steht strahlend vor den staubigen Hecken, die stiller werden, während eine Vogelbrut nach der anderen flügge wird. Die Natur verströmt eine Aura von entspannter Ruhe, genau wie ich. Die Tageslichtstunden sind nach wie vor lang, und ich sitze an einem leuchtenden Abend mit einem Glas Nesselbier draußen auf dem Hof, während die Erde von innen heraus zu strahlen scheint, und tue gar nichts. Gedanken driften über mir vorbei. Ich versuche nicht, sie einzufangen, aber einer verdichtet sich: Meine Geschichte der Entfremdung vom Land ist allenfalls exemplarisch; sie ist die Geschichte der Engländer insgesamt. Von der Industriellen Revolution entwurzelt, zogen sie vom Land in die Stadt, wo sie prompt versuchten, die Trennung von ihrem natürlichen Lebensraum zu überwinden, indem sie die Landschaft in ihren Gärten neu erschufen. Denn was ist ein Rasen anderes als eine kleine Wiese? Napoleon hatte unrecht, als er England angeblich als »Nation der Krämer« bezeichnete – es ist eine Nation der Gärtner.

Als die Dunkelheit endlich den Vorhang vor dem Schauplatz meiner Trägheit zuzieht, kann ich den Luftzug von den Flügelschlägen der Fledermäuse spüren, während sie ums Haus huschen. Als Kind hatte ich immer Angst vor Fledermäusen, Angst davor, sie könnten in meine Haare fliegen und sich darin verfangen. Aber mein Vater erklärte mir, ein Geschöpf, das zwischen Stromdrähten herumfliegen könne, sei sicherlich in der Lage, dem Zusammenstoß mit einem Menschenkopf auszuweichen.

Ich besuche meinen Vater im Pflegeheim, teils um seiner Gesellschaft willen, teils weil ich ihn um Rat bitten möchte. Als junger Mann war er ein großartiger Forellenangler, und ich bin es leid, bei meinen Ausflügen an den Escley nichts zu fangen. Er ist auf und sitzt in etwas, das wir ironisch seinen »elektrischen Stuhl« nennen, in Wahrheit ein Rollstuhl mit Elektroantrieb. Obwohl er rechtsseitig gelähmt ist, kann mein Vater das Gerät inzwischen geschickt manövrieren. »Ich kann auf einer Münze umdrehen«, prahlt er und vollführt in seinem Zimmer eine Rollstuhl-Pirouette. Er kann es kaum erwarten, mir von seinem Rollstuhlabenteuer heute Morgen zu erzählen: Während er eine Runde über das Gelände drehte, kam er an einer Ringelnatter vorbei, die sich sonnte. »Du hättest sehen sollen, wie ich abgehauen bin«, sagt er lachend. »Sie war mindestens eins achtzig lang«, erzählt er weiter, und in seinen Augen blitzt eine Spur von Jugend und Glück. Ich hebe die rechte Augenbraue à la Roger Moore. »Na gut, also ungefähr eins zwanzig«, sagt Dad. Seine Neigung zu anglerlateinhaften Übertreibungen erinnert mich an den zweiten Grund, aus dem ich hier bin. Ich erkläre ihm meine diversen Anglernöte, und mein Vater antwortet: »Versuch's mal mit Tippfischen.«

Anscheinend versteckt man sich beim Tippfischen hinter einem Busch (oder etwas Ähnlichem) am Ufer, streckt die Rute hinaus und lässt die Fliege auf dem Wasser tanzen, indem man die Rute anhebt und senkt. »Nimm eine große Fliege«, rät mein Vater, »etwas, das für den Fisch die Mühe lohnt.« Er kneift die Augen verschwörerisch zusammen und fügt hinzu: »Außerdem würde ich noch einen kleinen Wurm an den Haken hängen.«

Die Chancen auf einen Fang zu verdoppeln, indem man einen zappelnden (also Aufmerksamkeit erregenden) und fleischigen (also für den Geruchssinn der Forelle attraktiven) Wurm an den Fliegenhaken spießt, kommt mir extrem unsportlich, wenn nicht gar betrügerisch vor. Plötzlich habe ich das Gefühl einer starken Verbundenheit mit dem Wilderer in mir.

Am gleichen Nachmittag hocke ich mich hoch oben hinter einen Haselbusch mit glänzender Rinde, stemme meine Füße in den schwarzen Laubhumus des Ufers, strecke die Rute am Busch vorbei und lasse eine fluoreszierende grüne Fliege auf den trägen Tümpel unter mir auftippen, aus dem Forellenringe aufsteigen. Neben der Fliege windet sich ein roter Kompostwurm. Als ich die Fliege zum dritten Mal hochhüpfen lasse, steigt ein Monster mit wildem Blick und aufgerissenem Kiefer senkrecht aus den urtümlichen Tiefen des Tümpels empor und klappt sein Maul über den doppelten Köder. Der Schock blockiert sämtliche Denkprozesse; instinktiv drehe ich weiter an der Kurbel. Das weiß ich, weil das Nächste, was ich sehe, eindeutig ein Fisch ist, der auf dem steilen Ufer vor meinen Füßen zappelt. Ich lasse die Rute fallen, versuche den Fisch mit einer Hand zu packen und suche mit der anderen nach einem Stein. Mit den Fingern ertaste ich einen Sandsteinbrocken in der Erde, zerre ihn heraus und haue, haue, haue die Forelle auf den Kopf. Der tote Fisch starrt mich an. Mein Herz hämmert wild. Die Forelle ist mit ihrer getupften Haut und dem verächtlich grinsenden Maul so wunderschön und so abgrundtief hässlich, dass ich gleichzeitig Scham und Stolz darüber empfinde, sie getötet zu haben – als hätte ich der Öffentlichkeit einen Dienst erwiesen.

Nein, alles in allem bin ich erleichtert darüber, meine erste Forelle geangelt zu haben. Ein alter Kindervers schießt mir durch den Kopf: *One, two, three, four, five, once I caught a fish alive!* An einem Stück Ballenschnur, das ich durch den Kiefer des Fischs gefädelt habe, trage ich meinen Fang nach Hause, fühle mich durch und durch als erfolgreicher Mann (primitives Modell) und kann es kaum erwarten, ihn vor meiner skeptischen Familie zu schwenken.

Leider misslingt mein großer Auftritt ziemlich, weil niemand zu Hause ist. Nur Edith ist da, um mich zu begrüßen. Sie schnüffelt an dem Fisch und wedelt dann aufgeregt mit dem Schwanz. »Nein, du dämlicher Hund«, sage ich zu ihr. »Der ist für mich.« Sie ist eindeutig nicht überzeugt und folgt mir in die Küche, wo ich meinen Fisch auf die Waage klatsche. Die rote Nadel zittert bei 340 Gramm.

Meine erste Forelle begeistert mich derart, dass ich zurückeile zum Fluss, um noch ein paar zu fangen. Aber bevor ich das Haus verlasse, tue ich etwas, das ich immer schon tun wollte. Ich klebe einen Zettel an die Haustür, auf dem steht: »BIN ANGELN«.

Eingelegte Forelle

Abgewandelte Version des Rezepts aus Karen Wallaces Buch *Herefordshire Food* von 1982.
Für sechs Personen

6 mittelgroße Forellen
600 ml Wasser
600 ml Apfelessig
2 Bärlauchzwiebeln
Salz
1 Prise getrockneter Kerbel

Die Fischköpfe und -schwänze abschneiden. Ausnehmen, aber nicht schuppen. Die Fische längs halbieren und mit der Hautseite nach unten flach hinlegen. Sämtliche Gräten mit einem sehr scharfen Messer herauslösen. Abspülen und trockentupfen. Den Bärlauch in feine Scheiben schneiden und der Länge nach auf den Forellenfilets verteilen. Die Filets aufrollen und dicht an dicht in eine kleine Keramik- oder Porzellanform setzen. Mit der Essig-Wasser-Mischung übergießen und zwei Prisen Salz sowie den Kerbel zugeben. Mindestens 24 Stunden lang ziehen lassen. Mit Alufolie abdecken und für 45 Minuten bei 140° C im Ofen garen.
Die Fischköpfe und -schwänze nicht wegwerfen, sondern für Suppe auskochen.

Ich esse die eingelegte Forelle kalt, zum Frühstück. Zu irgendeinem undefinierten, unbemerkten Zeitpunkt, ungefähr zu Frühjahrsbeginn, hat sich mein Gaumen umgestellt und ich habe den nagenden Wunsch nach süßem Frühstück vom Typ »Croissant mit Aprikosenfüllung« verloren. Kaltes Fleisch ist mein Grundnahrungsmittel, und natürlich diente es in England immer schon als *breakfast* – damit brach man das Fasten der Nacht, jedenfalls vor der Ankunft der Rice Krispies und sogar noch vor dem sogenannten »englischen Frühstück« (aus Speck, Würstchen, Eiern, Tomaten, Baked Beans, Pilzen und Röstbrot), das eine Erfindung der 1920er-Jahre ist. In ihrem Buch *The English Breakfast* berichtet Kaori O'Connor, dass Mrs Beeton in ihrem Handbuch zur Haushaltsführung von 1901 Wildpastete als erste Mahlzeit des Tages empfohlen habe, während auf Schloss Windsor am 11. Februar 1904 *Bécassines sur canapés* zum Frühstück serviert worden seien.

Im Lauf der nächsten Tage fange ich noch vier weitere Forellen mit einem Gewicht zwischen 280 und 420 Gramm. Eine fülle ich mit Kerbel, eine pochiere ich mit wildem Thymian in Wasser, aber die beiden leckersten sind die, die ich auf einen Ast gespießt über einem qualmenden Holzfeuer am Flussufer grille und mit Penny, Tristram und Freda teile, während die rote Sonne fett auf dem Wasser liegt. Aber vielleicht schmeckt Essen immer besser, wenn man es teilt. Mir fällt auf, dass der Rauch des Feuers die Stechmücken fernhält, die immer der unerfreuliche Aspekt eines abendlichen Picknicks am Fluss sind.

Meine Glückssträhne beim Angeln setzt sich nicht fort. Als ich ein paar Tage später am Bach ankomme, steht das Wasser hoffnungslos niedrig, und ein fahler Wind hält die Mücken vom Tanzen ab. Ich krieche am Ufer entlang, bis ich eine vielstämmige Erle erreicht habe, von der aus ich meine grüne Bomberfliege mit ihrem echten Wurmschmuck in einen Tümpel tippen kann. Eine Forelle kommt aus den Baumwurzeln hervor, nähert sich dem Wurm, zieht sich zurück und kommt wieder. Ich bekomme den Fisch an den Haken, aber als ich die Rute anhebe, springt er in die Luft, blitzt auf und fällt in die Freiheit. Heute wird er nicht mehr wiederkommen. Auf dem Heimweg mache ich einen Abstecher zum Eisvogelnest in der Uferböschung; sie sind die Messies unter den britischen Vögeln und bemühen sich nicht weiter um die Entsorgung der Babyscheiße, als sie einfach zur Türe hinauszuschieben, wo sie faulend am roten Sandsteinufer heruntertrieft. Während ich ein abfälliges »Ts, ts, ts« über die Hausputzmethoden der Eisvögel von mir gebe, weckt eine kleine, schwarze, wespenartige Fliege auf dem Schiefer meine Aufmerksamkeit; ich glaube, es ist eine seltene Waffenfliege, *Oxycera terminata*. Weil ich stocksteif stehe, übersieht mich ein Vogel und landet auf einem Felsen mitten im Fluss: eine Wasseramsel.

Die Wasseramsel hat viele Volksnamen, die auf ihre Farbe oder Größe hindeuten, wie Wasserschmätzer, Wasserstar oder Wasserdrossel, aber keiner von ihnen trifft das Aussehen dieser Vögel wirklich. Am Escley haben sie einen eher dunkel kastanienbraunen als kohlschwarzen Rücken und sind ungefähr sieben Zentimeter kleiner als normale Amseln.

Von ihrem Aussichtspunkt auf dem Felsen aus schaut die Wasseramsel, deren weißer Brustfleck immer wieder durch ihr ständiges Wippen verdeckt wird, ins seichte, wellige Wasser. Ich denke im Stillen, dass ich noch nie eine Wasseramsel bei einem ihrer legendären Unterwasserspaziergänge beobachtet habe – in diesem Moment hüpft der Vogel, als wollte er mir einen Gefallen tun, in den glasklaren Fluss, beugt den Kopf und spaziert buchstäblich über das steinerne Flussbett, wobei er die Strömung des Wassers über seinen Rücken dazu benutzt, dem natürlichen Auftrieb entgegenzuwirken. Ich halte den Atem an, wie der Vogel vermutlich auch. Nach ein paar Sekunden kommt er wieder an die Oberfläche, mit einer zappelnden schwarzen Larve im Schnabel, die er sofort verschlingt. Durch irgendeine kleine Bewegung mache ich ihn auf mich aufmerksam, und er flattert argwöhnisch, aber nicht panisch mit einem *Zit-zit-zit*-Ruf davon, nachdem er seine virtuose Vorführung in der Kunst der Unterwasserjagd beendet hat.

Ursprünglich galt *Armoracia rusticana* als Heilkraut, aber im 15. Jahrhundert begannen die Deutschen und die Dänen, Meerrettich in der Küche zum Würzen von Fisch zu verwenden. Der kulinarisch eingesetzte Meerrettich verbreitete sich nach Großbritannien, wo er auf ewig zum Begleiter von Roastbeef wurde.

Um die Pflanze zu sammeln, muss ich mich kaum zwanzig Meter vom Haus entfernen, weil sie auf dem Boden wächst, den die Bauarbeiter bewegt haben; solche Stellen liebt sie, genau wie Feldraine und Straßenränder. Ab Juni sind die langen, gewellten Meerrettichblätter leicht erkennbar. Jung kann man sie in Salate schneiden, aber sie sind eine Herausforderung für die Kaumuskulatur. Die scharfe, aromatische Wurzel ist eindeutig vorzuziehen, obwohl sie so lang ist, dass das Ausgraben leicht zum Bizepstraining wird. Schälen Sie die ausgegrabene Wurzel bei offenem Fenster, denn sie setzt Öle frei, die noch tränentreibender wirken als jene beim Schälen von Zwiebeln.

Dass der Meerrettich auf Englisch *horseradish* heißt, hat übrigens mit Pferden nichts zu tun; hier heißt es nur »grober« Rettich.

Meerrettichsoße

Jason Hills Rezept ist simpel und effektiv: »Ein hart gekochtes Eigelb mit zwei Teilen Öl und einem Teil Essig, ein paar Tropfen Zwiebelsaft oder feinen Knoblauchscheiben und einem gehäuften Esslöffel fein geriebenem Meerrettich zu einer dicken Creme verrühren (mehr oder weniger nach Geschmack). Das gehackte Eiweiß kann zugegeben werden, wenn die Soße zu Fisch gegessen werden soll.«
Meerrettichwurzeln zum Lagern in Sand vergraben oder in Apfelessig einlegen.

Dass der Weiße Gänsefuß in Großbritannien *fat hen* genannt wird, hat mit dem Fettgehalt seiner Samen zu tun, die von den Angelsachsen zu Mehl verarbeitet wurden. Im frühen England wuchs die »fette Henne« so üppig, dass Dörfer nach ihr benannt wurden. (Ihr altenglischer Name ist *melde*, wie im Ortsnamen Melbourn in Cambridgeshire.) In jüngerer Zeit wurde diese Wildpflanze als Blattgemüse gesammelt, bis sie von einer eng verwandten Kulturpflanze abgelöst wurde, dem Spinat. Obwohl der Weiße Gänsefuß aus der Mode gekommen ist, ist er nach wie vor eines der nahrhaftesten Unkräuter Englands, mit einem hohen Gehalt an Eisen, Kalzium, Eiweiß und den Vitaminen B_1 und B_2. Oft ist der Weiße Gänsefuß vor Bauernhöfen zu finden, deshalb heißt er im Volksmund auch »Mistmelde«.

Auf der Zunge erinnert Gänsefußmehl angenehm an Buchweizen. Aber zur Herstellung dieses Mehls ist eine sagenhafte Menge Arbeit nötig. An einem schwülen Spätnachmittag im Juli platsche ich durch den alten Haufen mit Schweinemist (er ist ungefähr zehn mal zehn Meter groß), schlage nach Bremsen und trenne die mehligen Gänsefußpflanzen von Brennnesseln, Gänsedisteln und dem ähnlich aussehenden Guten Heinrich. Aus Angst vor Krankheitserregern im Schweinemist schneide ich jede einzelne Gänsefußpflanze mit Pennys Schneiderschere ab (womit ich mich nicht beliebt mache), anstatt sie auszureißen. Dann streife ich die Samen in einen Weidenkorb; viele widersetzen sich allerdings meinen Anstrengungen, weil sie noch nicht ganz rostrosa und reif sind. Die willfährigen Samen verteile ich in der Sonne auf einer Plane, die ich mit Schafgattern umzäune, damit die Labradore sie nicht fressen. Labradore fressen alles.

Am nächsten Tag lasse ich die Samen weiter trocknen und wende sie gelegentlich, aber dann droht es zu regnen, deshalb mache ich den Rest im Ofen. Danach reibe ich sie ab, sortiere sie durch und mahle sie. Und – hoho! – nach zwei vollen Tagen habe ich … ein ganzes Pfund Mehl. Wahrscheinlich hätte ich das nicht durchgehalten, wenn es nicht nötig gewesen wäre, aber mir ist schon vor langer Zeit das Kastanienmehl ausgegangen. Außerdem war mein Versuch von Ende Juni, Mehl aus den Samenständen der Gräser auf den Heuwiesen zu machen, ein absolutes, totales Fiasko. Das komische Potenzial des Vorgangs, Grassamen mit einem Tennisschläger in einen Korb zu schlagen, war geradezu Monsieur-Hulot-haft, und ich nutzte es ganz passabel, indem ich meine Korbhand mit einem schlecht gezielten Hieb des Tennisschlägers zermatschte. Außerdem hatte ich die mageren Samen nicht gründlich genug getrocknet, und sie fielen in furchterregender Geschwindigkeit einem Pilzgewächs zum Opfer. Als ich noch einmal zu den Heuwiesen ging, um neue Samen zu schlagen, beendete Regen die Ernte. Als er aufhörte, waren die Samenstände an den Gräsern leere hellgelbe Hülsen, die in der Brise wisperten. Die Samen waren ausgeflogen.

Erst als die Mühle brummt, fällt mir ein, dass die Angelsachsen *Chenopodium album* nicht wild sammelten. Sie bauten den Weißen Gänsefuß auf ordentlichen, dicht bepflanzten Flächen an. Ähnlich machten sie es mit Gras, nachdem sie es domestiziert hatten.

Gänsefuß-Pfannkuchen mit Meerrettich

In einem perfekten Gänsefuß-Pfannkuchen werden die Blätter als Füllung verwendet und die Samen als Mehl für den Teig. Man beachte allerdings das oben Erwähnte.

1 großer Bund Weißer Gänsefuß
300 ml Wasser
2 Enteneier
¼ Teelöffel Salz
110 g Gänsefuß- oder Esskastanienmehl
etwa 4 Esslöffel Haselnussöl
geriebener Meerrettich

Eier und Salz mit dem Wasser verquirlen. Das Mehl und einen Esslöffel Haselnussöl zugeben. Noch einmal verrühren.

Den Teig kalt stellen und währenddessen den Gänsefuß dämpfen, bis er zart ist.
Im restlichen Haselnussöl die Pfannkuchen auf die übliche Weise braten. Jeweils 2 Esslöffel gedämpften Gänsefuß in die Mitte der Pfannkuchen geben, einen Teelöffel geriebenen Meerrettich darüber verteilen und aufrollen. In eine gefettete Form legen und im 190° C heißen Ofen 5 bis 10 Minuten lang backen.

Summertime, and the living wild is easy. Relativ einfach jedenfalls. Durch die Hitze schrumpft mein Appetit, und ich komme tagelang mit Scheiben kalter Taube, kalter pochierter Forelle oder Kaninchen mit grünem Salat oder Gemüse aus. In den Heckennestern liegen immer noch so viele Vogeleier, dass ich Enteneier dafür eintauschen und *Omelette aux fines herbes sauvages* oder Elritzen mit Thymian machen kann – meine Version von Waltons Rezept mit Rainfarn. Grauhörnchen sind allerdings unerreichbar geworden; ich kann sie im dichten Blattwerk zu schlecht sehen, um sie zu schießen. An einem keuchenden Julimittag, an dem draußen anscheinend jemand einen Ofen angemacht hat, nehme ich Edith mit auf eine Vergnügungstour über die schimmernden Wiesen, die dem Zweck dient, uns zu amüsieren und zu schauen, was so los ist. Das Stampfen einer Heuballenmaschine klingt vom Dorf herauf, was mich dazu veranlasst, zur Landstraßenweide hinaufzugehen und nachzusehen, ob die Brachvogelküken ausgeflogen sind. Edith und ich kurven durch das hohe goldene Gras und stören klickende Grashüpfer auf, aber keine Brachvögel. Die Wiese kann jetzt gefahrlos gemäht werden. Nach den Gesetzen der Landwirtschaft hätte sie im Juni geschnitten werden müssen, als die Samenstände der Gräser prall waren und ich Monsieur Hulot spielte, aber drei Meter breite Mähbalken, die von riesigen Traktoren gezogen werden, vertragen sich nicht mit Brachvogelküken.

Wir setzen unseren Spaziergang mit heraushängenden Zungen fort, Edith und ich, und bemerken, dass sich das Pflanzenleben auf unserem Land danach trennt, auf welcher Seite einer Hecke es wächst, genau wie die Menschen in der Stadt von den Bahngleisen getrennt werden. Auf der östlichen, sonnigeren Seite der Hecken sind die Weißdornbeeren schon von frühreifem Herbstrot, während es auf der Westseite noch ein paar spät aufgehende Holunderblüten zu pflücken gibt.

High Noon im Hochsommer. Die Schafe sind schon geschoren, verstecken sich aber trotzdem in den Schattenlöchern hinter den Baumstämmen. Rotbraune Ochsenaugen und C-Falter flattern erratisch an den Wiesenrändern herum, eine Hummel erkundet ziellos den duftenden Klee, und ein Goldammermännchen, das auf einem Zaunpfosten am Fahrweg sitzt, ist der einzige Vogel in ganz Herefordshire, der sich in dieser staubigen Hitze dazu herablässt zu singen. Der Engländer und sein Hund setzen ihren Mittagsspaziergang fort. Trotz aller gegenteiligen Anzeichen sind sie nicht verrückt (nicht einmal der Mann mit seiner sonnenverbrannten Nase, in Shorts und Gummistiefeln), denn sie kommen am grasigen Rand des Fahrwegs an, wo die perfekten Sommerfrüchte darauf warten, gepflückt zu werden. Walderdbeeren.

Abends gehen Edith und ich an die Arbeit. Bisher haben wir die Zeit totgeschlagen. Jetzt werden wir eine Taube töten, und Edith wird sie apportieren. Ich bin mit der frisch gereinigten und geölten Baikal-Schrotflinte ausgerüstet, trage eine tief über die Augen gezogene Kappe und habe mir das Gesicht mit Schlamm eingerieben. Trotz der zehrenden Hitze trage ich meine Wachsjacke, die durch ganze Äonen von Schlamm-, Blut- und Grasflecken die perfekte ländliche Tarnung liefert. Ediths Halsband mit seinem glitzernden Namensschild habe ich abgenommen. Hunde nehmen die Stimmung ihres Herrchens auf. Sie zittert vor Aufregung. Ist aber konzentriert. Sehr konzentriert. Ein Bluthund? Auf jeden Fall ein Jagdhund.

Durch lange Schatten gehen wir über die Uferweide zum Fluss, weichen den Disteln aus und begegnen den Schafen, die bergauf mäandrieren, um schlafen zu gehen. Als wir die große Esche erreicht haben, stellen wir uns unter ihren Schirm und beginnen unsere Wache. Mücken stechen, meine Stirn prickelt unter der Kappe vor Schweiß, eine Wühlmaus wuselt um unsere Füße herum, aber wir rühren uns nicht. Die einzigen Geräusche in der Abendluft sind Ediths Hecheln, das Rauschen des Escley über den Wasserfall und das ferne Zwitschern der Mehlschwalben, die hoch oben am Firmament Fliegen verfolgen. Um mich von meinem Unbehagen abzulenken, probe ich gedanklich den Schuss: Die Esche steht ungefähr fünfundzwanzig Meter von der Flugbahn der jungen Ringeltauben entfernt, die im Steinbruchwald leben, und ich habe vor, eine Breitseite abzufeuern, wenn eine vor mir vorbeifliegt, sodass sie zwischen den Bäumen am Flussufer zu Boden fällt. Dann kann Edith sie blind apportieren.

Ich höre ihren Flügelschlag, bevor ich sie sehe. Drei Ringeltauben, die flussaufwärts fliegen, flach und schnell. Sehr schnell. Die Strahlen einer Sonne, die praktischerweise über dem westlichen Horizont aufgehängt ist, erfassen und beleuchten die Vögel. Ich schieße später als beabsichtigt, als die Vögel schon an mir vorbei sind, und einen Moment lang glaube ich, sie verfehlt zu haben. Der linke Vogel fliegt immer weiter. Dann stottert er und fällt vom Himmel.

Die Strecke, über die Edith jetzt apportieren muss, ist viel weiter als geplant und führt sie über den Fluss und in den Wald dahinter. Ich schicke sie los; sie bleibt beim Zaun am Fluss stehen und dreht sich zu mir um. Ich gebe ihr ein Zeichen: Nach rechts! Sie springt über den Zaun und wird vom Halbdunkel verschluckt. Obwohl ich Edith nicht mehr sehen kann, den schwarzen Labrador im Kirchendunkel des Flussdickichts, höre ich sie noch. Sie platscht durch den Fluss und trampelt im Wald am anderen Ufer durch die Bäume. Sie sucht zu weit rechts. Ich gehe ein paar Schritte vor und pfeife auf der Acme Thunderer, um sie zu bremsen. Das ist der entscheidende Moment: Dreht sie sich um und schaut mich an? Weil ich mich vor der untergehenden Sonne abzeichne, sollte sie mich mit ihren Hundeaugen durch die Bäume erkennen können. Ich signalisiere ihr: Links! Sie rennt los. Nach links. Viel mehr kann ich nicht tun, denn ich bin ganz und gar nicht sicher, wo der Vogel zu Boden gefallen ist. Jetzt hängt alles von Edith und ihrer Nase ab.

Minuten vergehen. Ein Waldkauz kuu-wickt flussaufwärts in der Eiche. Fledermäuse flackern über dem Fluss. Eine Kuh, eine von unseren, muht. Im Dunkel regt sich kein Lufthauch. Ich ziehe meine Jacke aus, lege mich auf die Erde, die noch warm ist von der gespeicherten Hitze des Tages, und halte Ausschau nach dem ersten Stern, der in der tintenblauen Kuppel angeht. Drüben im Wald kann ich immer noch Edith schnüffeln hören. Noch ein paar Minuten vergehen.

Als ich gerade die Hoffnung aufgeben und Edith zurückpfeifen will, höre ich das Geräusch eines Hundes, der ins Wasser springt. Edith auf dem Rückweg. Trotz der Wärme der Nacht erschauere ich unwillkürlich vor Nervosität: Hat Edith die Taube gefunden?

Edith springt über den Zaun, ein rennender Schatten in der Dämmerung. Sie ist fast da.

In meine Hand drücken sich ein dickes Bündel Federn und eine feuchte Nase.

Dieser Julitag mit seinen Walderdbeeren und der apportierten Taube war der Höhepunkt des Sommers. Danach zerfiel der Sommer. Der letzte Tag des Monats lieferte ein Vorzeichen.

Ein klammer Morgen, der eher zum Winter als zum Juli passen würde. Um sechs Uhr morgens werde ich vom Lärm schnatternder Enten geweckt. Heißer Schrecken schießt mir durch den Kopf: Ich muss gestern Abend vergessen haben, die Enten in ihr Holzhäuschen einzuschließen. Sind noch alle vier da? Panik jagt mich nach draußen, wo ich zu meiner Erleichterung vier strahlend weiße Enten durch das nasse schwarze Gras watscheln sehe, auf der Suche nach Schnecken. Auf dem Rückweg trete ich fast auf ein dünnes, weißes, dampfendes Würstchen auf einem Maulwurfshügel. Der Kot eines Fuchses.

Fuchskot ist immer weißlich, von den Knochen, die sie fressen. Ihn an einer exponierten Stelle zu hinterlassen ist ein Weg, das eigene Revier zu markieren, Präsenz zu zeigen. Haushunde erzielen die gleiche Wirkung, indem sie Erde und Gras zur Kennzeichnung aufscharren, nachdem sie ihr Geschäft verrichtet haben; Menschen missverstehen das als Geste eines ordnungsliebenden Hundes, der seinen Kot verdecken möchte.

Warum der Fuchs seine Chance, die Enten zu erwischen, nicht genutzt hat, kann ich mir nicht vorstellen; der Drahtzaun des Entengeheges kann ihn nicht aufgehalten haben. Die Hunde, die ihn vielleicht verjagt hätten, schlummerten in sicherer Entfernung im Haus. Füchse jagen am fleißigsten und riskantesten, wenn sie im Sommer Junge ernähren müssen; ich habe es schon erlebt, dass sie dann am helllichten Tag einen aggressiv zischenden Ganter erbeuteten.

Am Abend, als die Regenwolken den Mond verdecken und die Dunkelheit bodenlos ist, gehe ich leise hinunter zum Entengehege und knipse plötzlich meine stärkste Taschenlampe an. Ich lasse den Strahl über die angrenzende Uferweide wandern und entdecke zwei bernsteingelbe Augenpaare, die zu mir herüberstarren. Ich schwenke in Richtung Hof und leuchte hinauf in die Hauswiese und die Kleine Weide. Noch ein Paar Teufelsaugen. Diese Übung wiederhole ich bis Mitternacht, und jedes Mal entdecke ich drei Füchse, die mich wie eine tierische Version der Indianer aus John Fords Western *Bis zum letzten Mann* umkreisen. Am Morgen sehe ich Fuchsspuren im Schlamm um den Ententeich und die Entenhütte. Der moschusartige Gestank nach Fuchs beleidigt meine Nase. Sie haben auch eine der Metallmülltonnen auf dem Hof durchwühlt.

Wenn die Füchse gewillt sind, ihr Leben zu riskieren, um einen Abfalleimer zu plündern, muss das Wild sehr rar sein. Wahrscheinlich gilt das Gleiche für die übrigen Räuber des Tales, die ebenfalls gierige junge Mäuler zu stopfen haben.

Und wo bleibe ich dabei?

Kalender der wilden Nahrungsmittel von Trelandon

JULI

Forellen, Weißer Gänsefuß, Meerrettich, Tauben, Kaninchen, Grauhörnchen, Sauerampfer, Löwenzahn, Giersch, Gänsedisteln, Brennnesseln, Vogelmiere, Beinwell, Klette, Zaunwicken, Schafgarbe, wilder Thymian, Esche, Pimpernelle, Lieschgras, Rohrschwingel, Huflattich, Walderdbeeren

Als es zum ersten Mal regnet, freue ich mich beinahe. Alles, was ich sammle, ist saftiger, knackiger, und ich bin diese Abfolge schlaffer, trüber Tage leid. Außerdem sitze ich gern unter dem Dach der Eichen und schaue zu, wie die Regentropfen auf den Escley ploppen, und die trockene Erde nimmt den Niederschlag bereitwillig auf. Es besteht keine unmittelbare Gefahr, dass der Escley zu stark ansteigen könnte zum Angeln. Im Gegenteil, ich fange eine kleine Forelle und eine Handvoll Elritzen unter dem Wasserfall (ein hochtrabender Begriff für die Stelle, wo der Escley über steinerne Sprungbretter läuft und einen halben Meter weit nach unten fällt). Als ich nach zwei Tagen keinen Bissen mehr erwischt habe, verlege ich mein Revier flussaufwärts.

Meine Entscheidung wird sofort belohnt. Als ich am Ufer entlanggehe, bricht eine Ringeltaube direkt über mir aus einem Haselbusch hervor. Sie hätte ihre Flucht nicht so lange aufgeschoben, wenn sie nicht auf einem Nest säße, deshalb steige ich hinauf und finde tatsächlich in einer Astgabel ein unordentliches Bündel aus Zweigen. Unbeholfen schaffe ich es, mich emporzuschwingen und über den Rand des Nestes zu spähen. Zwei erlesene, porzellanweiße Eier liegen darin. Natürlich sind es zwei, wie in dem Volksreim:

Gurr-gurr-gurr,
Die Taube schafft es nur,

Zwei Eier zu versorgen;
Klein Zaunkönig hat ihrer zehn
Und zieht sie auf wie Gentlemen.

Ich markiere den Busch, indem ich zwei der unteren Zweige wie eine Grünholzfraktur abknicke und auf der Wiesenseite herunterhängen lasse. Jeden Tag überprüfe ich mit metronomhafter Regelmäßigkeit die Eier, die sich in daunige Mini-Flügelechsen verwandeln, die sich in dicke Vogelküken verwandeln. Bald werden die Küken fette Täubchen sein. Mein Abendessen. Vor meinem geistigen Auge steht ständig ein Bild von ihnen, wie sie fett und nackt und Seite an Seite auf einem Weidenmusterteller liegen. Mein Mund wird spontan und unkontrollierbar wässrig, wenn ich an sie denke.

Aber man sollte die Täubchen nicht verteilen, bevor sie erlegt sind. Im weichen Licht eines frühen Augustmorgens wache ich mit einer schrecklichen Vorahnung auf, ziehe die Gummistiefel an und renne mit flatterndem Pyjama hinunter zum Nest. Noch bevor ich mich hinaufgezogen habe, weiß ich, dass sie mir geraubt wurden.

Tatsächlich, die armselige Schüssel aus Stöcken ist leer. Mit zwei Wochen waren sie noch zu jung, um wegzufliegen. Etwas hat sie geholt. Oder vielleicht auch nicht. Einen glücklichen, irrationalen Moment lang suche ich am Fuß des Busches herum und dann weiter im feuchten Geröll am Ufer, im Glauben, dass sie vielleicht herausgefallen sind und ich die Zeit zurückdrehen und sie wieder hinaufsetzen könnte.

Natürlich ist nichts dergleichen geschehen. Sie liegen tot im Magen eines anderen Räubers.

Willkommen in den harten Zeiten, willkommen in der Natur mit ihren blutigen Zähnen und Klauen, willkommen bei Jeder gegen Jeden.

Als ich ungefähr sechs war, nahm mich meine Großmutter auf einen Spaziergang entlang der Landstraße Richtung Westhide mit.

Während wir in den Hecken um die Hopfenfelder stocherten, in Gräben spähten und probierten, ob die Brombeeren schon reif waren, sagte sie plötzlich: »Riechst du den Regen, John?« Ich roch überhaupt keinen Regen. Ebenso wenig sah ich irgendwelche Wolken am Spätsommerhimmel. Ich schaute hinauf in das gebräunte, wetterfleckige Gesicht meiner Großmutter und war erstaunt: Sie wirkte sowohl traumverloren als auch konzentriert, als würde sie Signale senden und empfangen. In einer vergangenen Zeit hätte man gesagt, sie sei »voll weggetreten«. In einer noch länger vergangenen Zeit hätte man gesagt, sie sei »in Fühlung mit der Natur«. Als ich meine Großmutter imitierte, passierte gar nichts; ich bemühte mich zu sehr. Weil sie immer noch mit leicht geneigtem Kopf, wachem Blick und in die Luft gestreckter Nase dastand, versuchte ich es noch einmal. Vielleicht tat ich so, als wäre ich ein wildes Tier. Ein Fuchs wahrscheinlich.

Die Intensität dessen, was neben der Landstraße nach Westhide als Nächstes geschah, ist immer noch in mir lebendig. Die Türen meiner Wahrnehmung öffneten sich. Ich konnte Dinge hören, die ich vorher nicht bemerkt hatte (den Hirschkäfer, der unter der Hecke durch trockene Brombeerblätter kroch), ich konnte Unsichtbares sehen (die Amsel in ihrem Nest, die hoffte, dass wir weitergehen würden) und ich konnte ein olfaktorisches Kaleidoskop von Düften, Gerüchen und Gestank riechen. Und, ja, ich konnte den Regen in der Luft wahrnehmen.

Unbemerkt von den Meteorologen des Wetterdienstes, unregistriert von dem Barometer im langen Flur meiner Großeltern, kam der Regen vier Stunden später.

Natürlich, was meine Großmutter tat – und was sie versuchte, mich zu lehren –, war, ihre Sinne statt des Intellekts zu nutzen, um die unterschwelligen Signale der Natur zu interpretieren. (Rückblickend würde ich vermuten, dass die Pflanzen an der Hecke meine Großmutter auf den bevorstehenden Regen aufmerksam machten, indem sie, wie beispielsweise das Ruprechtskraut, ihre Ausrichtung änderten.) »Tierische Instinkte« zu nutzen ist weniger versponnen, als es klingt; Frauen nutzen ständig nichtrationale Fähigkeiten, um andere Menschen zu verstehen – insbesondere andere Frauen. Als Jäger und Sammler muss man nur diese Fähigkeiten auf andere Opfer anwenden.

Unter dem verlassenen Taubennest nehme ich die gleiche Haltung ein wie meine Großmutter vor vierzig Jahren und verschließe meinen Geist, aber öffne meine Sinne. Wie beim manuellen Einstellen eines Radios dauert es einen Moment, bis man die richtige Frequenz gefunden hat. Aber dann sehe ich die Spuren des Täters wie durch ein Vergrößerungsglas: Die zarten Kratzspuren am Nest; die grünen Nüsse, die weiter unten am Ufer von den Haselbüschen gerissen wurden; ein paar graue Haare, die sich im Drahtzaun verfangen haben.

Ein Grauhörnchen war hier und hat vermutlich bei einem Ausflug zum Nüssesammeln die Küken zufällig gefunden.

Die Natur hat noch mehr Neuigkeiten für diejenigen, die Ohren haben, sie zu hören. Aber eigentlich beunruhigt mich das, was ich nicht höre. Ich gleite am Ufer entlang und lausche den Bäumen. Ich stapfe zum oberen Ende der Uferweide und horche an der Schwarzdornhecke. Nirgends kann ich das Geschrei von Vogeljungen hören. Obwohl es schon spät in der Brutsaison ist, sollten ein paar Küken immer noch im Nest sitzen und ungeduldig darauf warten, von ihren Eltern gefüttert zu werden. Aber die Hecken sind still.

Ich arbeite mich die Hecke entlang und biege vorsichtig ihre dornigen Zweige auseinander; nacheinander finde ich zwei verlassene Nester, eines von Rotkehlchen, eines von Blaumeisen. In beiden liegen nackte, tote Küken. Diesmal ist das Grauhörnchen schuldlos; der Täter ist viel älter und mächtiger. Das Wetter war nicht nur nass, es war auch kalt. Deshalb gab es zu wenig Larven und Würmer, um kleine Vögel großzuziehen.

Als ich zum Haus zurückgehe, fällt mir auf, wie wenige Schlehen an der Hecke hängen.

Wie die Natur hat auch die Tierärztin Neuigkeiten, die ich nicht hören möchte. Diese Nachricht hatte ich zwar erwartet, meinen Geist aber dagegen abgeschottet. Jenny James ruft an und berichtet, der Bluttest bei Poppy, Fredas weißem Märchenpony, habe gezeigt, dass es von Krebs zerfressen sei. Es gibt kein Heilmittel. Es muss eingeschläfert werden. Jenny schlägt vor, wir sollten das sofort tun, um Poppy Schmerzen zu ersparen. Ich möchte Freda, die in der Schule ist, einen letzten Abend mit ihrem heißgeliebten Pony ermöglichen. Als Kompromiss einigen Jenny und ich uns auf morgen früh, nachdem ich ihr versprochen habe anzurufen, falls Poppy Anzeichen von Schmerz zeigen sollte.

Als Freda heimkommt, rennt sie sofort ins Wohnzimmer. »Dad! Was hat die Tierärztin gesagt?«

Freda erwartet frohe Kunde – dass Poppys mysteriöse Krankheit endlich diagnostiziert wurde und die Behandlung beginnen kann.

Ich muss eigentlich gar nichts sagen. Sie hat diesen Ausdruck schon einmal auf meinem Gesicht gesehen, als ich ihr sagen musste, dass Sniffy, ihr erster Jack-Russell-Terrier, eine tödliche Quetschung erlitten habe. Aber ich sage es trotzdem. »Freda, es tut mir so leid, aber Poppy muss eingeschläfert werden. Sie hat Krebs.«

Fredas Gesicht läuft rot an, und sie heult auf. Ich nehme sie fest in die Arme und wünsche mir, ich könnte all das Leid in mich aufnehmen. Penny und Tris kommen herein. »Wie schlimm?«, fragt Penny.

»Das Schlimmste«, antworte ich. Bald weint auch Penny. Tris' Augen bleiben trocken, denn mit dreizehn weint man nicht, oder? Das ist peinlich.

In dieser Nacht schläft Freda kaum, obwohl wir sie mit in unser Bett nehmen. Um zwei Uhr morgens bittet sie mich, sie zu Poppy hinauszubringen. Im Licht, das aus dem Wohnzimmerfenster fällt, sehe ich zu, wie Freda sich an Poppys Hals hängt und ihr sagt, dass sie sich immer an sie erinnern werde. Dann weint sie wieder. »Daddy, warum muss Poppy sterben, warum? Ich hab so viel gebetet!«

Schließlich ist Freda so erschöpft, dass sie sich matt von mir nach Hause führen lässt. Als wir über den Hof gehen, dreht sie sich plötzlich zum Stall um, wo Poppy in der Tür erscheint. Sie schaut Freda an und wiehert, bevor sie sich wieder in die dunklen Tiefen zurückzieht.

Ich weiß, dass ich diesen Moment mein ganzes Leben lang vor Augen haben werde. Den Moment, in dem ein Pony einem kleinen Mädchen eine Liebeserklärung machte.

Am nächsten Morgen verfrachten wir Freda in die Schule, damit sie das Ende nicht miterleben muss. Um Punkt zehn erscheint Jennys roter Skoda auf dem Hof, eifrig begrüßt von den Hunden; sie lieben das Archiv interessanter Düfte, das an ihm haftet. Wir sprechen kaum, während wir zum Stall hinuntergehen. Auch für Tierärzte ist es kein Vergnügen, ein Tier einzuschläfern.

Am Stall sage ich schwermütig zu Jenny: »Ich habe Freda versprochen, dass Poppy nicht hinfällt und sich wehtut, wenn sie die Spritze bekommt.«

»Wenn ich das mache, legt sich das Pony normalerweise hin, als würde es einschlafen.«

Und genau das passiert. Ich halte Poppys blaues Halfter, das sie schon trug, als sie vor drei Jahren bei uns ankam, während Jenny erst ein Beruhigungsmittel und dann eine Überdosis Narkosemittel injiziert.

Poppy schwankt, und ich führe sie am Halfter, damit sie sich in der Mitte des Stalls erst auf die Knie und dann auf die Seite sinken lässt. Sie knallt nicht gegen die Wand.

Die ganze Zeit über flüstere ich ihr ins Ohr, dass Freda sie liebe.

»Ist sie tot?«, frage ich Jenny, die ein Stethoskop herauszieht und nach Herztönen sucht.

Eine kurze Pause. »Sie ist tot.«

Um mich herum entleert sich die Welt zu einer hallenden Glaskammer des Verlusts.

Als Jenny wegfährt, fängt es wieder an zu regnen. Es regnet auch, als ich auf der Hauswiese, wo Freda immer auf Poppy ritt, mit einem gemieteten Minibagger ein Grab für sie aushebe. Wir begraben sie in einem Leichentuch aus Schafwolle, damit sie es gemütlich hat, mit einer roten Rose und lila Wicken als Schmuck an ihrem Halfter. Penny, den Kopf gramgebeugt, legt einen Brief dazu. Als ich den Bagger anmache, um die Erde wieder zuzuschieben, fallen meine Tränen schneller als der Regen.

Der Regen fordert auch in dem Kaninchenbau am Haus seinen Tribut. Weil dieser unterhalb des alten, aufgefüllten Tümpels auf dem Hof liegt, läuft der Bau voll, und das Wasser ertränkt oder vertreibt die Bewohner der unteren Gänge. Zum ersten Mal seit der Myxomatose vor drei Jahren huschen an den ausfransenden Enden der Tage keine Kaninchen auf dem Hof herum, und nur vereinzelte Köttelhäufchen zeigen mir an, dass es Überlebende gibt.

Unter der Hecke an der Landstraßenweide gibt es aber immer noch Kaninchen. Ich fahre am Spätnachmittag mit dem Jeep hinauf, den Vierradantrieb eingeschaltet, weil das Gras glitschig ist vor Nässe. Ich parke und warte. Im letzten Licht kommt ein Kaninchen heraus. Es ist Bigwig, der wie in *Watership Down* immer prüft, ob die Luft rein ist. Er wirft dem Jeep einen eindringlichen Blick zu, als wollte er zeigen, dass er meine Fahrzeugauswahl nicht ganz billigt. Kaninchen, sage ich, du hast Glück, ich könnte auch etwas absolut Würdeloses fahren wie zum Beispiel einen BMW X5. Durch mein Argument überzeugt, gibt Bigwig ein unsichtbares Alles-klar-Signal, und eine Herde Kaninchen kommt herausgekrabbelt aufs Gras, das hier kurz und süß ist, weil sie schon vorher daran geknabbert haben. Das Beifahrerfenster ist schon heruntergekurbelt; der Lauf der Weihrauch ruht auf der unteren Kante. Ich ignoriere Bigwig und erschieße eines der Weibchen.

Eine Flutwelle wuselnder, blitzender weißer Schwänze. Das Kaninchen, das ich hinter dem Kopf getroffen habe, liegt ganz still. Ich steige aus dem Jeep, hebe es auf, drücke den Urin aus der Blase und lege es in den Kofferraum. Dann fahre ich weg.

Kein richtiges *drive-by shooting*, fühlt sich aber trotzdem ziemlich nach Chicago an, finde ich.

Jeden Tag nehmen meine Nahrungsoptionen ab, in jeder Hinsicht. Vielleicht ist der August, jener missliche Monat am Ende des Sommers, immer so. In diesem Monat haben die meisten Pflanzen ihren jugendlich grünen Höhepunkt hinter sich, aber die verlockenden Früchte des Herbstes sind noch nicht reif. Es ist der Monat, in dem Raubtiere sämtliche leichte Beute auf unserem Grundstück für ihre Familien getötet haben – Fuchs, Wiesel, Hermelin, Bussard, Turmfalke, Waldkauz, Steinkauz, Sperber, Baumfalke und Roter Milan (um nur die Räuber zu nennen, die ich in diesem Jahr schon auf Trelandon bemerkt habe). Was für meine Flinte übrig bleibt, ist lebhaft und schlau und fordert viel Zeit und Geschick. Dies ist der letzte Monat der Schonzeit für Wildenten, eine gesetzliche Regelung, die sich über die vier Wochen unerträglich lang hinzuziehen scheint. Und in diesem Monat schließt sich der Vorhang nach der langen Nistzeit der Vogel, und der Eiernachschub versiegt völlig.

Das sind die erwartbaren Schwierigkeiten des Augusts. Ein Spätsommer voller Regen hat eine weitere beigetragen: Der Escley ist zu wild zum Angeln; tatsächlich ist er so wild, dass man sich ihm nicht einmal nähern kann. Jeden Tag rempelt er sich durch sein Bett und drischt wackelige Haselsträucher um.

Wieder einmal bin ich für mein Essen stark von bescheidenen Kaninchen abhängig; allerdings bilde ich mir ein, dass die Erfahrung mich zu neuen, exotischen Zubereitungsformen ermutigt.

Kaninchen mit Knoblauchsrauke

Dies ist eine wilde Version des Senfkaninchens aus *Leith's Cookery Bible* von Prue Leith und Caroline Waldegrave (1991).
Für vier Personen

1 Kaninchen, gehäutet und ausgenommen
1 Teelöffel Gänsefußmehl
2 Esslöffel Knoblauchsraukensamen, zerstoßen in 1 Esslöffel Apfelessig
40 g Gänseschmalz
2 Bärlauchzwiebeln, zerdrückt
600 ml Pilzbrühe (aus Judasohren, Schopf-Tintlingen, Schwefelporlingen oder anderen Saisonpilzen)
1 Esslöffel gehackte Schafgarbenblätter zum Garnieren

Den Kopf des Kaninchens abtrennen und das Tier in sechs Stücke zerlegen. Zum Bleichen vier Stunden lang in Salzwasser legen. Abgießen und trockentupfen. Den Knoblauchsrauken-Essig über die Kaninchenstücke streichen und über Nacht ziehen lassen.
Am nächsten Tag den Backofen auf 170° C vorheizen. Das Gänseschmalz in einer Pfanne erhitzen, den Bärlauch dazugeben und die Kaninchenstücke von allen Seiten anbräunen. Mit einem Pfannenwender herausheben und in einen Schmortopf legen.
Solange die Pfanne noch heiß ist, das Mehl einrühren und eine Minute lang andünsten.

Vom Herd nehmen und die Brühe unterrühren. Wieder auf den Herd stellen und zum Kochen bringen, dabei ständig umrühren.
Das Kaninchen mit dieser Soße übergießen. Etwa 1½ Stunden lang im Ofen garen – oder so lange, bis das Fleisch zart ist.
Die Kaninchenstücke auf eine vorgewärmte Servierplatte legen. Falls die Soße zu dünnflüssig ist, kräftig einkochen, bis sie andickt und glänzt. Vorsichtig über die Kaninchenstücke gießen. Mit gehackten Schafgarbenblättern garnieren.
Mit einem kräftigen roten Landwein servieren, zum Beispiel Holunder- oder Brombeerwein.

In seinem *Schäferkalender* schrieb John Clare über den August:

Der rege Tag der Ernte ist nun fast erreicht
Der Weizen braun, die Gerste grau gebleicht
In gelbem Kleid dazwischen Haferflächen
Und goldbraun dräut das Tal, aus dem die Bohnen stechen.

Aber in diesem Jahr verrottet der Weizen auf den Feldern, und Pennys Kletterbohnen, entkräftet und dünn, haben Schwierigkeiten, an ihren Stangen emporzuklimmen. Das Ruprechtskraut, jene verlässliche Wettervorhersage der Hecken, lässt seine Blüten in Trauer hängen. Nur wenn die Sonne herauskommt, hebt es den Kopf und lässt seine haarigen Stängel erröten. Als Mitglied der Storchschnabelfamilie ist das Ruprechtskraut *Geranium robertianum* essbar, allerdings nur im Notfall. Und ich bin in Not.

Zurzeit verbringe ich den größten Teil meiner Tage mit der Nase am durchweichten Boden und suche Pflanzen mit der Zielstrebigkeit eines Orchideenjägers. Und es lohnt sich: Außer dem Ruprechtskraut entdecke ich noch eine weitere Pflanze auf unserem Land, deren Existenz ich bisher übersehen hatte. Gänsefingerkraut.

Ich kann mir nicht erklären, warum ich die oben seidigen, unten flaumigen Blätter des Gänsefingerkrauts nicht früher entdeckt habe. Aber hier sind sie und breiten sich fünfzehn Zentimeter hoch an der Rückseite des Grabens an der Wäldchenwiese aus. Zweifellos wäre ich noch überglücklicher, wenn ich einen Topf voll Gold gefunden hätte, aber Gänsefingerkraut ist kein schlechter zweiter Preis. *Potentilla anserina* ist die Knolle, die in Großbritannien vor der Ankunft der Kartoffel gegessen wurde. Wie die der Klette enthalten die Wurzeln des Gänsefingerkrauts außergewöhnlich viel Stärke, ungefähr dreißig Prozent ihres Volumens. Außerdem ist die Wurzel außergewöhnlich vielseitig: Sie kann roh gegessen, geröstet, gebacken, gekocht, gedämpft, getrocknet und für Brot oder Grütze zu Mehl zerrieben werden.

Gänsefingerkraut wäre eine großartige Beilage zu Fleisch. Leider regnet es seit drei Tagen am Stück, und ich habe kein einziges Kaninchen und keine einzige Taube geschossen. Mein Magen nagt vor Hunger. Jede Tageslichtminute verbringe ich draußen, auf der Suche nach Nahrung, trotzdem komme ich mit nichts als ein paar bitteren Handvoll faserigem Wegerich, Brennnesseln und Klettenlabkraut zurück. Die Welt und ich sind aus dem Gleichgewicht; mein extremer Hunger versaut offensichtlich meine Verbindung zur Natur. Ach, wenn doch die süßen Brombeeren reif wären! Aber sie werden, genau wie die anderen Heckenfrüchte, vom nicht zur Jahreszeit passenden Regen verzögert.

An mir ist weniger dran als früher. Ziemlich viel weniger. Ich steige von der Waage im Badezimmer, steige wieder hinauf und sehe zu, wie der Wert der elektronischen Zahlen ansteigt – allerdings nicht weit.

Auch der Spiegel lügt nicht; die Knochen unter meinen Augen treten hervor. Ich sehe aus wie ein Porträt von Lucian Freud.

Vielleicht könnte ich *Mein Jahr als Jäger und Sammler* als Diätanleitung verkaufen. Verlieren Sie sechs Kilo pro Woche! Garantiert! Wenig Kohlenhydrate, wenig Zucker, wenig irgendwas. Die Überhaupt-gar-nichts-Diät.

Ich sehne mich nach Fleisch, nach der Art, wie es den Magen füllt. Und so kommt der Tag, an dem ich beschließe, dass Weinbergschnecken auf den Speiseplan müssen. Als Kind habe ich oft im vornehmen Restaurant Greyfriars in Hereford Schnecken gegessen – das gehört zu den Gefahren und Genüssen, wenn man eine Französischlehrerin zur Stiefmutter hat – und die gestreiften Häuschen wie eine Art Trophäe mit nach Hause genommen. Allerdings ist das Essen von *escargots* weder exklusiv französisch noch auf exklusive Restaurants beschränkt; in seinem Buch *Wild Foods of Britain* berichtet Jason Hill, dass in Bristol fertig gekochte Schnecken als Imbiss für die Arbeiter in den Tabakfabriken verkauft worden seien.

Laut Hill aß das Proletariat von Bristol Gefleckte Weinbergschnecken (*Helix aspersa*), die tonnenweise in den Cotswolds gesammelt wurden, als südwestenglische Variante der Londoner Aalsülze. Die klassische essbare Weinbergschnecke (*Helix pomatia*) kommt ebenfalls in Großbritannien vor, vor allem im Süden; sie wurde vermutlich – genau wie Dessertäpfel, Pflaumen und die Zentralheizung – von den Römern eingeführt, die ihre Zuchtschnecken mit Kleie und Wein ernährten.

Im Garten Schnecken aufzusammeln ist ein Kinderspiel, vor allem wenn man eine alte Steinmauer hat, deshalb übertrage ich den Kindern diese Aufgabe. (Eine andere Methode ist es, abends ein paar Rhabarberblätter auszulegen und am nächsten Morgen die Schnecken darunter einzusammeln.) Nach einer halben Stunde kommen Tris und Freda mit zweiundzwanzig Schnecken in einem Plastikeimer zurück, alle von der gefleckten Sorte. Schnecken sind in keinerlei

Hinsicht Fast Food, denn sie müssen vor dem Essen von Giftstoffen befreit werden, falls sie (wie unsere) in unmittelbarer Nachbarschaft der Tollkirsche leben oder auf Pflanzen, die mit Herbiziden gespritzt wurden.

Deshalb bleiben die Schnecken, mit einer Untertasse voll Wasser und einer Handvoll Löwenzahn- und Bärlauchblätter, in dem rosa Plastikeimer, über den ich ein Mulltuch gebunden habe. Die Kräuter nähren und würzen die Weichtiere. Eine Woche verbringe ich mit Füttern und Ausmisten; zuletzt lasse ich die Schnecken vierundzwanzig Stunden lang hungern.

Weinbergschnecken enthalten viel Eiweiß und ergeben ein raffiniertes Horsd'œuvre. Trotzdem möchte ich sie nicht zu mir nehmen. Es ist nicht hilfreich, dass Freda ihnen Namen gegeben und sie in Haustiere verwandelt hat. Schließlich, als die Kinder eines Nachmittags bei Freunden zu Besuch sind, bringe ich einen Kessel Wasser zum Kochen und werfe die Schnecken hinein.

Ich habe das Gefühl, sie schreien zu hören.

Weinbergschnecken

Schnecken schmecken zwischen Frühling und Herbst am besten, es sei denn, sie stammen aus einer Schneckenzucht; dann ist ihre beste Saison der Winter. Sie können am Stück gegessen werden wie Austern, eine empfehlenswerte Methode, wenn man sie knorpelig findet. L. C. R. Cameron, der große Wildpflanzensammler des Ersten Weltkriegs, gab folgenden Ratschlag:
»Die Schnecken in einen Topf mit kochendem Wasser werfen, in den eine Handvoll Asche gegeben wurde, und 20 bis 25 Minuten lang kochen lassen. Aus den Gehäusen lösen und diese noch für 15 Minuten in einer Brühe aus Wasser, Salz, Zwiebeln und klein geschnittenen Karotten kochen lassen,

> mit Petersilie, Thymian und einer Zehe Knoblauch. Ständig umrühren, damit die Schneckenhäuser sauber werden. Eine Creme aus Butter, sehr fein gehackter Petersilie, Knoblauch, Pfeffer und Salz anrühren. In jedes Gehäuse ein wenig davon geben, die Schnecke wieder hineinstecken, nachdem das Operculum abgeschnitten wurde, und sie mit ein wenig Kräuterbutter befestigen. Die so verarbeiteten Schnecken auf einem Teller anrichten und im Ofen backen, bis sie durch und durch heiß sind.«
>
> Für ein hundertprozentiges Jäger-und-Sammler-Rezept sollte man die Schnecken in leicht gesalzenem Wasser 25 Minuten lang kochen, aus den Gehäusen holen und mit ein wenig Gänse- oder Entenschmalz, Kerbel, gehacktem Bärlauch und Salz in eine kleine Backform legen. Abgedeckt bei mittlerer Temperatur 10 Minuten lang backen.

Schnecken sind der tiefste Punkt der Nahrungskette, an den ich mich begebe. Es gibt andere essbare Tiere, die auf unserem Land umherkrabbeln und -kriechen, aber ich kann mich nicht dazu überwinden, sie zu mir zu nehmen. Außer durch seine Größe unterscheidet sich der Grashüpfer kaum von der Heuschrecke, aber Größe ist – egal, was alle behaupten – relevant. Weil der Braune Grashüpfer mickrige zwei Zentimeter lang ist und nur die Hinterbeine gegessen werden, müsste ich Hunderte von ihnen auf den Heuwiesen fangen, um eine Mundvoll Essen zu bekommen. Die Hinterbeine des Grashüpfers sind ein musikalisches Nachtmahl, denn sie verwendet er auch zum »Stridulieren«. Nach L. C. R. Cameron ist die Raupe ein viel größeres Insekt als der Grashüpfer, allerdings nur, wenn es sich um den Nachwuchs des Großen Kohlweißlings (*Pieris brassicae*), des Kleinen Kohlweißlings (*Pieris rapae*) oder des Rapsweißlings (*Pieris napi*) handelt. Andere Schmetterlingsraupen taugen nichts. Angesichts der Tatsache, dass es auf Pennys violettem Sprossenbrokkoli von den grünen Raupen des Großen Kohlweißlings nur so wimmelt, wäre eine Raupenmahlzeit leichte Beute.

An einem Vormittag mit rarer Augustsonne stehe ich im Gemüsegarten und betrachte die Raupen, die ihre Köpfe roboterhaft hin und her schwenken und fressen, fressen, fressen. Mit einem Stock schabe ich Dutzende von ihnen in eine Saatkiste, trage die zappelnde Masse in die Küche und schaffe es immerhin, etwas Fett in die Pfanne zu geben, um sie zu frittieren. Aber weiter komme ich nicht. Raupen sind zwar bio und vollgepackt mit Eiweiß, aber ihr Verzehr wäre der Selbstachtung nicht förderlich.

So verzweifelt bin ich noch nicht. Denn ich weiß: Das Bereitstellen liegt in Englands Natur. Ich muss nur durchhalten. Allerdings mache ich mir ernsthafte Sorgen um Ray.

Ray Pritchard ist der liebenswürdige Landwirtschaftsunternehmer, der gegenüber am Bryn Pitch wohnt, einem steilen Abhang am Merlin's Hill. Ray blieb selbst dann liebenswürdig, als ihn Hattie, unsere gelbe Labradorgroßmutter, einmal in den Ellbogen biss. »Sie hat halt ein bisschen geknabbert«, wie Ray es ausdrückte. Ende Juli hatte ich Ray angerufen und ihn gebeten, das Gras auf der Landstraßenweide zu mähen und in Ballen zu packen, jetzt, wo die Brachvogelküken aus ihrem in die Erde gekratzten Nest ausgeflogen waren. Ray hatte vorgeschlagen, gleichzeitig die Hecke an der Landstraße zu schneiden. »Schließlich findet bald die Show statt«, erklärte er.

Ah, die *Longtown Show*. Früher fand diese Dorfmesse – die so beeindruckend ist, dass sie von einer Supermarktkette gesponsert wird – auf Trelandon statt, aber vor ein paar Jahren, noch bevor wir herzogen, wurde sie zur Llanwonog Farm verlegt, auf die andere Seite der Landstraße. Trotzdem müssen gewisse Standards eingehalten werden; einmal ertappte ich am Tag der Show zwei der Dorfältesten beim Tuscheln über meine himmelhohen Disteln auf der Landstraßenweide. Sie waren eindeutig der Meinung, den Eigentümern mangele es seltsamerweise an dörflichem Stolz. Diese Demütigung hatte ich im Kopf, als ich zu Ray sagte: »Dann sollten wir uns von der besten Seite zeigen. Schneid drauflos.« Ray hielt Wort und beschnitt die Hecke an der Straße sofort mit dem ausklappbaren Heckenschneider an seinem Ford-Traktor.

Allerdings hat der Regen Ray daran gehindert, sich um das Gras zu kümmern. Man braucht trockenes Wetter, um Gras zu mähen und in Ballen zu packen, selbst Gras, das wie unseres in plastikverpackten Rundballen siliert wird. Inzwischen haben wir die dritte Augustwoche, und es regnet immer noch. Jedes Mal, wenn wir auf dem langen, ausgefahrenen Weg zum Haus an der Landstraßenweide vorbeikommen, wo das blasse Gras mit leeren Samenständen herunterhängt, fragt eines der Kinder: »Wann kommt Ray zum Mähen?«

Und jeden Tag gebe ich die gleiche Antwort: »Wenn der Boden trocken ist.«

Wenn. Die Wiesen sind so durchweicht, dass ich mich frage, ob sie jemals wieder trocken werden. Ich mache mir ernsthafte Sorgen, ob Ray je eine Gelegenheit finden wird. Im Jeep setzen Tris und Freda ihr Standardprogramm fort und singen »*Worried About Ray*« von The Hoosiers. Und ich sorge mich schmerzlich um Ray.

Endlich ändert sich das Wetter. Ein Tag ohne Regen. Zwei Tage. Am Abend des dritten Tages höre ich Maschinenlärm auf der Landstraßenweide. Das Mähen geht bis weit in die Dunkelheit weiter; die Wiese wird vom Scheinwerferlicht des Traktors erhellt. Als ich vor dem Schlafengehen auf dem Hof die Hunde füttere, kann ich am Geräusch durchdrehender Räder erkennen, dass der Traktor Schwierigkeiten hat, die Mähmaschine über die Wiese zu ziehen.

Tatsächlich sehe ich am nächsten Morgen, als ich hinaufgehe, um mir das gemähte Gras anzuschauen, eine kleine Insel aus ungeschnittenem Gras, umgeben von dreißig Zentimeter tiefen Traktorfurchen in der morastigen roten Erde. Aber zweieinhalb Hektar Gras liegen in ordentlichen Reihen auf der Landstraßenweide und ein knapper Hektar auf der Kleinen Weide. Nicht schlecht, denke ich, gar nicht schlecht.

Achtundvierzig Stunden später ist das gesamte Gras in Ballen verpackt, und sechsunddreißig grün umwickelte Rollen liegen auf den Wiesen verstreut. »Mit Verlaub, das war ziemlich scheißknapp«, sagt Ray, als er vorbeikommt, um zu sagen, dass er fertig sei. Das war es. Der Regen hat wieder eingesetzt.

Auf der Hauswiese stehen immer noch achttausend Quadratmeter ungemähtes Gras. Ich habe sie vor Rays Mäher bewahrt, weil unter der gelben Wolke der Grassamen eine fette Ernte junger Sauerampferblätter liegt. Sauerampfer ist eine Pflanze, die nach den sauren Böden von West Herefordshire lechzt. An einem Sonntagnachmittag, als sich die Sonne dazu herablässt, wieder zu erscheinen, gebe ich Penny und den Kindern Tüten und nehme sie mit auf die Wiese, damit sie mir beim Ernten helfen. Penny pflückt gewissenhaft die jungen, zarten Blätter, die genau aussehen wie Babyspinat. Anfangs haben die Kinder Schwierigkeiten, die Sauerampferblätter am Boden der Wiese auszumachen, aber plötzlich schreit Tris: »Ich habe eine Sauerampfermine!« Bald darauf entdeckt Freda eine grüne Goldader. »Ich bin im Sauerampferhimmel!«, ruft sie.

Als acht Tüten voll sind, fangen die Kinder an, wie Indianer durchs Gras zu robben; sie jubeln vor Freude, wenn sie einander entdecken. Penny pflückt weiter und singt dabei vor sich hin. Ich fange einen grünen Grashüpfer mit der Hand, dann öffne ich sie wieder und lasse ihn frei. Mit einem einzigen bionischen Sprung ist er weg. Das Läuten der Kirchenglocken von Clodock schwebt durch das milde Tal und kündigt die Abendandacht an.

Sauerampfersuppe

Für sechs Personen

1 l Taubenbrühe
etwa 25 junge Sauerampferblätter
2 Gänsefingerkrautwurzeln
30 g Gänseschmalz
Salz

Die Sauerampferblätter waschen und die Gänsefingerkrautwurzeln in Scheiben schneiden. Das Gänseschmalz in einem Topf zerlassen und die Wurzelscheiben ein paar Minuten lang darin andünsten. Die Sauerampferblätter zugeben und mitgaren, bis sie zusammenfallen. Zuletzt die Taubenbrühe zugeben und eine Prise Salz. Sanft köcheln lassen, bis die Gänsefingerkrautwurzeln weich sind. Die Suppe im Mixer fein pürieren. Sofort servieren.
Sauerampfersuppe ist bei Wildpflanzensammlern beliebt, weil sie im Gegensatz zu vielen anderen Suppen weder Milch noch Sahne verträgt. Sauerampfer bringt beide zum Gerinnen.

In obstlosen Zeiten ergibt Sauerampfer einen brauchbaren Ersatz für Äpfel. Jason Hill empfiehlt in *Wild Foods of Britain*, rohe Sauerampferblätter und Zucker »in Blätterteig zu packen wie für Apfeltaschen«.

Hill liefert auch eine nützliche Liste weiterer Alternativen, darunter:

Apfelmus – Sauerampfermus
Essig – Sauerampfer (in Salaten etc.)
Gelatine – Knorpeltang
Gewürze, herzhaft – Wacholderbeeren, wilder Majoran

Gewürze, süß – Nelkenwurz, Rainfarn, Holunderblüten
Gewürznelken – Echte Nelkenwurz
Gurke – Pimpernelle
Ingwer – Rainfarn
Kapern – eingelegte Holunderknospen
oder eingelegte Samen von Kapuzinerkresse
Kümmel – Süßdolde
Limonade – Wildapfeltee
Mandelaroma – Lorbeerblätter
Pfeffer – Wiesenschaumkraut
Saure Gurken – Eschensamen, Queller
Senf – Meerrettichsoße, Knoblauchsrauke
Tee – Lindenblüten (getrocknet), Holunderblüten
Worcestersoße – Holunderbeerenketchup
Zucker – Honig
Zwiebeln – Schnittlauch, Knoblauchsrauke
(getrocknet), Waldmeister (getrocknet)

Wir haben diesen Tag schon drei Mal verschoben, wegen des Regens. Zum achtzigsten Geburtstag meiner Mutter machen wir mit ihr einen Tagesausflug nach Borth an der Cardigan Bay – weil es ihr dort gefällt, weil die Felsentümpel und der endlose Strand postkartenperfekt sind und weil es der Ort ist, an den Hereforder fahren, wenn sie ans Meer wollen.

Heute zeigt die Wettervorhersage in der *Times* über Westwales ein Sonnensymbol mit einem Regentropfen – das bedeutet »Sonne mit vereinzelten Schauern« –, also beeilen wir uns, meine Mutter zu Hause im Norden von Hereford abzuholen, und erzählen ihr, es gehe auf einen »Überraschungsausflug«, aber meine Mutter ist nicht dumm. Schon nach den ersten fünf Kilometern auf der Straße in Richtung

Kington sagt sie: »Ich hoffe, ihr habt alle Badezeug, Sandeimer und Schäufelchen dabei.« Das haben wir. Und außerdem haben wir ein Picknick fürs Mittagessen eingepackt, das mich besorgt stimmt, weil es die Sorte von Fresskorb ist, die man traditionell mitnimmt an den Strand: Käsebrote, Schinkenbrote, Gurkenstifte, Tomatenviertel, Hummus, kalte Pellkartoffeln, Kartoffelchips, Äpfel, Kuchen und Kaffee in schottenkarierten Thermoskannen. Und ich werde mitessen, denn wenn ich mein eigenes (ziemlich mageres) Jäger-und-Sammler-Picknick mitbrächte, würde ich meiner Mutter den Tag verderben. Sie würde sich Sorgen machen, ich würde in Verlegenheit geraten. Ich könnte natürlich am Strand etwas zu essen suchen, aber das würde von der Geburtstagsparty ablenken. Schlimmer noch, wie Penny zu bedenken gibt: Meine Mutter könnte das Gefühl bekommen, ihr Geburtstagsausflug sei für mich nur ein Vorwand zur Nahrungssuche.

Die Route ist mir so vertraut, dass ich per innerem Navi über die walisischen Berge nach Borth fahre. Old Radnor, Penybont, Rhayader, Llangurig, Capel Bangor, Bow Street (skurrilerweise) – die Namen der Dörfer und Städte am Weg spulen sich in meinem Kopf ab. Ich versuche zu berechnen, wie oft ich diese Route schon gefahren bin. Mindestens einmal im Jahr – wahrscheinlich eher zweimal –, bis ich achtzehn wurde, also etwa dreißig Mal. Und seit Tristram vor vierzehn Jahren auf die Welt kam, haben wir ihn und Freda in alter Gewohnheit etwa zehn Mal nach Borth mitgenommen. Ich war also schon ungefähr vierzig Mal in Borth.

Diese Vertrautheit verschafft mir einen klaren Vorsprung bei dem Spiel »Wer als Erster das Meer sieht«. Als ich noch klein war, betrug der Preis einen Shilling; die Inflation hat das Preisgeld auf ein Pfund erhöht. Als Stifter des Preises bin ich mir ziemlich sicher, mein Geld behalten zu dürfen. Obwohl sich Tristram und Freda auf der Rückbank in ihren Sicherheitsgurten strecken, um besser sehen zu können, weiß ich auf den Meter genau, an welcher Stelle rechts hinter dem renovierten Cottage man, sobald die Straße aus den Hügeln bergab führt, das graue Meer am Horizont erspähen kann.

Und so gewinne ich wieder einmal.

Borth ist eine Ein-Straßen-Stadt, nichts als Länge, keine Tiefe, weil sie zwischen der Irischen See und einem schwarzen Sumpf gefangen liegt. Kalendertechnisch haben wir immer noch Ferien, aber nur wenige waren in diesem Sommer tapfer oder närrisch genug, sich an der walisischen Küste zu versuchen, und so parken wir in exquisiter Lage, gleich neben der Seenotrettungsstation und den Felsentümpeln. Die Wettervorhersage hat nicht gelogen. Die Sonne scheint, allerdings eine gefilterte, dünne Sonne. Wir beklagen uns nicht, keiner von uns, denn wir haben in Borth schon viel, viel schlechteres Wetter erlebt.

Nach dem stickigen Audi trifft mich die Nacktheit der Meerluft. Die Luft in Trelandon ist außerordentlich sauber – der Flechtenüberzug auf den Apfelbäumen ist der Beweis dafür –, aber die Düfte, die sie mit sich führt, sind viel intensiver und vielschichtiger. Ein Seebär könnte wahrscheinlich die Komplexität der Meeresbrise wahrnehmen, aber alles, was ich rieche, sind Sauerstoff und Salz. Ich klinge schon wieder, als wollte ich mich beklagen; in Wahrheit liebe ich es, am Meer zu sein, mit seinen Breitwandblicken und seiner träumerischen Stimmung.

Das glasige Wasser schwappt hypnotisch an die Steine, während es seinen Rückzug zur Ebbe antritt. Heringsmöwen keifen über uns wie Fischweiber. Die Kinder spielen sorglos ein Spiel, das daraus besteht, entlang der Wellenbrecher hinauszugehen und zurückzurennen, bevor eine Welle kommt. Fremde Kinder werfen sich einen gelben Tennisball zu. Meine Mutter, mit ihrem Kopftuch, Anorak und gestreiften Liegestuhl von Kopf bis Fuß die archetypische britische Strandgroßmutter, plaudert glücklich mit Penny.

Warum schaffe *ich* es also nicht, mich zu entspannen? Das ist eine rhetorische Frage. Ich weiß, warum. Ich bin so sehr auf listige, opportunistische Essenssuche gepolt, dass ich nicht aufhören kann, meine Umgebung auf Nahrungsquellen abzusuchen. Hinter meinem Lächeln und gelegentlichen freundlichen Gesprächsbeiträgen tue ich das genau jetzt. Am Spülsaum, in einem Gewirr aus Holz und alten Fischernetzen, sehe ich mindestens vier Arten essbarer Algen, die ein kürzlicher Sturm ausgerissen und hier abgelegt hat. Es gibt langblättriges Kelp, knallgrünen Meersalat, aufploppenden Blasentang und gefächerten Knorpeltang. In den Felsentümpeln unter den Klippen sehe ich Miesmuscheln auf den Felsen, sobald sie aus den Wellen auftauchen.

Ein glücklicher Zufall schlägt zu. Meine Mutter unterbricht plötzlich das Gespräch und zeigt auf das gestrandete zerrupfte Band aus Seegras auf dem Kies. »Das ist gut für den Garten, Penny. Du solltest John bitten, eine Tüte davon für dich zu sammeln.«

Das tue ich. Ich gehe zu dem Spar-Laden an der Ecke, kaufe eine Rolle Müllsäcke und mache zwei davon voll.

Der Wind schärft seine Schneide. Wir hatten davon gesprochen, schwimmen zu gehen, kneifen aber alle nacheinander, mit Ausnahme von Freda, die in Badeanzug und Kappe die Bootsrampe hinuntersegelt, ihre bloßen Arme mit Wasser bespritzt und wie ein Delfin ins Meer hechtet. Sie verkündet: »Es ist wunderbar!« Ich treibe mich fürsorglich am oberen Ende der Rampe herum, für den Fall des Auftauchens von Haien, Riesenwellen, Krämpfen und all den anderen Schrecken elterlicher Fantasien. Eine Familie in der Nähe sieht Freda herumtollen und zieht in der Annahme, das Wasser müsse angenehm sein, begeistert Badesachen an. Nacheinander wagen sie sich die Betonrampe hinunter, strecken ihre Zehen ins Wasser, kreischen und rennen wieder zurück. Freda hat in einem Bergfluss schwimmen gelernt, dem Escley. Sie ist gegen Kälte abgehärtet. An dem ganzen kilometerlangen Strand ist sie die einzige Person im Wasser.

Erst das Picknick lockt sie heraus. Im Lauf der letzten elf Monate gab es zahllose Momente der Versuchung, in denen ich mit wässrigem

Mund über genau die Art kohlenhydratreicher Speisen fantasierte, die jetzt auf der Picknickdecke verteilt ist. (Diese wird an den Ecken mit Steinen beschwert, weil der Wind zunimmt. Bald werden wir einen Windschutz bauen müssen.) Jetzt kommt der Lacher: Kaum habe ich die Erlaubnis, solches Essen zu konsumieren, vergeht mir der Appetit darauf. Unentschlossen knabbere ich an einem Käsesandwich; obwohl ich diesen reifen Bio-Käse früher liebte, zerlegt er sich in meinem Mund auf ekelerregende Weise in Salz und Fett. Was das Brot angeht, bringt mich seine Zähigkeit beinahe zum Würgen. Meine Begegnung mit einem Schinkensandwich verläuft nicht besser; ich kann die Angst des Schweins auf dem Weg zu seinem langwierigen Tod im Schlachthaus schmecken. Außerdem hat das Fleisch nicht die feste, muskulöse Konsistenz von Wild – Wild, das frei herumgelaufen oder geflattert ist; Wild, das dies und jenes gefressen hat statt nur dies; Wild, dessen Fasern vom Dasein in einer vielfältigen, natürlichen Welt belebt wurden. Die Kekse schmecken fade. Der Kuchen dito. Von all den Leckerbissen auf der Decke bereiten mir nur die reinsten, naturnahesten – der Apfel, der Kaffee – Vergnügen.

Noch ein größerer Lacher: Ich sitze inmitten meines einstigen Traumpicknicks, und alles, was ich jetzt essen möchte, sind die Miesmuscheln, die sich unter den Klippen an die Felsen klammern. Aber im Gegensatz zum Blitz schlägt der glückliche Zufall ein zweites Mal zu. Tris und Freda wollen die Felsentümpel erkunden, Penny auch. Ich sollte meiner Mutter Gesellschaft leisten, und das tue ich auch. Wir ziehen uns zum Reden ins Auto zurück. Ich erzähle Mum, dass wir einen Plan B für ihren Überraschungsausflug gehabt hätten: in die Gegend von Woolhope in Herefordshire zu fahren, wo Poppop einen Bauernhof namens The Probyns hatte, als sie noch ein kleines Mädchen war. Sie erzählt mir, dass die Quelle von The Probyns manchmal versiegt sei, woraufhin sie und ihre jüngere Schwester Margaret Wasser von einem öffentlichen Wasserhahn hätten holen und in Eimern zurück nach Hause tragen müssen. Allerdings bekamen die

Tiere das erste Wasser. Erst wenn sie getränkt waren, durften die Menschen ihren Durst stillen.

Die Autotür geht auf. Wir haben so viel geredet, dass die Windschutzscheibe beschlagen ist. Penny, deren schwarzes Haar ihr vom Wind ins Gesicht geblasen wird, steht mit zwei Sandeimern voller mitternachtsblauer Miesmuscheln da. »Für dich«, sagt sie.

Nachmittags fahren wir von Borth aus nach Norden, nach Ynyslas, wo riesige Sanddünen die Mündung des Dovey flankieren. Als wir über die Flussmündung zu den bunt gestrichenen georgianischen Häusern von Aberdovey hinüberschauen, sehe ich weit in der Ferne inmitten der Sandbänke etwas, das aussieht wie eine kleine Rasenfläche. Ohne nähere Prüfung weiß ich, was das sein muss: eine Fläche mit Queller (*Salicornia europaea*).

Wegen seines hohen Natriumgehalts wurde der Queller früher zur Glasherstellung genutzt, deshalb bekam er den Volksnamen »Glasschmelz». Wie viel sich in zwei Jahrhunderten ändern kann. Heute ist leicht gedämpfter Queller in edlen Restaurants das Gericht *de nos jours*. Ich habe außerdem gehört, dass er roh eine saftige, salzige Knabberei ergibt.

Als ich gerade überlege, wie ich heimlich den Queller sammeln könnte, verkündet meine Mutter, sie müsse die Toilette im Besucherzentrum benutzen. Weil Frauen auf der Toilette Herdentiere sind, verkünden Penny und Freda, dass sie mitgehen. Kaum sind sie auf dem hölzernen Steg in Richtung Hütte unterwegs, kippe ich die Picknickreste aus ihrer Tüte in einen Mülleimer und stapfe durch den Sand in Richtung Queller. Tris, der jede Gelegenheit für ein Wettrennen mit seinem alten Herrn nutzt, ist sofort an meiner Seite und treibt mich mit Spott voran. »Schneller schaffen wir es inzwischen nicht mehr, Vater?«, neckt er mich. Nachdem ich ein Jahr schwabbelmindernder, muskelfördernder Steinzeiternährung hinter mir habe, erhöhe ich mein Tempo. Er rennt noch schneller. Ich hege noch letzte Reste von Stolz auf meine Sprintfähigkeiten – ich war Schulmeister über zweihundert Meter – und beschleunige die Gangart noch ein wenig.

Kopf an Kopf nähern wir uns dem Queller – wo wir uns buchstäblich in Grund und Boden laufen, weil sich das, was nach festem Watt aussah, als schienbeintiefer brauner Matsch erweist. Das ist mir egal: Aus der Nähe sieht der Queller aus wie smaragdgrüne, saftige, verzweigte Kakteen, die nicht in etwas so Banalem wie einem Rasen leben, sondern in einem verzauberten Bonsai-Wald.

Ich bitte Tris, die Tüte aufzuhalten, und fange an zu pflücken. Keine Wildpflanze sollte jemals ausgerissen werden, es sei denn, sie wächst in riesigen Mengen an einer erlaubten Stelle, deshalb beuge ich mich hinunter und schneide den Queller auf Schlammhöhe mit dem Obstmesser vom Picknick ab. Es gibt so viele von den fünfzehn Zentimeter hohen Pflanzen, dass die Tüte in einer Minute voll ist. Ich schneide eine letzte ab und beiße hinein. Der Queller verteidigt seinen gastronomischen Ruf; er ist auf sinnliche Weise salzig, fleischig und saftig. Die daran klebenden Sandkörner machen ihn nur authentischer – welcher Imbiss am Meer enthält schließlich keinen Sand?

Schlitternd und lachend ertasten Tris und ich uns einen Weg zurück ans rettende Land, die Tüte zwischen uns, und gehen zurück zum Auto. Als wir gerade den Kofferraumdeckel über der Quellerbeute zuschlagen, kommt meine Mutter mit ihrer Eskorte zurück. Sie betrachtet unsere schlammbespritzten Schuhe und Jeans. »Was habt ihr beiden denn getrieben?«, fragt sie.

»Wettrennen über den Sand«, antworte ich.

»Oh, John! In deinem Alter. Aber ist es nicht nett, draußen zu sein?«, fügt sie hinzu.

Ja, das ist es. Trotzdem erkenne ich bei der Heimfahrt über die nächtlichen Berge, dass ich als Erwachsener die Küste immer als Zuflucht vor den unangenehmen Aspekten meines Lebens betrachtet habe – die Arbeit, ein Haus an einem ungeliebten Ort, wieder die Arbeit, die galaktisch schieflaufende Renovierung von Trelandon, was auch immer. Aber jetzt habe ich kein Bedürfnis nach Flucht. Mir gefällt der Ort, an dem ich bin, und mir gefällt, was ich tue.

Ausnahmsweise freue ich mich darauf, nach Hause zu kommen.

Eingelegter Queller

Queller fängt praktisch sofort nach dem Pflücken an zu »schmelzen« und kann höchstens einen Tag lang gelagert werden, wenn man ihn nicht haltbar macht. Gekocht und in Essig eingelegt hält er sich allerdings den ganzen Winter. Den Queller in Süßwasser waschen. In einen großen Topf legen, drei Esslöffel Apfelessig darübergeben und mit Wasser auffüllen, bis er bedeckt ist. Zum Kochen bringen und 10 Minuten lang kochen lassen. Abgießen und aufrecht in Einmachgläser füllen. Bis knapp unter den Rand mit Apfelessig aufgießen. Dicht verschließen. Als Gewürz könnte man eine Prise getrockneten Kerbel oder Wacholder zugeben.

Moules marinières sauvages

Angeblich sollte man Miesmuscheln (*Mytilus edulis*) außerhalb der Monate mit r verschmähen, aber im Mai enthalten sie auch lecker schmeckende Eier und Samen. Im Hochsommer können sie körnig und bissfest sein. Sie brauchen drei Jahre, um heranzuwachsen; am größten werden diejenigen, die ständig unter Wasser leben und ständig fressen können. Nach ihnen muss man tauchen. Wer Miesmuscheln sammelt, ob am Meeresboden oder an der Küste, sollte absolut sicher sein, dass keine menschenverursachten Verunreinigungen im Wasser sind. Ebenso wenig sollten Muscheln während einer Algenblüte oder »roten Flut« gesammelt werden. Miesmuscheln filtern ihre Nahrung aus dem Wasser und konzentrieren Giftstoffe in

ihrem Fleisch. Wenn sie mit dem Algengift Saxitoxin infiziert sind, können sie beim Menschen Lähmungserscheinungen oder sogar tödliche Vergiftungen verursachen.
Für vier Personen

2 l Miesmuscheln
100 g Butter
3 Bärlauchzwiebeln, gehackt
150 ml Wasser
150 ml trockener Weißwein (Löwenzahn passt gut) oder Apfelessig
1 Prise wilder Thymian
Salz
Brunnenkresse, Bachbunge, Behaartes Schaumkraut oder Winterkresse

Die Bärte von den Muschelschalen schaben, unter fließendem Wasser abspülen und alle Muscheln wegwerfen, die offen bleiben, wenn man mit einem Messer daraufklopft. Mit Wasser, Wein, Thymian, Salz und Bärlauch in einen Topf geben. Einen Deckel aufsetzen und bei niedriger Temperatur dünsten, bis die Muscheln aufgegangen sind (ungefähr 5 Minuten). Die Muscheln in ein Sieb kippen, das über einem zweiten Topf hängt, und alle wegwerfen, die noch geschlossen sind. Den Muschelsud einkochen. Mit Salz abschmecken.
Die Miesmuscheln in eine große Schüssel geben und mit dem Sud übergießen. Mit den frischen Kräutern garnieren.

Ein paar Tage nach dem Ausflug ans Meer wache ich um fünf Uhr morgens auf, mit einem Gefühl von Treulosigkeit. Ein seltsamer, beunruhigender Gedanke geht mir durch den Kopf: Vielleicht wird mir mein Land seine Speisekammer nicht mehr öffnen – wegen meiner Romanze mit dem Meer und seinen Nahrungsmitteln? Im Therapeutenjargon: Stehen wir noch miteinander in Beziehung? Ich versuche wieder in den Schlaf zu finden, aber das Bedürfnis nach einer Antwort wird unaufschiebbar.

Durch das nasse schwarze Gras gehe ich direkt zum Wäldchen und scheuche die Dohlen auf, die in den noch warmen Schlafmulden der Schafe auf der Wiese herumpicken. Wenn das Wäldchen für mich sorgt, ist alles gut. Wenn es nichts für mich hat, bin ich in Schwierigkeiten.

Was ich vorfinde, lässt mich vor Freude laut auflachen. Am Waldrand steht ein kleiner Trupp Pilze, Grüne Anis-Trichterlinge, in Habachtstellung über dem Gundermann. Der Anis-Trichterling ist mit seinem leuchtend blaugrünen Hut und Fruchtkörper der schönste Pilz Großbritanniens. Außerdem ist er essbar.

Bluebell, Pennys Labradorhündin, ist läufig und hat Hausarrest. Damit sie ein wenig Auslauf bekommt und vor dem Schlafengehen noch ihr Geschäft verrichten kann, gehe ich mit ihr den steinigen Fahrweg hinauf, der unter unseren Schritten so unangenehm knirscht, dass ich befürchte, John und Claire aufzuwecken. Ein Schillern in der Wolkendecke markiert die Stelle, wo der Mond darum kämpft durchzubrechen; er hat noch nicht ganz gewonnen, aber auch noch nicht verloren. Am Wegrand fangen die weißen Samenstände des Bärenklaus den gedämpften Glanz ein und fungieren als Leuchtmarkierungen. Es ist so warm, dass die Insekten der Nacht unterwegs sind, und Flotten kleiner Nachtfalter treiben vor der Hecke, während langbeinige Kohlschnaken uns grotesk im Weg hängen. In der schlummernden Auguststille kann ich das hochfrequente Zirpen von Laubheuschrecken gerade noch wahrnehmen. Es liegt noch etwas in der Mitternachtsluft. Ich kann die ersten Spuren von Verwesung riechen, die ersten Spuren reifender Früchte. Der Sommer ist vorbei.

Kalender der wilden Nahrungsmittel von Trelandon

AUGUST

Judasohren, Tauben, Kaninchen, Weinbergschnecken, Löwenzahn, Gänsefingerkraut, Wegerich, Sauerampfer, Brennnesseln, Grüne Anis-Trichterlinge

HERBST

Der Morgennebel legt sich als weißes Seidenband in die Talsohle. Eine Ringeltaube sitzt auf der toten Ulme wie auf dem Ausguck eines Schoners, der sich durch den Nebel schiebt, aber heute habe ich keine Flinte griffbereit. Ich sitze auf der Pferdekoppel, den Rücken an einen Zaunpfosten gelehnt, den Po auf einem vor Nässe schützenden Futtersack aus Plastik, und denke nach.

Als saisonal-affektive Störung wird normalerweise die dunkelheitsverursachte Winterdepression bezeichnet. Für mich ist die Krisenzeit voller jahreszeitbedingter Traurigkeit eher das Ende des Sommers, wenn die säuerlichen Moschusdüfte des Herbstes kommen, die Tage kürzer werden und die Art der Kälte sich verändert, zu einer dünneren, schärferen, bis zu den Knochen reichenden Kälte. Der Ende-des-Sommers-Blues. Und dieses Jahr? Gerade mal ein graues Wölkchen, das durch mein Bewusstsein zieht.

Allerdings bin ich sowieso weniger anfällig für innere Schwärze. Widersprüchlicherweise will ich darüber eigentlich gar nicht nachdenken, weil ich vermute, dass ein Teil meiner Probleme im Leben vom Umstand herrührt, dass ich zu viel denke; aus Respekt für alles, was die Natur für mich getan hat, empfinde ich es aber als Ehrensache, ihre Segnungen zumindest zu würdigen.

Die alltäglichen: Produktiv beschäftigt zu sein, von früh bis spät, jeden Tag, verhindert Nabelschau. Umgekehrt sorgt Müßiggang für seelisches Unheil.

Die weniger alltäglichen: Die Ernährung aus der Natur verbessert offensichtlich das seelische Wohlbefinden, weil sie durch eine geringere Zufuhr an Zucker und Kohlenhydraten die Benommenheit verhindert, die mit einem Zuckerrausch einhergeht. Außerdem setzt die zum Sammeln und Jagen dieser Nahrung notwendige ständige Bewegung Endorphine frei, die Glückspillen der Natur. Mehr noch: Wie Forschungsergebnisse zunehmend bestätigen, ist der Aufenthalt in der Natur an sich positiv, selbst in geringem Ausmaß; eine berühmte Studie des Psychologen Roger Ulrich zeigte, dass Krankenhauspatienten, die von ihrem Fenster aus Bäume sehen konnten, schneller gesund wurden als Patienten, vor deren Zimmern eine Ziegelwand zu sehen war. Kontakt mit der Natur verstärkt die Aktivität der Alphawellen im Gehirn. Alphawellen, die im Frequenzbereich von 7 bis 12 Hertz liegen, sind die Wellen, die das Gehirn in entspanntem Zustand produziert. Insofern verbessert sich die seelische und körperliche Gesundheit. Interessanterweise liegt die Resonanzfrequenz des Magnetfeldes der Erde (die Schumann-Resonanz) in der gleichen Bandbreite wie Alphawellen; wenn Menschen draußen sind, sind sie also buchstäblich im Einklang mit der Natur. Die logische Konsequenz aus all dem lautet: Es tut uns nicht gut, im Haus oder Büro oder Klassenzimmer eingesperrt zu sein. In seinem Buch *Das letzte Kind im Wald* beschreibt der US-amerikanische Autor Richard Louv detailliert, wie Kinder – oder eigentlich ganze Familien – immer stärker unter Stress und seelischen Störungen (und Fettsucht) leiden, weil sie »eingesperrt« sind. Ein Jahrhundert zuvor machte Henry David Thoreau die gleiche Beobachtung: »Im Haus zu bleiben führt immer zu einer Art von Geisteskrankheit.«

Draußen zu sein reicht allerdings nicht, denn man muss mit der Natur agieren, nicht gegen sie. Eines der Probleme der Landwirtschaft liegt darin, dass sie stets gegen die Natur kämpft und versucht, sie unter Kontrolle zu bekommen. Und die moderne Landwirtschaft ist noch schlimmer, weil sie nicht mehr nach natürlichen Rhythmen funktioniert. Lämmchen zu Weihnachten sind ein gutes Beispiel. Schafe haben ihre natürliche Brunftzeit im Oktober und sind fünf Monate lang trächtig; die Lämmer werden also im März geboren, wenn der Frühjahrsaustrieb der Gräser beginnt. Folglich haben die Lämmchen reichlich zu fressen. Weihnachtslämmer dagegen brauchen große Mengen industriell hergestelltes Futter, sogenanntes Kraftfutter. De facto sind Weihnachtslämmer eine Missachtung der Natur. Kein Wunder, dass Bauern zu Depressionen neigen.

Vor ein paar Monaten, das Datum kann ich nicht genau festmachen, habe ich mich der Natur ergeben. Obwohl ich die Landschaft als Jäger und Sammler betreten hatte und sogar deren eigene Mittel zur Nahrungssuche nutzte – beispielsweise den Instinkt –, begehrte ich innerlich immer noch gegen das Wetter auf, gegen die Geschwindigkeit der Jahreszeiten, gegen den Nahrungsmangel in bestimmten Phasen. Als ich mich der Natur ergab – indem ich ihr zutraute, mich zu versorgen –, entdeckte ich, dass der Rhythmus des wilden Lebens eine Antriebskraft ist, die mich von einem Tag zum nächsten, von einer Jahreszeit zur nächsten bewegt. Heute mag es regnen, morgen scheint die Sonne. Diese Jahreszeit ist tot und kalt, aber der Frühling wird wiederkommen, weil er immer wiederkommt. Das wilde Leben dreht sich im Kreis, in Zyklen.

Noch einmal Thoreau. Es gibt eine Stelle aus *Walden*, die mich begleitet, seit ich sie vor Monaten gelesen habe: »Ich zog in den Wald, weil ich den Wunsch hatte, mit Überlegung zu leben, dem eigentlichen, wirklichen Leben näherzutreten, zu sehen, ob ich nicht lernen konnte, was es zu lehren hatte, damit ich nicht, wenn es zum Sterben ginge, einsehen müsste, dass ich nicht gelebt hatte.«

Auch ich zog in die Natur, um ein einfacheres Leben zu finden. Stattdessen fand ich mich selbst. Mein Versagen bei der vollständigen Renovierung von Trelandon hatte mein Selbstbild zertrümmert. Mein Selbstvertrauen war zerstört und musste neu aufgebaut werden. Der grundlegendste Aspekt des menschlichen Daseins ist es,

Essen und Trinken aus der Natur zu beschaffen. Wenn man das kann, kann man alles. Ich musste mir bestätigen, dass ich es konnte. Und als ich es tat, kehrte mein Selbstwertgefühl zurück. Von da an konnte es nur noch bergauf gehen.

Bevor ich in die Natur eintauchte, hatte ich nie verstanden, wie stark ich mich meiner eigenen Geschichte entfremdet hatte. Als ich der Natur näherkam, kam ich auch meiner Familie und ihrem jahrhundertelangen Landleben in Herefordshire näher. Und dann näherte ich mich meinem wahren Ich.

Während ich diese Gedanken registriere, registriert ein anderer Teil meines Gehirns, dass ich hundertzwei Wiesen und Felder sehen kann, von meinem Aussichtspunkt auf der Koppel aus, auf diesem Stück Land, in dieser von Gott geliebten Ecke Englands.

Der laute Lumpenjunge kommt
Will reife braune Nüsse sammeln
Beim Schütteln sie zu Boden trommeln
Der Fleiß des Erntens endet nun
lässt Felder wieder friedlich ruhen
Herbstschatten nun der Muße frönen
Die Bäum' in vielen Farben tönen.

John Clare, *Der Schäferkalender*

September ist die Zeit der Beeren – Holunder, Brombeere, Weißdorn, Hagebutten, um nur vier zu nennen – und der absterbenden Blätter. Aber in diesem nassen, sonnenlosen Jahr kommt die Beerenernte spät. Später, als ich sie je erlebt habe. In der ersten Septemberwoche stehe ich unter den Brombeerkaskaden in den Hecken, und wo Rot und Schwarz sein sollte, ist nur Rot und Grün zu sehen. Auf fünfzig Metern Hecke an der Sumpfweide finde ich eine magere Handvoll reifer Brombeeren. Um die Holunder- und Weißdornbeeren steht es besser, insofern wird es mir nicht an Getränken oder Gelees zu Fleisch mangeln oder an Arbeit beim Einmachen von Vitamin- und Mineralstoffquellen für den Winter – aber nichts ist mit einer dicken reifen Brombeere im Mund zu vergleichen.

Zwei Amseln, die wahren Experten im Sammeln von Brombeeren, kommen an der Hecke an. Sie finden eine, zwei, drei, vier, fünf Brombeeren – und dann geben auch sie auf.

Verzweifelt nicht, ihr Amseln. Unsere Beerenpflückzeit wird kommen. Wenn wir vertrauen, werden wir belohnt. Allerdings noch nicht jetzt, denn es regnet schon wieder.

Einst, als ich noch klein und der Herbstfrost streng war, ging ich mit meiner Großmutter zu den Hopfenfeldern der Dent's Farm, wo mein Großvater als Verwalter fungierte. Sie und andere Frauen aus dem Dorf, verpackt in Kopftücher, Regenmäntel und Gummistiefel, verbrachten den Vormittag damit, die toten Hopfenranken von den Drähten zu ziehen und zu einem riesigen Scheiterhaufen aufzutürmen. Zur »Tischzeit« versammelten sie sich rings ums Feuer und scharrten die Kartoffeln aus der Asche, die sie bei Arbeitsbeginn hineingesteckt hatten. Zwei »Kartoffeln« waren größer als die übrigen, in Schlamm gepackt, und wurden unter großem Gelächter mit den Messern zum Abschneiden der Ranken angestochen und aufgeklappt. In den Schlammhüllen waren zwei perfekt gegarte Saatkrähen, deren Federn im Schlamm hängen blieben, sodass das Fleisch freigelegt wurde, so sauber und glatt wie ein frisches Laken. Unter freundlichen Neckereien (»John soll probieren! Auf geht's, John!«) bekam ich die erste Kostprobe – und schaffte nur ein winziges Bisschen auf der schaudernden Zunge.

Vierzig Jahre später habe ich eine ziemliche Vorliebe für Saatkrähen entwickelt. Unsere sind zurzeit auf der Sumpfweide, wo die

Hufe der Kühe die nasse Erde aufwühlen und Würmer und andere Weichtiere an die Oberfläche befördern. Die Saatkrähen folgen den Kühen wie Möwen einem Fischkutter.

Geschmorte Saatkrähe

Bis zum Ende des Zweiten Weltkriegs war die Saatkrähe ein Grundnahrungsmittel der armen Landbevölkerung Großbritanniens. Dieser Vogel hat ein starkes Aroma, das an Taubenfleisch erinnert; am besten schmecken »Ästlinge« (flügge Jungvögel), die im Mai geschossen werden. Ältere Vögel verlieren an Geschmack.
Dieses Rezept ist die Abwandlung eines Rezepts für Saatkrähen-Pie aus dem 18. Jahrhundert; es stammt von Elizabeth Foley, einer vornehmen Dame aus Herefordshire.
Für vier Personen

4–6 junge Saatkrähen
300 ml Holunderwein
300 ml Wasser
1 Esslöffel Weißdornbeerengelee
110 g Wildentenschmalz
3 Bärlauchzwiebeln, zerdrückt

Zunächst die Saatkrähen erlegen – ein 5,5-mm-Luftgewehr ist dafür am besten – und dabei darauf achten, die Krähen am hinteren Ende des Schwarms auszusuchen, sie sind am jüngsten. Rupfen lohnt nicht; einfach häuten, köpfen und ausnehmen. Die Füße sind so dünn, dass man sie abbrechen kann. Die Saatkrähen jeweils entlang des Brustbeins in zwei Hälften teilen und so beschneiden, dass nur die Brust und der dickere Teil des Beins übrig bleibt.

Ein wenig Wildentenschmalz in einer schweren Pfanne erhitzen und die Krähenteile mit dem Bärlauch leicht darin anbräunen. In einen großen Schmortopf umbetten. Den Holunderwein, einen großen Esslöffel Weißdornbeerengelee und das Wasser in die Pfanne geben. Zum Kochen bringen und dabei ständig umrühren. 2 Minuten lang köcheln lassen und dann über das Fleisch gießen. In einem auf 200° C vorgeheizten Ofen etwa zwei Stunden lang schmoren lassen. Während die Saatkrähen in Holunderwein baden, ist es eine gute Idee, sich selbst auch ein Gläschen zu gönnen.
Die traditionellen Zutaten für Saatkrähen-Pie sind folgende:

4–6 junge Saatkrähen
450 g Rindfleisch, in 2-cm-Würfel geschnitten
170 g Butter
Salz
Pfeffer
Blätterteig

Kaninchen statt Rindfleisch und Enten- oder Gänseschmalz statt Butter zu verwenden funktioniert aufs Köstlichste.
Der Teig für den Pie-Deckel kann aus Klettenwurzel-, Gänsefuß- oder Gänsefingerkrautmehl gemacht werden. Kastanienmehl ist zu süß.

Der Regen wird stärker. Samstagmorgens will ich Tris im Jeep zur Schulbushaltestelle fahren, aber wir kommen nur bis Clodock, weil die Landstraße im Tal von einem Wall aus Steinen und Asphalt blockiert ist; eine einmündende Nebenstraße ist auf sie heruntergespült worden. Hinter dem Wall steht die Straße tief unter Wasser, selbst für den Jeep zu tief. Wir fahren wieder nach Hause. Keine Schule heute. Weil es erst halb acht ist, geht Tris wieder ins Bett.

Ich schaue aus dem Fenster, nippe an meinem Schafgarbentee und kann durch die Sturzbäche den Berg nicht sehen. Auch keine Jagd heute. Dies wird ein Tag der kulinarischen Behelfslösungen.

Der Regen lässt nicht nach. Des drinnen Herumsitzens müde, nehme ich mir am Nachmittag einen Spaten und gehe hinunter zum unteren Ende der Uferweide, um – etwas verspätet – noch mehr Klettenwurzeln für den Winter auszugraben. Keine Chance. Der Escley hat seine Ufer gesprengt und fließt jetzt genau über den Kletten. In der Nacht legt er den Zaun flach und dringt weit auf die Uferweide und die Wäldchenwiese vor. Selbst durch meterdicke Steinwände kann ich ihn brüllen hören. Als die Wasser endlich weichen und bildschön glatt gekämmtes Gras hinterlassen, finde ich Treibgut in den Bäumen am Ufer. An der Flussbiegung vor der Wäldchenwiese, wo es sich staute, stand das Wasser dreieinhalb Meter über seiner normalen Höhe.

Was ist der Unterschied zwischen einer Saatkrähe und einer Dohle? Etwa zwölf Zentimeter, denn die Saatkrähe misst 45 Zentimeter, ihre grauköpfige Cousine nur 33. Auf dem Land ist ihr Lieblings-Fressplatz die offene Wiese, obwohl beide auch im Müll nach Futter suchen. Sie sind ähnlich gesellig; tatsächlich sind sie oft zusammen unterwegs oder auf Futtersuche. Die Saatkrähe ist vielleicht nicht ganz so frech wie die Dohle, deren unverschämte Diebereien Richard Harris Barham mit seinem Gedicht »Die Dohle von Reims« unsterblich gemacht hat – aber wo liegt ansonsten der Unterschied?

Im Lauf der letzten Woche habe ich drei Saatkrähen geschossen, in Ermangelung von etwas anderem, was ich in die Jagdtasche packen könnte. Aber jetzt kommen die Saatkrähen nicht mehr. Entweder haben sie dazugelernt, oder sie haben eine bequemere Futterquelle gefunden. Ich würde vermuten, sie folgen sklavisch einer späten Getreideernte am Talausgang, jetzt, wo die Sonne anfängt, die Erde zu trocknen. Die Dohlen sind allerdings immer noch da, weil sie hier wohnen, in den unbenutzten Kaminen am Ende unseres Hauses, in den hohen viktorianischen Schornsteinen der Nachbarn und vor allem in Little Trelandon, zwei Wiesen weiter, das als steinerne Ruine der Inbegriff eines Dohlenquartiers ist. Jeden Tag versammeln sich die Dohlen – etwa dreißig von ihnen – unten auf der Sumpfweide, um zu fressen und sich lautstark zu streiten; dann flattern sie zum Himmel empor und wieder hinunter, um wieder zu fressen. Bevor sie diesen gesamten hyperaktiven Kreislauf von Neuem beginnen.

An einem taufeuchten Morgen füttere ich die Enten an ihrem Teich, während die Dohlen mit Geiergeduld auf den Stromdrähten über der Hauswiese warten. Sobald ich weg bin, das weiß ich, werden die Dohlen hinuntergleiten und, wie immer, gentechnikfreies Entenkorn schnorren. Am liebsten würde ich sie erschießen. Was wiederum die Frage aufwirft, worin der Unterschied zwischen einer Dohle und einer Saatkrähe liegt. Denn wenn man Saatkrähen essen kann, dann doch sicherlich auch Dohlen? Eine Dohle umzubringen hieße also, zwei Fliegen mit einer Klappe zu schlagen – Ernährung und Schädlingsbekämpfung.

In meinem Büro im Obergeschoss schalte ich den Laptop an und suche im Internet nach »Dohle essen«. Der einzige Treffer ist eine Mahnung gegen diese Praxis aus dem Alten Testament: Im 3. Buch Mose 11:18 führt die New King James Bible die Dohle – neben der Schleiereule und dem Aasgeier – als kulinarischen »Gräuel« auf. Nicht die Saatkrähe, nur die helläugige Dohle. Aber selbst das Wort Gottes überzeugt mich nicht; in meinem Hinterkopf schwebt eine ketzerische Erinnerung daran, dass ein türkischer Sultan Dohlen als Delikatesse betrachtete.

Kjak. Kjak. Kja. Kja. Während ich recherchiere, höre ich die Dohlen am Schweinetrog. Eine fliegt aufs Hausdach und schlittert daran herunter; ihre Krallen kratzen den ganzen Weg bis zur Dachrinne über die Schindeln. Wie Saatkrähen sind Dohlen in Großbritannien als Schädlinge eingestuft. Lebewesen, die man in weniger empfindsamen Zeiten »Ungeziefer« nannte. Dohlen zu schießen ist vollkommen legal, wenn es einen hinreichenden Grund gibt: beispielsweise den, dass sie schweineteures Schweinefutter fressen. Außerdem gibt es auf unserem Grundstück zu viele Rabenvögel, was den Singvögeln schadet, deren Eier und Küken sie gerne fressen. Entschlossen gehe ich die Treppe hinunter, hole das Luftgewehr aus dem Waffenschrank und schleiche mich vors Haus, den Hof hinunter, die Waffe im Anschlag. Den lauten Sicherungshebel habe ich bereits geöffnet. Am unteren Ende des Kuhstalls spähe ich vorsichtig um die Ecke. Drei Dohlen stolzieren etwa zehn Meter entfernt am Ententeich herum und picken. Ich hocke mich hin und schiebe den Lauf um die Ecke, gefolgt von meinem Kopf, bis eine noch nicht ausgewachsene Dohle im Zielfernrohr erscheint. Im Vergleich zu den auffällig grauen Nacken der Erwachsenen ist das Nackengefieder des Jungvogels weniger farbig und ausgeprägt. Ein sanfter Druck auf den Abzug. Ein toter Vogel.

Kjak. Kjak. Die Erwachsenen fliehen und lassen das leblose Junge im Gras zurück. Als ich die Dohle aufhebe, bin ich überrascht – und verstört –, wie leicht sie ist. Ich brate die Dohle, weil ich nicht möchte, dass ihr Tod umsonst war. Ich habe sie zum Essen geschossen, und sie wird ein Essen ergeben. Das ist das Abkommen, das ich mit dem Land geschlossen habe. Es gibt keine *actes gratuits*. Ich jage für Essen, ich jage, um eine Ordnung aufrechtzuerhalten, von der die ganze Fauna und Flora auf unserem Grundstück profitiert. Aber ich schieße nie wieder eine Dohle zum Essen.

Sie sind zwölf Zentimeter zu klein, um die Mühe zu lohnen.

Der September erlaubt mir, eine viel größere Vogelart zu jagen als die Dohle: Die nationale Jagdsaison für Enten hat am Ersten des Monats begonnen. Bisher sind allerdings noch keine Stockenten nach Trelandon gekommen.

Jeden Tag erkämpfen Edith und ich uns durch viktorianischen Nebel und Schützengrabenmatsch den Weg hinunter zum Fluss, um nachzusehen und sicherzugehen. Ich sehe Entendreck auf den Steinen, ich sehe beim Putzen ausgezupfte Federn, aber das sind Hinterlassenschaften der Mandarinenten. Eine verräterische Feder ist rot. Edith und ich setzen unseren Patrouillengang durch die geisterhaften Wiesen fort, bis ein armes Kaninchen den Fehler seines Lebens begeht. Es startet aus seiner Grashöhle in Richtung Uferweidenhecke, bleibt aber unerklärlicherweise sitzen, statt im Untergrund zu verschwinden. Vielleicht kann es mich im Nebel nicht sehen und denkt, ich könne es nicht sehen.

Das Kaninchen bekommt einen sauberen Kopftreffer. Darüber freue ich mich. Ich freue mich, weil das Kaninchen nicht leiden musste, und ich freue mich über meine eigene Geschicklichkeit.

Das tote Kaninchen liegt kaum fünfundzwanzig Meter entfernt, und ich könnte es selbst einsammeln, aber ich schicke Edith. Übung im Apportieren macht den Meister, wie Übung im Töten. Außerdem basiert unsere Beziehung darauf, dass ich ihren Bauch kraule und fülle und sie für mich apportiert. Das tut sie aus Liebe.

Ediths Schnauze ist weich, und das wunderschöne Fell des Kaninchens ist kaum zerdrückt oder nass. Ich nehme mir einen Moment Zeit, um dieses Geschöpf der Schöpfung zu bewundern, von dessen Kind und Kegel ich – wie viele andere – abhängig bin. Am Nachmittag kommt die Sonne zurück, endlich. Und es ist richtige Septembersonne, weich und wohltuend. Am Himmel überschlagen sich die Rauch- und Mehlschwalben, die sich mit ihrer Brut noch auf den Weg machen müssen, vor Freude. In den Hecken glitzern die seidigen, um Zweige und Blätter geschlungenen Fallen der Baldachinspinnen. Jetzt werden die Heckenfrüchte allmählich reifen, mit Ausnahme der armen, vereinzelten, fleischlos winzigen Schlehen. Aber so ist der Lauf der Natur – mal gewinnt man, mal verliert man. In diesem Jahr mag es wenig Schlehen geben, aber das Wetter hat mir eine astbruchgefährliche Ernte an Wildäpfeln beschert.

Eines Nachmittags klopft es an der Tür. Als Freda aus dem Wohnzimmerfenster hinausschaut auf den Hof, sieht sie ein Auto, das sie kennt. »Es ist der grüne Mann!«, ruft sie.

Der »grüne Mann« ist George Woodward vom Monnow-Fischereiverband, der unser Flussufer noch in diesem Jahr sanieren, die beschattenden Bäume ausdünnen will; das wird den Fluss als Lebensraum für wilde Forellen und andere Wassertiere aufwerten. George trägt eine fesche Uniform in einem Farbton, den Robin Hood unwiderstehlich gefunden hätte. Sie steht ihm, aber George hat auch etwas von einem Ex-Unteroffizier an sich: seine aufrechte Haltung, sein kumpelhafter Ton, sein Vorrat an geschliffenen Anekdoten.

Als ich die Tür öffne, begrüßt George mich mit einem »Ah, Mr Lewis-Stempel, wie geht es Ihnen heute?«

»Sehr gut, George, und Ihnen?«

»Kann mich nicht beklagen, kann mich nicht beklagen.«

Aber wir beklagen uns; wir klagen über den sintflutartigen Regen der letzten Zeit. George ist gerade aus Northumbria zurück, wo er als Ladehelfer an einer Jagd teilgenommen hat. »Der Regen, der war wie in der Szene aus *Der letzte Mohikaner*, wo sie hinter dem Wasserfall stehen. Der kam runter wie dieser Wasserfall.« George wäre von der Außenwelt abgeschnitten gewesen, wenn nicht einer der Jäger einen privaten Hubschrauber gehabt hätte.

Nach dem Austausch wässriger Schauergeschichten (meine lautete: »Der Escley stand dreieinhalb Meter über dem normalen Pegel!«) kommt George auf den Anlass seines Besuchs. »Wir machen eine Bestandsaufnahme der Fischvorkommen an verschiedenen Abschnitten des Escley und haben uns gefragt, ob wir hier eine machen könnten? Dauert nicht lang, und die Jungs werden Ihnen nicht im Weg sein.«

»Nur zu, George. Gar kein Problem.« Während wir an der Tür stehen, kommt mir ein Gedanke. »Nur so aus Interesse, wie macht ihr die Bestandsaufnahme?«

»Ach, indem wir die Fische mit einer elektrischen Ladung betäuben. Die Jungs stecken zwei Anschlüsse ins Wasser, lassen den Strom durchlaufen, und die Fische kommen mit dem Bauch nach oben hoch.«

»Na«, sage ich zu George, »das klingt ja nach der richtigen Art Fischerei für mich.«

Die Bestandsaufnahme dient einem wissenschaftlichen Zweck, nämlich festzustellen, wie die Fischvorkommen jetzt aussehen, damit die Wirkung der Ufersanierung beurteilt werden kann. Tatsächlich führt ein medizinischer Notfall bei meinem Vater dazu, dass ich die für den nächsten Tag angesetzte Fischzählung verpasse. Als ich mittags endlich nach Hause komme und auf dem Hof eine Versammlung von Pick-ups vorfinde, packen die Elektrofischer gerade, um aufzubrechen.

Als er mich sieht, kommt Robert Denny, der Projektleiter, herüber. Er interessiert sich vor allem für Fische, die geangelt werden können, deshalb möchte er mir unbedingt von der Bachforelle erzählen, die in dem unter Strom gesetzten Dreiundvierzig-Meter-Flussabschnitt auftauchte. »Dreißig Zentimeter lang«, sagt er und hält seine Hände im passenden Abstand, »lauerte unter den Baumwurzeln. Dann gab es noch ein paar Zehn-Zentimeter-Jungfische … offensichtlich kommen bald noch mehr Forellen zum Laichen herauf. Ah, und dann gab es noch eine Mühlkoppe, Bachschmerlen und Elritzen. Oh, und einen Dohlenkrebs.«

Ein Dohlenkrebs. Das ist eine Offenbarung. Ich wusste nicht, dass es im Escley welche gibt.

Der Dohlenkrebs (*Astacus pallipes*) ist ein brauner Miniatur-Hummer von bis zu zehn Zentimetern Länge. Er ist der einzige einheimische Süßwasserkrebs Großbritanniens und hat ein paar unerfreuliche Gewohnheiten wie die, Stammesgenossen zu verspeisen, die unglücklicherweise gerade die Schale abgeworfen haben, schmeckt aber sehr angenehm.

Mein Versagen, die Krebse im Fluss nicht entdeckt zu haben, ist beinahe entschuldbar. Flusskrebse sind weitgehend nachtaktiv; sie verbringen ihre Tage unter einem Stein oder in einem Loch in der Uferböschung.

Sobald es höflicherweise vertretbar ist, beende ich das Gespräch mit Robert Denny und gehe hinein, um mich über Mittel und Wege des Krebsfangs zu informieren. Als ich nach L. C. R. Camerons stets verlässlichem *Wild Foods of Great Britain* greife, finde ich folgenden Rat:

> *Ich habe sie einzeln an Haken mit Wurmködern geangelt; aber die beste Methode, mehrere auf einmal zu fangen, besteht darin, ein Stück Leber mit Hautgout in einen Korb zu legen, ihn mit einem Stein zu beschweren und ihn mithilfe eines Seils in ein vermutetes Lieblingsrevier zu versenken. Die Krebse werden in den Korb wimmeln, der geschickt angehoben werden muss, damit sie nicht über den Rand entkommen. Dann sollten sie ein paar Minuten lang in kochendes Wasser geworfen werden, wodurch sie rosa anlaufen; sie können kalt mit Mayonnaise oder mit einem Salatdressing verzehrt werden, genau wie Hummer.*

Ich will gerade einen Korb und ein Stück Seil suchen, als mir der Gedanke kommt, dass Flusskrebse inzwischen wahrscheinlich unter

Naturschutz stehen. Und das tun sie: Dohlenkrebse sind nach dem *Wildlife and Countryside Act* von 1981 geschützt, und es ist verboten, sie aus der Natur zu entnehmen oder sie ohne Genehmigung der zuständigen Naturschutzbehörde zu verkaufen. Der Dohlenkrebs steht auch auf der Roten Liste der Weltnaturschutzorganisation IUCN.

Der einheimische britische Dohlenkrebs wird vom Signalkrebs bedroht, einem billigen, dreisten amerikanischen Flüchtling aus Krebsfarmen, die in den späten 1970ern als Zulieferer für die Gastronomie gegründet wurden. Der übergroße, übergriffige Signalkrebs frisst mit seinen dreißig Zentimetern Länge und den knallroten Scheren seinem britischen Cousin die Fischeier, Insektenlarven und Weichtiere weg. Außerdem ist der Signalkrebs ein geschickter Fußgänger, der Wiesen überqueren kann, um neue Gewässer zu besiedeln. Und, noch schlimmer, er überträgt die Krebspest (*Aphanomyces astaci*), eine Pilzerkrankung, gegen die einheimische Krustentiere keine Abwehrkräfte haben. Seit den 1970er-Jahren sind die Bestände an Dohlenkrebsen um die Hälfte zurückgegangen; die Bergbäche an der walisischen Grenze gehören zu den letzten Orten, an denen sie noch durchhalten.

Spätabends versuche ich am Escley mithilfe des von Cameron empfohlenen Hautgout-Fleisches (einem Kaninchenschenkel, den ich in der Sonne liegen gelassen habe), einen Krebs einzufangen – nicht, um ihn zu essen, sondern aus Neugier. Es hat etwas zutiefst Schauerliches, in der Beinahe-Dunkelheit zu sitzen und darauf zu warten, dass ein Krustentier in einen auf der Seite im Wasser liegenden Metalleimer mit Fleisch krabbelt. Das Erlebnis wird dadurch noch schlimmer, dass es fast zwei Stunden dauert, bis das Einschalten der Taschenlampe bestätigt, dass ein Krebs in die Falle gegangen ist. Ich hieve den Eimer schnell in die Senkrechte, wate ins Wasser und ziehe ihn ans Ufer. Tatsächlich zeigt die Taschenlampe einen verwirrten Krebs am Boden des Eimers, dessen Science-Fiction-Fühler das Wasser erkunden. Nein, ich esse ihn nicht. Ich betrachte ihn als einen

Schatz. Ich fühle mich geehrt, dass dieses Krustentier im Escley lebt und dass ich es kennenlernen durfte.

Was habe ich heute auf der Wiese gesehen? Einen Bergfinken.

»Ist das ein Bergfink?«, frage ich Penny, als wir uns wieder dem Haus nähern, nach einem Spaziergang am Fluss, während die Kinder in der Schule sind – die Chance für ein Erwachsenen-Gespräch. »Weißt du, was? Ich bin mir sicher.« Der Vogel, der sich zerzaust und erschöpft an ein Stück Stacheldraht klammert, huscht fort in einen Weißdornbusch. Ich folge ihm, um einen besseren Blick zu erhaschen, aber jedes Mal, wenn ich näher komme, hüpft der Vogel aufreizend weiter in den nächsten Busch. Trotzdem – wenn ich mein geistiges Bild des Vogels mit dem Bild eines Bergfinken im *Collins Pocket Guide to British Birds* von Fitter und Richardson vergleiche, den ich vor Urzeiten als Klassenpreis erhielt, dann ist er tatsächlich ein Bergfink.

Ich habe noch nie einen Bergfinken gesehen, er ist ein ungewöhnlicher Wintergast. Der Vogelfanatiker in mir erwacht nur allzu bereitwillig, und ich setze ihn auf die Liste der Vögel, die ich in den letzten zwölf Monaten in Trelandon gesehen habe; insgesamt umfasst sie jetzt einundsechzig Arten: Dohle, Amsel, Hausspatz, Buchfink, Ringeltaube, Blaumeise, Rabenkrähe, Bussard, Rotkehlchen, Zaunkönig, Elster, Waldschnepfe, Distelfink, Waldkauz, Fasan, Stockente, Kolkrabe, Türkentaube, Wiesenpieper, Trauerbachstelze, Steinkauz, Kohlmeise, Schwanzmeise, Gebirgsstelze, Saatkrähe, Singdrossel, Eichelhäher, Reiher, Heckenbraunelle, Turmfalke, Star, Waldbaumläufer, Wacholderdrossel, Rotdrossel, Eisvogel, Roter Milan, Kleiber, Grünfink, Kiebitz, Buntspecht, Sperber, Dompfaff, Grünspecht, Steinschmätzer, Silbermöwe, Kanadagans, Mandarinente, Brachvogel, Feldlerche, Mehlschwalbe, Zilpzalp (es könnte auch ein Fitis gewesen sein; ich kann die beiden nicht auseinanderhalten), Mönchsgrasmücke, Mehlschwalbe, Mauersegler, Stadttaube, Trauerfliegenschnäpper, Wasseramsel, Bluthänfling, Grauer Fliegenschnäpper, Gartenrotschwanz, Bergfink.

Auf dieser Liste stehen zwei Arten, die ich zum Essen hätte schießen können, es aber nicht getan habe. Nicht aus sentimentalen Gründen, denn die Kanadagans und die Silbermöwe sind unerwünschte Arten. Sie flogen zu hoch.

Eine wilde Stockente nicht; sie fiel in der dritten Septemberwoche meiner Schrotflinte zum Opfer.

Der September endet trügerisch heiß. Die Säfte der Pflanzen fallen in die Winterstarre, trotzdem wusele ich in Stummfilmgeschwindigkeit herum und versuche, die Haselnüsse vor den Eichhörnchen zu sammeln (schwierig, weil diese sie fressen, solange sie noch grün sind) und die Holunder- und Brombeeren vor der Drosselfamilie. Mein innerer Wecker – der nach Erfahrung, Rhythmus der Jahreszeiten und Temperatur läuft – schrillt beinahe stündlich, um anzukündigen, dass irgendeine Frucht an irgendeiner Seite einer Hecke irgendwo auf unserem Land reif wird. Weil nur noch wenige Tage bis Michaeli, dem 29. September, bleiben – jenem Tag, an dem nach dem Volksglauben die Brombeerernte enden sollte –, heuere ich Penny und die Kinder als Helfer an. Tatsächlich kommen sie aus eigenem Antrieb; jeder pflückt gern Brombeeren. Nach der Schule arbeiten wir uns ganze dunstige, träge Nachmittage lang an den Hecken voran und pflücken Brombeeren in Schüsseln, plaudern, beobachten und suchen nach der dicksten, saftigsten Beere von allen. Manchmal streunt Tris davon, um in der Hoffnung auf eine Ratte oder ein Kaninchen sein Luftgewehr zu holen, aber wir stören uns nicht daran, solange er draußen ist. Und eine Waffe ist eine gute Methode, um einen vierzehnjährigen Jungen ins Freie zu locken.

Natürlich war es auch keine schlechte Methode, um einen über vierzigjährigen Jungen hinauszulocken.

Brombeer-Kissel

Die Brombeere (*Rubus fruticosus*) wird schon seit der Jungsteinzeit von Menschen verzehrt. Sie ist ein Superfood der Natur, nicht nur reich an Vitamin C, sondern auch an Antioxidantien. In seinem Handbuch über die *Rubus*-Arten Großbritanniens und Irlands führt der Botaniker W. C. R. Watson 286 verschiedene Spezies auf; bei sämtlichen Formen wachsen die reifsten Früchte an den Enden der Triebe; die restlichen Beeren reifen langsamer, oft erst im Oktober. Weil das über das Tabudatum des 29. Septembers hinausgeht, interessiert es Sie vielleicht, dass man bis zum 10. Oktober legitim Brombeeren pflücken kann; im Jahr 1752 wurde der englische Kalender um elf Tage umgestellt. Der alte Michaelitag vom 29. September ist insofern heutzutage der 10. Oktober.
Kissel ist eine russische Süßspeise aus dem Saft gekochter Früchte, der gesüßt und mit Mehl leicht angedickt wird. Traditionell werden Cranberrys dafür verwendet, aber Brombeeren sind besser.

900 g Brombeeren
2 Esslöffel Gänsefingerkraut- oder Kastanienmehl
1 Esslöffel Honig
1 l Wasser

Die Brombeeren abspülen und 10 Minuten lang im Wasser köcheln lassen. Durch ein Sieb abgießen und dabei die Früchte auspressen. Die Flüssigkeit auffangen und wieder erwärmen, dabei den Honig unterrühren.

Das Mehl in etwas kaltem Wasser auflösen und langsam einrühren, bis die Flüssigkeit sirupartig andickt.
Den heißen Kissel in eine Schüssel gießen, abdecken und mindestens für zwei Stunden kaltstellen.
Man kann dieses Gericht auch mitsamt dem Fruchtfleisch zubereiten, aber manche Leute mögen die Kerne nicht.

Die kulinarischen Möglichkeiten von Brombeeren sind nahezu endlos; sie lassen sich zu Soße für Wild, Bier, Essig, Brombeergelee (klar), Likör, Wein, Sirup, Kuchen und Sorbet verarbeiten.

An einem Nachmittag der tief stehenden Sonne, an dem Haselblätter aufs Wasser fallen, fange ich zwei mittelgroße Forellen (200 und 230 Gramm) in dem Tümpel, der an unserem Flussabschnitt am weitesten stromaufwärts liegt. Dies sind die letzten Forellen, die ich bis zum Saisonende am 30. September angeln werde, und ich fange sie vorsorglich, weil eine Freundin von uns, Tracy, zum Abendessen kommt und ich verkündet habe, ich könne wildes Essen für alle kochen. Auch für fischessende Vegetarier wie Tracy und meine Frau.

Und das tue ich auch.

Außerdem finde ich, dass ich eine annehmbare Annäherung an jene schicksalhafte Mahlzeit im Rules hinbekomme, mit der diese Reise vor einem Jahr begann, inklusive weißer Tischdecke und Silberbesteck.

Dinner-Menü

Horsd'œuvres

Pilzsuppe

oder

Haselnuss-Pâté auf Toast aus Weißem Gänsefuß

Hauptgerichte
Wildente mit Brombeersoße
oder
Forelle mit Anis-Trichterling-Füllung an gebackenen Gänsefingerkrautwurzeln mit gedämpftem Sauerampfer und Klettenwurzelpüree

Dessert
Brombeer-Kissel

Holunderblütensirup, Schlehenwein, Löwenzahnwein oder Brombeerwein, Löwenzahnkaffee

Zu Ehren meines Großvaters lege ich Hopfenranken um den Tisch.

Als sich der September seinem Ende zuneigt, bekomme ich einen lang ersehnten Leckerbissen. Die Eichen, die letztes Jahr vollkommen kahl waren, hängen voller Samen. An einem Spätnachmittag mit berauschendem Wind, einem Viertelmond über dem Merlin's Hill und nach Westen fliehenden rosa Wölkchen stehe ich unter den Riesen am Ufer, die mich durch ihr Blätterdach mit Eicheln bombardieren. Obwohl Eicheln traditionell erst in einem Monat geerntet werden, liegen schon genügend Eicheln für mich am Boden, reif und braun und aus den Hütchen gelöst, die – wie jeder weiß, der *Die Wichtelreise* gelesen hat – auch ausgezeichnete Pfeifen für Zwerge ergeben.

So groß ist die Fülle an Eicheln, dass ich auch ein paar für die Schweine aufsammle, eine Tüte voll – warum auch nicht, verdammt noch mal, wo der Weizen hundertachtzig Pfund die Tonne kostet? Meine Vorgänger hier in Trelandon hätten das Gleiche getan oder die Schweine sogar unter den Bäumen eingepfercht. Eicheln sind das natürliche Futter von Schweinen; in einigen Waldgebieten hatten die Anwohner das Recht der sogenannten »Eichelmast«, das heißt, sie durften ihre Schweine frei im Wald herumlaufen und herabgefallene Eicheln fressen lassen. Das ernährte nicht nur die Schweine, sondern entfernte auch eine Vergiftungsquelle für Kühe und Pferde, denn Eicheln enthalten Tannine, die sich in Gerbsäuren umwandeln und schwere Schäden im Verdauungstrakt verursachen können.

Die gleichen Tannine machen Eicheln zu bitter für den menschlichen Gaumen, obwohl ich das schwer zu glauben finde, sobald die Schweine in ihrem Pferch ein glückliches Dankeschön grunzen. Ich pule die Schale ab und stecke einen hellen, gesund aussehenden Eichelkern in den Mund. Dann spucke ich die Stücke aus. Jetzt weiß ich, warum die Ureinwohner Nordamerikas Eicheln für einen Winter oder länger in der Erde vergruben, um die Bitterkeit herauszuziehen. Sie machten Mehl aus den Eicheln; mein Ziel ist Ersatzkaffee wie im Dritten Reich.

Eichelkaffee

Das Rezept ist ganz einfach: Die Eicheln schälen, 10 Minuten lang kochen und einen Tag lang trocknen lassen. Dann auf der mittleren Schiene des Backofens bei 120° C für etwa 15 Minuten rösten und danach in einer Kaffeemühle mahlen. Zwei Teelöffel Eichelmehl pro Tasse in eine Presskanne oder einen Kaffeefilter geben und mit kochendem Wasser übergießen. Trinken.

Das so entstandene Eichelgetränk schmeckt überhaupt nicht nach Kaffee. Einen Sekundenbruchteil lang bin ich enttäuscht, aber als ich mich gefasst habe, merke ich, dass das Getränk extrem angenehm schmeckt und ein wenig an den Barleycup-Getreidekaffee erinnert, der früher in allen britischen Bio-Cafés serviert wurde.

Mit dem Morgen dämmert der letzte Tag meines Jahres als Jäger und Sammler herauf. Frost hat die Erde im Griff. Auf dem Eichenbalken im Schuppen sitzen junge Schwalben, die ihre Flügel testen. Heute oder spätestens morgen werden sie weg sein.

Als ich über die Koppel gehe, Edith so dicht neben meinem Bein, dass sie sich bei meinem Richtungswechsel entlang der Hecke den Kopf stößt, ertönt aus dem Wäldchen der *Kock-kock*-Ruf eines Fasanenmännchens.

Hier haben wir angefangen. Die Schwalben ziehen fort, der Fasan sollte geschossen werden. Nichts an der Natur mit ihren Zyklen und Jahresläufen hat sich verändert. Ich mich schon. Ich wandle auf den Spuren meiner Vorfahren. (Ich hinke sogar wie Joe Amos.) Näher an der Erde.

Näher an mir selbst.

Kalender der wilden Nahrungsmittel von Trelandon

SEPTEMBER

Saatkrähen, Dohlen, Stockenten, Forellen, Elritzen, Kaninchen, Löwenzahn, Gänsefingerkraut, Sauerampfer, Grüne Anis-Trichterlinge, Brombeeren, Holunderbeeren, Haselnüsse, Eicheln, Schopf-Tintlinge, Weißdornbeeren

ANHANG

REGISTER

ZITATE

S. 49: Shakespeare, *Macbeth*, 2. Akt, 2. Szene; dt. Übersetzung von Dorothea Tieck

S. 63: Rupert Brooke, »*The Old Vicarage, Grantchester*« (1912)

S. 139: John Evelyn, *Acetaria. A Discourse of Sallets*, London 1706, S. 151

S. 216, 257, 270, 295, 320: John Clare, *The Shepherd's Calendar with Village Stories and Other Poems*, London 1827

S. 235: Percy Bysshe Shelley, »To a Skylark« (1820), dt. »Ode an eine Lerche«, Übersetzung von Adolf Strodtmann

S. 240: Plinius, *Naturgeschichte*, Zweiter Band, 27. Buch, 6. Kapitel, übersetzt von Johann Daniel Denso, Rostock und Greifswald (Rösen) 1765, S. 451

S. 266: Izaac Walton, *Der vollkommene Angler oder eines nachdenklichen Mannes Erholung*, aus dem Englischen von Martin Grünefeld, Berlin (Parey Verlag) 1986, S. 169

S. 319: Henry David Thoreau, *Walden oder Leben in den Wäldern*, aus dem Amerikanischen von Emma Emmerich und Tatjana Fischer, Zürich (Diogenes Taschenbuch) 1971, S. 98